Cosima Lang

Fallen One

Das Zeichen der Engel

IMPRESS

© HelmutKirch

Cosima Lang entdeckte früh ihre Leidenschaft für Bücher, insbesondere für Fantasy- und Liebesromane. Nach ihrem Abitur begann sie selbst zu schreiben. Fremde Welten und Magie bieten ihr die Möglichkeit, aufregende Abenteuer und Mysterien zu erleben und starke Heldinnen und Helden zu erschaffen. Cosima Lang studiert Germanistik und Anglistik in Düsseldorf.

KAPITEL EINS – EIN EINMALIGES ANGEBOT

Dicke Regentropfen klatschten auf die Straße. Die grauen Wolken hatten die Stadt schon seit einigen Tagen im Griff, kein Sonnenstrahl bahnte sich einen Weg durch die Düsternis. Berlin wurde von einem gewaltigen Sturm heimgesucht.

Eine scharfe Windböe riss an Amicias Kleidung, als sie aus der Tür trat. Sie zog sich die Kapuze tiefer ins Gesicht und eilte, so schnell sie konnte, die Straße entlang. Bis sie in der U-Bahnstation ankam, waren ihre Jacke und Hose komplett durchnässt.

Die heiße Luft brannte ihr unangenehm auf der Haut, an der Treppe schlug ihr der Gestank von Urin und Erbrochenem entgegen. Wie jeden Freitagabend war viel los, junge und alte Menschen verbrachten die halbe Nacht außerhalb ihrer vier Wände.

Als die Bahn mit laut quietschenden Bremsen einfuhr, drängte sie sich zusammen mit vielen anderen durch die enge Tür.

Unauffällig beobachtete Amicia ein paar Jugendliche, die in der Nähe saßen. Sie unterhielten sich lautstark, hatten Bier in der Hand und genossen den Abend. Ihnen machte das schlechte Wetter nichts aus.

Amicia wandte den Blick ab und starrte hinaus in die Dunkelheit des U-Bahntunnels. Die Stimmen um sie herum und das Rauschen der Bahn vermischten sich zu einem Hintergrundsurren, das sie schläfrig machte.

Ein plötzliches lautes Lachen riss sie auf ihrem Halbschlaf.

Eines der Mädchen saß jetzt auf dem Schoß eines Jungen, die beiden blickten sich verliebt an.

Amicia warf ihnen einen sehnsüchtigen Blick zu. Wie schön es sein musste,

Freunde zu haben, verliebt zu sein. Seine Ängste und Wünsche mit jemandem teilen zu können, der immer für einen da war.

Erschrocken über ihre eigenen Gefühle zuckte sie zusammen. War sie nach den vielen Jahrhunderten nun doch so menschlich geworden? Sehnte sie sich jetzt auf einmal nach menschlicher Nähe, der sie bisher aus dem Weg gegangen war? Hatte sie inzwischen schon vergessen, wer sie wirklich war?

Mehrmals schüttelte sie den Kopf. In Wirklichkeit sehnte sie sich nur nach ihrem Zuhause. Gerade jetzt, so kurz vor dem Jahrestag ihres Sturzes, vermisste sie die Goldene Stadt.

Es regnete noch stärker, als sie an ihrer Haltestelle ausstieg. Kleine Sturzbäche aus Regenwasser strömten auf die Gullis zu und rissen Zeitungen und Müll mit sich in die Tiefe. Kurzzeitig erhellte ein Blitz die Nacht, gefolgt von Donnergrollen. Die Lichter der Stadt spiegelten sich in den großen Pfützen, die Menschen rannten, so schnell sie konnten.

Amicia ließ sich Zeit. Ihre Schicht begann erst in zehn Minuten und viel nasser konnte ihre Kleidung sowieso nicht mehr werden.

Ihr Pessimismus regte sie auf. Nach mehr als sechshundert Jahren sollte sie doch langsam drüberstehen.

Das grelle Neonlicht des Späti-Schildes strahlte ihr im Dunkel der Nacht entgegen, als sie pünktlich um fünf vor neun durch die Tür trat. Das leise Klingeln der Türglocke wurde von der lauten Musik im Inneren geschluckt.

Lexi, die junge Frau, die die Spätschicht hatte, hörte immer viel zu laute grässliche Musik. Aber den wenigen Gästen, die sich gerade im Kiosk drängten, schien das nichts auszumachen.

Zur Begrüßung nickte Amicia ihr kurz zu und ging dann schnell in das kleine Hinterzimmer, wo sie ihre Sachen ablegte. Unter ihrer Jacke bildete sich eine Pfütze aus Wasser, ihre Tasche landete lieblos in der Ecke.

Als sie wieder nach draußen kam, kassierte Lexi gerade ein junges Pärchen ab. Sie blickte Amicia nicht an und sagte auch kein Wort zu ihr. Die Menschenfrau konnte sie nicht sonderlich leiden, das wusste Amicia genau.

Vielleicht lag es daran, wie unterschiedlich sie waren. Lexis bunte Haare standen im Kontrast zu Amicias hellblonder Lockenpracht. Lexis dunkelbraune Augen waren immer von viel Kajal betont, während Amicia meist auf Make-up verzichtete. Der ganze Körper der Menschenfrau war bedeckt mit Tattoos, die ihr ganzes Leben zeigten, während Amicia nichts von sich preisgab.

Hinter ihrem Rücken nannte Lexi Amicia immer einen Roboter. Vielleicht hatte sie damit auf eine gewisse Art recht. Amicia kam zur Arbeit, erledigte ihren Job und verschwand wieder. Sie suchte keinen Kontakt zu ihren Kollegen oder den Gästen. Sie war einfach nur da.

Die Arbeit im Kiosk war nicht sonderlich anspruchsvoll oder aufregend. Es waren jeden Tag derselbe Trott, dieselben Aufgaben und Abläufe, nur von neuen Gästen unterbrochen. Seufzend ergab Amicia sich dieser Routine.

Lexi zählte das Geld in der Kasse, packte ihre Sachen und verschwand dann einfach. Für einige Minuten war Amicia tatsächlich allein im Laden. Sie schaltete die dröhnende Technomusik ab und machte stattdessen das Radio an. Nachdem sie das Geld in der Kasse noch einmal nachgezählt hatte und sichergegangen war, dass alles stimmte, schlenderte sie ins Hinterzimmer und überprüfte, ob die Kameras funktionierten. Dieselben Handgriffe wie an jedem Abend, derselbe immer gleichbleibende Trott.

***

Die Nacht schritt voran, Leute kamen rein, kauften und verschwanden. Amicia gab Zigaretten aus, füllte die Regale und führte flüchtigen Small Talk mit den Kunden.

Inzwischen war Amicia seit fast drei Jahren in Berlin, nachdem sie Budapest nach beinahe einem Jahrzehnt verlassen hatte. Und seit einem Jahr arbeitete sie nun in diesem Kiosk. Ihr Leben, wenn man es denn so nennen wollte, war eintönig und leer.

Vielleicht war das Teil ihrer Strafe. Dass sie niemals etwas wie Glück und Zufriedenheit erfahren durfte. Oft hatte sie es versucht, nach Freunden gesucht, sich ein Zuhause aufgebaut, doch jedes Mal war es wieder in die Brüche gegangen. Vor etwa einem Jahrhundert hatte sie es dann endgültig aufgegeben.

Die Türglocke riss sie aus ihren Gedanken. Ein älterer Herr betrat den Kiosk und er passte so gar nicht in dieses Umfeld, vor allem nicht an einem Freitag um kurz nach Mitternacht.

»Eine Packung Marlboro Rot«, bestellte er mit kratziger Stimme. Seine weißlichen Augen huschten durch den Raum, nur kurz streifte er Amicia.

Mit einem freundlichen Lächeln reichte sie ihm die Packung, sprach aber ansonsten kein Wort. Als er Amicia das Geld reichte, berührte er ihre Hand für eine Sekunde.

Wie ein Blitz trafen sie die Bilder. Eine jüngere Version des Mannes, wie er in einem ähnlichen Kiosk wie hier den Kassierer mit einer Knarre bedrohte. Seine Zeit im Gefängnis und wie er dort zu Gott gefunden hatte. Und der Tod seiner geliebten Frau, bei dem er den Glauben wieder verloren hatte.

Mit einem Ruck tauchte Amicia aus der Vision wieder auf. »Gott steht immer an unserer Seite. Vertrauen Sie weiter auf ihn«, hörte sie sich selbst sagen, bevor sie es verhindern konnte.

Mit zusammengezogenen Augenbrauen starrte der Mann sie an. Ohne ein Wort nahm er sich seine Zigaretten und das Wechselgeld und verschwand aus dem Kiosk.

Genervt rieb Amicia sich die Stirn, denn diese Vision waren ein Überbleibsel ihres Engeldaseins. Ab und an, wenn ein Mensch offen war, konnte sie in seine Seele schauen und dort die Wahrheit sehen. Ein so tiefer Einblick war mitunter grausam und schmerzhaft für beide Parteien.

Seufzend schüttelte Amicia den Kopf und band sich die Haare zu einem hohen Dutt zusammen. Die Erinnerungen des Mannes klebten an ihrem Körper und Geist und ließen sie nicht mehr los. Wenn sie zu Hause war, musste sie erst mal heiß duschen.

Jetzt begann die einsame Zeit der Nacht. Diese paar Stunden vor Sonnenaufgang, in denen die Stadt beinahe ruhig war. Normalerweise war Berlin voll, dreckig und laut. Die Menschen waren mit sich selbst beschäftigt und unhöflich. Aber in diesen wenigen Stunden schien alles erträglich.

Sie räumte neue Chips ins Regal, als sie es auf einmal spürte. Es fühlte sich an, als hätte jemand eine einzelne Geigensaite gezupft. Ein leiser, feiner

Klang, der durch die Luft schwebte und ihren Körper zum Schwingen brachte.

Eine einzelne winzige weiße Feder segelte neben ihr zu Boden. Mit zittrigen Fingern nahm Amicia sie hoch. Weich und warm fühlte sie sich zwischen ihren Fingern an.

Mehrmals blinzelte sie, doch die Feder war immer noch da. Ihr Herz fing an schneller zu schlagen. Konnte es wirklich sein? Hatte man sie erhört?

»Guten Abend, Amiciell«, erklang eine warme, rauchige Stimme hinter ihr. Erschrocken wirbelte Amicia herum und fand sich Auge in Auge mit einem Engel.

Seine strahlend weißen Flügel hoben sich extrem von dem schmutzigen Inneren des Kiosks ab. Er trug die übliche helle und luftige Kleidung der Goldenen Stadt, an seiner Hüfte hing ein einzelner silberner Dolch, der ihn als Krieger auswies.

Stahlgraue Augen strahlten ihr aus einem kantigen, attraktiven Gesicht entgegen, die langen Dreadlocks wurden von einem Lederband zusammengehalten. Seine schokoladenbraune Haut war makellos, so wie alles an ihm.

»Faniell. Was tust du hier?« Amicia hatte endlich ihre Stimme wiedergefunden. Es war so seltsam, ihren alten Freund hier zu sehen und ihren göttlichen Namen zu hören. Tausende Erinnerungen wollten ihren Verstand überschwemmen, doch sie drängte sie zurück. Mit zittrigen Knien richtete sie sich vom Boden wieder auf, wobei sie unauffällig die Feder in ihrer Jeanstasche verschwinden ließ.

»Ich habe nach dir gesucht«, sprach er melodisch weiter. Langsam trat er einen Schritt auf sie zu. »Wie geht es dir?«

Schnaubend wich sie einen Schritt zurück. Was für eine dumme und unsinnige Frage. »Wie soll es mir schon gehen? Ich bin immer noch gefallen, nicht wahr?« Der Schmerz und die Wut in ihrer Stimme waren klar zu hören.

Der Engel schenkte ihr ein trauriges Lächeln. »Ja, Schwester. Leider bist du immer noch eine Ausgestoßene. Du wirst es mir sicher nicht glauben, aber viele von uns bedauern es, dass du nicht mehr bei uns bist.«

Ihre kurze Wiedersehensfreude zersprang wie dünnes Glas, die Wahrheit bohrte sich schmerzhaft in ihre Seele. »Du hast recht. Ich glaube dir kein Wort. Würde ich euch irgendetwas bedeuten, dann hätte sich einer von euch mir mal gezeigt. Einmal gefragt, wie es mir geht. Und mich nicht im Dreck liegen lassen.«

»Du kennst die Regeln.« In Faniells Stimme schwang eine gewisse Trauer mit. »Es ist uns nicht erlaubt, uns einzumischen. Nicht einmal bei dir. Ansonsten hätten wir versucht dir zu helfen.«

Gern wollte sie ihm glauben. Vielleicht würde diese Vorstellung ihre Wunden heilen, die Situation etwas besser machen, aber am Ende war es nur eine Lüge, die sie sich selbst erzählte.

»Und wieso bist du dann jetzt hier? Gefallen bist du ganz sicher nicht.«

Der andere Engel war ein hoch angesehener Bewohner der Goldenen Stadt. Er stand im engen Kontakt zu den Erzengeln. Gerüchten zufolge hatte er sogar schon einmal mit Gott selbst gesprochen.

»Nein, das bin ich nicht. Aber ich bin auf Geheiß des Herrn und der Erzengel hier«, erklärte er langsam.

Hoffnung flutete Amicias Herz, bevor sie es verhindern konnte. Ihr Puls raste. »Worum geht es?«

Anstatt ihr zu antworten, blickte Faniell sich im Kiosk um. »Sieht *so* dein Leben aus?«

»Glanz und Gloria der Goldenen Stadt sind nicht unbedingt hier unter den Menschen zu finden. Ich überlebe. So gut ich nun einmal kann.« Ein wenig schämte sie sich, dass er sie hier gefunden hatte. Den Glanz des Himmels hatte sie schon vor langer Zeit verloren und nun war nichts mehr von ihr übrig außer der traurigen menschlichen Maske.

»Es tut weh zu sehen, wie ein so loyaler Engel so leben muss.« Faniell schüttelte den Kopf.

»Ich bin kein Engel mehr. Und meine Loyalität hat mich auch nicht beschützt.« Die Worte kamen härter aus ihrem Mund als beabsichtigt.

»Deine Wut kann ich sehr gut verstehen, Amiciell.«

Mit ihrem alten Namen angesprochen zu werden, erinnerte sie daran, dass sie wissen wollte, weshalb Faniell zu ihr gekommen war. Sie konnte sich nicht von seinem freundschaftlichen Geplänkel ablenken lassen. »Was willst du nun hier?«

»Ich wurde zu dir geschickt. Es gibt vielleicht eine Möglichkeit, deinen Fall rückgängig zu machen.«

Diesmal gaben ihre Knie wirklich unter ihr nach. Schnell hielt sie sich an einem der Regale fest. Zu viele Gedanken rasten auf einmal durch ihren Kopf und sie wusste nicht, wie sie sich fühlen sollte. »Wie?«

»Weißt du, was der Morgenstern ist?«

Der Engel meinte sicher nicht den Himmelskörper. Also blieb nur noch eins. »Meinst du Lucifer? Den Goldenen Prinzen?«

»Beinahe.«

Langsam begann Faniell im Laden auf und ab zu schreiten. Sein neugieriger Blick fasste alles genau ins Auge. »Sicher kennst du die Geschichte von seinem Fall und weiterem Schicksal. Aber nur die wenigstens wissen, woher der gefallene König seinen Namen hat.«

Lucifer trug viele Namen, doch den meisten Engeln und Dämonen war er einfach als »der Gefallene« bekannt. Der Inbegriff des Falls.

Schweigend beobachtete sie Faniell. Vor der Tür des Kiosks schlenderten einige Menschen vorbei, aber keiner schaute zu ihnen hinein. Amicia kannte diese Magie, die Engel ausstrahlten. Die Menschen konnte sie nicht wahrnehmen, wenn die Engel es nicht wollten, sosehr sie es auch versuchten.

»Lucifer hat seinen Nachnamen erhalten, nachdem Gott ihm einen besonderen Gegenstand anvertraut hatte. Den sogenannten Morgenstern. Eine uralte Waffe von unbegreiflichen Kräften.«

»War wohl keine so gute Idee, sie ausgerechnet Lucifer anzuvertrauen«, schnaubte Amicia.

Faniell hob die Augenbrauen. »Deine Art, dich auszudrücken, hat sich den Menschen anscheinend schon angepasst.«

Sarkasmus gab es nicht oft unter Engeln. Amicia verkniff sich jeden weiteren Spruch und bedeutete ihm fortzufahren.

»Als Lucifer und sein Gefolge gefallen sind, hat er den Morgenstern mit sich genommen. Bisher war dies nie ein Problem. Der Gefallene war sich nicht einmal bewusst, welche Macht er mit sich gerissen hatte, oder es hat ihn einfach nicht interessiert. Doch inzwischen haben wir den Verdacht, dass sich das geändert hat.«

»Wieso habt ihr diese allmächtige Waffe dann nie zurückgeholt? Und was hat Lucifer bisher davon abgehalten, sie zu benutzen?«

Diese ganzen Informationen waren neu für Amicia und sie brauchte einen Moment, um sie zu verarbeiten.

»So einfach ist es nicht, denn der Morgenstern kann nur zu bestimmten Zeiten eingesetzt werden. Es braucht eine Sternenkonstellation, damit seine Kraft freigesetzt wird. Die nächste dieser Art findet in drei Monaten statt.«

»Was genau soll diese Waffe denn anrichten können?«

»Dazu existieren keine Aufzeichnungen. Seit Anbeginn der Zeit hat keiner von uns sie jemals gesehen. Wir wissen nur sicher, dass sie große Zerstörung mit sich bringt. Sie muss zurück in die Goldene Stadt.«

»Das habe ich verstanden. Und wo bitte komme ich ins Spiel?« Die Vorstellung einer solchen Waffe war nicht schön, aber Amicia verstand immer noch nicht, was genau ihre Rolle dabei sein sollte.

»Es sollte dir geläufig sein, dass es uns Engeln unmöglich ist, die Hölle zu betreten. Leider wird der Morgenstern aber genau dort aufbewahrt.«

Langsam dämmerte es ihr. »Nur Dämonen können die Hölle betreten.«

»Ganz genau.«

»Nur bin ich kein Dämon«, betonte Amicia langsam. »Ich bin eine Gefallene.«

»Damit hast du natürlich recht. Aber wie du sicher weißt, haben die wenigsten Dämonen Vertrauen in uns. Und wir keines in sie. Wir brauchen jemanden, der weiterhin loyal gegenüber dem Himmel ist. Jemanden wie dich.«

»Ihr wollt mich in die Hölle schicken?«, fragte sie ungläubig. »Von dort gibt es kein Zurück.«

»Niemand verlangt von dir, dass du ganz zu einem Dämon wirst, da musst du mir vertrauen. Wir wollen nur, dass du den Morgenstern holst«, betonte Faniell noch mal.

»Ich soll Lucifer bestehlen, den gefallenen König selbst, und soll ihm eine uralte, höchst gefährliche Waffe entwenden, von der niemand weiß, welche Macht sie genau trägt. Für mich klingt das nach einem Selbstmordkommando.« Amicia verschränkte die Arme vor der Brust und starrte den Engel fragend an.

Zwar alterte sie körperlich nicht – Sie hatte immer noch den Körper einer Einundzwanzigjährigen –, keine Krankheit konnte ihr etwas anhaben, aber eine körperliche Verletzung konnte sie immer noch töten.

»Es ist sicher nicht einfach. Nein, du hast recht. Es ist sehr gefährlich. Aber alle haben vollstes Vertrauen in dich. Nur du kannst das schaffen«, redete Faniell weiter auf sie ein.

Amicia schloss die Augen und atmete tief durch. So lange hatte sie auf dieses Gespräch gewartet. Gehofft, dass sie eines Tages eine Chance bekommen würde, sich dem Himmel zu beweisen. Doch diese Aufgabe klang weniger nach einer Erlösung und mehr nach einem komplexen Plan, ihre Existenz zu beenden.

»Dein altes Leben wartet auf dich, Amiciell. Deine Freunde, dein wahres Zuhause. Jetzt klingt es nach einer unlösbaren Aufgabe, aber denke bitte daran, was du dadurch erreichen kannst. Die Goldene Stadt wird dich mit offenen und liebenden Armen wieder in Empfang nehmen. Deine Schuld wir getilgt sein. Du bekommst deine Flügel zurück.«

Das sanfte Brennen an ihrem Rücken setzte wieder ein. Der Phantomschmerz ihrer abgerissenen Flügel fegte wie ein grausames Feuer durch ihren ganzen Körper. Die Narben standen in Flammen und erinnerten sie an ihren Verlust.

»Du könntest schon in wenigen Wochen wieder fliegen«, säuselte Faniell weiter. Er wusste ganz genau, was er sagen musste, um sie um den Finger zu wickeln. Dass ihr alter Freund sie so einfach manipulieren konnte, sollte sie beunruhigen, aber das Bild, das er zeichnete, war einfach zu schön.

Tränen ließen Amicias Sicht verschwimmen. Ihr Herz sehnte sich so sehr nach zu Hause, dass sie kaum noch atmen konnte. In diesem Moment war sie bereit, alles zu tun, um nur wieder durch die himmlischen Pforten zu treten.

Die Türglocke zerriss die angespannte Stimmung zwischen den beiden. Ein deutlich angetrunkener Kerl stolperte in den Kiosk. Selbst wenn er nicht so blau gewesen wäre, hätte er den Engel nicht bemerkt, an dem er gerade vorbeiging.

»Hey, Schnecke«, lallte er.

Der Gestank von Alkohol schlug ihr entgegen.

»Gib mir noch mal etwas Schnaps.«

Amicia riss sich, so gut sie konnte, zusammen. Mit steifem Rücken ging sie hinter die Theke und suchte eine Flasche Billigfusel heraus. Der Alki fummelte einige zerknitterte Scheine aus seiner Hosentasche und knallte sie auf die Theke. »Mach ma schneller!«

Ausdruckslos reichte sie ihm die Flasche und nahm schweigend das Geld. In ihrem Kopf drehte sich alles und sie war froh für die kleine Unterbrechung, um sich wieder zu sammeln. Ohne zu warten, öffnete der Alki die Flasche und nahm einen großen Schluck. »Danke. Du Süße!« Er machte einige anzügliche Gesten in ihre Richtung, bevor er sich umdrehte und zum Ausgang torkelte.

Dabei kam er an Faniell vorbei, der die ganze Szene schweigend beobachtet hatte. Gerade als der Mann das Späti wieder verlassen wollte, stellte der Engel sich ihm in den Weg. Er löste den Zauber, der ihn verschleierte, und zeigte sich dem Menschen.

Erschrocken stolperte der Alki einige Meter zurück, seine Augen waren geweitet. »Was zum ...«

Faniell streckte die Hand aus und legte sie dem Mann auf die Stirn. »Du hast den Sinn deines Lebens verloren«, sprach der Engel mit kraftvoller Stimme. »Auf dem Boden dieser Flasche wirst du die Lösung deiner Probleme nicht finden. Wende dich dem Herrn zu und du wirst dein Leben wieder in den Griff bekommen.« Danach machte er sich wieder unsichtbar und trat zur Seite.

Einige Augenblicke rührte sich der Mann nicht. Dann fing er auf einmal an zu zittern. Sein menschliches Hirn versuchte zu verarbeiten, was er gerade gesehen hatte. Die Göttlichkeit eines Engels war für die wenigsten Menschen verständlich. Also verdrängten sie ihn, den wahren Anblick. Stattdessen wurde aus der Begegnung mit einem Engel eine Art innere Erkenntnis, die die Menschen nie mehr losließ.

Schweigend beobachtete Amicia, wie der Alki aus dem Kiosk stolperte. Draußen hob er den Kopf in Richtung Himmel, dicke Regentropfen liefen sein Gesicht hinunter. Mit einer hektischen Bewegung schüttelte er die Flasche aus und warf sie in die Ecke. Danach machte er sich, so schnell er konnte, auf den Weg in die Nacht.

»Es fühlt sich wirklich gut an, den Menschen zu helfen.« Faniell lächelte sie an. »Ich sollte öfter hier hinunter kommen und etwas Gutes tun.«

Flüchtig lächelte Amicia zurück. Sie verbiss sich eine Antwort. Inzwischen hatte sie einen tiefen Einblick in die menschliche Art erhalten. Vielleicht würde dieser Alki die Finger einige Zeit von der Flasche lassen, aber irgendwann würde die Begegnung mit dem Engel in den Hintergrund rücken. Irgendwann hätte er es vergessen. Und dann würde er wieder zum Alkohol greifen.

»Ich erinnere mich noch, wie sehr du die Menschen geliebt hast.« Faniell trat vor Amicia und breitete die Flügel aus. Jetzt war sie gefangen innerhalb von Wänden aus göttlichem Weiß. »Du wolltest jeden Einzelnen von ihnen retten und ihm den Weg in den Himmel bereiten.«

»Und genau das hat meinen Fall herbeigeführt.«

Schmerzhaft genau erinnerte sie sich an diesen Tag. An das Gefühl zu fallen, ohne eine Möglichkeit sich abzufangen. Der Boden war unaufhaltsam näher und näher gekommen.

Bevor Amicia hatte reagieren können, hatte Faniell bereits nach ihren Händen gegriffen.

Seine Haut fühlte sich weich und heiß auf ihrer kalten, rauen an. Langsam malte er Kreise auf ihren Handrücken.

»Komm nach Hause, Amiciell. Nichts würde uns glücklicher machen.«

Ein dicker Kloß bildete sich in ihrem Hals, die Tränen schossen ihr schon wieder in die Augen. »Ich weiß nicht. Ich habe Angst.«

Liebevoll strich er ihr eine Haarsträhne hinters Ohr. »Das kann ich gut verstehen. Nimm dir etwas Zeit, um darüber nachzudenken. Solltest du es tun wollen, dann weißt du, wie du uns erreichst.«

Er hauchte ihr einen Kuss auf die Stirn, bevor er innerhalb eines Wimpernschlages verschwand.

Tief erschüttert stand Amicia da und blickte ins Leere. Immer noch lag das leise Summen in der Luft und erinnerte sie daran, dass ihr alter Freund wirklich bei ihr gewesen war. Dass sie nicht einfach nur geträumt hatte wie so oft.

In ihrem Inneren herrschte ein grausames Chaos. Ihr Herz kämpfte mit ihrem Verstand, ihr Sehnen mit ihrem Selbsterhaltungstrieb.

Hoffnung gegen Angst.

Flügel gegen das ewige Nichts.

Minutenlang stand sie einfach nur so da und versuchte Klarheit zu erlangen. Sollte sie nicht vor Freude auf und ab hüpfen und sich sofort auf den Weg machen? Aber da war diese zarte Stimme in ihrem Kopf, die sie davon abhielt.

Kannst du ihnen wirklich vertrauen?

Denn der Himmel hatte sie schon einmal verraten und im wahrsten Sinne des Wortes fallen gelassen. Aber Faniell hatte sie noch nie angelogen, er war immer ehrlich und freundlich zu ihr gewesen.

Mit größter Mühe verdrängte sie die Begegnung mit dem Engel und konzentrierte sich wieder auf ihre Aufgaben. Sie räumte das Regal zu Ende ein und putze die Wasserflecken des Alkis weg.

Als sie den Wischmopp zurück nach hinten brachte, fiel ihr Blick auf die Bildschirme der Überwachungskamera. Hektisch überprüfte sie, ob die Kameras etwas eingefangen hatten.

Da war sie, wie sie die Chips ins Regal räumte. Im Schnelldurchlauf spulte sie die letzten Stunden durch, doch kein Engel war zu sehen. Da war nur sie, wie sie arbeitete und anscheinend Selbstgespräche führte. Erleichtert atmete sie durch. Es gab keinerlei Hinweis darauf, was gerade passiert war.

***

Der Rest der Nacht zog sich schmerzhaft lang hin. Amicia brauchte dringend Ablenkung, ansonsten würde das Karussell in ihrem Kopf wieder anfangen sich zu drehen. Kurz entschlossen putzte sie den ganzen Laden, räumte die Regale aus und wieder ein. Nachdem sie auch das Lager und das Hinterzimmer in Ordnung gebracht hatte, brach endlich der neue Tag an.

Um kurz vor sechs kam ihre Ablösung in Form von Heinrich, dem Besitzer des Kiosks. Der alte Mann hatte ein wettergegerbtes Gesicht, sein dichtes weißes Haar war wie jeden Tag durcheinander. Er nahm sich noch die Zeit, seine Zigarette vor der Tür fertig zu rauchen, bevor er reinkam.

»Moin, Amicia. Wie war die Nacht? Ist was vorgefallen?« Sein Berliner Akzent klingelte ihr in den Ohren.

Kurz räusperte Amicia sich. »Guten Morgen. War eine ganz normale Nacht. Alles ruhig.« Sie verschwand nach hinten und holte ihre Sachen.

Er pfiff zwischen den Zähnen hindurch. »Hast ja richtig aufgeräumt.«

An der Tür blieb sie noch einmal kurz stehen. »Wie gesagt, war eine sehr ruhige Nacht. Tschö!«

Die Sonne war noch nicht ganz über den Häusern aufgegangen, aber die Stadt war schon auf den Beinen. Nicht einmal an einem Samstag herrschte hier Ruhe. Die Leute wollten zur Arbeit oder sonst etwas machen. Die letzten Partytiere und Nachteulen machten sich auf den Weg ins Bett.

In der U-Bahn tummelten sich Schnapsleichen, Leute auf dem Walk of Shame und die ersten Arbeitsbienen. Es war voll und alle standen dicht gedrängt, Amicia war eingeklemmt zwischen den Menschen, die sie gar nicht zu bemerken schienen.

So fühlte sie sich schon seit ihrem Fall. Unsichtbar. Unwichtig. Sie war kein Mensch, keine von ihnen. Die Engel durften und wollten nicht mehr mit ihr reden. Und den Dämonen ging sie aus dem Weg.

Ihre winzige Wohnung lag im dritten Stock eines schrecklichen Plattenbaus. Niemals würde sie diese vier Wände als ihr Zuhause bezeichnen, denn sie bedeuteten Amicia nichts, es war lediglich ein Ort, an dem sie schlafen und essen konnte.

Sie schmiss ihre Jacke in die Ecke und schlüpfte aus den durchnässten Turnschuhen. Es war kalt und dunkel um sie herum, was gerade sehr gut zu ihrer Stimmung passte. In der Küche stellte sie den Wasserkocher an und holte einen Beutel Pfefferminztee hervor. Oft hatte sie es versucht, aber Kaffee war einfach nicht nach ihrem Geschmack.

In ihrer kleinen Küche gab es nicht mehr als einen Herd, einen Kühlschrank, eine Mikrowelle und zwei Schränke. Viel mehr Möbel fanden sich auch im Rest ihrer Wohnung nicht. Ihr Bett bestand nur aus einer Matratze auf dem Boden – dazu einige Decken und Kissen. In dem engen Wohnzimmer standen nur ein einzelner Sessel und ein Schreibtisch.

Diese Wohnung war genauso trist und ausdruckslos wie der Rest von Amicias Leben.

Kopfschüttelnd lehnte sie sich an die Arbeitsplatte. Leise pfiff der Wasserkocher im Hintergrund. Sie war angewidert von ihrem eigenen Selbstmitleid.

Immerhin hatte sie sich diese Leben selbst ausgesucht.

Sie hätte auch genauso gut den letzten Schritt wagen und sich ganz vom Himmel abwenden können. Als Dämonin wäre sie nicht mehr allein gewesen. Sie wäre von Wesen umgeben gewesen, die wie sie waren. Es gab genug von ihnen.

Aber Amicia konnte es einfach nicht. Sie liebte den Himmel.

Und sie hasste ihr Leben hier unten.

Mehr als sechshundert Jahre war sie nun schon auf der Erde. Auf sich allein gestellt, verloren und einsam. Sie hatte nichts, was ihr etwas bedeutete. Nichts, woran sie hing.

Auf einmal kam ihr die Luft in der winzigen Wohnung viel zu stickig vor. Hektisch atmend eilte sie zum großen Fenster im Wohnzimmer und riss es auf.

Kleine Regentropfen fielen auf ihr erhitztes Gesicht und klärten ihre Panik für einen Moment. Die kalte, feuchte Morgenluft füllte ihre Lunge. Langsam ebbte die Beklemmung wieder ab.

Amicia blickte nach unten auf die Straße. Menschen eilten vorbei, suchten Schutz vor dem andauernden Regen. Von hier oben wirkten sie nur noch weiter weg, als sie es sowieso schon für sie waren.

Sie hatte hier niemanden. Nur sich selbst und ihr trauriges, einsames Leben. Eine einzelne Träne bahnte sich den Weg über ihre Wange.

Wie viel schlimmer kann das ewige Nichts schon sein? Der Tod ist sicher nicht einsamer als das Leben.

Aus ihrer Hosentasche holte sie die Engelsfeder hervor. Ein goldener Schimmer lag auf dem klaren Weiß. Sanft bewegte sie sich in dem leichten Luftzug.

»Na gut«, sagte sie laut. »Ich werde es versuchen.« Sie pustete die Feder von ihrer Hand. Einen Moment lang schwebte sie in der Luft, bevor sie langsam zu Boden sank. Wenige Herzschläge später hörte es auf zu regnen und die Wolken lichteten sich.

Der Himmel hatte ihre Entscheidung gehört.

KAPITEL ZWEI – DIE ERSTE FRAU

Mit einem leisen Ruck setzte das Flugzeug auf dem Rollfeld auf. Noch bevor sie ganz zum Stehen gekommen waren, sprangen die ersten Fluggäste schon auf und zerrten ihr Gepäck aus den Fächern.

Amicia blieb entspannt sitzen und beobachtete den Trubel um sie herum. Dünne Schleierwolken hingen vor der Sonne, ein scharfer Wind pfiff über die freie Fläche.

Paris zeigte sich von einer besseren Seite als Berlin. Vielleicht war dies ein gutes Omen.

Als Letzte verließ Amicia das Flugzeug und blickte sich einen Moment oben auf der Treppe um. Es war später Nachmittag und nicht sonderlich viel los auf dem Flughafen. Auf dem kurzen Weg zwischen der Treppe und dem Eingang zum Gebäude riss der stürmische Wind an ihren Haaren.

Sie war die Letzte, die ihren Koffer vom Rollband nahm. Das wenige, was sie besaß und woran ihr Herz hing, hatte sie in den kleinen Schalenkoffer gesteckt. Ihre Zeit in Berlin war vorbei ... so oder so.

Es war ihr überraschend schwergefallen, Abschied von dem kleinen Späti zu nehmen. Monatelang war es ihr einziger Ort außerhalb der Wohnung gewesen, zu dem sie irgendeine Verbindung gespürt hatte.

Auf der Fahrt in die Stadt ließ Amicia ihren Plan noch einmal Revue passieren. Sie konnte nicht einfach zu einem Höllentor marschieren und Einlass verlangen. Zwar würde man ihn ihr gewähren, aber damit würde sie auch sofort ein Dämon werden. Eine Kreatur der Hölle, für die es kein Zurück mehr gab.

Um diesen Schritt zu vermeiden, musste sie klüger vorgehen. Ihre Seele vor den dunklen Einflüssen der Hölle bewahren.

Sie brauchte jemanden, der ihr Zugang zur Hölle und zum gefallenen König gewährte. Amicia traute sich nicht seinen Namen auszusprechen. Nicht einmal in Gedanken. Er war wie ein Gespenst, das man heraufbeschwor, wenn man es rief.

Es gab auf der ganzen Welt, in Himmel und Hölle nur wenige Personen, die diese Macht hatten. Und eine solche residierte in Paris.

Das Taxi hielt vor dem kleinen, schmutzigen Hotel, welches sich Amicia online rausgesucht hatte. Schnell bezahlte sie den Fahrer und stieg aus. Die Frau an der Rezeption hatte wenig Interesse an ihr und fragte nicht einmal nach, als Amicia sich mit einem eindeutig falschen Namen eintrug.

Dem Zimmer schenkte sie wenig Aufmerksamkeit, hier musste sie immerhin nur schlafen.

Nach einer kurzen Dusche holte Amicia ihren Laptop hervor und setzte ihre Recherche fort.

Der gefallene König hatte nur wenige enge Verbündete, doch eine davon lebte hier in der Stadt. Den Menschen war sie unter dem Namen Lilith bekannt, doch Amicia kannte sie als »die erste Frau«. Die erste Frau an Adams Seite. Für ihre Schönheit und auch für ihre Intelligenz bekannt. Kein Wunder also, dass sie eine Modellagentur führte.

Der Ort, an den Amicia wollte, war nicht weit von ihrem Hotel entfernt, allerdings war es bereits zu spät, um dort aufzukreuzen. Seufzend schloss sie den Laptop wieder und blickte aus dem kleinen Fenster.

Die Nacht senkte sich bereits über Paris und Amicia wusste nicht, was sie tun sollte. Vier Tage ihres schon viel zu geringen Zeitfensters waren bereits abgelaufen und bisher hatte sie es nur in eine andere Stadt geschafft.

Leise meldete sich ihr Magen, sie musste dringend etwas essen. Ihr Körper hatte Bedürfnisse, eine Sache, die sie auch nach so vielen Jahren noch verwunderte. Und manchmal bestürzte.

In der frischen Abendluft spazierte sie durch die hübschen Straßen von Paris. Es roch nach komplexer Gourmetküche und Kaffee, die bunten Blumen ließen alles frisch und neu wirken. Diese Stadt war so ganz anders als Berlin, obwohl sie viel gemeinsam hatten. Die Menschen hier waren anders, zwar genauso in sich gekehrt und auf sich selbst konzentriert, aber sie trugen ein anderes Gesicht zur Schau.

Vor vielen, vielen Jahren war Amicia bereits einmal hier gewesen. Damals war sie über die alten Häuser und Straßen geflogen und nichts weiter als eine stumme Beobachterin gewesen. Jetzt hätte sie mit den Menschen kommunizieren können, aber das Bedürfnis danach war verschwunden.

In einem winzigen Imbiss holte sie sich eine Kleinigkeit zu essen. Auf dem Weg zurück zum Hotel kam sie an einem niedlichen kleinen Park vorbei. Allein auf einer Parkbank sitzend verdrückte sie die Portion Pommes frites und starrte in die Nacht.

Ihre Hände zitterten leicht, als sie eine zum Mund führte. Nervös war wohl der falsche Ausdruck für ihr Gefühl. Fest ballte sie die Faust, bis das Zittern verschwand. Sie war nicht nervös, sie war entschlossen. Ihre Chance stand schlecht, aber sie hatte eine. Und sie würde sich weder vom Himmel noch von der Hölle davon abbringen lassen.

***

Am nächsten Morgen stand Amicia um acht Uhr auf und machte sich fertig. Sie hatte nur diese eine Chance und der erste Eindruck zählte besonders. Das enge dunkelblaue Kleid betonte ihre milchig weiße Haut und die Kurven ihres Hinterns und ihrer Brüste. Ihre langen Locken ließ sie offen über die Schultern fallen. Durch die schwarze Mascara wurden ihre Wimpern noch länger und betonten ihre himmelblauen Augen.

Auf den viel zu hohen Pumps konnte sie gerade so gehen, aber sie ließen ihre Beine länger wirken. Sie sah eher aus, als würde sie auf die Piste gehen als zu einem Vorstellungsgespräch.

Pünktlich um neun Uhr stand sie vor dem schicken Neubau, in dem sie ihre Chance sah. Große Glasfronten ließen das helle Tageslicht herein. In riesigen geschwungenen Buchstaben stand dort der alles erklärende Name: *Agentur First*, by Lili First.

Bei dieser Anspielung musste Amicia beinahe die Augen verdrehen.

Im offenen Eingangsbereich erwartete sie eine hübsche Blondine hinter dem ausladenden Tresen. Das perfekte Make-up und die kunstvollen Locken hatten sie an diesem Morgen sicher Stunden gekostet.

»Guten Tag, was kann ich für Sie tun?«, fragte sie mit affektiert süßer Stimme.

»Ich würde gern mit Madame First sprechen.« Amicia erwiderte ihr strahlendes Lächeln.

»Darf ich fragen, ob Sie einen Termin haben?« Möglichst unauffällig checkte die Rezeptionistin Amicias Auftreten und ihre Kleidung.

»Nein, leider nicht. Aber ich muss sie wirklich dringend sprechen.«

»Oh, das tut mir schrecklich leid. Madame First hat einen sehr vollen Tagesplan und es ist uns leider nicht möglich, alle Anfragen zu beantworten. Besonders nicht ohne Anmeldung.« Das Lächeln der Frau gefror ihr förmlich im Gesicht und ein gelangweilter Ausdruck trat in ihre Augen. Sie wollte sich ganz offensichtlich nicht länger mit Amicia beschäftigen.

»Ich muss wirklich dringend mit ihr sprechen«, versuchte Amicia es noch einmal freundlich.

»Sie können gern warten. Dort drüben«, bot die Rezeptionistin mit vielsagendem, fast herablassenden Blick an.

»Danke sehr.« Amicia nickte ihr freundlich zu und suchte sich einen Platz auf einem der cremefarbenen Sessel am Fenster. Dabei spürte sie den genervten Blick der Rezeptionistin auf sich ruhen.

Ohne es zu verschleiern, blickte sie sich um. Schon die Eingangshalle verströmte Macht und Reichtum. Jahrtausende auf dieser Erde mussten Lilith etwas gebracht haben. Es war ein Leichtes gewesen, diese Agentur zu finden, immerhin versteckte die erste Frau sich nicht und ihr Gesicht war allen Engeln bekannt.

Amicia bereitete sich auf eine lange Wartezeit vor. Sie hatte damit kein Problem, immerhin hatte sie nichts anderes zu tun.

***

Die Stunden zogen sich langsam dahin. Zehn Uhr, elf, zwölf.

Leute kamen und gingen. Die hochnäsige Rezeptionistin begrüßte jeden von ihnen mit derselben falschen Freundlichkeit. Amicia war nicht die Einzige, die an diesem Morgen weggeschickt wurde.

Und doch ließ sie sich von all dem nicht stören. Völlig entspannt saß sie auf dem Sessel und schaute aus dem Fenster. Ihr Verhalten war der Rezeptionistin nicht geheuer, das merkte Amicia recht schnell. Die Menschen hielten andere ihrer Art, die nicht am Handy hingen, für seltsam.

Aber Amicia langweilte sich auch ohne Technik nicht. Nach vielen Jahrhunderten hatte sie eine seltsame Faszination dafür entwickelt, die Menschen einfach nur zu beobachten. Man konnte viel aus dem einfachsten und alltäglichsten Verhalten lesen.

Und an den großen Fenstern der Agentur liefen genug Menschen vorbei, um sich stundenlang zu beschäftigen:

Die Bewohner von Paris, die sich schon lange an den Wundern der Stadt sattgesehen hatten. Träumer, die immer noch nach diesem besonderen Funken suchten, der etwas in ihrem Herzen berührte. Touristen, die jede noch so kleine Kleinigkeit beeindruckte. Mit staunendem Blick wanderten sie durch die Straßen und versuchten alles in sich aufzunehmen.

Jeder Mensch in dieser Stadt hatte eine Geschichte, die sich in ihre Seele eingebrannt hatte. Gut und Böse kämpften um die Vorherrschaft, ohne dass die betroffene Person etwas ahnte.

Spielte es überhaupt eine Rolle, was nach dem Tod auf einen wartete, wenn man nichts davon wusste? War es nicht besser für die Menschen, ihr Leben so zu leben, wie sie es wollten, solange sie es konnten? Um die Konsequenzen konnte man sich danach immer noch kümmern.

Hatte Gott den Menschen nicht deshalb den freien Willen gegeben?

Mehrmals musste Amicia blinzeln. Schon wieder verstrickte sich ihr Verstand in diese Gedankenspiele. Solche Fragen waren der Grund, weshalb man ihr die Flügel ausgerissen hatte.

Das leise Klappern der Tastatur der Rezeptionistin wurde kaum von der leisen Hintergrundmusik übertönt. Immer wieder hob die Frau den Blick und schaute zu Amicia hinüber. Nur für einen Wimpernschlag, dann wandte sie sich wieder ihrer vorgeschobenen Arbeit zu. Ihre Nervosität und Unsicherheit waberten durch die Luft.

Sicher reichte dieses abweisende Verhalten, um die sonstigen Wartenden zu vertreiben. Menschen begaben sich nicht gern in Situationen, die ihnen unangenehm waren. Aber Amicia war kein Mensch. Und sie hatte ordentlich Sitzfleisch.

Ihre Geduld wurde belohnt.

Um kurz nach zwei Uhr hielt eine schwarze Limousine vor der Agentur. Der Fahrer beeilte sich auszusteigen und öffnete die hintere Wagentür. Sofort sprang die Rezeptionistin auf und kam hinter ihrem beschützenden Tisch hervor.

Nun war sie also endlich da.

Lilith.

Doch leider wurde Amicia der Blick auf die mächtige Frau verwehrt. Sie wurde umschwärmt von einer Gruppe Assistenten und Speichellecker, die jeder ihrer Anweisungen Folge leisteten und um ein wenig Anerkennung bettelten.

Langsam erhob Amicia sich. Schweigend beobachtete sie das Chaos, welches durch das Foyer fegte. Niemand schenkte ihr Beachtung, schien auch nur zu bemerken, dass sie da war.

Die wartende junge Frau war nichts weiter als ein Teil der Einrichtung.

Als Amicia sich leise räusperte, war dieses Geräusch so unerwartet und fremd in dieser Umgebung, dass sie dadurch tatsächlich die Aufmerksamkeit aller Anwesenden erhielt.

Sieben Köpfe wandten sich ihr gleichzeitig zu, vierzehn Augen blickten fragend, überrascht, entsetzt oder wütend. Nur die erste Frau selbst schenkte Amicia immer noch keine Aufmerksamkeit. Stattdessen wandte sie ihren Blick der Rezeptionistin zu. »Und wer ist *das* bitte?«

Ihrer Stimme mangelte es an Freundlichkeit. Sie war deutlich genervt und hatte wenig Lust auf dieses Gespräch.

»Diese junge Frau wollte Sie unbedingt sprechen«, stotterte die Empfangsdame nach einigen Augenblicken endlich. »Sie wartet schon seit Stunden.« Vielleicht war dieser winzige Nachsatz eine Entschuldigung für die vorherige Unfreundlichkeit. Vielleicht war sie aber auch ein Versuch, die Schuld für diese unhöfliche Unterbrechung ganz auf Amicias Ungeduld zu schieben.

Mit einer deutlich unwilligen Bewegung nahm die erste Frau ihre Sonnenbrille ab und drehte den Kopf leicht in Amicias Richtung. Kurz wanderte ihr Blick an ihrem Körper hoch und runter.

»Ich muss dich leider enttäuschen. Der unschuldige Engelslook ist nicht mehr angesagt. Perfektion, auch wenn sie bei dir echt zu sein scheint, ist langweilig.«

Ohne einen weiteren Blick drehte Lilith sich um und setzte ihren Weg durch das Foyer fort. Für sie war diese kurze Audienz beendet.

»Lilith, ich muss mit dir sprechen.«

Amicia würde sie nicht so schnell abwimmeln lassen. Die Worte, die im Raum hingen, waren für die Menschen nicht verständlich. Die uralte Sprache, die über Amicias Lippen gekommen war, klang abgehackt und gleichzeitig melodisch. Die erste Sprache, die jemals auf dieser Welt gesprochen worden war, war außer bei den Engeln schon lange vergessen. Nur drei Menschen waren überhaupt in der Lage, sie zu verstehen, zwei davon waren sicher im Himmel verwahrt. Der dritte wirbelte jetzt mit wildem Blick zu Amicia herum.

Liliths ausdrucksstarke Bernsteinaugen blitzten interessiert und wütend. Schnaubend überwand sie den Abstand zwischen sich und Amicia, dabei wiegte sie mit den ausladenden Hüften.

In vielerlei Hinsicht war Lilith das absolute Gegenteil ihrer Nachfolgerin Eva. Ihr rabenschwarzes Haar berührte knapp ihre schmalen Schultern, die schnell durch die ausladenden Rundungen ihrer Brüste abgelöst wurden. Liliths Körper war in der Lage, jeden Mann schwach werden zu lassen. Viele waren bereits vor ihr auf die Knie gegangen.

Sie war Feuer und Eigensinn in Person. Ihr Wille war ungebrochen, ganz egal worum es ging. Niemals würde sie sich unterordnen, erst recht keinem Mann wie Adam, dem es selbst am nötigen Intellekt gefehlt hatte.

Dies war der Grund, weshalb Gott Eva keinen freien Willen gewährt hatte. Er hatte seiner Schöpfung eine treue, gute Gefährtin zur Seite stellen wollen, die nicht alles infrage stellte und ihren eigenen Weg suchte. Eva war perfekt und blind gewesen, bis sie sich der Schlange geöffnet hatte.

All diese Erkenntnisse schossen Amicia innerhalb weniger Herzschläge durch den Kopf, während sie dem intensiven Blick Liliths standhielt.

»In mein Büro«, zischte diese nach ewig andauernden Minuten. Ihre kleine Armee von Arschkriechern rannte aufgeregt durcheinander und versuchte ihrem Wunsch so schnell wie möglich nachzukommen.

Entspannt folgte Amicia den aufgescheuchten Hühnern in einen wartenden Aufzug. Während der kurzen Fahrt herrschte eine bedrückte Stille und Lilith würdigte sie nicht einmal eines Blickes, ihr Gesicht war starr und ausdruckslos.

Das große Büro, von dem aus Lilith ihr Reich regierte, lag allein im obersten Stock. Der schwarze Marmorboden war so stark poliert, dass man sich darin spiegeln konnte. Große Blumensträuße standen überall herum, natürlich perfekt abgestimmt auf Möbel- und Wandfarbe.

»Verschwindet, alle!«, rief Lilith genervt und vertrieb ihre Entourage. Ihre hohen Absätze klapperten auf dem Boden, als sie mit schnellen Schritten zu dem Massivholzschreibtisch ging, der mitten im Raum stand.

Nachdem die Assistenten, Leibwächter und wer sonst noch aus dem Raum verschwunden waren, war es lange Zeit totenstill. Mit verschlossenem Blick saß Lilith hinter ihrem Schreibtisch wie eine Königin auf ihrem Thron.

»Vielen Dank, dass du mich empfängst«, begann Amicia zögerlich. Immer noch sprach sie in der vergessenen Sprache, die ihr auch nach all der Zeit noch problemlos von der Zunge rollte.

»Ach, lass doch dieses uralte Kauderwelsch«, fuhr Lilith sie an. »Niemand spricht das heutzutage mehr.«

»Da, wo ich herkomme, schon noch ab und zu«, murmelte Amicia.

»Der Himmel und ich sind nicht gerade freundschaftlich auseinandergegangen. Am besten erwähnst du nichts mehr in dieser Richtung, wenn du nicht sofort rausfliegen willst.« Aus einer Schublade holte die erste Frau einen kleinen goldenen Flachmann hervor. Sie genehmigte sich einen Schluck, bevor sie wieder zu Amicia schaute.

»Du bist also eine Gefallene?«

Leicht beugte sich Amicia vor und zog das Kleid von ihren Schultern. Die wulstigen, leuchtend roten Narben stachen aus ihrer weißen Haut hervor. Sie sahen aus, als wären sie gerade erst verheilt – eine andauernde Erinnerung an das, was sie verloren hatte.

»Wie lange ist es her, dass der Himmel dich rausgeworfen hat?«

»Sechshundertfünfzig.«

»Was? Tage, Wochen, Monate?« Fragend hob Lilith die Augenbrauen.

»Jahre«, hauchte Amicia.

Für eine Sekunde verrutschte die ach so perfekte Maske der ersten Frau und man konnte die ehrliche Überraschung in ihrem Gesicht sehen. »Sie haben dich vor sechshundertfünfzig Jahren hier runtergeschickt?«

Amicia zuckte nur mit den Schultern.

»Und erst jetzt meldest du dich bei einem von uns. Hast du wirklich die letzten Jahrhunderte unter den Menschen verbracht? Worauf hast du gewartet?«

»Ich hatte Hoffnung. Dass ich irgendwann wieder nach Hause komme«, gestand Amicia.

»Engelchen, der Himmel gibt keine zweiten Chancen. Ganz egal, wie loyal du auch bist. Hast du verkackt, dann hast du verkackt. Finde dich damit ab!«

»Die Hoffnung ist meist stärker als der Verstand. Ich wollte hoffen. Und bereit sein, falls ich eine Chance bekomme«, erklärte Amicia ruhig.

Lilith hob die schmalen Augenbrauen und ließ ihren Blick noch einmal über Amicia gleiten. »Dann bist du hier an der falschen Adresse. Noch viel weiter weg vom Himmel geht kaum.«

»Genau das möchte ich.« Amicia nahm die Schultern zurück und blickte die erste Frau völlig ruhig an. »Ich bin durch mit dem Himmel.«

Ein kurzes, trockenes Lachen entwich dieser. »Du willst mir doch jetzt nicht tatsächlich verklickern, dass du nach mehreren Jahrhunderten einfach so beschlossen hast, dass es jetzt genug ist?«

Mit diesen Fragen hatte Amicia bereits gerechnet. Wieso sollte Lilith ihr auch einfach so glauben? Unter dem aufmerksamen Blick der ersten Frau begann sie, auf und ab zu gehen.

»So einfach ist das leider nicht«, begann sie mit zögerlicher Stimme zu sprechen. »Mein Jahrestag des Falls ist erst kurz vorbei, jetzt sind es genau sechseinhalb Jahrhunderte. Und in all dieser Zeit hat sich niemals jemand für mich interessiert. Sollte ich mich dann nicht endlich mal damit abfinden, dass sie mich nicht mehr wollen?«

Ein mitleidiger, aber auch verstehender Ausdruck trat in Lilith Augen. »Nichts ist schlimmer als das Gefühl, nicht geliebt zu werden.« Wenn einer wusste, wie sich das anfühlte, dann war es die ehemalige Frau Adams. »Und jetzt willst du auf unsere Seite wechseln?«, fragte Lilith weiter. Ihre wachsamen Augen lagen auf Amicia, registrierten jede ihrer Bewegungen.

Nachdenklich schüttelte diese den Kopf. »Nein.«

»Dann verstehe ich deinen kleinen Besuch hier allerdings nicht.«

Tief atmete Amicia durch und versuchte sich zu sammeln. Jetzt wurde es kompliziert. »Der Himmel hat mich vergessen, aber ich kann ihn nicht einfach so hinter mir lassen. Außerdem weiß ich nicht, was mich bei euch erwartet.«

»Schätzchen, wir sind kein Aboservice, wo du einen Probemonat ausmachen kannst«, warf Lilith ein. »Entweder kommst du zu uns oder eben nicht.«

Innerlich biss Amicia sich auf die Zunge. »Es ist nicht einfach, sein Leben komplett umzukrempeln. Ich kenne euch nicht und habe ganz sicher kein Vertrauen zu euch. Aber ich will nicht mehr allein sein.«

»Nur damit ich das richtig verstehe.« Langsam erhob die erste Frau sich und trat um ihren Schreibtisch herum auf Amicia zu. »Du hast den Himmel nach sechshundertfünfzig Jahren endlich satt, bist aber nicht bereit zu einem Dämon zu werden. Du bleibst lieber eine Gefallene, nichts Halbes und nichts Ganzes.«

»Wer garantiert mir, dass ihr mich nicht genauso verstoßt wie die da oben?« Mit dem Kinn nickte Amicia in Richtung Decke. »Dämonen kann man nicht vertrauen.«

»Engeln genauso wenig«, schoss Lilith zurück. »Aber nun gut, was soll ich denn dann mit dir anfangen? Als Gefallene kannst du keine Seelen sammeln und, nimm es nicht persönlich, als Model machst du auch nur wenig her.«

Mit einer einzigen eleganten Bewegung holte Amicia die beiden Klingen hervor, die sie bisher an ihren Armen versteckt hatte. »Sicher kannst du eine Leibwächterin gut gebrauchen.«

Wenig beeindruckt blickte Lilith auf die dünnen Stahlmesser, die nun locker in Amicias Händen langen. Diese Messer hatte sie sich schon vor einigen Jahrzehnten besorgt, sie waren gut gearbeitet, aber kein Vergleich zu den Engelsschwertern, die sie einmal besessen hatte.

»Du warst also Teil der Engelsbrigade?« Interesse blitzte in Liliths Augen auf. »So ein kleines, unscheinbares Ding. Aber wenn ich eines gelernt habe in meinem durchaus langen Leben, dann sollte man das Innere eines Buches niemals nach dem Einband beurteilen.«

Nun stand sie direkt vor Amicia, dank der High Heels waren die beiden Frauen auf einer Höhe. In den Tiefen von Liliths Augen blitzte ein rotes Feuer auf und ihre vollen Lippen formten ein schmales Lächeln. »Wieso eigentlich nicht?«

Etwas überrascht stolperte Amicia einen Schritt zurück. »Wirklich?«

»Es ist nicht sonderlich klug, meine Entscheidungen infrage zu stellen.«

»Aber wieso?«

»Du musst weniger Fragen stellen, Amicia. Erstens lässt es dich leicht dümmlich aussehen, zweitens erkläre ich mich grundsätzlich niemandem. Meine Gründe sind allein meine Sache. Freu dich darüber oder verschwinde wieder!« Kurz deutet sie in Richtung Tür.

Schnell senkte Amicia den Blick. »Danke.«

»Allerdings habe ich eine Bedingung.« Das Lächeln, welches sich nun auf dem Gesicht der ersten Frau zeigte, konnte man nur als bösartig bezeichnen.

Fragend hob Amicia eine Augenbraue.

»Für mich ist es unerklärlich, wie jemand nach so vielen Jahrhunderten immer noch wie ein Engel aussehen kann. Dir strömt der Himmel noch aus jeder Pore und jeder Strähne, das müssen wir ändern.«

Unwillig griff Amicia nach ihren langen Haaren und fuhr mit den Fingerspitzen hindurch. Über ihr Aussehen hatte sie sich nie viele Gedanken gemacht, in ihrer Lebenslage spielte es auch keine Rolle. »Ich verstehe nicht ganz.«

»Sieh es als einen kleinen Vertrauensbeweis, den du erbringen musst.«

Behutsam nahm Lilith eine von Amicias langen Locken zwischen die Finger. »Immerhin gebe ich dir hier auch einen großen Vorschuss.«

Trocken schluckte Amicia. Das Aussehen eines Engels ändert sich niemals, ihre ganze Existenz über sahen sie gleich aus. Was auch immer Lilith also mit ihr vorhatte, es würde für immer bleiben.

Doch was war schon etwas so Unwichtiges wie ihr Aussehen, wenn Amicia dafür nach Hause zurückkehren konnte. Sanft lächelte sie die erste Frau an. »Kein Problem.«

»Nun gut.« Zufrieden rieb diese sich die Hände und ging zurück zu ihrem Schreibtisch. »Dann lass es uns miteinander versuchen. Die Kriege sind nur noch ein billiger Abklatsch und das einzig wahre Böse findet man in den Tiefen des Internets. Ich brauche Abwechslung.«

»Das ist zwar nicht meine Aufgabe, aber ich werde es versuchen«, versprach Amicia mit wenig Begeisterung in der Stimme. So ganz traute sie dem Braten noch nicht, es war zu leicht gegangen. »Und jetzt?«

Ohne aufzuschauen, scrollte Lilith durch ihr Handy, dabei wickelte sie eine Strähne ihres Haares um ihren Finger. »Du gehst nach Hause. Morgen früh wird dich ein Wagen abholen und dann schauen wir weiter. Eine Woche, so viel Zeit gebe ich dir mich zu überzeugen.«

Ein weiteres Ultimatum, eine weitere Uhr, die über Amicias Kopf tickte. Doch es war ein Schritt in die richtige Richtung. Mit einem kleinen Lächeln nickte sie. »Das werde ich schaffen.«

»Wo wohnst du?« Lilith ging nicht weiter auf ihre Aussage ein.

Etwas zögerlich nannte Amicia den Namen ihres Motels.

»Da hast du dir aber ein ganz schönes Drecksloch ausgesucht«, kommentierte Lilith trocken.

»Ich habe keine hohen Ansprüche ans Leben.«

Einige Herzschläge lang blickte Lilith Amicia einfach nur an. »Das ist eine verdammt traurige Aussage.«

Wortlos senkte die Gefallene die Augen. Was sollte sie dazu noch großartig sagen? Sich zu verteidigen hatte keinerlei Sinn und an der Situation würde es nichts ändern.

»Wir sehen uns morgen.«

Eine weitere Verabschiedung würde Lilith nicht aussprechen, ihre Aufmerksamkeit hatte sich bereits etwas anderem zugewandt.

Mit einem zufriedenen Lächeln auf den Lippen verließ Amicia das Büro. In der Eingangshalle warf sie der Empfangsdame einen kurzen Blick zu, doch diese achtete nicht auf sie.

***

Die Nacht senkte sich langsam über Paris und das Nachtleben erwachte. Unendlich viele Lichter begannen die Dämmerung zu erhellen, Musik drang leise an Amicias Ohr. Menschen schlenderten nun viel entspannter über die Bürgersteige und unterhielten sich leise.

Tief atmete Amicia die frische Nachtluft ein. Paris hatte diesen einzigartigen Geruch, der im ersten Moment schwer zu beschreiben war. Schokolade, gemischt mit Wein und Rosen. Fremd und exotisch, doch irgendwie bekannt.

Eine fast vergessene Leichtigkeit ließ ihr Herz höher schlagen. Ihre Schritte wurden leichter, beinahe schwebte sie über den abgetretenen Asphalt.

Ihr Ziel rückte langsam, aber sicher, näher.

KAPITEL DREI – VERÄNDERUNG

Zum ersten Mal seit Langem hatte Amicia sich keinen Wecker gestellt. Sie wollte sich einen einzigen Morgen gönnen, in dem sie im Bett lag und ausschlief. Doch die Geräusche der Stadt und ihr aufgebrachter Verstand machten ihr einen Strich durch die Rechnung.

Noch bevor die Sonne den Himmel in strahlende Rottöne hüllte, schreckte die Gefallene aus dem Schlaf hoch. Laute Rufe drangen durch das offene Fenster. Mit nackten Füßen tapste sie über den kühlen Laminatboden, um es zu schließen.

Kratziges Männerlachen drang von der Straße zu ihr hinauf. Eine Gruppe Betrunkener hatte sich um einen Laternenpfahl versammelt. Einer von ihnen hatte die Hose heruntergelassen und pinkelte unter dem lauten Jubel der anderen gegen den Pfahl.

Angewidert verzog Amicia den Mund. Die Stadt der Lichter hatte durchaus ihre Schattenseiten und sie konnte sich wahrscheinlich glücklich schätzen, dass sie lediglich Zeugin öffentlichen Urinierens wurde und von nichts Schlimmerem.

Mit einem leisen Seufzer schloss sie das Fenster und verkroch sich wieder unter ihrer dünnen, rauen Decke. Für einige Minuten schloss sie die Augen und versuchte wieder einzuschlafen.

Doch schnell bereute Amicia das Fenster geschlossen zu haben. Die Luft staute sich in dem kleinen Zimmer und wurde mit jeder Minute wärmer. Frustriert wälzte sie sich auf die andere Seite und strampelte sich die Decke von den Beinen.

***

Irgendwann musste sie doch wieder weggenickt sein, denn sie erwachte in vollem Sonnenschein. Ein dünner Schweißfilm hatte sich auf ihrer Haut gebildet. Gerädert rieb Amicia sich das Gesicht und stand auf. Es war erst kurz nach neun, doch sie konnte einfach nicht mehr schlafen.

Müde legte sie den Arm über die Augen und sperrte so das Tageslicht aus. Untermalt von den Geräuschen der voll erwachten Stadt ließ sie den gestrigen Tag noch einmal Revue passieren.

War es zu einfach, sich bei Lilith einzuschleichen?

Schnell korrigierte Amicia sich selbst, noch hatte sie es nicht geschafft. Vielleicht waren das Glück oder die göttliche Macht auch auf ihrer Seite.

Nun musste sie genau darauf achten, wie es weiterging. Schwungvoll stand sie auf und lief ins Badezimmer. In dem flackernden Neonlicht, welches den fensterlosen Raum als Einziges erhellte, wirkte ihre blasse Haut beinahe grün. Nachdenklich betrachtete Amicia sich selbst, fuhr mit den Fingern durch ihre langen Haare und spürte die weichen Strähnen.

Unsicher fasste sie ihre Haare zusammen und ballte sie hinter ihrem Kopf. Spielte es denn irgendeine Rolle, wenn ihr bald ein anderes Spiegelbild entgegenschaute? Was Lilith wohl mit ihr vorhatte?

Mehrmals schüttelte sie kräftig den Kopf und griff dann nach ihrer Zahnbürste. Zu viel über die Zukunft und die kommenden Möglichkeiten nachzudenken machte sie nur verrückt. Es gab ein einziges Ziel für sie und darauf musste sie sich konzentrieren.

Die wenige Kleidung, die sie mitgenommen hatte, lag ausgebreitet auf dem Bett vor ihr. Das Kleid vom gestrigen Tag konnte sie nicht mehr tragen, so viel war klar. Und Liliths Ansprüche hatten über Nacht wohl auch nicht nachgelassen.

Keines ihrer weiteren Kleidungsstücke sagte »Bodyguard einer hoch angesehenen Dämonin« aus, aber daran konnte sie jetzt wohl auch nichts ändern. Eine einfache schwarze Hose, ein weißes Shirt und ein schwarzer Blazer mussten für diesen Tag wohl reichen.

Nachdem sie fertig angezogen war und ihre Haare zu einem Zopf gebunden hatte, blieb Amicia nichts weiter übrig, als zu warten. Auf einmal kam ihr das Motelzimmer viel zu klein vor, zu eng und immer noch stickig. Unsicher zerrte Amicia an dem hohen Kragen ihres Shirts und eilte zum Fenster, um tief Luft zu holen.

Es war lange her, dass sie solche Panik gehabt hatte. Wenn ihr Leben unter den Menschen ein Gutes bereithielt, dann war es die Tatsache, dass ihre Gefühle immer kontrollierbar waren. Während die Menschen ihren Emotionen ausgeliefert waren, konnte sie sich zurücknehmen. Ein Talent, welches alle Engel hatten, im Himmel war das eine völlig normale Sache. Doch hier auf der Erde spürte Amicia es deutlicher.

Obwohl sie nun frische Luft bekam, hatte sie immer noch das Gefühl, ihre Kehle würde zugedrückt. Kraftlos stützte sie sich auf dem Fenstersims ab, während ihr Verstand zu einem Tag vor so vielen Jahrhunderten zurückkehrte.

Alles tat ihr weh. Jeder noch so winzige Zentimeter ihrer Haut brannte, ihre Muskeln schrien vor Qual auf, ihre Knochen knarrten bei jeder Bewegung. Aber sie war am Leben, wenn man es denn so nennen konnte.

Kraftlos lag sie einfach nur so da, in dem Matsch und Dreck, in den ihr Körper gekracht war. Über ihr spannte sich der strahlend blaue Himmel, welcher sie auszulachen schien. Das grelle Licht der Sonne war wie ein gleißend weißer, blinder Punkt in ihrem Sichtfeld.

Sie hatte jedes Zeitgefühl verloren. Der Schmerz betäubte ihren Verstand, sodass sie nicht einmal mehr in der Lage war zu blinzeln. Irgendwann konnte sie den Himmel nicht mehr sehen, da war nur noch das kalte, abweisende weiße Licht.

Das Erste, was sie nach dem Schmerz spürte, war die Kälte. Das Klappern ihrer eigenen Zähne durchbrach die Stille, die sie bisher umgeben hatte. Irgendwie nahm Amicia das letzte bisschen ihrer Kraft zusammen und schloss die Augen.

Heiß brannten die Tränen auf ihrer Wange, langsam rannen sie ihr Gesicht hinunter und verschwanden in ihren verdreckten Haaren. Die Luft schmerzte in ihrer Lunge, zum ersten Mal nahm sie den Geruch nach Müll und Scheiße war.

Jeder Atemzug tat weh und sie schaffte es kaum einzuatmen. Die Panik drückte ihre Kehle zu, ließ keinen Sauerstoff hinein, den sie nun zum Leben brauchte.

Sie war gebrochen. Ihr Geist und ihr Körper zerstört. Aber irgendwie war sie noch am Leben. Abgeschnitten von ihrem Zuhause.

Verstoßen.

Gefallen.

Allein.

Laute Rufe hallten über die Straße und holten Amicia mit einem Ruck in die Gegenwart zurück. Ihre Hände zitterten. Sie ballte die Fäuste so fest, dass sich ihre Nägel schmerzhaft in ihre Handballen gruben.

Fest kniff sie die Augen zusammen und holte mehrmals tief und langsam Luft. Der unsichtbare Griff um ihre Kehle löste sich langsam wieder und sie konnte durchatmen.

Erneut rief jemand etwas und sie konzentrierte sich auf die Straße unter ihrem Fenster. Eine schicke schwarze Limousine war gerade vor dem Motel vorgefahren, die so gar nicht in dieses Viertel passen wollte. Das war dann wohl ihr Zeichen rauszukommen.

Mit steifen Knien stieg sie die Treppe hinunter und durchquerte die schmucklose Eingangshalle des Motels. Die Ankunft des Wagens hatte einige Aufmerksamkeit angezogen. So schnell sie konnte, ließ Amicia sich auf den Rücksitz fallen und nickte dem Fahrer, der ihr die Tür aufhielt, kurz zu.

Nachdenklich kaute sie auf ihrem Daumen herum und blickte bei der kurzen Fahrt aus dem Fenster. Paris zog an ihr vorbei. Zusammen mit Hunderten anderen Autos überquerten sie die Seine und fuhren am Arc de Triomphe vorbei. Fahrzeuge aller Art drängten sich über die völlig überfüllten Straßen, Tausende Menschen waren in der Metropole unterwegs.

Schon bald fand sie sich in einem der teuersten Viertel von Paris wieder. Das 16. Arrondissement empfing sie an diesem wunderschönen, sonnigen Tag mit blühenden Hecken und sauberen Bürgersteigen. Der Verkehr hatte sich nach dem Arc de Triomphe etwas beruhigt, doch ganz still war es in dieser Stadt wohl nie.

Sanft hielt der Wagen vor einer schicken mehrstöckigen Stadtvilla, von der aus man einen sicher beeindruckenden Blick über den angrenzenden

Park hatte. Das roséfarbene Haus stach zwischen den vielen frühlingsgrünen Bäumen im Hintergrund stark hervor.

Dankend ergriff Amicia die Hand des Fahrers und ließ sich aus dem Wagen helfen. Dieses Viertel war so anders als die Gegend, in der sich ihr lausiges Motel befand, dass man beinahe glauben könnte, sie wäre in einer ganz anderen Stadt gelandet.

Auf der anderen Straßenseite schob ein adrett gekleidetes Paar einen altmodischen Kinderwagen über den Bürgersteig, ein kleiner Hund rannte aufgeregt neben ihnen her. Sicher würde hier niemand johlend gegen einen Laternenpfahl pinkeln.

Um etwas zu tun zu haben, zog Amicia ihren Blazer zurecht und blickte sich noch einmal um. Der Fahrer war wieder eingestiegen und hatte sie wortlos vor der Villa zurückgelassen. Dann war dies anscheinend ihr Ziel.

Ein letztes Mal blickte sie sich um und suchte nach einer möglichen Bedrohung. Ihr war klar, dass sie die Höhle des Löwen betrat und es bald kein Zurück mehr gab. Trotzdem stieg sie die alte Steintreppe hinauf und drückte auf die Klingel.

Nach einigen Augenblicken wurde die Tür geöffnet und ihr blickte eine hübsche junge Frau entgegen. Sie trug eine einfache schwarz-weiße Uniform und bat Amicia wortlos herein.

»Madam Lilith erwartet Sie bereits, bitte folgen Sie mir.« Sie hatte einen angenehmen französischen Akzent.

Während Amicia dem Hausmädchen folgte, blickte sie sich aufmerksam um. Liliths dekadenter Stil zeichnete sich auch hier deutlich ab.

Die großzügige Eingangshalle, die sie durchquerten, war mit Marmor ausgelegt, mehrere in Gold gefasste Spiegel hingen an den Wänden. Ein riesiger Kronleuchter erhellte alles.

Der Salon, den sie nun betraten, war riesig. Feiner Stuck verzierte die Deckenränder, schwere Teppiche schluckten ihre Schritte. Neben dem teuren Stoff der Sofakissen kam Amicia sich heruntergekommen und schäbig vor.

Ohne ein weiteres Wort nickte das Hausmädchen ihr knapp zu und ließ sie dann einfach allein. Für einen Moment stand Amicia unsicher und völlig fehl am Platz in der Gegend herum, bevor ihre Neugierde sie in Bewegung setzte.

Als Erstes trat sie an die große Fensterfront, die sie in den Hinterhof blicken ließ. Ein kleiner, aber feiner Garten trennte sie von dem Park und den dazugehörigen hohen Bäumen. Eine etwa zwei Meter hohe Mauer grenzte alles ab.

Leider kannte Amicia sich nicht sonderlich gut mit Kunst aus, ansonsten hätte sie vielleicht mehr über die Bilder sagen können, die an den Wänden hingen. Aber eines war ihr klar: Es waren allesamt Originale und sicher von sehr bekannten Künstlern.

»Das ist ein echter Gerhard Richter. Einer von nur 350, die jemals gemalt wurden.« Mit einem andächtigen Blick kam Lilith in den Salon geschlendert und stellte sich neben Amicia. »Als ich die Farben und die Komposition sah, musste ich ihn einfach kaufen.«

Mit schräg gelegtem Kopf betrachtete die Gefallene das abstrakte Chaos aus Rot, Silber, Schwarz und Gold vor sich auf der Leinwand. Sicher, es war schön, aber ihrer Meinung nach war es den Preis, den Lilith sicher dafür gezahlt hatte, nicht wert.

»Also wurdest du in der Nacht nicht überfallen, da hast du noch mal Glück gehabt.« Abwartend blickte Lilith sie an.

»Dir auch einen schönen Tag«, gab Amicia einfach zurück. »Hübsch hast du es hier.«

Seufzend ließ Lilith ihren Blick durch den Raum schweifen. »Ich muss zugeben, dies ist von all meinen Immobilien meine liebste. Fast würde ich es mein Zuhause nennen.«

»Eine große Ehre, dass du mich eingeladen hast.«

»Nun, wenn du meine Leibwächterin sein willst, dann musst du wohl oder übel wissen, wo ich wohne.«

Schweigend nickte Amicia und betrachtete weiter das Bild vor sich. Immer wieder zuckten ihre Finger gegen die versteckte Dolchscheide an ihrem Oberschenkel. Das Gewicht der Klinge beruhigte sie ein wenig.

»Dann wollen wir mal zu dem kommen, weshalb du hier bist.« Aufgeregt klatschte Lilith in die Hände und der Schalk trat erneut in ihre Augen. »Folge mir!«

Auch der Rest des Hauses war geschmückt mit teurer Kunst und stylishen Möbeln. Lilith bewegte sich wie schon am vorherigen Tag voller Selbstvertrauen und Eleganz, aber sie wirkte ein wenig lockerer. Hier war sie ganz offensichtlich in Sicherheit und musste sich nicht verstellen.

Zwei Stockwerke stiegen sie nach oben, bis sie in einem einzigen großen Studio ankamen. Die großen Fenster waren geöffnet und ließen die warme Luft hinein, dünne Vorhänge wehten in der sanften Brise.

Überall im Raum verteilt standen Schaufensterpuppen, gekleidet in feiner Haute Couture. An den Wänden hingen große Abzüge von Bildern von Modeshows oder alten Titelseiten.

»Willkommen in meiner Höhle.« Einladend öffnete Lilith die Arme und drehte sich einmal um sich selbst. »Das hier ist das eigentliche Hauptquartier meiner Agentur. Der Ort, an dem ich meiner wahren Berufung nachgehe.«

Um ihre Antwort zurückzuhalten, biss Amicia die Zähne zusammen. Hier wurden also die Seelen der Menschen geraubt. Wer hätte damit gerechnet, dass dies an einem so schönen Ort stattfand?

Der hintere Teil des Studios war durch eine frei stehende Wand abgetrennt. Dahinter war ein kleiner Haar- und Schönheitssalon errichtet worden. Eine hochgewachsene Brünette sortierte einige Scheren, als sie eintraten.

»Ah, das muss unser kleiner Engel sein. Du hast recht Lilith, eine bessere Definition für Himmelskind kann es kaum geben.« Mit verschränkten Armen blickte die Brünette ihr entgegen.

Sie sah aus wie ein Mensch, doch für eine winzige Sekunde flatterte ihre Erscheinung und Amicia konnte ihre wahre Gestalt, den Dämon, erkennen. Eine vage Form von Rauch, der den Albträumen entsprungen war. Menschen verloren bei diesem Anblick regelmäßig den Verstand, sogar Amicia zuckte innerlich kurz zusammen.

Jetzt streckte diese Dämonin Amicia mit einem breiten Grinsen die Hand entgegen. »Ich bin Antonia Marie. Schön dich kennenzulernen.«

»Antonia Marie?« Etwas ungläubig hob Amicia die Augenbraue.

Die Dämonin deutete ihr an, auf einem der Stühle Platz zu nehmen. »Nun, Marie-Antoinette ist eine meiner großen Stilikonen. Vor allem, da das arme Mädchen von der Geschichte so schlecht behandelt wurde.«

»So wie viele große Frauen«, kam es beinahe gelangweilt von Lilith, die es sich auf einem Sofa bequem gemacht hatte.

»Bevor wir uns auf eine lange Diskussion über Geschichte und die schlechte Behandlung so mancher Geschlechtsgenossinnen einlassen, sollten wir vielleicht anfangen.«

Mit vorsichtigen Bewegungen löste Antonia Amicias Zopf und ließ ihre Haare frei hinunterfallen. »Lass uns den Himmel entfernen.«

Wortlos senkte Amicia den Blick. Sie saß direkt vor einem großen Spiegel und konnte jede Bewegung hinter sich erkennen. Immer wieder redete sie sich selbst ein, dass ihr ihr Aussehen nichts bedeutete, bisher hatte es das doch nie getan.

»Was muss ein so hübscher Engel wie du getan haben, um aus dem Himmel verbannt zu werden?«, fragte Antonia neugierig, während sie mit einer Bürste durch Amicias Haare fuhr.

Die Gefallene schwieg weiter, den Kopf gesenkt.

»Mach dir keine Mühe, sie wird dir nichts sagen«, kommentierte Lilith hinter ihr. »Unser Engelchen hat es nicht so mit der offenen Kommunikation.«

»Wir alle haben unsere Geheimnisse.« Entspannt zuckte die Dämonin mit den Schultern und machte sich an die Arbeit. »An was hast du gedacht, Lilith? Pechschwarz und raspelkurz?«

Zur Antwort hob die erste Frau die Hand und deutete mit den Fingern eine Schere an.

Freudig grinste Antonia.

»Während wir also ein neues Ich aus dir herauskitzeln, sollten wir beide über deine Aufgaben bei mir reden.« Die erste Frau hatte sich erhoben und stellte sich mit verschränkten Armen neben Antonia.

Abwartend blickte Amicia zu ihr hoch.

»Da du in den letzten Jahrhunderten keinerlei Kontakt zu uns gesucht hast, gehe ich einfach mal davon aus, dass du keine Ahnung von den Strukturen der Hölle hast. Also lass mich dich aufklären. Wie fast jede Regierung oder Organisation der Welt hat auch die Hölle einen einzigen Anführer, Lucifer. Er hat einen jeden von uns entweder erschaffen, aufgenommen oder von sich überzeugt. Er ist und bleibt der einzige Machthaber bei uns. Jede unserer Handlungen untersteht ihm. Hast du mich verstanden?«

Zögerlich nickte Amicia. Lilith sprach mit einer solchen Inbrunst von Lucifer, dass es der Gefallenen Angst einjagte. Bisher war der Goldene Prinz nichts weiter als eine Geschichte gewesen, die man sich im Himmel erzählt hatte. Es gab nur sehr wenige, die ihn noch aus seiner Zeit dort persönlich kannten.

Aber für Lilith war er keine ferne, halb verblasste Erinnerung. Er war ein lebendiger Bestandteil ihres Daseins, ihr oberster Befehlshaber.

»Eigentlich musst du dir darum gar keine Sorge machen«, fuhr Lilith nun lockerer fort. »Selbst wenn du ihn mal treffen wirst, mit dir reden wird er sicher nicht. Du bist so gar nicht sein Typ.«

Unbeeindruckt hob Amicia die Augenbrauen, denn im Moment spielte es für sie keine Rolle, worauf der Gefallene stand. Zuerst musste sie einmal in seine Nähe kommen.

»Nur sei dir bewusst, dass wir Lucifer über alles berichten, und sei es noch so unbedeutend. So funktioniert das bei uns. Über dich ist er auch schon informiert. Das war ein recht lustiges Telefonat.«

»Das glaube ich dir«, murmelte Amicia abwesend. Sie musste sich zusammenreißen, um keine weitere Reaktion zu zeigen. Laut ihrem Plan sollte Lucifer noch nichts von ihr wissen. Wie sollte sie sich ihm sonst unauffällig nähern?

Zum Glück erlöste Antonia sie in diesem Moment aus der Situation, als sie nach der Schere griff und den neu gebunden Zopf an Amicias Hinterkopf einfach abschnitt. Innerhalb weniger Augenblicke war ihr Kopf um so vieles leichter und ihre langen Locken lagen verstreut auf dem Boden.

»Das war der erste Schritt.« Zufrieden nickte Lilith. »Jetzt siehst du schon deutlich weniger nach Engel aus. Mal schauen, was wir da noch so verändern können.«

»Wie sieht nun also meine genaue Aufgabe bei dir aus?«

»Unter Lucifer stehen wir, seine Generäle. Von uns gibt es zwölf Stück und wir haben die Welt mehr oder minder fair unter uns aufgeteilt. Während der gute Lucifer also um den Erdball tingelt und sein Leben genießt, machen wir die meiste harte Arbeit.«

Antonia tauchte wieder auf und fing an, etwas in Amicias Haare zu schmieren. Der Gefallenen war es inzwischen völlig egal, was die Dämonin mit ihr anstellte. Aufmerksam hing sie an Lilith Lippen und nahm alle Informationen in sich auf.

»Ihr sammelt Seelen durch Verträge«, murmelte sie beinahe atemlos. »Verführt sie zum Bösen.«

»Oh, so einfach ist das nicht, Engelchen. Es gibt Regeln, die nicht nur wir Dämonen, sondern auch Engel befolgen müssen. Denn weißt du, die Sache mit dem freien Willen hat so ihre Tücken. Alles muss freiwillig sein.«

Nachdenklich nickte Amicia. »Aber ich kenne die Regeln nicht«, gestand sie leise. Ihre frühere Aufgabe war es nicht gewesen, sich den Menschen zu zeigen und sie zum Guten zu bewegen. Dafür hatte es andere gegeben.

»Dann lass es mich erklären.« Lilith setzte sich auf den freien Sessel neben die Gefallene. »Das Menschlichste auf dieser Welt ist der freie Wille. Ihr Engel habt ihn nur teilweise, ihr seid mehr wie Hunde – darauf trainiert, dem Herrchen oder in diesem Fallen ›Herrn‹ zu gefallen. Aber wir Dämonen, nun, wir haben gar keine Wahl und wir dienen nicht, um zu gefallen. Wir dienen, weil es die einzige Chance ist, dem Feuer der Hölle zu entkommen. Aber Menschen, die haben die Wahl. Sie können sich frei entscheiden, ob sie gut oder böse sein wollen. Ob sie glauben oder eben nicht. Nach ihrem freien Willen entscheiden sie selbst, ob sie in die Hölle oder in den Himmel kommen. Und auch wenn es ein weltweit bekanntes Gerücht ist, tauchen wir nicht wie aus dem Nebel einfach vor Menschen auf und bieten ihnen einen Deal an. Das würde ihren freien Willen einschränken. Wir Dämonen dürfen die Menschen nur locken. Den freien Willen kann man nicht brechen, aber man kann ihn führen. Menschen vom moralischen, ethischen und sozialen Weg abzubringen, das ist unsere Aufgabe. Wir bieten ihnen etwas, worauf sie nicht verzichten können, doch die Menschen müssen sich von allein dafür entscheiden. Es gibt keine Verträge, geschrieben in Blut, keinen Zeitraum, bis man in die Hölle gezerrt wird. Nur die Entscheidung, sich vom korrekten Weg abzuwenden und sich damit gegen den Himmel zu stellen.«

Ihre Worte hallten durch den Raum und hingen noch für einen Moment in der Luft. Nachdenklich wandte Amicia den Kopf ab und blickte aus dem Fenster. Sie waren nicht weit genug oben, um über Paris blicken zu können, aber sie konnte den Sog der Stadt trotzdem spüren. Wie viele Menschen da draußen ihre Moral und ihr Gewissen wohl schon aufgegeben hatten, ohne es zu wissen? Ohne es wirklich zu wollen?

»Das klingt bedeutend hinterlistiger, als jemandem einfach nur einen Vertrag, der all seine Wünsche erfüllt, vor die Nase zu halten«, sprach sie dann leise.

»Du siehst es so, der Himmel sieht es anders.« Lilith erhob sich und schlenderte zu einer kleinen Anrichte, unter der sich ein Kühlschrank befand. »Diese Regeln sind schon vor sehr langer Zeit aufgestellt worden. Nicht nur wir halten uns daran, auch die Engel tun es. Oder wieso glaubst du, tauchen sie nicht einfach hier auf und überzeugen alle von ihrer Existenz?«

»Aber ab und an tun wir es doch«, merkte Amicia an. Sofort musste sie an Faniells Besuch auf der Erde denken und wie er sich diesem Mann gezeigt hatte.

»Wir auch, das gebe ich offen zu.« Mit einer kühlen Flasche Wasser in der Hand kam Lilith zurück zu ihr. »Aber auch dafür gibt es Regeln, die erkläre ich dir später. Nur so viel: Wenn wir einen Fehler machen, stehen wir dafür gerade, und wenn die da oben einen Fehler machen, tun sie es.«

»Das habe ich verstanden.« Knapp nickte Amicia.

Inzwischen war Antonia fertig und Amicia hatte eine gewisse Ähnlichkeit mit einem Verschwörungstheoretiker, der einen Alufolienhut gegen die Überwachung trug. Nur kurz blickte sie sich selbst im Spiegel an, dann wandte sie sich wieder der ersten Frau zu.

»Sehr gut. Das alles erzähle ich dir nur, damit du so in etwa weißt, was vor sich gehen wird. Denn du, mein Engelchen, kannst keine Seelen verführen.

Dafür musst du entweder Engel oder Dämon sein und noch bist du keines von beidem. Deine Aufgabe wird ganz einfach sein. Du wirst an meiner Seite stehen und sichergehen, dass mir niemand etwas antut. Ganz egal, ob Engel, Dämon oder Mensch.«

»Ich verstehe deine Angst vor den Engeln oder den Menschen, aber wieso sollten dich deine eigenen Leute verletzen wollen?« Fragend legte Amicia den Kopf schief.

»Macht, wie bei eigentlich allem im Leben. Durch unsere Stellung als Generäle sind unsere Leben meist in Gefahr. Jeder noch so kleine und schmächtige Dämon ist der Meinung, er könnte meine Aufgabe übernehmen.«

»Ich denke, das sollte ich hinbekommen.« Mit mehr Selbstvertrauen, als sie tatsächlich in sich trug, nickte Amicia.

»Sehr gut.« Zufrieden klatschte Lilith in die Hände. »Jetzt bleibt uns nur noch zu warten, wie du am Ende aussehen wirst.«

Am liebsten hätte die Gefallene laut aufgeseufzt. Wieso bedeutet es der ersten Frau nur so viel, wie sie aussah?

»Hallo«, erklang eine angenehm warme Männerstimme von der Treppe aus. »Habt ihr euch hier oben versteckt?«

Kurz darauf erschien ein breit grinsender Typ in einem hellblauen Streifenanzug bei ihnen, in der Hand trug er mehrere Kaffeebecher in einer Halterung.

»Ich hab mich schon gefragt, wo du bist.« Lächelnd nahm Lilith einen der Becher entgegen.

»Leider wurde ich ein wenig abgelenkt. Außerdem ist da ein Telefonat für dich. ER ist dran.«

Beinahe sofort verschwand das Lächeln auf Lilith Gesicht. Den Kaffee in der Hand holte sie ihr Handy aus der Tasche und verließ wortlos das Studio.

Etwas verwirrt blickte Amicia zwischen dem Neuankömmling und der verschwindenden Lilith hin und her. Sie war sich relativ sicher, wer da gerade angerufen hatte.

»Das ist also unsere Neue.« Der Mann hielt nun auch Amicia einen Kaffeebecher hin. »Du siehst aus, als könntest du einen gebrauchen.«

»Danke.« Unsicher nahm sie den Becher entgegen. Aus reiner Höflichkeit trank sie einen Schluck und war überrascht, dass sie das Gebräu nicht schrecklich fand.

»Milder Kaffee mit viel Milch, einem Schuss Haselnusssirup und Schlagsahne«, erklärte der Fremde freundlich und setzte sich auf den nun leeren Stuhl.

»Normalerweise trinke ich keinen Kaffee, aber der ist echt gut.« Etwas unsicher lächelte sie ihn an.

»Dachte ich es mir doch. Ich bin Jakob. Liliths persönlicher Assistent und Mann für alles«, stellte er sich endlich vor und reichte Amicia die Hand.

Er hatte ein so freundliches und ehrliches Lächeln, dass Amicia nicht anders konnte, als es zu erwidern. Jakobs graue Augen blitzen ihr klug entgegen und das Haar an seinen Schläfen verfärbte sich bereits grau. Überrascht blinzelte die Gefallene, als ihr klar wurde, dass sie einen Menschen und keinen Dämon vor sich sitzen hatte.

»Wie lange dauert es denn noch?« Fragend blickte Jakob zu Antonia, die dabei war, hinter sich aufzuräumen.

»Bald fertig«, antwortete diese locker. »Was gibt es denn von unserem Höllenfürsten Neues?«

Vor Schreck verschluckte Amicia sich an dem Kaffee, an dem sie gerade nippte. Unsicher zuckte ihr Blick zwischen Jakob und der Dämonin hin und her. »Du weißt *alles*?«

»Natürlich weiß ich, wer unsere Lilith wirklich ist und dass es sich bei Antonia um einen Jahrtausende alten Dämon handelt. Für dein Alter siehst du übrigens immer noch super aus.«

Die Dämonin zwinkerte ihm grinsend zu, bevor sie Amicia zu einem kleinen Waschbecken in der Ecke führte. Die Alufolie wurde aus ihren Haaren entfernt und die Reste der Farbe herausgewaschen.

In der Zeit wartete Jakob entspannt auf seinem Stuhl, das Handy in der Hand. Unauffällig blickte die Gefallene weiter zu ihm. Ein Mensch, der die

Wahrheit kannte. So etwas war verboten und sollte eigentlich ernsthafte Konsequenzen nach sich ziehen.

»Wieso hat Lilith dir die Wahrheit erzählt?«, fragte sie neugierig, nachdem Antonia sie wieder zu dem Stuhl gebracht hatte und erneut nach der Schere griff.

»Oh, das hat sie nicht. Unsere gute Lilith würde die Regeln niemals verletzen, immerhin halten diese sie am Leben. Ich habe es ganz allein herausgefunden«, erklärte er stolz.

»Wie?« Mit einem Ruck richtete Antonia den Kopf der Gefallenen und befahl ihr, sich nicht mehr zu bewegen. Nun konnte Amicia den Mann nur noch aus dem Augenwinkel beobachten.

»Ich bin der beste Assistent, den es auf dieser Welt gibt. Als ich mich für diese Stelle bei Lilith beworben habe, war ich natürlich vorbereitet und habe mich vorher genau über die Agentur und auch die Frau, die diese leitet, informiert. Dabei habe ich herausgefunden, dass Lilith eigentlich gar nicht existiert, keine Geburtsurkunde, keinen Personalausweis, keine Sozialversicherungsnummer, aber dafür einige Spuren hinterlassen hat. Je tiefer ich gegangen bin, desto mehr habe ich gefunden und schon bald war mir klar, wen ich vor mir hatte. So habe ich meine Stellung erhalten.«

»Dann ist dir auch klar, dass du hier nicht heil rauskommen wirst«, murmelte Amicia.

Locker zuckte Jacob mit den Schultern. »Ich lande in der Hölle, schon klar. Aber meine Güte, sobald ich da meine Zeit abgesessen habe, kehre ich direkt in Liliths Dienst zurück. Nur in der dämonischen, höllisch heißen Version meines Selbst.«

Am liebsten hätte die Gefallene entsetzt den Kopf geschüttelt, aber leider konnte sie sich gerade nicht bewegen. Entweder verstand Jakob nicht, worauf er sich da einließ, oder noch schlimmer, es war ihm wirklich egal.

Mit einem ernsten Ausdruck im Gesicht kam Lilith zurück ins Studio. Sofort sprang Jakob auf und trat an ihre Seite. Nur zu gern hätte Amicia die beiden belauscht, doch Antonia holte in diesem Moment den Föhn hervor und trocknete ihr die Haare. So blieb Amicia nichts anderes übrig, als die beiden zu beobachten, wie sie sich ernst unterhielten.

»Fertig.« Antonia legte den Föhn zur Seite – mit einem sehr zufriedenen Grinsen auf den Lippen. »Vom Himmel ist nun nichts mehr zu sehen.«

Lilith und Jakobs Gespräch war für einen Moment vergessen, als Amicia mit klopfendem Herzen in den Spiegel schaute. Ihre langen blonden Locken waren verschwunden, stattdessen wurde ihr schmales Gesicht nun von einem kurzen Bob umspielt. Die lockigen Strähnen waren von einem so kühlen Blond, dass sie schon fast silbern aussahen. Ihre blauen Augen strahlten nun noch mehr.

Unsicher fasste Amicia sich in die Haare und drehte ihren Kopf von rechts nach links. Sie wusste nicht, was sie von dieser Veränderung halten sollte, aber eines war ihr klar, sie war nun eine andere.

»Ein besseres Timing hätte es wohl kaum geben können.« Dramatisch seufzend trat Lilith an sie heran. »Deine Chance, dich zu beweisen, kommt deutlich früher als gedacht, Engelchen. Lucifer kommt in die Stadt und wir werden uns mit ihm treffen.«

KAPITEL VIER – DÄMONISCHE MEETINGS

Mehrmals blinzelte Amicia, während sie die eben gehörten Worte verarbeitete. Stille hatte sich über das ganze Studio gesenkt. Nur für wenige Sekunden, dann machten alle weiter wie gehabt.

Wortlos fing Antonia an aufzuräumen und ihre Sachen wegzupacken. Was auch immer mit Lucifer war, es schien sie nicht weiter zu interessieren.

Mit einem nachdenklichen Ausdruck in den Augen nippte Lilith an ihrem Kaffee und starrte ins Nichts. Zur gern hätte Amicia gewusst, was in ihrem Kopf vorging, doch sie traute sich nicht zu fragen.

Von irgendwoher hatte Jakob ein Tablet geholt und tippte darauf nun herum. »Hôtel Le Royal Monceau – Raffles Paris, heute Abend um halb acht. Alle werden anwesend sein.«

Müde massierte Lilith sich den Nasenrücken. »Wieso immer in meiner Stadt. Nur einmal will ich auf den letzten Drücker nach Rio reisen müssen.«

»Daran lässt sich nun nichts mehr ändern.« Entschuldigend zuckte Jakob mit den Schultern. »Ich versuche noch mehr herauszubekommen, aber ich kann nichts versprechen.«

Beinahe genervt winkte Lilith ab und scheuchte ihren Assistenten davon. Einen Moment stand sie fast regungslos da und blickte erneut ins Nichts, dann wandte sie sich Amicia zu.

»Ich mag dein neues Aussehen, jetzt passt du deutlich besser zu uns. Was jetzt anscheinend auch vonnöten ist.« Kraftlos ließ sie sich auf den Stuhl fallen. »Lucifer hat all seine Generäle zu einem Treffen zusammengerufen. Also dürfen wir heute Abend antanzen und erfahren erst dann, worum es geht. Jakob und du, ihr werdet mich begleiten und nicht eine Sekunde aus den Augen lassen.«

Knapp nickte Amicia. »Natürlich.«

Erneut blickte Lilith zur Seite und die Gefallene hätte beinahe schwören können, dass sie Angst bei ihrer neuen Chefin erkannte. Doch wovor nur? Vor dem Höllenfürsten oder einem seiner Leute?

»Ursprünglich wollte ich den heutigen Tag etwas entspannter angehen und dich etwas besser kennenlernen, aber es kommt leider niemals so, wie man denkt. Dort hinten findest du neue Kleider für dich. Zieh dich um und dann komm nach unten!«, wies Lilith sie an und ging dann ohne ein weiteres Wort hinaus.

Noch einen Moment blieb Amicia sitzen. Stille umfing sie, nur das leise Rauschen der Bäume hinter dem Haus war zu hören. Irgendwie schaffte sie es nicht, erneut in den Spiegel zu schauen. Sie wollte der Fremden, die darin wohnte, nicht noch einmal in die Augen sehen.

Mit steifen Gliedern erhob sie sich endlich und ging zu dem Kleiderständer, auf den Lilith gedeutet hatte. An jedem anderen Tag hätte sie sich die Auswahl vielleicht etwas länger angesehen und die einzelnen Stücke wertgeschätzt, doch jetzt wollte sie sich nur, so schnell sie konnte, umziehen.

Ihre Jeans wich einer eng geschnittenen Hose aus schwarzem Stoff, ihr einfaches Shirt einer weißen, jedoch sehr edlen Bluse und ihr alter Blaser einer schicken nagelneuen Lederjacke. Nur ihre Stiefel würde sie behalten.

Nachdem sie mehrmals tief durchgeatmet hatte, trat sie vor einen der Ganzkörperspiegel, die neben den Kleiderständern standen. Erneut blickte ihr die Fremde mit den anderen Haaren und den schicken Kleidern entgegen. Zögerlich hob Amicia die rechte Hand und erwartete beinahe, dass ihr Spiegelbild es ihr nicht nachmachen würde.

Unsicher winkte sie sich selbst zu und ließ den Arm dann wieder fallen. Sie musste sich wohl damit abfinden, dass dies nun ihr Äußeres war. Schlimm war es nicht, aber anders.

Amicia konnte sich nicht länger mit ihrem neuen Ich auseinandersetzen, stattdessen eilte sie die Treppe nach unten und blickte sich unsicher um. Lilith hätte ruhig spezifischer mit ihren Anweisungen sein können.

Das Hausmädchen eilte mit einem Tablett an ihr vorbei und kurz entschlossen folgte sie dieser in ein großes Arbeitszimmer. Hinter einem Schreibtisch aus Glas saß Lilith, den Kopf über einen Laptop gebeugt. In der Ecke neben der Tür wuselte Jakob hinter seinem eigenen kleineren Tisch herum.

Anerkennend nickte Lilith. »So weit, so gut. Jetzt trennt dich nur noch eine winzige Unterschrift von deiner Stelle bei mir.« Über den Tisch schob sie Amicia einen Arbeitsvertrag entgegen.

Ohne auch nur kurz drüberzulesen, setzte die Gefallene ihre geschwungene Unterschrift darunter. Sorgen um die Folgen musste sie sich nicht machen. Entweder würde sie in drei Monaten wieder im Himmel sein oder nicht mehr existieren. Wie auch immer es kam, Vertragsbruch interessierte sie dann nicht.

Einen Augenblick lang blickte Lilith auf den Vertrag, dann zog sie ihn langsam zu sich zurück. »Dann ist alles erledigt und deinem Einsatz heute Abend steht nichts mehr im Weg. Wir fahren hier um 19 Uhr los, bis dahin hast du frei. Falls dich jemand zurück in dein Motel bringen soll, sag Bescheid.«

»Danke für das Angebot, aber ich werde einfach etwas spazieren gehen.« Schnell lächelte sie Lilith und Jakob an, dann verließ sie mit festen Schritten das Haus.

Einen Moment blieb sie auf dem Bürgersteig stehen und blickte nach links und rechts, dabei gerieten ihre Haarspitzen in ihr Blickfeld. Unsicher fuhr sie mit den Fingern hindurch. Daran musste sie sich erst noch gewöhnen.

Dann schlenderte sie rechts die Straße hinunter und suchte nach einem Weg in den Park hinein. Gerade sehnte sie sich nach Natur und nach der Ruhe, die der Park mit sich brachte.

Sie folgte einem der Hauptwege zum Pavillon Royal. Es war ein wunderschöner, sonniger Tag und viele Menschen nutzten diesen, um nach draußen zu gehen.

Mit gesenktem Kopf spazierte Amicia über die Wege, ohne genauer darauf zu achten, wo sie sich befand. In ihrem Kopf fuhren die Gedanken Karussell und landeten immer wieder bei demselben Wesen. Lucifer, dem Höllenfürsten.

Sie war nicht darauf vorbereitet, ihm jetzt schon entgegenzutreten. Der Plan, den sie sich so präzise ausgemalt hatte, war nun völlig wertlos. Sie hatte keine Zeit mehr, Lilith von sich zu überzeugen und ihr Vertrauen zu gewinnen.

Anstatt einige Wochen zu haben, um an Informationen zu kommen, blieben ihr nun nur noch wenige Stunden. Und diese konnte sie nicht einmal gut nutzen, da ihr sicher niemand etwas erzählen würde. Also blieb ihr nichts anderes übrig, als einsam durch die Gegend zu streunen und sich in ihren Gedanken zu verrennen.

Dank derer hatte sie gar nicht bemerkt, wie weit sie schon gelaufen war. Ihre Schritte hatten sie in einen ruhigen Teil des Parks geführt, weit weg von den Veranstaltungsorten und Museen, dafür in die Nähe des Wassers.

Eine einsame Parkbank, halb versteckt hinter einigen Bäumen, lockte sie. Sanftes Sonnenlicht fiel ihr aufs Gesicht und sie konnte den Teich vor sich überblicken. Tief atmete sie ein und aus und schloss die Augen.

Während ihrer unendlichen langen Existenz hatte Amicia gelernt die Welt auszublenden. Andere würden es wohl meditieren nennen, doch für Amicia war es das Nichts, welches sie für einige Zeit vergessen ließ.

Alles, was jetzt zählte, war ihre Atmung. Nichts weiter als ein und aus. Irgendwann konnte sie die Geräusche um sich herum nicht mehr wahrnehmen, da war nur noch ihr eigener Herzschlag. Die Welt war verschwunden.

Doch mit dem weißen Rauschen in ihrem Kopf kamen auch die Erinnerungen. Auf leisen Sohlen schlichen sie sich an, bis Amicia sie nicht länger verdrängen konnte.

Sie blinzelte. Zum ersten Mal seit einer gefühlten Ewigkeit konnte sie eines ihrer Körperteile bewegen. Ihre Augen schmerzten von dem Licht und den Staubkörnern, die hineingeraten waren. Aber Amicia konnte sie schließen.

Nach und nach erlangte sie auch die Kraft in ihren Gliedmaßen zurück, sie bewegte die Finger und zog die Beine an. Irgendwie, mit einer Kraft, von der sie nicht wusste, woher sie kam, richtete sie sich auf und blickte sich um.

Eine Straße, wenn man es denn so bezeichnen konnte. Ein matschiger, dreckiger Pfad, der gewunden durch einen Wald zu einem unbekannten Ziel führte. Um sie herum sangen die Vögel, so, als wäre es ein ganz normaler Tag.

Niemand war zu sehen, aber lange würde es nicht so bleiben. Sie war allein, unbewaffnet, schwach und ein leichtes Ziel in einer Welt, die nicht freundlich zu Frauen war. Von ihrer göttlichen Überlegenheit war nichts mehr übrig, nun war sie nicht viel mehr wert als eine der Straßenratten, die in den Städten wohnten.

Schmerzen durchzuckten ihren Körper, fest biss sie die Zähne zusammen und verdrängte sie. Nach mehreren Fehlversuchen stand sie endlich halbwegs sicher auf zwei Beinen und blickte sich um. Dieser Weg musste in eine Stadt führen oder wenigstens in eine Siedlung.

Sie war gebrochen … gefallen. Nichts weiter als Abfall. Aber noch war Amicia nicht bereit aufzugeben. Tief in ihr drin war sie sich sicher, dass es sich um einen Fehler handelte. Der Himmel würde nach ihr suchen kommen und bis dahin musste sie am Leben bleiben.

Irgendwie.

Stolpernd wandte sie sich nach rechts. Sie musste nur ein wenig durchhalten, dann würde sie wieder nach Hause kommen.

Fest biss Amicia sich auf die Unterlippe, um die nahenden Tränen zurückzuhalten. Sie hatte lange gewartet, hatte durchgehalten. Und vom Höllenfürsten würde sie sich nicht aufhalten lassen.

Langsam fing es um sie herum an zu dämmern. Der Tag war beinahe vorbei und die ersten Schatten des Mondes zeigten sich bereits. Ihre Haut hatte sich mit der Hitze der Sonne aufgeladen und glühte jetzt.

Die Hände in den Jackentaschen vergraben schlenderte sie auf den Weg zurück in die Richtung des Hauses. Noch hatte sie etwas Zeit, aber Amicia hasste es, unpünktlich zu sein. Um halb sieben klopfte sie an Liliths Tür.

Ein geschäftig wirkender Jakob öffnete ihr. Am Ohr hatte er ein kleines Headset, in das er aufgeregt hineinsprach. »Das ist uns völlig egal. Entweder unterschreibt sie den Vertrag, so, wie er ist, oder sie lässt es.« Weiterredend entfernte er sich von der Tür und verschwand in den Tiefen des Hauses.

Unsicher blickte Amicia sich um. Niemand achtete weiter auf sie, keinen schien es zu interessieren, dass sie wieder da war. Es war immer noch mehr als eine halbe Stunde, bevor sie losmussten.

Ein wenig kam sie sich wie ein Eindringling vor, als sie durch das Haus streunte und nach einer ruhigen Ecke suchte, in der sie warten konnte. Dabei kam sie per Zufall an der großen Küche vorbei und schnappte sich eine der süßen Leckereien, die auf der Anrichte standen.

***

Pünktlich um sieben Uhr kam Lilith die Treppe herunter. Ihr einfaches schwarzes Kleid schaffte es, sie sowohl extrem feminin als auch sehr gefährlich aussehen zu lassen. Mit einem tödlichen Feuer in den Augen ging sie direkt auf die Haustür zu.

Amicia beeilte sich zu ihr aufzuschließen und verließ zusammen mit Jakob wieder das Haus. Auf der Straße wartete bereits der Wagen auf sie. Er nahm vorn neben dem Fahrer Platz, während Amicia zu Lilith auf die Rückbank kletterte.

Die ersten Minuten der Fahrt vergingen schweigend. Die Gefallene blickte aus dem Fenster und beobachtete die Stadt dabei, wie sie langsam von Hunderten Lichtern erhellt wurde.

»In diesem Hotel wirst du auf einige nicht so nette Gestalten treffen«, sprach Lilith auf einmal wie aus dem Nichts. »Was auch immer passiert, du wirst kein Wort sagen und nur dann einschreiten, wenn du denkst, dass mein Leben in Gefahr ist. Selbst dann wirst du nicht zum Angriff übergehen.«

Knapp nickte Amicia. »Gibt es ansonsten noch etwas, worauf ich achten soll?«

»Was auch immer du heute hörst, nichts davon darf jemals diesen Raum verlassen. Unter anderen Umständen hätte ich dich heute niemals mitgenommen, aber gerade jetzt ist es besser, extravorsichtig zu sein.«

»Ich werde alles geben«, versprach die Gefallene ernst.

Noch fünf Minuten fuhren sie weiter, bevor der Wagen vor dem hell erleuchteten Hotel hielt. Ein in Rot gekleideter Page öffnete ihnen die Tür und half Lilith beim Aussteigen, während Amicia allein aus dem Auto sprang.

Kurz blickte sie an dem schicken Hotel hoch, in dem sie sich sicher niemals ein Zimmer hätte leisten können.

Menschen in edlen Kleidern bevölkerten die elegante, aber doch sehr moderne Lobby, durch die sie nun hinter Lilith her schritt. Ohne weiter auf ihre Umgebung zu achten, gingen sie direkt zu den Aufzügen und fuhren in den vorletzten Stock. Die leise Musik sollte sicher beruhigend wirken, doch Amicia machte sie einfach nur hibbelig.

Endlich öffneten sich die Türen mit einem leisen »Pling« und sie betraten ein verlassenes Stockwerk. Ein langer Gang führte zu verschiedenen Konferenzräumen in unterschiedlichen Größen.

Hörbar stieß Lilith die Luft aus, straffte die Schultern und trat aus dem Aufzug. Wie auf dem Fuß folgten Amicia und Jakob ihr durch den Gang bis zum hintersten Konferenzraum.

Das Zimmer wurde von einem einzigen großen Tisch dominiert, um den dreizehn Stühle herumstanden, von denen sieben bereits besetzt waren. Nur kurz ließ Amicia ihren Blick über alle schweifen, doch sie erkannte keines der Gesichter. Lediglich eine Sache war ihr klar, dies waren sehr hochrangige Dämonen. Ihre Art, sich zu bewegen, der hochnäsige Blick und die selbstgefällige Art konnte einfach nichts anderes bedeuten.

Ihre Ankunft wurde kaum bemerkt, einige von ihnen unterhielten sich leise, während andere auf ihren Handys herumtippten. Mit festem Gang schritt Lilith an ihnen vorbei und setzte sich auf den freien Stuhl rechts vom Kopf des Tisches.

Gerade als die Gefallene ihr folgen wollte, hielt Jakob sie am Arm zurück. »Leider darf ich nicht mit reinkommen«, murmelte er. »Halte die Augen offen und berichte mir alles, was wichtig sein könnte.«

»Ich achte auf alles«, versprach Amicia ernst und drückte kurz seine Hand. Mit einem letzten besorgten Blick zu der ersten Frau verschwand er in einem anderen Raum.

Amicias Magen ballte sich nervös zusammen, als sie auch endlich eintrat und sich noch einmal genau umschaute. Immer noch achtete keine der Personen an dem Tisch auf sie, dafür aber die anderen Leibwächter, die aufgereiht an den Wänden standen.

Ein Dutzend aufmerksamer Augen folgte jeder ihrer Bewegungen, als sie hinter Lilith Stellung bezog. Auch wenn der Drang groß war, wich sie jedem der Blicke aus und schaute an eine Stelle an der Wand ihr gegenüber. Stück für Stück fiel die Aufmerksamkeit wieder von ihr ab, aber Amicia blieb angespannt.

Immer mehr Dämonen trafen ein, bis alle zwölf Plätze besetzt waren. Das also waren Lucifers Generäle, die mächtigsten Dämonen, die existierten. Eine Handvoll Fremder, die vom Aussehen her so unterschiedlich waren, dass man niemals auf die Idee gekommen wäre, dass sie einander kannten. Von den feinsten Designerkleidern zu einem Outfit, das direkt von einem Obdachlosen stammen konnte, war alles vertreten.

Nur noch ein Platz war frei … am Kopf des Tisches. Mit jeder Minute, die verging, schlug Amicias Herz schneller. Nun würde sie der Schreckensgestalt des Himmels zum ersten Mal begegnen.

Als sich die Türen des Konferenzraumes öffneten, hielten alle im Raum gleichzeitig den Atem an. Die Luft schien vor Anspannung zu sirren, als der Höllenfürst persönlich eintrat.

In ihrem Leben hatte Amicia schon einige Geschichten über ihn gehört, Legenden, Erzählungen, warnende Beispiele, aber nichts hätte sie auf Lucifer vorbereiten können.

Kalte blaue Augen wanderten durch den Raum, nach und nach blickte er jeden seiner Generäle an, bevor er langsam auf seinen Stuhl zuging. Der schwarze Anzug zeigte deutlich seine breiten Schultern und die schmalen Hüften. Wie ein König schritt er durch den Raum und strahlte eine solche Dominanz aus, dass Amicia kurz den Blick senken musste.

Als sie sich endlich wieder im Griff hatte, saß Lucifer bereits auf seinem Stuhl und überblickte die Generäle. »Willkommen.« Er hatte eine angenehme raue Stimme, die ihr eine Gänsehaut bescherte.

Untergeben senkten die Dämonen den Kopf, einige der Leibwächter taten es ihnen gleich. Für einen Moment herrschte Stille im Raum, sie alle warteten, was der Höllenfürst nun vorhatte.

»Schön, dass ihr es alle hergeschafft habt.« Seine Lippen verzogen sich zu einem beinahe freundlichen Lächeln. »Unsere letzte Zusammenkunft ist nun schon einige Zeit her und ich dachte, dass wir uns mal alle auf den neusten Stand bringen sollten.«

Zustimmendes Gemurmel setzte ein. Die Stimmung lockerte sich etwas, sogar die Spannung in Lilith Schultern nahm ab. Etwas lockerer legte sie die Hände auf den Tisch und beobachtete Lucifer.

Auch Amicia konnte den Blick nicht lange vom Goldenen Prinzen abwenden. Locker zurückgelehnt saß er in dem Sessel und ließ seinen Blick immer wieder durch den Raum gleiten. Dabei schien es so, als würde er durch die Anwesenden hindurchschauen – bis direkt in ihre nicht vorhandenen Seelen.

An den Gesprächen, die nun stattfanden, hatte sie keinerlei Interesse. Amicia war nicht hier, um mehr über die Dämonen und ihre Hierarchien zu lernen, stattdessen nutzte sie die Zeit, um Lucifer genauer zu beobachten.

Die Finger vor den Lippen verschränkt konzentrierte er sich stets auf den Dämon, der gerade sprach. Nicht ein einziges Mal wandten sich seine Augen von seinem Ziel ab, er hörte ganz genau zu. Hin und wieder nickte er oder schüttelte den Kopf, sprach aber selbst erst, nachdem der andere geendet hatte.

Sein hypnotisierender Mund war beinahe die ganze Zeit zu einem kleinen Lächeln verzogen. Voller Selbstvertrauen führte er das Meeting. Jede seiner Bewegungen, jeder Atemzug war genau gesetzt, sodass die Aufmerksamkeit immer auf ihm lag. Niemand wagte es auch nur zu niesen, wenn er sprach und jeder seiner Anweisungen wurde sofort Folge geleistet.

»Es freut mich, dass es im Süden so gut läuft. Aber unter deiner Führung hatte ich auch nichts anderes erwartet«, schnurrte er und zwinkerte der hübschen brünetten Dämonin zu, die gerade ihren Bericht beendete.

Ihre karamellfarbene Haut verfärbte sich leicht rot und sie warf die lange Haarmähne über die Schulter. »Für euch würde ich alles tun, mein Fürst.«

Leider konnte Amicia Liliths Gesicht nicht sehen, aber sie war sich ziemlich sicher, dass die erste Frau gerade die Augen verdrehte. Beinahe tat die Gefallene es ihr gleich. Dieses Anbiedern war doch sehr geschmacklos und Lucifer ging nicht weiter darauf ein.

Nach einem letzten Blick zu der Dämonin wandte der Höllenfürst sich dem Mann daneben zu. »Bei unserem letzten Gespräch konntest du nichts Gutes vorweisen, Esto, ich hoffe, diesmal enttäuschst du mich nicht.« Auch wenn seine Stimme sanft und freundlich war, die unterschwellige Drohung bemerkte jeder im Raum.

Dem General standen die Schweißperlen auf der Stirn. Bisher hatte Amicia nicht einmal gewusst, dass Dämonen schwitzen konnten. Mehrmals schluckte Esto fest, dann setzte er mit zittriger Stimme zum Sprechen an.

»Unsere Zahlen haben sich in den letzten Monaten durchaus verbessert, nur leider sind wir noch nicht auf der Höhe mit den anderen.« Ängstlich zuckte sein Blick zu Lucifer.

Langsam erhob dieser sich und ging um den Tisch herum, bis er hinter dem nun zitternden Esto stand. Seine großen Hände mit den langen Fingern legten sich auf die Schultern des Dämons und drückten zu.

»Das ist natürlich erfreulich, mein Guter. Eine Verbesserung ist schon mal der richtige Weg. Ich bin mir sicher, dass du die anderen überholt haben wirst, wenn wir uns das nächste Mal sehen, nicht wahr?« Lucifer drückte fester zu und eine düstere Schwingung erfüllte den Raum.

Sogar Amicias Kehle verengte sich bei dem Anblick. Auch wenn Lucifer immer noch freundlich lächelte, war ein dunkles Funkeln in seine Augen getreten. Nach einigen Augenblicken ließ er von dem armen Esto ab und ging zurück zu seinem Platz.

»Ich erwarte viel von euch, manchmal sogar Unmögliches. Im Gegenzug gewähre ich euch und euren Untergebenen ein freies Leben, in dem ihr auf der Erde wandeln könnt. Das Einzige, was ich dafür von euch will, ist Loyalität.«

Für einen Moment rührte sich niemand im Raum, dann neigten alle nach und nach den Kopf. Zufrieden nickte Lucifer. »Dann seid ihr für heute entlassen. Aber ihr werdet in nächster Zeit noch einmal von mir hören.«

Etwa die Hälfte ergriff sofort die Flucht. Sie verließen zusammen mit ihren Leuten das Stockwerk. Amicia blieb an Ort und Stelle stehen, da Lilith sich auch noch nicht rührte.

Auch Lucifer blieb an seinem Platz sitzen und beobachtete seine Untergebenen dabei, wie sie aufgeregt in der Gegend herumwuselten. Mit mildem Interesse in den Augen schaute er zu der brünetten Dämonin, die nun mit wiegenden Hüften auf ihn zukam.

Das enge sonnenblumengelbe Kleid betonte ihren drahtigen Körper, der kurze Rock rutschte beinahe zu hoch, als sie auf dem frei gewordenen Stuhl neben ihm Platz nahm. Ihre Finger wanderten langsam über den Tisch auf seine Hände zu, während sie sprach.

»Ich möchte mich noch einmal für dein Vertrauen in mich und meine Arbeit bedanken. Das ist eine so große Ehre. Vielleicht würdest du mir eine noch größere Ehre erweisen und mich und meine Fabriken demnächst besuchen kommen.«

Im letzten Moment zog Lucifer seine Hand weg und legte sie stattdessen über seinen Mund. Von ihrem Blickwinkel aus konnte Amicia das schmale, höhnische Grinsen sehen, welches er dadurch verbergen wollte. »Das wird sich sicher einrichten lassen. Danke, Brunna.«

Mit einem zufriedenen und verführerischen Lächeln verzog sich die Dämonin endlich.

Erleichtert ließ Lilith den Kopf kreisen. »Kriegst du keine Kopfschmerzen von ihrem Gelaber?«

»Du kennst mich doch, ich stehe auf etwas Schmerz«, gab Lucifer trocken zurück. »Außerdem ist Brunna ein sehr kleines Übel, wenn ich sie mit so manch anderem vergleiche.«

Nachdenklich nickte Lilith und erhob sich. »Trotzdem würde ich mich nicht mit ihr abgeben.«

»Warte noch einen Moment, ich muss allein mit dir sprechen.« Kurz streifte Lucifers Blick Amicia. »Unter vier Augen.«

»Warte draußen auf mich«, wies die erste Frau Amicia an.

Sofort verließ diese den Raum und schloss die Tür hinter sich. Im Flur war inzwischen einiges los, ein paar der Generäle waren zurückgeblieben und unterhielten sich, darunter auch Esto und Brunna.

So nah, wie sie konnte, blieb die Gefallene an der Tür und versuchte zu lauschen. Doch außer ein leises Gemurmel konnte sie nichts wahrnehmen.

Frustriert kaute sie auf ihrem Daumennagel herum und beobachtete die fremden Dämonen.

Wenn sie nicht genau gewusst hätte, dass es sich bei ihnen um Höllenwesen handelte, hätte man sie alle für normale Menschen halten können. Sehr unterschiedliche Menschen, die sich zufällig zusammengefunden hatten.

Einige von ihnen trugen teure Businesskleider wie Lilith, manche Partykleider wie diese Brunna, andere wieder einfache Straßenklamotten. Trotz ihrer äußeren Unterschiede und der unterschwelligen Anspannung, die immer noch in der Luft lag, gingen sie wie alte Freunde miteinander um.

»Ist sie noch da drin?« Jakob tauchte wie aus dem Nichts auf und stellte sich neben Amicia.

»Lucifer wollte noch einmal allein mit ihr sprechen, unter vier Augen«, informierte sie ihn knapp. »Leider habe ich nichts Besonderes herausgefunden, irgendwie habe ich mich nicht konzentrieren können.«

Schnell winkte er ab. »Kein Ding. Bei meinem ersten Treffen mit ihm war ich auch so von ihm abgelenkt, dass ich rein gar nichts mitbekommen habe. Manchmal zieht Lilith mich damit immer noch auf.«

In diesem Moment ging die Tür hinter ihnen auf und die beiden traten in den Flur. Sofort stoben die übrigen Generäle wie Kanonenkugeln davon und schon bald waren sie allein.

»Also kommst du morgen Abend nicht?«, fragte Lucifer und führte damit anscheinend ihr Gespräch weiter.

»Nimm es mir nicht übel, aber ich kann mir echt Besseres vorstellen, als meinen Abend mit einem Haufen partywütiger Menschen auf einem Boot zu verbringen. Das kannst du ruhig allein machen.« Müde schüttelte Lilith den Kopf.

»Wie du willst, es hätte ein lustiger Abend werden können.«

»Du und ich haben mitunter eine sehr unterschiedliche Definition von lustig.«

Lachend warf Lucifer den Kopf in den Nacken. »Da hast du mal wieder recht. Lass uns die Tage zusammen essen gehen, dann können wir uns unterhalten.«

»Du bleibst also länger, gut zu wissen.« Lilith richtete ihr Kleid. »Ruf mich an, wenn du Zeit hast.« Ohne auf ihre beiden Angestellten zu achten, schritt sie zu den Aufzügen.

Mit gesenktem Kopf folgte Amicia ihr, nur kurz blickte sie über ihre Schulter zurück. Gerade winkte Lucifer einen der Generäle zurück in den Raum, der sich in ein anderes Zimmer geflüchtet hatte.

Bevor er die Zimmertür wieder schloss, blickte er für einen Moment in Amicias Richtung und ihre Blicke kreuzten sich. Auf einmal schien die Zeit langsamer zu laufen, der kurze Wimpernschlag fühlte sich wie eine ganze Ewigkeit an. Sein Blick schien direkt bis zu ihrer Seele zu gelangen und eine Gänsehaut breitete sich auf ihrem ganzen Körper aus.

Dann drehte er sich um und der Zauber war gebrochen.

Im Aufzug legte Lilith den Kopf in den Nacken und stöhnte laut. »Nach jedem dieser Meetings habe ich Verspannungen, die tagelang nicht weggehen.«

»Hab dir bereits eine Massage für morgen gebucht«, erklärte Jakob abwesend, der bereits wieder auf seinem Handy herumtippte. »Ich schaufle dir in den nächsten Tagen ein paar Termine frei, dann kannst du in Ruhe essen gehen.«

Amicia blendete das Gespräch zwischen den beiden aus und ließ die letzte Stunde Revue passieren. Das ganze Meeting hatte kaum sechzig Minuten gedauert und doch hatte es sich viel länger angefühlt.

Immer noch schlug ihr Herz viel zu schnell. Lucifers eindringliche blaue Augen hatten sich in ihren Verstand eingebrannt. Der Höllenfürst war alles, was sie jemals gedacht hatte, und doch so viel mehr.

Er war charmant, gut aussehend, witzig und wortgewandt. Aber auch skrupellos, eiskalt und bereit über Leichen zu gehen. Zum selben Teil Engel wie Dämon.

Und Amicia konnte ihn nicht ausstehen.

KAPITEL FÜNF – AUF DEM WASSER

Mehrmals drehte sie sich von der einen Seite zur anderen und betrachtete das enge rote Kleid aus allen Blickwinkeln. Damit sollte sie sicher auf die Party kommen.

Das Glück meinte es mal wieder gut mit ihr, Lucifer hatte zu einer riesigen Veranstaltung geladen, zu der es keine Gästeliste gab. Sie musste es lediglich auf das Schiff schaffen, welches in dieser Nacht über die Seine fahren würde.

Am gestrigen Abend hatte sich Lilith in wenigen Worten bei Amicia bedankt und sie dann informiert, dass sie erst einmal nicht gebraucht wurde. Sobald etwas sein sollte, würde sie sie kontaktieren. Damit hatte Amicia kein Problem, den einen Tag Ruhe konnte sie durchaus gebrauchen. Tief in der Nacht war sie in ihr Motelzimmer zurückgekehrt, völlig aufgeputscht vom Adrenalin und von der Möglichkeit, Lucifer bald wiederzusehen. Es war erstaunlich leicht gewesen, alles über die kommende Party herauszufinden. Auf sämtlichen Social-Media-Kanälen hatte es nur noch ein Thema gegeben: diesen Abend. Influencer und solche, die es werden wollten, würden sich eine Nacht auf Kosten eines anderen gönnen. Sobald die Sonne untergegangen war, würde die Jacht in der Nähe des Eiffelturms ablegen und bis in die frühen Morgenstunden ihre Runden auf dem Fluss drehen.

Um kurz nach ein Uhr nachts hatte sie alles gewusst, um einen Plan ausarbeiten zu können, wie sie sich dem Höllenfürsten nähern würde. Zufrieden hatte sie gerade den Laptop zuklappen wollen, hatte jedoch im letzten Moment innegehalten. Obwohl es keine exklusive Party war, würde sie in ihren normalen Kleidern sicher nicht hineinkommen.

Kurz hatte sie ihr Bankkonto gecheckt und sich überrascht zurückgelehnt. »Scheiße«

Eine neue Überweisung war eingetroffen, mehr Geld, als sie im letzten halben Jahr verdient hatte. Keine Mitteilung dazu, aber Amicia war klar gewesen, woher das Geld gekommen war.

Vielleicht hätte sie doch mal einen Blick in den Arbeitsvertrag werfen oder sich ihre eigene Kopie besorgen sollen, dann hätte sie jetzt genau gewusst, wie viel Gehalt sie von der ersten Frau erhielt.

Ein Mensch hätte sich über dieses kleine Vermögen sicher gefreut, aber für Amicia war Geld immer unwichtig gewesen. Ihr Blick war durch das Motelzimmer geglitten – nun konnte sie sich etwas deutlich Besseres leisten –, aber welche Rolle spielte das schon? Lange würde sie sowieso nicht mehr in Paris bleiben.

Am nächsten Morgen war sie mit ihrer Bankkarte aufgebrochen und hatte sich durch die Geschäfte gearbeitet. Mittags war sie mit ihrem neuen Kleid, passenden Schuhen und Schmuck zurückgekehrt.

Ab dann war ihr nichts anderes mehr übrig geblieben, als zu warten.

Ein letztes Mal drehte sie sich jetzt vor dem Spiegel um sich selbst und suchte dann ihre Sachen zusammen. Seltsamerweise fühlte sie sich mit ihrem neuen Aussehen sehr wohl. In einer Stunde würde das Schiff ablegen.

»Beinahe hätte ich dich nicht erkannt«, erklang seine sanfte Stimme hinter ihr. Faniell stand neben dem offenen Fenster und beobachtete sie.

»Was willst du hier?« Ohne weiter auf ihn zu achten, packte sie ihre Handtasche.

»Nur schauen, wie weit du inzwischen gekommen bist. Anscheinend hast du dich sehr verändert.« Sein Blick scannte ihrem Körper ab.

»Mein Aussehen spielt für diese Mission keine Rolle«, gab sie kalt zurück. »Am Ende zählt doch nur, dass ich den Morgenstern beschaffe, wie, kann euch egal sein.«

»Nur solltest du dich dabei nicht selbst verlieren.«

Wütend wirbelte sie zu ihm herum. »Sechshundertfünfzig Jahre lang habe ich mich nicht selbst verloren, und das ohne dich auf meiner Schulter. Entweder ihr vertraut mir oder ihr lasst es bleiben.«

Einen Augenblick schwieg er, dann senkte Faniell den Kopf. »Natürlich, du hast recht. Ich mache mir lediglich Sorgen um dich.«

»Das kommt ein bisschen spät, findest du nicht?« Die Wut brodelt in ihrem Inneren und ließ sie Dinge sagen, die sonst niemals ihren Mund verlassen hätten. »Du kannst jetzt wieder gehen, ich habe hier alles im Griff.«

»In einer Woche werde ich mich wieder bei dir erkundigen«, murmelte Faniell leise, dann spürte sie, wie er wieder verschwand.

Amicia nahm sich noch einige Minuten Zeit, um sich wieder zu beruhigen. Dann machte sie sich auf den Weg zum Schiff.

Paris bei Nacht war wirklich ein Anblick. Tausende Lichter schimmerten in der Dämmerung und das Nachtleben hatte die Regie übernommen. Beinahe genauso viele Menschen wie am Tag wanderten durch die Straßen – auf der Suche nach Liebe, einer guten Party oder einer anderen Erfüllung ihrer Wünsche.

Der Eiffelturm war bereits hell erleuchtet und hob sich magisch von dem Sternenhimmel ab. Amicia schlängelte sich zwischen verliebten Paaren hindurch, die diese wundervolle Nacht zu ihren Gunsten nutzen wollten. Liebe lag in der Luft und schnürte Amicia die Kehle leicht zu.

Vor dem Anlegesteg der Seine hatte sich eine Menschentraube gebildet. Paparazzi machten Bilder von Leuten, die Amicia noch nie gesehen hatte, die sich aber sehr über die ganze Aufmerksamkeit freuten.

Der dünne Steg, der auf das Schiff führte, wurde von zwei Gorillas in Lederjacken beschützt, die jeden Ankömmling mit kalten Blicken musterten. Hinter ihnen war die Party bereits voll im Gange, laute Musik drang bis auf die Straße zu ihnen.

Die Angestellten machten sich bereit abzulegen. So schnell sie konnte, drängte Amicia sich durch die immer noch wartenden Menschen. Mit wiegenden Hüften schritt sie über den Steg und schenkte den beiden Türstehern ein breites Grinsen.

»Guten Abend, bin ich schon zu spät?« Dabei drückte sie die Schultern so durch, dass ihre Brüste beinahe den dünnen Stoff des Kleides sprengten.

Schweigend tauschten die beiden einen Blick, dann checkten sie Amicia weiter ab. Sie schwieg, lächelte weiter und spielte mit ihren Haaren. Das hier war ihre einzige Chance und sie durfte es nicht versauen.

»Gerade noch geschafft«, brummte der Linke und trat zur Seite.

»Danke, ihr Süßen«, gurrte die Gefallene und drängte sich an ihnen vorbei.

Der erste Schritt war getan.

Hinter ihr wurde der Steg vom Schiff gezogen und sie legten ab. Der Motor des Schiffes wurde vollständig von der Musik übertönt und sie nahmen schnell Fahrt auf. Schon bald waren sie in der Mitte der Seine angekommen und der Eiffelturm fiel immer weiter hinter ihnen zurück.

Amicia atmete tief durch und entspannte sich ein wenig. Locker schlenderte sie übers Deck und blickte sich um. Die Jacht war groß, hatte drei obere Decks und eines darunter. Dort hielten sich wahrscheinlich die Kellner und die sonstige Schiffsbesatzung auf.

Die Besucher drängten sich, bewegten ihre Körper zur Musik oder unterhielten sich in irgendwelchen ruhigen Ecken. Langsam arbeitete Amicia sich systematisch durch die Partyzonen.

Es gab mehrere lange Bars, hinter denen die Barkeeper Tricks zeigten und die Drinks unter die Leute brachten. In der Mitte gab es die erste von mehreren Tanzflächen, auf denen sich die Menschen bereits zum Takt der Musik wiegten. Die laute Musik mischte sich mit dem ausgelassenen Lachen der Besucher, überall blitzen Kameras auf. Mehrmals musste Amicia sich ducken, damit sie nicht am nächsten Tag in einer Klatschzeitschrift landete.

Langsam schritt die Gefallene am Rand des Schiffes entlang und schaute sich aufmerksam um. Bei den vielen Menschen hier konnte man leicht jemanden übersehen, aber Amicia war sich sicher, dass Lucifer nicht hier unten war.

Zur Tarnung holte sie sich irgendeinen Drink und stieg die schmale Treppe auf das zweite Deck. Von hier aus hatte sie einen guten Blick über die Stadt, die langsam an ihr vorbeizog. Obwohl sie nur wenige Meter Wasser von den vollen Straßen von Paris trennte, kam es ihr vor wie eine unüberwindbare Strecke.

Laternen säumten die Reling und falsche Fackeln erhellten die Fläche unter dem freien Himmel. Auch hier drängten sich die Tänzer eng aneinander, die Musik dröhnte aus den Boxen, die überall verteilt waren. Durch eines der großen Fenster konnte sie einen Blick in die inneren Kabinen werfen. Der ganze Raum war erfüllt mit einem dünnen Rauchschleier.

Da würde Amicia erst einmal nicht reingehen, hier an der frischen Luft fühlte sie sich deutlich wohler. Kurz nippte sie an ihrem Drink, der nach süßen Früchten und Alkohol schmeckte, und stürzte sich dann in die Menge.

Der Bass dröhnte durch ihren Körper und ließ ihren Magen vibrieren. Dank der Lautstärke konnte sie die Stimmen der Menschen um sich herum nicht hören. Niemand achtete weiter auf sie, jeder war im Rausch der Feier gefangen.

Sie entdeckte ihn nicht, aber sie konnte ihn spüren.

Jedes Härchen auf ihrem Körper stellte sich auf und die Luft knisterte auf einmal. Suchend wanderte ihr Blick durch die Menge, bis sie an einer hochgewachsenen blonden Gestalt hängen blieb.

Wie ein Hai inmitten eines Fischschwarms bewegte er sich in den Massen, zwei junge Frauen an seiner Seite, die sich wie läufige Katzen an ihm rieben. Anstatt des edlen Anzuges trug er eine schwarze Jeans und ein weißes Hemd. Um ihn herum hatte sich eine ganze Traube von Zuschauern versammelt, die ihn aus der Ferne anhimmelte oder auf ihre Chance wartete, sich dem Höllenfürsten einmal zu nähern. Wenn sie wüssten, wenn sie da tatsächlich vor sich hatten.

In einem Rutsch leerte Amicia ihr Glas und drückte es einem vorbeigehenden Kellner in die Hand. Der Alkohol breitete sich warm in ihrem Körper aus. In ihrer Zeit auf der Erde hatte sie nicht viel davon zu sich genommen und sie bemerkte die Wirkung recht schnell.

Noch einmal fuhr sie sich durchs Haar und richtete ihr Kleid, dann trat sie näher auf die Tanzenden zu. Sie musste Lucifers Aufmerksamkeit gewinnen, dann würde sie weiterschauen. Hier auf dem Schiff selbst konnte sie nicht viel erfahren.

Der Song wechselte und so auch die Frauen, die mit Lucifer tanzten. Jetzt waren es drei, die sich an ihn schmiegten, und sein breites Grinsen wurde sogar noch tiefer. Er genoss die Situation in vollen Zügen. Amicia drängte sich in das Rudel um ihn herum und wartete.

Niemand achtete weiter auf sie, alle waren entweder mit sich selbst beschäftigt oder himmelten den Höllenfürsten aus der Ferne an. Nachdenklich beobachtete die Gefallene die Frauen um ihn herum.

Als der Song erneut wechselte, sah Amicia ihre Chance. So schnell sie konnte, machte sie einen Schritt nach vorn, doch die Frau neben ihr stieß sie zurück und trat an ihrer Stelle zu Lucifer.

Erschrocken und wütend stieß Amicia die Luft aus. Ihre kleine Chance war vorbei, als Lucifer sich aufmachte und in die Kabine ging. Einige Augenblicke schaute sie ihm hinterher, dann suchte sie sich eine ruhige Ecke, um nachzudenken.

Auf die Reling gestützt blickte Amicia auf das dunkle Wasser unter sich, in dem sich die vielen Lichter der Stadt spiegelten. Kurz hob sie den Blick und schaute sich um, aber sie konnte das Viertel, an dem sie gerade vorbeischipperten, nicht erkennen.

Ihr erster Versuch war in die Hose gegangen, aber so schnell würde sie sich nicht unterkriegen lassen. Lucifer umgab sich gern mit schönen Frauen und Menschen, die ihn anhimmelten. Ein seltsames Verhalten, wenn man seinen doch sehr offenen Hass auf Menschen bedachte. Aber irgendjemand musste wohl sein Ego streicheln und Dämonen standen nicht immer zur Verfügung.

Aufmerksam blickte Amicia sich erneut um. Apropos Dämonen, sollten es von ihnen hier nicht wimmeln? Allerdings waren die bisherigen Gäste alle menschlich. Nicht dass das in diesem Moment eine Rolle spielte.

Mit festen Schritten ging sie auf die Kabinentür zu und trat ein. Der Rauch brannte ihr sofort in der Lunge und sie musste ein Husten unterdrücken. Der fruchtige Geruch von Shisha-Pfeifen, Cannabis und einfachem Rauch verband sich zu einem übelkeitserregenden Gestank, der Amicia die Tränen in die Augen trieb.

Sofas und andere Sitzgelegenheiten waren in der Kabine verstreut, möglichst vorsichtig schlängelte Amicia sich zwischen ihnen hindurch und suchte dabei nach Lucifer. Weit hinten, in einer abgesperrten Ecke, lungerte er mit seinen Groupies herum. Mehrere Gorillas standen davor und sperrten sie vom Rest der Meute ab.

So flach wie möglich atmend beobachtete Amicia das Schauspiel vor sich einige Minuten lang. Sie war nicht die Einzige, die zum Höllenfürsten wollte. Männer und Frauen kamen beinahe im Sekundentakt zu den Gorillas und baten um Einlass, doch jeder Einzelne von ihnen wurde abgewiesen.

Inzwischen brannte der Rauch so sehr in Amicias Kehle, dass sie kaum noch atmen konnte. Hier drin würde sie keinerlei Erfolg haben, das hatte sie festgestellt. So schnell sie konnte, eilte sie aus der Kabine und sog die eiskalte Nachtluft ein.

Ihr blieb wohl nichts anderes übrig, als darauf zu warten, dass Lucifer aus seiner Höhle wieder herauskroch. Frustriert stieß sie die Luft aus und suchte nach einer Beschäftigung. Sie eilte auf das untere Deck, besorgte sich einen Drink und kam wieder nach oben. Sie fiel auf, wenn sie nichts zu trinken in der Hand hatte.

Die Zeit verstrich unglaublich langsam, während sie immer wieder zwischen der atemberaubenden Skyline von Paris und der Kabine hin- und herschaute. Besucher gingen ein und aus, doch keiner von ihnen war Lucifer.

Gelangweilt drehte die Gefallene den Drink zwischen ihren Fingern. Die Nacht war schon weit vorangeschritten und bald lief ihr die Zeit davon. Sobald das Schiff wieder anlegte, würde Lucifer verschwinden, und wer konnte schon sagen, wann Amicia erneut eine solche Chance bekam.

Als er sich endlich zeigte, heftete Amicia sich sofort an seine Fersen. Genug des zögerlichen Herumgeschnüffels. Jetzt würde sie sich ihm genauso wie alle anderen Frauen hier an den Hals schmeißen, anders schien es ja nicht zu funktionieren.

Mit seinem großen Anhang machte Lucifer sich auf den Weg auf das oberste Deck. Hier gab es keine Kabinen oder Wetterschutz, lediglich den offenen weiten Himmel. Die Musik war hier weniger laut und drängend, man konnte sich sogar unterhalten. Eine bessere Chance konnte sie gar nicht finden.

Doch anscheinend war das Glück eines gefallenen Engels nicht von Dauer.

Erst recht nicht, wenn man keinen Anspruch mehr auf göttliche Unterstützung hatte. Ihren Blick konzentriert auf ihr Ziel gerichtet bemerkte Amicia die deutlich angetrunkene Frau nicht, die auf sie zu taumelte und ihren Drink über ihr komplettes Kleid schüttete.

Erschrocken erstarrte Amicia mitten in der Bewegung. Eiswürfel liefen über ihre nackte Haut und hinterließen eine kalte Spur auf ihrem ganzen Körper. Der schwarze Alkohol und der süße Saft hinterließen deutlich sichtbare Flecken auf dem Stoff.

»Tut mir so leid«, nuschelte die Frau immer wieder und versuchte den Schaden mit ihrer verdreckten Cocktailserviette, so gut sie konnte, zu lindern.

»Schon gut«, presste Amicia zwischen den Zähnen hindurch und trat den Rücktritt an. Ihre Haut klebte und der feuchte Stoff juckte auf ihrer Haut. Von ihrem vorherigen Selbstvertrauen war nicht mehr viel übrig, nun wollte sie einfach nur noch zurück in ihr Motel.

Von der lauten Musik auf dem zweiten Deck bekam sie Kopfschmerzen, also stolperte sie noch ein Stockwerk weiter nach unten. Sie sehnte sich das Ende dieser Höllenfahrt herbei, denn anscheinend machte sie sich nicht sonderlich gut als Spionin.

»Wenn sie sich sauber machen wollen, unten gibt es eine Toilette«, sprach eine junge Frau in Uniform Amicia an. »Eigentlich darf da keiner runter, aber Sie sehen aus, als könnten Sie eine Pause gebrauchen.«

Anscheinend wirkte sie nun schon so mitleiderregend, dass man ihr Zugang zu den Privaträumen verschaffte. Schnell schluckte Amicia ihren Stolz herunter und dankte freundlich. »Das wäre super.«

Die Kellnerin brachte sie zu einer halb verborgenen Treppe, die sie ins Innere der Jacht brachte. Das dicke Holz schloss die Musik und die anderen Gäste aus. Ein schmaler Gang, von dem mehrere Kabinen abgingen, führte tiefer in den Schiffbau hinein.

»Die Toilette ist ganz am Ende«, erklärte die Frau.

Hier unten bemerkte Amicia erst, dass das Schiff leicht schaukelte.

Im Badezimmer blickte sie ihrem müden Spiegelbild entgegen. Im kalten

Neonlicht sah sie noch blasser aus als sonst. Etwas von dem Drink war sogar auf ihr Gesicht gespritzt, wütend wischte sie sich die Tropfen von den Wangen.

So gut sie konnte, tupfte Amicia sich mit den Handtüchern trocken und versuchte verzweifelt die Flecken aus dem Kleid zu bekommen. Genervt stöhnte sie auf, als sie an die Summe dachte, die sie für den wenigen Stoff hingelegt hatte. Das bestärkte sie nur in ihrer Ansicht, dass man kein Geld für teure Kleidung ausgeben sollte.

Um das Brennen in ihrer Kehle zu lindern, nahm sie mehrere Schlucke direkt aus dem Wasserhahn. Die Stille unten im Schiff war wundervoll und langsam konnte Amicia auch wieder klar denken.

Müde lehnte sie sich gegen den Türrahmen und schloss für einen Moment die Augen. Eigentlich wollte sie nicht zurück auf diese Party. Sie war müde und hatte die Hoffnung, auf diesem Weg an den Höllenfürsten zu gelangen, inzwischen aufgeben. Doch leider trennte sie noch einige Zeit von der Erlösung.

Um noch etwas länger von dem Krach und der Menschenmenge fern bleiben zu können, stieß sie sich vom Türrahmen ab und schaute sich etwas mehr im Bauch des Schiffes um.

Hinter den meisten Türen verbargen sich luxuriöse Kabinen, die mit breiten Betten und allem anderen Schnickschnack ausgestattet waren. Es wunderte Amicia, dass sich hier unten noch keine Liebespaare eingeschlichen hatten, um sich in aller Ruhe etwas zu vergnügen.

Als sie in einer voll möblierten Küche stand, war ihr klar, dass diese Jacht auch für mehr als lange Partynächte genutzt wurde. Hier konnte man sicher einige nette Tage verbringen.

Die letzte Tür führte sie zu einem größeren Zimmer. Hier gab es kein Bett, dafür mehrere Sitzgelegenheiten, von denen man einen guten Blick auf die Fensterfront hatte, die sich direkt über dem Wasser befand.

Neugierig trat Amicia näher und sah hinaus. Nun hatte sie einen guten Blick über die Seine und die Stadt, die hinter ihnen vorbeizog. Das hier schien eine kleine Aussichtskabine zu sein, durch die man auch etwas von der Fahrt mitbekam, wenn es draußen regnete.

Sie drückte sich die Nase an der Scheibe platt und beobachtete die hundert Lichter, die an ihr vorbeizogen. Hier hätte sie Stunden verbringen und einfach nur den Ausblick genießen können.

»Du solltest nicht hier sein.«

Erschrocken wirbelte Amicia herum und drückte den Rücken an die kalte Scheibe. In der Tür stand Lucifer, die Arme vor der Brust verschränkt. Seine stahlblauen Augen bohrten sich in ihre.

Völlig panisch drängte sie sich noch weiter zurück, doch die Wand hielt sie davon ab. »Ähm, ich wollte mich nur kurz sauber machen«, stotterte sie atemlos.

Langsam und mit raubtierhafter Geschmeidigkeit kam der Höllenfürst auf sie zu, dabei fiel die Tür hinter ihm ins Schloss und sperrte sie beide in der kleinen Kabine ein. »Wie bist du hierhergekommen?«

»Eine der Kellnerinnen hat mich runtergeschickt«, nuschelte sie unsicher weiter. Immer wieder zuckte ihr Blick zwischen ihm und der Tür hin und her. Bevor er noch weitersprechen konnte, stieß sie sich vom Fenster ab und versuchte an ihm vorbei aus der Kabine zu eilen.

Sein fester Griff schloss sich um ihren Arm und hielt sie zurück. Wo seine Finger auf ihre nackte Haut trafen, schienen Funken zu sprühen und wie hypnotisiert blieb sie stehen, um zu ihm aufzublicken.

»Du bist Liliths neue Leibwächterin«, stellte er mit rauer Stimme fest.

Lucifer war mehr als einen Kopf größer als sie und so musste sie den Kopf in den Nacken legen, um seinem Blick weiter standzuhalten. »Der kleine gefallene Engel.«

Wortlos nickte sie. Ihre Kehle war wie zugeschnürt. Das Blut rauschte ihr so laut in den Ohren, dass sie kaum verstand, was der Höllenfürst sie als Nächstes fragte.

»Hat Lilith dich geschickt?«

Endlich ließ er ihren Arm los, doch sie standen sich immer noch so nah gegenüber, dass Amicia den Rauch in seiner Kleidung und den süßen Alkohol in seinem Atem riechen konnte. Darunter nahm sie den herben Duft von Kaffee und Whiskey wahr.

»Nein.« Hektisch schüttelte sie den Kopf, sodass ihre Haare flogen. »Sie weiß gar nicht, dass ich hier bin.«

Nachdenklich zog er die hellen Augenbrauen zusammen. Seine faszinierenden Augen wanderten langsam ihren Körper hinauf und wieder hinunter, bevor sich sein Blick erneut mit ihrem verband. »Nur du bist hier.«

Trocken schluckte sie. Wie ein Kaninchen vor der Schlange stand sie da und suchte nach den passenden Worten, nach einer Erklärung für ihre unerklärliche Anwesenheit auf dem Schiff.

»Ich war neugierig«, murmelte sie dann und senkte schnell den Kopf. Ihre Wangen brannten und sie wünschte sich, weit weg zu sein.

»Schau mich an«, wies er sie mit unnachgiebiger Stimme an.

Für einen Moment wollte sie gegen ihn rebellieren, doch dann besann sie sich eines Besseren und hob ruckartig den Kopf. Wütende Funken sprühten aus ihren Augen genau in seine.

Mit schräg gelegtem Kopf beobachtete er sie, bevor sich sein Mund zu einem breiten Grinsen verzog. »Ich fühle mich geschmeichelt.«

Etwas überrascht stolperte sie einen Schritt nach hinten und versuchte verzweifelt ihr Gleichgewicht wiederzufinden. Erneut schlossen sich seine Finger um ihre Arme, diesmal sanfter, und er zog sie zurück in den sicheren Stand.

»Vorsicht, ansonsten tust du dir noch was.«

Diesmal riss sie sich nicht aus seiner Berührung los, sondern atmete mehrmals tief durch. »Danke. Ich sollte jetzt gehen.«

Er ließ sie nicht los. »Hast du dich schon an mir sattgesehen?«

Genervt blies Amicia sich eine verrutschte Strähne aus der Stirn. »So beeindruckend bist du nun auch wieder nicht.«

Lachend löste er seine Finger von ihr, blieb aber nah bei ihr stehen. »Ein freches Mundwerk. Das mag ich.«

Das kleine Lächeln, welches sich auf ihre Lippen stahl, konnte sie einfach nicht verhindern. »Nur leider bin ich nicht hier, um dich zu amüsieren.«

Erneut wagte sie einen Schritt auf die Tür zu, doch Lucifer spiegelte ihre Bewegungen und stellte sich ihr in den Weg. Empört blickte sie zu ihm auf, bevor sie es auf der anderen Seite versuchte, doch er ließ sie nicht entkommen.

»Das ist schon ein bisschen kindisch, findest du nicht?«, zischte sie angriffslustig.

Als Antwort machte er einen weiteren Schritt auf sie zu und versperrte ihren Fluchtweg vollständig. »Also ich habe Spaß.«

»Na, wenigstens einer von uns. Was muss ich tun, damit du mich hier rauslässt?« Mit dem Kinn nickte sie in Richtung Tür.

»Oh, ein Geschäft. Das gefällt mir. Ganz einfach, erzähl mir etwas über dich.« Ein hinterhältiges Funkeln trat in seine Augen, als er sie noch weiter zurückdrängte. Bald würde sie im wahrsten Sinne des Wortes mit dem Rücken zur Wand stehen.

»Was willst du denn über mich wissen?«, fragte sie atemlos und wich noch weiter aus. Seine Nähe brachte ihr Blut in Wallungen und ließ sie hektisch atmen.

»Wer bist du?«, knurrte er mit sanfter Stimme direkt vor ihr. »Was treibt dich zu Lilith?«

Mehrmals schluckte Amicia trocken und versuchten den Kloß aus ihrem Hals zu vertreiben.

»Amicia«, flüsterte sie leise. »Ich will bei Lilith ein neues Zuhause finden.«

Leise lachend schüttelt er den Kopf. »Die Geliebte, soso. Wieso habe ich das Gefühl, dass du mich anlügst?«

Das kalte Glas des Fensters drückte sich an ihre Haut und trieb ihr eine Gänsehaut über den Körper. Oder kam diese doch eher von Lucifers Nähe?

Nur noch wenige Zentimeter trennten die beiden voneinander und Amicias Verstand wurde immer langsamer.

»Vielleicht, weil du dein eigenes Verhalten auf andere projizierst.« Die vorschnellen Worte hätte sie am liebsten sofort wieder zurückgenommen. Stattdessen biss sie sich auf die Zunge und wartete auf den Schlag, der sicher gleich kommen würde.

Eine Sekunde verstrich, dann eine weitere. Irgendwann hielt sie es nicht länger aus und öffnete die Augen. Breit grinsend ragte Lucifer über ihr auf und blickte sie mit einem Ausdruck in den Augen an, den Amicia nur als beeindruckt beschreiben konnte.

»Nicht nur ein freches Mundwerk, sondern auch noch was dahinter.« Er streckte die Hand aus, nahm eine ihrer Strähnen zwischen die Fingerspitzen und rieb darüber. »Du siehst weder aus wie ein Engel noch verhältst du dich so und doch kann ich den Himmel immer noch aus jeder deiner Poren strömen spüren.«

Diesmal zuckte sie nicht zurück, sondern erwiderte seinen Blick. »Nur habe ich schon seit einer sehr langen Zeit keinen Fuß mehr in die Goldene Stadt gesetzt.«

»Dann haben wir beide ja etwas gemeinsam.« Langsam beugte er sich zu ihr hinunter, bis sie nur noch wenige Millimeter voneinander trennten. »Wie bist du hier unten gelandet ... Geliebte?«

Verzweifelt suchte sie nach Worten, ohne dabei zu lügen, sicher würde Lucifer sie erneut durchschauen. Hinter ihm flog auf einmal die Tür auf und ein Pärchen, die Körper bereits ineinander verschlungen, stolperte herein.

Blitzschnell wirbelte Lucifer herum und stellte sich beinahe schützend vor sie. Die Frau löste sich von dem deutlich angetrunkenen Mann und blickte ähnlich überrascht zu den beiden.

Sie war eine Dämonin, das erkannte Amicia beinahe sofort, der Mann an ihrer Seite jedoch nicht. Es dauerte einen Moment, bis die Gefallene erkannte, was *er* war. Eine tote Seele, die irgendwie noch auf dieser Erde wandelte.

»Verschwinde«, wies Lucifer die Dämonin mit rauer Stimme an, die auch sofort das Weite suchte. Nur kurz blickte sie zu Amicia und zog die Augenbrauen zusammen.

»Ey, was soll das?«, grölte der Mann mit verwirrtem Blick und taumelte ein Stück zurück. »Kenne ich dich nicht?« Mit zittrigem Finger zeigte er auf Lucifer.

Amicia nutze den Moment der Ablenkung, um sich an Lucifer vorbeizudrücken und auf die Tür zuzueilen. Was auch immer hier vor sich ging, sie wollte kein Teil davon werden.

»O ja, Jason, wir beide kennen uns«, grollte der Höllenfürst. »Du bist mir entkommen und ich bin hier, um dich in die Hölle zurückzuschleifen.«

Jason stieß einen Schrei aus, der mehr an das Heulen eines verletzten Tieres erinnerte. Panisch wirbelte er herum, doch dank des vielen Alkohols stolperte er über seine eigenen Füße und knallte auf den Boden.

»Nein, bitte nicht«, wimmerte er leise und blickte Hilfe suchend zu Amicia auf. »Er darf mich da nicht wieder hinbringen.«

Panisch zuckte ihr Blick zwischen dem Mann und Lucifer hin und her. In der Hand des Höllenfürsten blitzte eine lange Klinge auf. Bedrohlich schritt er auf sein Opfer zu, welches irgendwie auf die Beine kam und auf die Tür zuhielt.

Im letzten Moment stellte Amicia sich ihm in den Weg und schubste ihn dem Höllenfürsten direkt in die Arme. Mit einem einzigen gekonnten Stoß rammte Lucifer dem Mann die Klinge so weit in den Körper, dass sie auf der anderen Seite wieder austrat.

KAPITEL SECHS – ENTFLOHENE SEELEN

Für einen Moment legte sich eine so tiefe Stille über den Raum, dass das sanfte Schwappen der Wellen wie ein Dröhnen klang. Mit einem leise schmatzenden Geräusch zog der Höllenfürst die Klinge aus dem Körper des Mannes, der mit weit aufgerissenen Augen zu Boden fiel.

Amicia schaffte es nicht, den Blick von der Leiche abzuwenden. Das Blut rauschte in ihren Ohren und ohne es zu wollen, wich sie einen Schritt nach hinten, blind tastete ihre Hand nach der Türklinke. Sie erstarrte jedoch mitten in der Bewegung, als sich der Körper auf einmal veränderte.

In einem Moment hatte er noch ausgesehen wie ein etwas untersetzter, aber doch recht gut aussehender Mann, im nächsten breitete sich der Geruch der Verwesung im ganzen Zimmer aus und nahm ihr die Luft. Innerhalb weniger Sekunden wurde die Haut des Mannes wässrig und weiß, große Flecken zeigten sich auf seinem Körper.

Ihr Fluchtinstinkt wurde von ihrer Neugierde verdrängt. Sie hob den Blick zum Höllenfürsten, der nicht einmal mehr weiter auf die Leiche achtete, sondern damit beschäftigt war, seine Klinge zu säubern.

»Was passiert hier?« Der Gestank wurde immer schlimmer und trieb ihr die Tränen in die Augen.

»Der Körper kehrt in seinen ursprünglichen Zustand zurück. So, wie dieser aussieht, ist er wohl schon seit ein paar Wochen tot.« Ein angeekeltes Funkeln trat in Lucifers Augen. »Jemand muss ihn so schnell wie möglich wegschaffen.«

Langsam schüttelte Amicia den Kopf, als sich die Puzzleteile in ihrem Kopf langsam zu einem Bild zusammensetzten. »Dieser Mann, der Körper, war bereits tot. Eine fremde Seele hat sich seiner bemächtigt und ist damit durch Paris gelaufen.«

Mit raubtierhafter Geschmeidigkeit kam der Höllenfürst auf sie zu und stieg dabei, ohne weiter auf sie zu achten, über die Leiche.

»Gut erkannt. Die Seele, ein Kerl namens Miles Brown, ist jetzt zurück – dort, wo er hingehört. In der Hölle.«

Immer noch spürte sie das Holz der Tür in ihrem Rücken, ihr Herz flatterte, als sich der Gefallene vor ihr aufbaute und zu ihr herabschaute. »Wir können diese kleine Fragerunde sehr gern weiterführen«, brummte er mit schräg gelegtem Kopf. »Aber mir wäre eine Kabine, in der es nicht nach Tod riecht, deutlich lieber.«

Ihr Körper wollte ihr nicht gehorchen, als er an ihr vorbeigriff und die Tür öffnete. Erst als er die Tür ein Stück nach vorn drückte, wich sie zur Seite aus und ließ ihn als Erstes hinaustreten. Noch kurz blickte sie zu dem Toten, den nun schon zum zweiten Mal das Leben verlassen hatte, dann folgte sie Lucifer.

Im Flur hatte sich inzwischen eine kleine Menschenmenge gebildet. Unter ihnen konnte Amicia drei weitere Dämonen erkennen, die zusammen mit den Menschen, die wohl nur ahnen konnten, was hier wirklich vor sich ging, aufmerksam dem Höllenfürsten lauschten.

»Bringt die Leiche weg und sorgt dafür, dass sie diesmal auch wirklich beerdigt wird. Die Familie darf nichts davon erfahren. Unsere Aufgabe hier ist erledigt, macht alles sauber und bringt dieses Schiff endlich wieder an Land. Ich kann den Krach nicht länger ertragen«, wies Lucifer alle an, ohne dabei jemand Bestimmten anzuschauen.

Wie Schrotkugeln stoben die Zuhörer auseinander, verschwanden die Treppe nach oben an Deck oder in eine der anderen Kabinen. Eine Dämonin und ein junger Mann drückten sich an Amicia vorbei und betraten die Kabine. Verwirrt blickte die Gefallene auf die nun wieder geschlossene Tür.

Niemand achtete auf sie, alle waren komplett auf ihre Arbeiten konzentriert.

Unsicher blieb Amicia einen Moment stehen. Auch wenn sie langsam eine

Ahnung davon bekommen hatte, was hier vor sich ging, waren da immer noch sehr viele Fragen.

Kurz entschlossen folgte sie Lucifer in die Kabine am anderen Ende der Jacht. Immer noch pochte ihr Herz viel zu schnell, das Adrenalin rauschte durch ihre Adern.

Der Höllenfürst stand mit dem Rücken zu ihr, als sie eintrat. Ohne groß nachzudenken, schloss sie die Tür hinter sich und sperrte damit den Rest der Welt aus. Diese Kabine erinnerte mehr an ein kleines Wohnzimmer, es gab Sofas und einen großen Holzschrank, der auch eine Bar eingebaut hatte.

»Wer war die Seele?« Langsam schlenderte Amicia an der Wand entlang, dabei achtete sie darauf, den Gefallenen nicht einen Moment aus den Augen zu lassen.

»Ein Wurm, ehemals menschlicher Abschaum, der sich irgendwie seinen Weg zurück auf die Erde gewieselt hat.«

Tiefe Schatten lagen über seinem Gesicht und ließen es noch kantiger wirken, noch unmenschlicher.

»Aber wieso sollte der Herrscher der Hölle persönlich ausrücken, um einen Entflohenen zu fangen? Gibt es nicht genau für so was die Generäle und das einfache Fußvolk?« Sie formulierte ihre Frage genau, achtete auf ihre Wortwahl.

Ruckartig drehte sich der Höllenfürst um und ging mit weiten Schritten zu der kleinen Bar. Wortlos füllte er zwei Kristallgläser drei Fingerbreit mit bernsteinfarbenem Scotch und kam dann auf Amicia zu.

»Wenn du mich schon ausfragen willst, dann musst du auch mit mir trinken«, brummte er und drückte ihr eines der Gläser in die Hand.

Ohne seinem Blick auszuweichen, setzte Amicia an. Rauchig und brennend floss der Scotch ihre Kehle hinunter und direkt in ihren nervösen Magen. Immer noch löste sie ihren Blick nicht von ihm, als sie das Glas wieder herunternahm und wie einen Anker in ihren Händen hielt.

Zufrieden nickte der Höllenfürst und genehmigte sich selbst einen großen Schluck. Für einen Moment schloss er die Augen, ein genüsslicher Ausdruck trat auf sein Gesicht.

»Nun, Geliebte«, begann er, nachdem auch er sein Glas wieder in den Händen hielt. »Entgegen der Meinung vieler mache ich mir sehr gern die Hände schmutzig. Vor allem, wenn es um eine so wichtige Sache geht.«

Nachdenklich nickte sie und suchte sich einen Platz auf einem der Sofas. Ihre Knie waren immer noch zittrig und lange konnte sie nicht mehr stehen. Nach einigen Augenblicken und einem weiteren Schluck Whiskey nahm Lucifer ihr gegenüber Platz.

»Eine Seele ist aus der Hölle entkommen. Ich denke mal, das kommt nicht sonderlich oft vor«, fasste Amicia ihre wirren Gedanken zusammen. »Du bist hier, weil das nicht die einzige Seele ist, der das gelungen ist.«

Mit einem düsteren Ausdruck in den Augen deutete er ihr an weiterzusprechen.

Um einen Moment Zeit zu gewinnen, nahm Amicia einen weiteren Schluck und behielt ihn für einige Augenblicke auf der Zunge. »Nicht nur hast du eine Seele zurück in die Hölle geschickt, du hast auch deine Generäle zusammengerufen. Ich lehne mich mal weit aus dem Fenster und sage, dass die beiden Sachen zusammenhängen.« Abwartend blickte sie ihn an.

»Die klugen Mädchen hab ich am liebsten, dabei treffe ich leider viel zu selten auf sie«, murmelte er so leise, dass Amicia es kaum verstehen konnte. »Gute Beobachtungsgabe. Vor einigen Wochen ist nicht nur eine, sondern direkt ein Dutzend Seelen aus der Hölle entkommen. An einem einzigen Tag. Weißt du, wie viele Verdammte mir im letzten Jahrhundert entkommen sind?«

»Keiner.«

»Nicht ein einziger. Das Tor der Hölle ist verschlossen für jeden, der kein Dämon ist. Und selbst diese können es nur passieren, wenn sie eine Erlaubnis haben, entweder direkt von mir oder von einem meiner Generäle.« Abwartend blickte er zu ihr.

»Es ist wohl nutzlos zu fragen, ob es eine Lücke im Tor gibt. So wenig, wie es eine in den Pforten des Himmels gibt.« Nachdenklich beobachtete sie, wie sich die Flüssigkeit in ihrem Glas drehte.

Bei der Erwähnung des Himmels verzog Lucifer angewidert das Gesicht.

»Es ist erstaunlich leicht, da rauszukommen. Das weißt du genauso gut wie ich. Nur der Weg zurück ist deutlich komplizierter. Ich kenne nicht viele, die das geschafft haben. Du etwa?«

Sie antwortete nicht, hielt seinem Blick aber stand. Es kam ihr wie ein Test vor, er wollte mehr über sie erfahren, doch das konnte sie nicht zulassen. »Aber wir können sicher sein, dass mehr in den Himmel zurückwollen als in die Hölle.«

»Niemand entscheidet, wo er nach seinem Tod landet. Man bekommt, was man nun mal bekommt, und kann niemand anderem die Schuld dafür geben.«

Darauf konnte sie auch nichts erwidern. Immerhin wurde den Engeln beinahe genau dasselbe immer wieder eingetrichtert. Nur fehlte bei den Erzengeln der zynische Unterton.

»Dein Ego ist verletzt«, stellte Amicia fest und musste sich ihr Grinsen verkneifen. Nachdem sie ihr Glas geleert hatte, stellte sie dieses auf dem flachen Tisch ab und lehnte sich entspannt zurück.

»Mehr als nur das.« Er tat es ihr gleich, erhob sich aber und kam mit der Flasche zurück. Amicia widersprach ihm nicht, als er ihr erneut eingoss. »Weil diese Seelen entwischt sind, wird meine Macht offen angezweifelt. In der Hölle verbreiten sich Gerüchte schnell und schon bald werden die ersten Stimmen laut werden.«

»Du vermutest einen Plan, dich zu stürzen und einen neuen Höllenfürsten zu krönen.« Amicia verging ihr Lachen wieder. »Mir fällt niemand ein, der dazu in der Lage ist.«

Kurz schüttelte Lucifer den Kopf und drehte das Glas in seiner Hand. Durch das Fenster konnte Amicia die vorbeiziehende Stadt erkennen. Langsam erloschen auch in Paris die Lichter, so weit war die Nacht nun schon vorangeschritten.

Weiterhin herrschte Stille zwischen ihnen und langsam wurde Amicia wieder nervös. Sie hatte gar nicht bemerkt, wie locker sie auf einmal geworden war, ob dies nun am Alkohol oder ihrem Gesprächspartner gelegen hatte, wollte sie gar nicht so genau wissen.

»Sind nun alle Seelen wieder da, wo sie sein sollen, oder brichst du bald zu einer erneuten Jagd auf?«, stellte sie die erste Frage, die ihr in den Sinn kam.

»Ich habe die letzte Seele zurückgeschickt, zumindest wurden nicht noch mehr verschwundene bemerkt«, brummte Lucifer, ohne sie anzublicken.

»Wieso diese ganze Show?« Fragend zuckte sie mit den Schultern. »Eine riesige Party auf einer teuren Jacht, zu der ein Haufen Menschen eingeladen wurde. Das ergibt nicht wirklich Sinn.«

»Die meisten der Verdammten konnte ich schnell aufspüren. Menschen sind recht einfach gestrickt, sie kehren immer wieder an Orte zurück, die sie sehr gut kennen. Und zu den Menschen, die sie lieben. Entflohene Seelen kehren zu ihren Familien zurück, zwar in neuen Körpern, aber mit denselben Erinnerungen. Ich musste also nur herausfinden, wo die Familien lebten, und habe meine Opfer dort entdeckt.«

»Aber dieser Miles hatte keine Familie, niemanden, der ihm etwas bedeutete. Es gab niemanden, zu dem er zurückkehren konnte«, beendete sie seine Ausführungen. »Aber eine Jachtparty?«

»Du wärst überrascht, was Seelen alles von sich geben, wenn sie in der Hölle sind. Sie gestehen offen und ehrlich ihre tiefsten Ängste und wildesten Fantasien.« Kurz zwinkerte Lucifer ihr zu. »Miles war sein Leben lang ein langweiliger Einsiedler. Nicht weil er es wollte, sondern weil ihm die körperlichen Vorzüge gefehlt haben. Per Zufall ist er in einem recht ansehnlichen Körper mitten in Paris gelandet.«

»Da konnte er seine Träume dann auf einmal ausleben. Was würde eine solche verlorene Seele mehr anlocken als die Erfüllung all seiner Wünsche.«

Langsam schüttelte Amicia den Kopf und nahm ihr Glas wieder hoch.

»Miles würde ich nicht als verlorene Seele bezeichnen. Er wusste ganz genau, wieso er in der Hölle gelandet war. Nicht ein einziges Mal hat er Reue gezeigt, da war nur der Frust, dass er nicht noch mehr erleben konnte.«

Seine so ausdruckslos ausgesprochenen Worte ließen Amicia einen Schauer über den Rücken laufen. Schnell trank sie den Scotch, das warme Brennen vertrieb die Kälte.

»Jetzt ist er ja wieder da, wo er hingehört«, flüsterte sie atemlos.

»Harsche Worte für einen Engel.« Lucifer richtete seine ganze Aufmerksamkeit wieder auf sie. »Glaubst du nicht daran, dass jede Seele errettet werden kann, so wie jeder brave kleine Engel?«

»Sag du es mir, immerhin warst du auch einmal einer«, schoss sie zurück.

»Das ist schon so lange her, dass es nicht mal mehr zählt.«

Bei seinen Worten musste sie beinahe lachen. Sie war nun fast so lange auf dieser Erde, wie sie im Himmel gewesen war, und doch hatte sie ihr Zuhause nicht einen Tag vergessen. Aber der Gefallene vor ihr hatte schon lange aufgegeben.

»Wie wirst du jetzt weitermachen? Die Seelen sind zurück in der Hölle, jetzt musst du herausfinden, wer sie rausgelassen hat, oder?« Sie wollte es sich nicht eingestehen, aber ihr Interesse war geweckt.

»Einer von ihnen wird mir schon sagen können, wer mich verraten hat. Sobald der Verräter gefunden ist, werde ich ein Exempel an ihm statuieren. Das war schon lange nötig.« Ein grausamer Ausdruck trat in seine Augen.

»Wann war denn das letzte Mal?«

»Das gab es noch nie. Bisher hat noch niemand etwas so Anmaßendes und Dummes gewagt«, knurrte er.

»Dann verlässt du Paris nun also wieder«, murmelte Amicia in ihr Glas. Dem verwirrenden Gefühlschaos in ihrem Inneren wollte sie gerade keine weitere Aufmerksamkeit schenken.

»Meine Aufgabe hier ist erfüllt und die Verdammten kann ich auch bequem in der Hölle befragen.«

In diesem Moment verstummte die Musik über ihren Köpfen. Es war wie ein Weckruf, als die Hintergrundgeräusche auf einmal verschwanden. Die Party und die Nacht waren vorbei und Amicia sollte jetzt dringend das Weite suchen. Doch wollte ihr Körper nicht auf ihren Geist hören, denn das Gespräch war immer noch nicht beendet.

»Deine Antworten wirst du sicher nicht in der Hölle finden«, sagte sie, solange der Alkohol in ihren Adern ihr noch den Mut verlieh. »Diese Seelen sind dem Dämon, der sie hat entkommen lassen, sicher sehr dankbar. In ihren Augen hat er oder sie mehr Macht als du, zumindest in diesem Moment.

Ihr Befreier ist ihre Hoffnung und nichts lässt Menschen mehr ertragen als die Hoffnung. Während du und deine Schergen sie foltern, um ihnen Antworten zu entlocken, wird der Verräter weitermachen.«

Wortlos blickte Lucifer sie an, keine Regung zeichnete sich auf seinem Gesicht ab. Zäh wie Gummi zogen sich die Sekunden, bis Amicia seinem intensiven Blick einfach nicht mehr standhalten konnte. Über ihnen waren die Schritte der Gäste zu hören, die von der Jacht gingen. Amicia sollte jetzt unter ihnen sein und sich davonmachen.

Ein leises Klopfen erklang an der Tür. Die Dämonin, die eben auch Miles gebracht hatte, steckte den Kopf rein. »Jetzt sind alle gegangen, die Leiche werden wir gleich an Land bringen.«

Lucifer nickte knapp. Mit einem letzten kurzen Blick in Amicias Richtung verschwand die Dämonin wieder. »Nun, der Abend ist dann wohl gelaufen«, nutzte die Gefallene diesen Moment. »Ich sollte jetzt auch gehen.«

»Glaubst du an Zufälle, Geliebte?« Seine blauen Augen richteten sich wieder auf sie. »Ich nicht. Eine hübsche Gefallene, die just dann auftaucht, wenn mir Seelen entkommen.«

Beide erhoben sich im selben Moment, Amicia leicht zittrig, der Höllenfürst voller Eleganz. Irgendwie schaffte sie es, ihre Gefühle und ihren Körper unter Kontrolle zu halten. »Ich glaube durchaus an Zufälle.«

»Wo kommst du her und was bringt dich ausgerechnet jetzt zu mir?«

Wäre Amicia ein Mensch gewesen, hätte er ihr direkt in die Seele geschaut.

»Ich schulde dir keinerlei Antworten«, sagte sie mit klarer und fester Stimme. »Du magst zwar der Herr der Hölle sein, aber ganz sicher nicht meiner.« Ohne weiter auf ihn zu achten, verließ sie die Kabine.

»Dein Glück, dass ich Geheimnisse mag«, hörte sie ihn noch murmeln, bevor die Tür hinter ihr ins Schloss fiel.

Niemand hielt sie auf, als sie als letzter Gast die Jacht verließ. Doch sie konnte die Blicke, einige neugierig, andere misstrauisch, genau auf ihrer Haut spüren.

Paris tief in der Nacht kam ihr beinahe wie eine andere Stadt vor. Eine unwirkliche Stille lag über den Straßen, nur noch wenige Menschen waren unterwegs. Zum ersten Mal seit Langem fühlte Amicia sich verletzlich, den Menschen ausgeliefert.

Ein Sturm tobte in ihrem Inneren. Immer und immer wieder ging sie die letzten Stunden in ihrem Kopf durch, versuchte ein klares Bild zu erkennen.

Einem inneren Impuls nachkommend zog sie ihre High Heels aus und spürte den kalten Asphalt unter ihren Zehen. Der unebene Boden erdete sie, brachte ihrem Kopf neue Klarheit.

Während sie durch die verlassenen Straßen wanderte, überdachte Amicia den Abend noch einmal. Und auch das Bild, welches sie von Lucifer hatte.

Es kam ihr ein wenig so vor, als hätte der Höllenfürst zwei Persönlichkeiten oder vielleicht auch zwei Gesichter, die er der Welt zeigte. Der charmante Partylöwe, der Frauen und Männer für sich einnehmen konnte, und der eiskalte Herrscher, der jeden bestrafte, der sich ihm in den Weg stellte.

Seltsamerweise fühlte Amicia sich mit Letzterem deutlich wohler. Bisher war sie davon ausgegangen, dass sie es keine Minute mit Lucifer in einem Raum aushalten würde, doch das Gespräch mit ihm war einfacher gewesen, als sie geglaubt hatte.

Diese Erkenntnis ließ sie erstarren. Atemlos stand sie im Dunkeln der Nacht und blinzelte. Seitdem sie gefallen war, war ihr ein Gespräch mit einem anderen Wesen noch nie so leicht gefallen. Es hatte ihr zwischendurch sogar ein wenig Spaß gemacht.

Hektisch schüttelte Amicia den Kopf. Sicher lag es nur daran, dass der Höllenfürst ebenfalls einmal ein Engel gewesen war. Dadurch war er ihr ähnlicher als jeder Mensch oder Dämon.

Da war die leise Stimme in ihrem Hinterkopf, die ihr sagte, dass es ihr mit Faniell auch nicht so leicht gefallen war. Dass sie zu dem Engel, der ehemals ihr Freund gewesen war, keine enge Verbindung gespürt hatte.

Während sie durch die Straßen von Paris spazierte, wanderte ihr Geist zurück zu einer Zeit, als sie dies ebenfalls getan hatte.

Es stank nach Abfall, Dreck und Tod. Düstere Gestalten in dreckiger Kleidung und mit bösen Gesichtern drängten sich durch die Straßen. Der schmale Mond spendete nur wenig Licht, noch mehr Wesen versteckten sich in den langen Schatten.

Amicia zog den dünnen Umhang enger um sich, der Stoff hielt die Kälte kaum von ihr ab. Ihre Zähne klapperten, das Gefühl in ihren Fingern und Zehen war verschwunden. Immer noch hatte sich ihr Körper nicht an die Kälte gewöhnt.

Mit letzter Kraft schleppte sie sich zu der kleinen Kirche, die zwischen den Häusern kaum auffiel. Während um sie herum das Nachtleben tobte, Männer, die tranken und grölten, Frauen, die nach ihrem neusten Freier Ausschau hielten, achtete niemand auf das Haus Gottes.

Niemand war im Inneren, nicht einmal Kerzen brannten. Doch das war Amicia egal. Die kahlen Steinwände hielten wenigstens den scharfen Wind ab. Ihre Schritte hallten von den Wänden wider und vermischten sich mit ihrem hektischen Atem.

Ein Gefühl der Ruhe ergriff Amicia und zum ersten Mal, seitdem sie gefallen war, konnte sie tief durchatmen. Die Anspannung und Angst, die sie bisher vorangetrieben hatten, verblassten ein wenig. Hier war sie ihrem Zuhause näher, vielleicht sogar nah genug, um jemanden zu erreichen.

»Vater, Brüder, Schwestern?«, rief sie mit kratziger Stimme in die Stille. »Hört ihr mich? Bitte, antwortet mir! Jemand hat einen Fehler gemacht. Ich gehöre nicht hierher. Bitte, holt mich nach Hause!«

Beim letzten Satz brach ihre Stimme und die ersten Tränen liefen heiß ihre Wangen hinunter. Atemlos stand sie da und wartete, hoffte, dass jemand kommen würde und sie erlöste. Aber niemand kam. Nicht in dieser Kirche und auch nicht in der nächsten, zu der sie sich schleppte.

Der Schmerz der Vergangenheit schoss wie eine Kugel durch ihre Brust und erinnerte sie daran, weshalb sie wirklich in der Stadt der Lichter war. Hektisch wischte Amicia sich die Tränen von den Wangen und eilte zurück in ihr kleines Motel.

Nun hatte sie den Höllenfürsten getroffen, ihn in ein Gespräch verwickelt. Jetzt musste sie nur noch herausfinden, wo er den Morgenstern versteckte. Da Lucifer nun erst einmal in die Hölle zurückkehren würde, hatte sie einige Tage, um sich einen genauen Plan zu überlegen.

***

Als sie endlich in ihrem schäbigen Zimmer ankam, zeigten sich bereits die ersten Sonnenstrahlen am Horizont. Sie fühlte sich, als wäre sie eine Woche unterwegs gewesen. Ohne sich auszuziehen, fiel sie aufs Bett und schloss die Augen.

Das nervige Vibrieren ihres Handys weckte sie einige Zeit später. Grelle Sonnenstrahlen fielen durch das Fenster, aber noch stand die Sonne nicht hoch. Sie konnte nur wenige Stunden geschlafen haben.

Noch mit halb geschlossenen Augen tastete sie nach dem nervigen Ding und schaffte es irgendwie dranzugehen.

»Ja?«

»Guten Morgen, Amicia«, begrüßte Jakob sie mit viel zu fröhlicher Stimme. »Lilith erwartet dich in einer halben Stunde.« Ohne ein weiteres Wort legte er auf.

Für einen Moment lag Amicia einfach nur da, das Handy immer noch in der Hand, ihren Blick ins Nichts gerichtet. Ihr Körper wollte ihr nicht gehorchen, die Müdigkeit saß ihr immer noch zu sehr in den Knochen.

Dann sprang sie so schnell aus dem Bett, dass sich für einen Moment alles drehte. Hektisch riss sie sich das Kleid vom Körper und stolperte ins Badezimmer. Das Wasser war eher lauwarm als heiß, aber es reichte, um sie einigermaßen wach zu machen.

Unruhig pochte ihr Herz. Es war sicher kein gutes Zeichen, dass Lilith sie so früh am Morgen sehen wollte. Das ungute Gefühl machte sich in ihr breit, dass Lilith von ihrem Ausflug gestern Abend wusste und sie nun die Konsequenzen tragen musste.

Zehn Minuten später war sie angezogen, aus ihren Haaren tropfte immer noch das Wasser. Sie stopfte ihr Handy noch in die Tasche ihrer Jacke, dann eilte sie aus dem Zimmer, ohne weiter auf das Chaos, welches sie hinterlassen hatte, zu achten.

Selbst wenn Amicia die nächste Metro erwischen würde, konnte sie es nicht in zwanzig Minuten zu Lilith schaffen.

Unsicher kaute sie auf ihrer Unterlippe herum, während sie aus dem Haus trat. Welche Strafe würde sie erwarten, wenn sie nicht pünktlich ankam?

Eine einfache schwarze Limousine wartete auf der Straße, der Motor lief.

Hinter den getönten Scheiben konnte Amicia niemanden erkennen, der Fahrer sprang jedoch raus und hielt ihr die Tür auf.

Das Wageninnere war leer, also wartete niemand auf sie. Erleichtert atmete die Gefallene durch. Lilith würde ihr sicher keinen Wagen schicken, wenn sie Amicia wieder rausschmeißen wollte.

Und dennoch stellte sich ihr die Frage, weshalb sie um diese Uhrzeit und so schnell zu ihr kommen musste.

***

Es war kurz nach elf, als Amicia vor dem Haus ankam, keine Minute zu spät.

Unsicher klopfte sie an die Tür und wurde erneut von einem Hausmädchen hereingelassen, welches sie in einen der Salons führte. Niemand war zu sehen, warmes Sonnenlicht fiel durch die Fenster.

Langsam schritt Amicia durch den Raum und nahm auf einem der Sofas Platz. Sie hatte kaum drei Stunden geschlafen und zusammen mit der Menge Alkohol, die sie in der letzten Nacht zu sich genommen hatte, fühlte sie sich wie durch den Fleischwolf gedreht. Wie sehr vermisste sie es, ohne Schlaf oder Nahrung auszukommen.

Das einzig Gute an ihrem vernebelten Verstand war, dass sie nicht weiter über den Höllenfürsten nachdenken konnte. Jedes Mal, wenn sie es versuchte, schoss ein scharfer Schmerz durch ihre Schläfe – wie eine Warnung, es nicht zu tun.

»Du siehst so schrecklich aus, wie du am Telefon geklungen hast.« Mit einem breiten Grinsen und in einen perfekt sitzenden Anzug gekleidet kam Jakob zu ihr in den Salon. In der Hand hielt er einen Kaffeebecher und eine Papiertüte, beides reichte er Amicia.

Tief atmete sie den aromatischen Geruch des Kaffees ein, der sofort ihre Lebensgeister wieder in Gang brachte. Obwohl sie sich beinahe die Zunge verbrühte, konnte sie nicht warten und nahm einen großen Schluck.

In der Tüte befand sich ein noch warmes Croissant – in einer Größe, die Amicia noch nie gesehen hatte. Bei dem Anblick knurrte ihr Magen laut. Das erste Stückchen explodierte beinahe auf ihrer Zunge, so gut schmeckte es.

»Danke«, murmelte sie zwischen den Bissen und blickte zu Jakob.

Der hatte es sich ihr gegenüber auf einem Sofa bequem gemacht und tippte auf seinem Handy herum. »Sehr gern. Aber wieso verspürst du überhaupt Hunger? Solltet ihr Engel nicht über solchen weltlichen Bedürfnissen stehen?«

»Ich bin kein Engel mehr, deshalb ist mein Körper dem eines Menschen deutlich ähnlicher. Früher konnte ich eine Ewigkeit ohne Nahrung oder Schlaf auskommen«, murmelte sie, den letzten Bissen Croissant noch in der Hand.

»Wie lange denn so?« Für einen Moment blickte Jakob von seinem Handy hoch, Interesse zeichnete sich auf seinem Gesicht ab.

»Der längste Zeitraum für mich war sechs Wochen, aber ich habe von Engeln gehört, die es sechs Monate ausgehalten haben.« Genüsslich leerte sie ihren Kaffeebecher und knüllte die nun leere Tüte zusammen.

Bevor Jakob weitere Fragen stellen konnte, die ihm so klar auf der Zunge brannten, trat Lilith mit einem ernsten Gesichtsausdruck ein. Anstatt auf die beiden zu achten, spazierte sie zum Fenster und blickte einige Minuten schweigend hinaus.

Während Jakob völlig ruhig blieb, musste Amicia sich zusammennehmen, um nicht auf ihrem Platz hin- und herzurutschen. Irgendwas stimmte nicht und sie war sich ganz sicher, dass es etwas mit dem Höllenfürsten zu tun hatte.

»Wir werden Paris verlassen«, sprach die erste Frau endlich und wirbelte zu ihnen herum. »Lucifer braucht meine Hilfe und wir werden ihn nach Rom begleiten.«

Überrascht hob Amicia die Augenbrauen. »Wir alle?«

»Natürlich. Oder hast du den Vertrag vergessen, den du unterschrieben hast? Unser Flieger geht in zwei Stunden, wir treffen uns am Flughafen.«

KAPITEL SIEBEN – ÜBER DEN WOLKEN

Das laute Chaos des Flughafens verschwand hinter den Glastüren, als sie hindurchtrat. Eine adrett gekleidete Stewardess führte sie durch einen abgeschotteten Bereich direkt auf das Rollfeld. Ein schicker Privatjet stand in der glitzernden Sonne.

Amicia atmete tief ein und aus, dann stieg sie die Treppe nach oben. Eine weitere Stewardess erwartete sie dort bereits mit einem professionellen Lächeln auf den Lippen. »Herzlich willkommen.«

Die Gefallene schenkte ihr ein schmales Lächeln, dann trat sie in den Passagierraum. Das Innere des Jets konnte man nicht anders als luxuriös bezeichnen. Edle Ledersitze, zwei passende Sofas, im hinteren Bereich konnte sie sogar ein kleines Schlafzimmer ausmachen. Alles war in Cremetönen gehalten, dazu noch ein sattes warmes Braun.

Lilith thronte bereits in einem der Sessel, vor sich eine Tasse Kaffee und eine Flasche Wasser. Weiter hinten saß Jakob mit seinem Laptop an einem kleinen Tisch und plapperte aufgeregt in sein Handy.

»Da bist du ja endlich. Diesmal wenigstens nicht zu spät«, begrüßte Lilith sie und deutete auf den Platz ihr gegenüber. »Wir können gleich starten.«

Unsicher ließ Amicia sich in den Sessel sinken und blickte aus dem Fenster. Weiter hinten konnte sie den normalen Trubel des Flughafens sehen, doch in ihrer Nähe herrschte beinahe gespenstische Stille.

Ein silberner Wagen hielt direkt vor dem Flieger. Amicia musste nicht einmal hinsehen, um zu wissen, wer da angekommen war. Ein Ruck ging durch alle Anwesenden. Das Lächeln der Stewardess vertiefte sich, Lilith saß noch gerader und Jakob klappte seinen Laptop zu.

Mit großen Augen blickte die Gefallene auf die Tür, durch die in diesem Moment der Höllenfürst trat. An diesem Tag trug er wieder einen Anzug, jedoch ohne Krawatte, der oberste Hemdknopf stand locker offen.

»Ich bin doch nicht etwa zu spät?« Mit einem breiten Grinsen ließ er seinen Blick durch die Kabine gleiten.

»Wie immer wartet die ganze Welt auf dich«, murmelte Lilith und nippte an ihrem Cappuccino.

»Bist du mir böse?« Amüsiert hob Lucifer die Augenbraue.

»Ich mag es nun einmal nicht, so kurzfristig aus meinem Haus gejagt zu werden«, grummelte die erste Frau weiter.

»Meine Entscheidung habe ich erst in der letzten Nacht getroffen.« Zum ersten Mal richtete der Höllenfürst seinen Blick auf Amicia, so, als würde er mit ihr sprechen.

Lilith wischte sich eine Strähne aus dem Gesicht und ließ das Thema fallen. Mit einem leisen Lächeln nahm Lucifer in dem Sessel auf der anderen Seite des Ganges Platz. Weniger als ein Meter trennte Amicia von ihm und erneut stieg ihr der angenehme Geruch von Kaffee, Whiskey und dunkler Schokolade in die Nase.

Die Tür wurde geschlossen, die Stewardess informierte sie, dass sie bald abheben würden. Das Licht in der Kabine wurde gedimmt, während das Röhren der Triebwerke immer lauter wurde.

Unsicher wandte Amicia den Blick ab und versuchte nicht weiter auf den Gefallenen neben sich zu achten. Mit einem Ruck setzte sich der Jet in Bewegung und sie fuhren auf das Rollfeld.

Ihre Finger krallten sich in die Armlehne, als sie schneller und schneller wurden und endlich den Boden hinter sich ließen. Ihr Magen hüpfte aufgeregt, während sie in die Höhe glitten.

Diese Art des Fliegens war gleichermaßen wunderschön – seltsam richtig – und doch so falsch. Dasselbe Gefühl des Abhebens, der Blick auf die Welt, die unter ihr immer kleiner wurde. Aber es fehlte der Wind in ihren Haaren, das Rauschen in ihren Ohren. Wenn sie die Augen schloss, konnte sie sich für einen Moment vorstellen, wieder durch den Himmel zu segeln.

»Vermisst du es?«, erklang eine warme Stimme neben ihr.

Hektisch riss Amicia die Augen auf und blickte sich um. Hinter ihr konnte sie Jakob wieder auf den Tasten klappern hören, Lilith hatte die Augen geschlossen und dicke Kopfhörer auf den Ohren.

Die Hände im Schoß verschränkt wandte sie sich Lucifer zu, der sie interessiert beobachtete. Entspannt hatte er es sich auf seinem Platz bequem gemacht, die langen Beine ausgestreckt.

»Wie kann man das Fliegen *nicht* vermissen?«, flüsterte sie zurück.

»Was würdest du alles dafür geben, es wieder tun zu können?« Er beugte sich ein Stück über den Gang zu ihr.

»Gar nichts, denn ich bin machtlos.«

Lucifer kniff die Augen zusammen. Anscheinend war er mit ihrer Antwort nicht zufrieden, fragte jedoch nicht weiter nach.

Noch einen Moment blickte sie ihn an, dann wandte sie sich wieder dem Fenster zu. Sie näherten sich bereits der leichten Wolkendecke, bald schon war die Welt unter ihr verschwunden.

Unruhig tippte sie mit dem Zeigefinger auf der Lehne herum. Sosehr sie sich auch entspannen wollte, sie konnte es einfach nicht. Sie spürte *ihn* neben sich, seine Präsenz war wie ein flackerndes Feuer, das über ihre Haut leckte.

Endlich erloschen die Anschnalllichter.

So schnell sie konnte, sprang Amicia auf und eilte in den hinteren Bereich des Jets, wo sie die Toilette vermutete. Anstatt eines kleinen Waschraums, in dem man sich kaum um sich selbst drehen konnte, fand sie sich in einem komplett ausgestatteten Badezimmer mit großer Dusche wieder.

Sie schloss die Tür hinter sich und lehnte ihre Stirn für einen Moment dagegen. Dieser kleine Raum war noch nicht erfüllt mit Lucifers Geruch und sie konnte wieder durchatmen.

Ihr Spiegelbild war noch schlimmer, als sie gedacht hatte. Die Haare standen wild vom Kopf ab, als wäre sie durch einen Sturm gelaufen. Oder geflogen. Bei dem Gedanken musste sie kurz lächeln.

Mehrmals wusch sie sich das Gesicht mit kaltem Wasser, bis etwas Farbe auf ihre Wangen zurückkehrte. Danach ließ sie sich das Wasser einfach einige Augenblicke über die Handgelenke laufen, in der Hoffnung, so auch ihren Kopf freizubekommen.

Ein letztes Mal atmete sie tief durch und versuchte wieder klar zu werden. Sie konnte nicht länger zulassen, dass Lucifer ihr so unter die Haut ging. Wenn sie in seiner Gegenwart nicht klar denken konnte, dann war sie auch nicht in der Lage, weiter Nachforschungen anzustellen.

Dass Lucifer nun doch noch länger auf der Erde bleiben wollte, brachte ihren ganzen Plan durcheinander. Entweder kam sie so näher an den Morgenstern heran oder ihr Auftrag war zum Scheitern verurteilt.

Das Flugzeug ruckelte ein wenig in der Luft herum und erinnerte sie daran, wo sie sich befand. Noch länger konnte sie sich leider nicht im Bad verstecken, ansonsten würde man ihr nur Fragen stellen.

Mit einem Ruck öffnete sie die Tür und trat in den schmalen Gang hinaus. In der Kabine sah sie die immer noch schlafende Lilith und Jakob, der weiterhin konzentriert arbeitete, aber von Lucifer fehlte jede Spur.

Der erschrockene Schrei blieb ihr im Hals stecken, als sie am Arm gepackt und in die kleine Schlafkabine gezerrt wurde. Mit einem lautem *rums* fiel die Tür hinter ihr zu und eine kräftige Gestalt drückte sie gegen die Wand.

»Jetzt sind wir wieder allein, Geliebte. Zeit, mir ein paar Fragen zu beantworten«, knurrte Lucifer mit tiefer Stimme. Ein dunkles Feuer brannte in seinen Augen, als er auf sie herabschaute.

Amicia konnte die Wand in ihrem Rücken spüren, sein fester und doch sanfter Griff an ihren Armen. Sein kräftiger Oberschenkel hielt sie an Ort und Stelle. Ihr Herz pochte so schnell, dass sie ihren Puls am Handgelenk spüren konnte, und doch hatte sie keine Angst. Stattdessen raste ein anderes Gefühl durch ihre Adern und raubte ihr den Atem.

»Ich dachte, du magst es, wenn Frauen Geheimnisse haben«, brachte sie mit schwacher Stimme hervor.

»Geheimnisse sind das eine, eine Bedrohung ist etwas ganz anderes.« Langsam beugte er sich zu ihr herab, bis sich ihre Gesichter direkt voreinander befanden.

Hektisch wich Amicia ein Stück zurück und leckte sich ungewollt über die

Unterlippe. Ihr war auf einmal viel zu heiß und ihre Gedanken drifteten in eine Richtung ab, in der sie sie ganz sicher nicht haben wollte.

»Wäre ich eine Bedrohung, dann hätte Lilith mich nicht eingestellt«, wisperte sie.

»Meine gute Lilith hatte schon immer ein Herz für Streuner. Irgendwie hast du es geschafft, sie für dich einzunehmen.«

»Ich bin halt gut in meinem Job.« Mit neu gefundenem Selbstvertrauen hob sie das Kinn und blickte ihm fest in die Augen.

»Ja, das habe ich schon gehört.« Seine große Hand wanderte ihren linken Oberschenkel hoch bis zu der versteckten Klinge. »Dabei siehst du viel zu unschuldig aus, um jemandem etwas anzutun.«

Eine Gänsehaut breitete sich von der Stelle, an der seine Hand lag, über ihren ganzen Körper aus. Die Wärme seiner Haut brannte sich durch den Stoff ihrer Jeans bis direkt in ihr Innerstes. »Der Anschein kann durchaus trügen.«

Seine Lippen verzogen sich zu einem trägen Lächeln und Amicias Gedanken gaukelten ihr ein völlig falsches und doch so faszinierendes Bild vor. Wie er sich vorbeugte und mit seinem Mund über ihren strich. Wie seine Hände weiter über ihren Körper wanderten, bis jeder Zentimeter Haut in Flammen stand.

Doch der Höllenfürst beugte sich nicht hinab, um sie zu küssen. Stattdessen wich er ein Stück von ihr zurück, wobei seine Hand an Ort und Stelle blieb. »Wenn dies deine Verteidigung sein sollte, dann ist sie ziemlich schwach.«

»Ich muss mich nicht verteidigen«, sprach sie mit hochnäsiger Stimme. »Denn ich habe mir nichts zu Schulden kommen lassen.«

»Du glaubst nicht an Zufälle«, griff er ihr Gespräch aus der Nacht wieder auf. Nun löste Lucifer auch die rechte Hand von ihrem Arm und nahm stattdessen eine Strähne ihres Haares zwischen die Finger. »Aber doch an Verdächtigungen.«

»Ist es nicht an den Haaren herbeigezogen, mich mit den Seelen in Verbindung zu bringen?« Um ihre Worte zu unterstreichen, drehte sie den Kopf zur

Seite, sodass die Strähne aus seinem Griff glitt. »Falls es dir entgangen sein sollte, ich bin eine Gefallene und kein Dämon. Also: Kein Zutritt in die Hölle für mich.«

Bedächtig nickte er, seine Hand immer noch neben ihrem Gesicht erhoben. Er lehnte sich weiter nach vorn, bis sein Unterarm gegen die Wand lehnte. So sperrte er sie beinahe ein, wobei seine andere Hand langsam hoch zu ihrer Hüfte wanderte. »Aber wo kommst du dann auf einmal her?«

»Berlin«, gab sie kurz angebunden zurück.

»Du willst wirklich nichts von dir preisgeben, nicht wahr?« Das interessierte Funkeln war wieder in seine Augen zurückgekehrt.

»Es gibt nichts preiszugeben. Und mit den entflohenen Seelen habe ich auch nichts zu tun.« Halbherzig stieß sie gegen seine Brust, damit er zurückwich.

Doch Lucifer rührte sich keinen Zentimeter, er blickte einfach nur weiter auf sie hinunter. In ihrem Rücken konnte sie das leise Summen des Jets spüren, was sie erneut daran erinnerte, wo sie sich befanden und wer auf der anderen Seite dieser Wand wartete.

»Ich bin hier, weil Lilith mir vertraut.« Mit erhobenem Kinn blickte sie zu ihm auf. »Solltest du damit ein Problem haben, dann wende dich gern an sie. Ansonsten muss ich jetzt in die Kabine zurückkehren, um meiner Aufgabe nachzugehen.« Diesmal schubste sie ihn mit mehr Nachdruck von sich.

Ohne zu zögern, trat Lucifer zurück und ließ sie gewähren. Mit einem wütenden Schnauben fuhr Amicia sich durch die Haare und drückte sich an ihm vorbei in Richtung Tür.

»Was soll Lilith hier oben schon passieren?«, fragte der Höllenfürst schulterzuckend.

»Mir würden da ein paar Dingen einfallen«, murmelte sie und trat zurück in die Hauptkabine.

Immer noch kribbelte ihr ganzer Körper und ihre Wangen brannten. Innerlich hoffte sie, dass niemand etwas mitbekommen hatte oder bemerkte, wie aufgebracht sie war.

Angespannt, die Hände vor dem Bauch verschränkt, schritt sie den Gang entlang. Hinter sich konnte sie immer noch gedämpft Lucifers Präsenz fühlen, aber er folgte ihr nicht.

»Alles in Ordnung bei dir?«

Bei Jakobs Frage wäre sie beinahe zusammengezuckt. Er hatte von seinem Laptop aufgeschaut und betrachtete sie nun mit zusammengezogenen Augenbrauen.

»Ja, natürlich«, murmelte Amicia und kehrte schnell an ihren Platz zurück.

Er folgte ihr. Die Hände locker in die Hosentaschen gesteckt blickte er besorgt auf sie hinab. »Mach dir keine Gedanken, seine Majestät wirkt auf alle einschüchternd.«

Irgendwie schaffte Amicia es, ihr Gesicht zu so etwas Ähnlichem wie einem Lächeln zu verziehen. »Alles gut, wir haben uns nur unterhalten.«

»Das glaube ich dir nicht. Er schafft es, jedem unter die Haut zu gehen. Wenn er dich denn überhaupt sieht.« Locker zuckte Jakob mit den Schultern.

»Er ignoriert dich?« Amicia schlug die Beine übereinander.

»Ich glaube eher, dass er mich nicht einmal bemerkt hat. So als kleiner Mensch stehe ich doch recht weit unter ihm«, murmelte der Mann trocken.

»Du bist mir durchaus aufgefallen, Jakob.« Wie aus dem Nichts war der Höllenfürst aufgetaucht und nahm seinen Platz wieder ein. »Ich habe lediglich beschlossen deiner Anwesenheit keinerlei Aufmerksamkeit zu schenken. Oder willst du dich mal mit mir unterhalten?« Sein Lächeln war so scharf wie die Klinge an Amicias Oberschenkel.

»Nein, Herr«, flüsterte Jakob mit gesenktem Kopf und zog sich wieder zurück in den hinteren Teil der Kabine.

»Sieh an, unserer Lilith geht es immer noch großartig. Niemand hat in den letzten paar Minuten versucht sie umzubringen.« Mit dem Kinn nickte Lucifer zu der schlafenden ersten Frau.

Schnaubend wandte Amicia den Kopf ab und blickte aus dem Fenster. Sie hatten immer noch mehr als eine Stunde Flug vor sich, vielleicht sollte sie auch etwas Schlaf abbekommen. Doch sie schaffte es einfach nicht, sich zu entspannen. Immer noch spürte sie Lucifers Berührungen auf ihrem Körper, zusammen mit den Blicken, die er ihr nun immer wieder zuwarf.

Trotzdem schloss Amicia die Augen und lehnte die Stirn ans Fenster. Auch wenn sie nicht schlafen konnte, konnte sie so wenigstens in aller Ruhe nachdenken.

Es hatte nicht einmal achtundvierzig Stunden gedauert und schon stand sie auf der Beobachtungsliste des Höllenfürsten. So viel zu ihrem Plan, sich bei ihm einzuschleichen, um den Morgenstern zu finden.

Die Gedanken brachten sie zu einem ganz anderen Problem. Sie hatte keine Ahnung, wie diese allmächtige Waffe aussah. Es konnte alles sein. Unter halb geschlossenen Lidern schielte sie zu Lucifer. Vielleicht trug er ihn in diesem Moment sogar bei sich?

Ihr Blick fiel auf die dünne Kette, die um seinen Hals hing. Ansonsten trug der Höllenfürst keinen Schmuck, nicht einmal eine Armbanduhr. Dieses einfache Lederband passte so gar nicht zu ihm. War der Morgenstern so klein, dass man ihn als Anhänger tragen konnte? Schnell schloss sie wieder die Augen, als Lucifer sich in seinem Sessel bewegte.

Als hätte sie sich einen Wecker gestellt, erwachte Lilith, sobald sie in den Landeanflug auf Rom gingen. Ihr Blick wanderte langsam durch die Kabine und blieb dann an Amicia hängen. Kurz zog sie die Augenbrauen zusammen, dann war ihr Gesicht wieder ausdruckslos.

Mit einem sanften Ruck setzte der Jet auf der Rollbahn auf. Der Flughafen und die dahinterliegenden Hügel rasten an dem Fenster vorbei, bis die Maschine vollständig zum Stehen gekommen war.

Mit ernstem Ausdruck packte Jakob seine Sachen zusammen, während Lilith sich ausführlich streckte und murmelte: »Ich schlafe im Flieger immer so gut.«

»Wir treffen uns heute Abend bei mir.« Lucifer war bereits bis zur Tür des Jets gegangen. »Dann besprechen wir alles Weitere.« Schon war er verschwunden. Kurz darauf hörte sie einen davonrasenden Wagen.

Jakob verließ als Erster ihrer kleinen Gruppe den Jet, gefolgt von Lilith, die nun eine große Sonnenbrille auf der Nase hatte.

Als Amicia aus der Tür trat, rannte sie in eine Mauer aus warmer, trockener Luft.

Beinahe sofort brach ihr der Schweiß aus und sie schälte sich aus der Lederjacke. Auf der Rollbahn wartete ein silberner Wagen auf sie, die erste Frau und Jakob hatten bereits hinten Platz genommen. So blieb Amicia nur der Beifahrersitz.

Der Fahrer würdigte sie keines Blickes, sondern legte den Gang ein und brauste davon.

Durch eine Schranke verließen sie den Flugplatz und fuhren auf die Autobahn, die sie direkt in die Metropole bringen würde. Die Lüftung blies ihr kalte Luft ins Gesicht und ließ Amicia bald wieder frösteln.

»Das Loft ist bereits vorbereitet und alles ist so eingerichtet, wie du es magst«, informierte Jakob Lilith. »All deine Aufgaben in Paris sind an Stellvertreter übergeben worden und ich leite sämtliche Anrufe um.«

Den Blick aus dem Fenster gerichtet nickte die erste Frau. »Wenn er mir doch nur sagen würde, wieso wir hier sind. Oder mir wenigstens mehr als zwei Stunden zur Vorbereitung gegeben hätte.«

Schuldig biss Amicia sich auf die Lippe. Etwas in ihr drängte dazu, Lilith die Wahrheit zu sagen, aber dann musste sie zugeben, dass sie auf der Jacht gewesen war. Diesbezüglich würde Lilith dann sicher einige Fragen stellen. Doch irgendwie hatte Amicia bereits eine gewisse Loyalität zu ihrer neuen Chefin entwickelt.

»Es sind wohl Seelen aus der Hölle entkommen und Lucifer will herausfinden, wie das geschehen konnte«, murmelte sie mit gesenktem Kopf.

Einen Moment legte sich absolute Stille über das Innere des Wagens. Angsterfüllt blickte Amicia über ihre Schulter. Jakob stand der Mund offen und er blickte planlos zwischen ihr und der ersten Frau hin und her.

In Liliths Gesicht konnte Amicia nichts lesen. Völlig ausdruckslos blinzelte diese ihr entgegen. »Das war mir bereits bekannt. Nur … soweit ich informiert war, ist die letzte der Seelen wieder in der Hölle und so sollte es auch Lucifer sein. Kannst du mir sagen, wieso er immer noch hier oben weilt?«

Amicia nahm sich einen Moment Zeit, um über ihre Antwort nachzudenken. »Möglicherweise habe ich ihm den Rat gegeben, dass er den Verräter eher hier oben als in der Hölle finden würde.«

»Dieses ach so erhellende Gespräch habt ihr beide wann genau geführt?« Fragend hob Lilith eine Augenbraue.

»Gestern Nacht. Ich habe mich auf seine Jachtparty geschlichen, um mehr über ihn herauszufinden.« Das war keine Lüge, also musste Amicia deshalb auch keine Schuldgefühle haben. Nur leider nagten diese trotzdem an ihr.

»Dann wird er uns ja heute Abend sicher mitteilen, wie es nun weitergeht«, brummte die erste Frau und sah dann weg.

Für einen Moment blickte Amicia sie noch an, dann wandte sie sich mit klopfendem Herzen wieder nach vorn.

Den Rest der Fahrt herrschte angespanntes Schweigen im Wagen, nervös knetete sie ihre Hände.

Der Fahrer hielt vor einem alten Stadthaus an der Piazza di Spagna, einem der schönsten und teuersten Wohnviertel der Stadt, an. Zur Mittagszeit war nicht viel los, nur einige Touristen wanderten umher und fotografierten alles, was ihnen vor die Linse kam.

Nicht weit von ihnen konnte Amicia die Spanische Treppe sehen, vor der die Fontana della Barcaccia fröhlich sprudelte. Wie immer waren Menschen auf der bekannten Treppe versammelt, die das warme Sonnenlicht in sich aufsaugten.

Amicia wollte gar nicht wissen, wie schwer es war, hier eine Wohnung zu bekommen. Jakob eilte voraus und öffnete die Haustür, um seine Chefin reinzulassen. Im Inneren empfing sie angenehme Kühle und sanftes Dämmerlicht.

Der kleine, alte Aufzug erweckte nicht unbedingt Vertrauen in Amicia, aber sie folgte der ersten Frau trotzdem hinein, nachdem sie ihre Tasche vom Fahrer entgegengenommen hatte. Immer noch sprach Lilith kein Wort mit ihr und auch Jakob wich ihrem Blick aus.

Sie klammerte sich an die Hoffnung, dass doch nicht alles vorbei war. Immerhin hatte Lilith sie noch nicht weggeschickt, aber dieses eisige Schweigen trieb sie beinahe in den Wahnsinn.

Die Aufzugtüren öffneten sich und sie traten in einen Gang hinaus, dessen schwarzer Marmorboden den feinen Deckenstuck spiegelte, sosehr war er poliert. Jakob eilte vor und öffnete die einzige Tür in diesem Stockwerk, hinter der sich wohl Liliths' Wohnung befand.

Obwohl sie nun in einem anderen Land waren, zeigte sich der französische Stil der ersten Frau auch hier. Es fanden sich sogar einige ähnliche Bilder an der Wand.

Mit festem Schritt spazierte Lilith durch die helle, offene Wohnung hinaus auf die große Dachterrasse. Unsicher stand Amicia im Wohnzimmer herum und klammerte sich an ihrer Tasche fest.

»Komm, ich zeig dir dein Zimmer.« Immer noch ohne sie anzublicken, winkte Jakob sie hinter sich her.

Mit jedem Schritt, den sie tat, wurden ihre Schuldgefühle schlimmer, bis sie es fast nicht mehr aushielt. Wortlos führte er sie einen kurzen Gang entlang zu einem kleinen, aber hübsch eingerichteten Zimmer mit angrenzendem Bad. »Hier kannst du dich einrichten.«

Bevor Amicia etwas erwidern konnte, war Jakob verschwunden und hatte die Tür hinter sich geschlossen. Müde rieb sie sich übers Gesicht und entledigte sich als Erstes ihrer Lederjacke. Nur in Jeans und Shirt gekleidet blickte sie sich ein wenig genauer um. Das Zimmer war zwar voll möbliert, aber es gab keine Anzeichen, dass hier sonst jemand wohnte.

Um etwas Zeit und Abstand zwischen sich und die erste Frau zu bringen, räumt Amicia gleich ihre Tasche aus. Leider brauchte sie dafür nicht halb so lange, wie sie es gehofft hatte und schon bald gab es keinen Grund mehr, sich noch länger zu verstecken.

Mit einem flauen Gefühl im Magen schlich sie auf die Terrasse. In den letzten paar Minuten hatte Lilith sich nicht bewegt, sie stand immer noch mit dem Rücken zur Tür, die Hände auf die Balustrade gestützt.

Unsicher knetete Amicia ihre Hände und trat neben die erste Frau. Auf dem kurzen Weg hatte sie sich ihre Worte genau überlegt, doch jetzt kam nichts anderes als ein schwaches »Es tut mir leid« über ihre Lippen.

Mit einem leisen Seufzer nahm Lilith die Sonnenbrille ab. Aus ihren ausdrucksvollen Augen blitzte Amicia der Schalk entgegen. »Du brauchst dich nicht zu entschuldigen. Lucifer hat mich bereits in besagter Nacht angerufen und mir alles erzählt.«

Mehrmals blinzelte Amicia wortlos, dann wandte sie langsam den Kopf ab. Von der Terrasse aus hatte man einen unglaublichen Blick über die Häuserdächer, in der Ferne konnte sie sogar das Glitzern des Tibers erkennen. »Ich verstehe nicht ganz.«

»Lucifer und ich haben keine Geheimnisse voreinander, so war es schon immer zwischen uns. Als du auf seiner Party aufgetaucht bist, hat er mir das sofort mitgeteilt. Ursprünglich dachte er, dass ich dich vielleicht geschickt hätte, um meine Augen und Ohren zu spielen. Aber an einen solchen Auftrag kann ich mich nicht erinnern.«

»Ich bin auf eigene Faust hingegangen«, gestand Amicia noch einmal. »Die Neugier hatte mich gepackt und ich konnte einfach nicht widerstehen. Wie oft hat man schon die Chance, den ersten Gefallenen zu treffen?«

Bedächtig nickte Lilith, ihr Blick wanderte wieder über die Stadt. »Ich verstehe deine Neugierde besser, als du denkst, aber ich erwarte, dass du mich über solche Dinge informierst. Und das, noch ehe ich dich erwische. Im Endeffekt interessiert es mich nicht, was du in deiner Freizeit machst.«

Entschuldigend zuckte Amicia mit den Schultern.

»Aber dadurch, dass ich es nicht wusste, ist Lucifer dir gegenüber nun sehr misstrauisch. Er ist der festen Überzeugung, dass du etwas mit den entkommenen Seelen zu tun hast.«

»Wie ich ihm bereits erklärt habe, ist dem nicht so«, brummte Amicia und stützte sich auf die Absperrung. Es ging mehrere Stockwerke nach unten, wo sich die Menschen auf dem Bürgersteig drängten.

»Deine Erklärungen kommen leider etwas zu spät. Dein plötzliches Auftauchen ist durchaus auffällig, vor allem, wenn man es mit den entflohenen Seelen zusammen betrachtet. Lucifer war der festen Überzeugung, dass du mich weiterhin anlügen würdest, damit ich dich nicht wegschicke.«

»Er hält ja nicht gerade viel von mir.« Nicht, dass ihr das etwas ausmachen würde.

»Er ist grundsätzlich eher paranoid. Aber ich war mir sicher, dass du es mir früher oder später erzählen würdest. Vielleicht wollte ich auch einfach nicht zugeben, dass ich mich so hätte täuschen lassen.«

»Lilith, bis gestern Nacht wusste ich nicht, dass Seelen entkommen waren. Vor dir hatte ich keinen Kontakt mit irgendwelchen Dämonen oder eine Ahnung, wie es in der Hölle aussieht. Was auch immer da vor sich geht, mit mir hat es ganz sicher nichts zu tun.« Dies waren keine Lügen, es war die reine Wahrheit und es tat gut, sie auszusprechen.

»Genau deshalb wirst du nun helfen den Verräter zu finden.« Lilith verdrehte die Augen. »Deine Worte haben Lucifers Jagdinstinkt geweckt. Er ist der Überzeugung, dass er ihn finden kann, auch ohne die Aussagen der Seelen.«

»Und du bezweifelst das?«

»Nicht einen Moment. Wenn Lucifer sich etwas in den Kopf gesetzt hat, dann wird er es auch zu Ende bringen. Nur habe ich echt Besseres mit meiner Zeit zu tun, als Detektivin zu spielen.«

»Dann lass es mich machen. Ich komme aus dem himmlischen Heer und kann da vielleicht helfen«, schlug Amicia sofort vor. Eine bessere Gelegenheit konnte sie gar nicht bekommen, um mehr Zeit mit Lucifer zu verbringen.

»Mal schauen. Erst einmal müssen wir das Abendessen heute hinter uns bringen. Ich habe da eine Bitte an dich.« Sie wirbelte zu Amicia herum, die Hände in die Hüfte gestützt.

»Natürlich.«

»Nimm doch mal etwas von deinem Gehalt und investiere es in eine neue Garderobe. Es mag vielleicht oberflächlich und auch ein wenig lächerlich sein, aber ich lege auf so etwas großen Wert. Vor allem, wenn die anderen Generäle dabei sind.«

Verstehend nickte Amicia. Lilith wollte ihr Gesicht vor den anderen wahren und Stärke ausstrahlen. »Wird erledigt, ich bin bis heute Abend wieder da.«

»Danke.« Kurz drückte Lilith ihr die Hand, dann ging sie hinein.

Einen Moment blieb Amicia noch stehen und atmete die warme Luft ein. Es juckte ihr sowieso in den Fingern, sich genauer in dieser Stadt umzusehen.

Rom schien vor Leben nur so zu pulsieren und zum ersten Mal seit Langem wollte sie sich hineinstürzen.

Als sie in die Wohnung trat, war Lilith bereits in ihrem eigenen Zimmer verschwunden. Jakob werkelte in der Küche herum und schenkte ihr ein breites Grinsen. »Na, hast du Ärger bekommen?«

»Dich hat sie also auch eingeweiht. Ich muss schon sagen, du bist ein guter Schauspieler.« Lachend schüttelte Amicia den Kopf.

»Nimm's mir nicht übel, aber ich muss mich an das halten, was sie sagt. Und ich bin froh, dass du keine Verräterin bist.«

Ein warmes Gefühl breitete sich in Amicias Brust aus. »Kannst du mir einen Tipp geben, wo man hier gut einkaufen gehen kann?«

»Direkt um die Ecke liegt die Via del Corso, da solltest du fündig werden.« Jakob zwinkerte ihr zu und wandte sich dann wieder in Richtung Kühlschrank.

Mit leichtem Schritt und überraschend guter Laune verließ Amicia das Stadthaus und trat in den wilden Trubel von Rom. Seltsamerweise störte es sie nicht einmal, durch die Läden zu spazieren und nach neuer Kleidung zu suchen.

***

Schon nach einer Stunde trug sie mehrere prall gefüllte Tüten auf den Armen, darin befand sich Kleidung, die sie sonst niemals ausgesucht hätte.

Ihr Weg führte sie weg von der vollen Hauptstraße und in eine kleine Seitengasse, in der sich mehrere süße Läden befanden. Das Lächeln gefror ihr jedoch auf den Lippen, als sie hinter sich Flügel schlagen hörte.

KAPITEL ACHT – ENGEL UND TEUFEL

Mitten in der Bewegung erstarrte Amicia und lauschte. Sie hoffte sich einfach nur verhört zu haben … dass ihr Geist ihr einen Streich spielte. Unter gar keinen Umständen wollte sie jetzt mit Faniell sprechen.

Doch ihre stillen Gebete wurden nicht erhört, von wem denn auch? Ein Schatten huschte über ihren Kopf, dann konnte sie seine Gegenwart bereits hinter sich spüren.

Mit bedächtigen Schritten ging sie weiter, vorbei an den einladenden Geschäften und lachenden Menschen, die rein gar nichts von der himmlischen Präsenz direkt unter ihnen bemerkten.

Ohne groß auf ihren Weg zu achten, schritt Amicia durch die kleinen Gässchen, bis sie an einem ruhigen Hof ankam. Zwar konnte man aus den Häusern auf sie hinunterschauen, aber die meisten Fensterläden waren geschlossen.

Mit einem genervten Stöhnen stellte sie ihre Taschen ab und wirbelte zu Faniell herum. Ernst trat der Engel aus dem Schatten der Häuser auf sie zu. Sofort wurde der Drang in Amicia wach zu fliehen oder ihn anzuschreien.

»Beobachtet ihr mich?«

»Wir behalten dich im Auge, um einzugreifen, falls du unsere Hilfe brauchst«, sprach er mit sanfter Stimme, ein feines Lächeln auf den Lippen.

»Wie wollt *ihr* mir denn bitte helfen?« Kämpferisch trat sie einen Schritt auf ihn zu, die Fäuste geballt.

Verwirrt zog Faniell die Augenbrauen zusammen und ließ seinen Blick über sie wandern. »In nur so wenigen Tagen hast du dich verändert, Amiciell. Was ist vorgefallen?«

Sofort riss sie sich zusammen und versuchte sich ihre Wut nicht anmerken zu lassen. »Ich komme dem Morgenstern und auch dem Höllenfürsten immer näher. Aber du solltest mich nicht mehr so offen aufsuchen, wir befinden uns hier ganz in der Nähe von Liliths Wohnung, jemand könnte uns beobachten.«

Nachdenklich nickte Faniell. »Wie ich sehe, bist du schon sehr weit gekommen. Dabei hast du dein altes Leben hinter dir gelassen.«

Sie wusste nicht genau, von welchem Leben er sprach. Den Himmel hatte sie schon sehr lange hinter sich gelassen. »Ich habe getan, was ich tun musste«, flüsterte sie mit gesenktem Blick. »Der Höllenfürst wäre ja sicher nicht von selbst bei mir aufgetaucht.«

»Hast du schon eine Spur, wo sich der Morgenstern genau befindet?«, wechselte der Engel abrupt das Thema.

»Nein, da ich ja nicht einmal genau weiß, wonach ich suche.« Amicia senkte die Schultern und versuchte so ruhig wie möglich zu bleiben. »Wonach genau suche ich eigentlich?«

»Leider kann ich dir das nicht beantworten.« Beinahe traurig schüttelte Faniell den Kopf. »Der Morgenstern ist seit dem Fall verschollen und schon davor war er weggeschlossen. Niemand außer unserem Herrn selbst hat ihn jemals gesehen.«

Genervt verdrehte Amicia die Augen. Das war ja großartig, also musste sie nach einer Stecknadel in einem Haufen Heu suchen. »Kannst du mir sonst etwas sagen, was mir irgendwie helfen würde?«

Einen Moment dachte Faniell nach, dabei wanderte sein Blick über die Wände. Trotz des warmen Sonnenlichtes fröstelte es sie ein wenig, als sie den Blick des Engels bemerkte. Der Ausdruck darin kam ihr so bekannt vor.

Sie konnte die Blicke der anderen auf sich spüren, als sie durch die hohen goldenen Hallen wanderte. Das Herz polterte, als Amicia mit wackeligen Knien auf ihr Ziel zuging. Der Drang, sich umzudrehen und sich zu verstecken, war so groß, dass sie mehrmals in der Bewegung erstarrte.

Aber sie hatte den klaren Befehl erhalten, zu Michaela zu gehen, und dem konnte sie sich nicht widersetzen. Der Erzengel würde sie suchen und dann würde ihre Strafe nur noch härter ausfallen.

Und so schleppte sie sich bis in das kleine Arbeitszimmer, in dem Michaela bereits mit düsterer Miene auf sie wartete. Ihr rabenschwarzes Haar hob sich stark von der weißen Robe ab, die sie wie jeder andere Engel auch trug. Nur die beiden gekreuzten Klingen auf ihrem Rücken zeigten deutlich, wie hoch ihre Stellung im Himmel war.

»Amiciell«, sprach Michaela sanft, was so gar nicht zu ihrem Gesichtsausdruck passte. »Du hast gegen einen Befehl verstoßen und dich dadurch gegen den Willen des Himmels gestellt.«

»Nein …«, begann Amicia mit schwacher Stimme, doch der Erzengel unterbrach sie sofort wieder.

»Deine Worte oder deine Verteidigung interessieren nicht mehr. Die Tat ist begangen und nun musst du die Folgen tragen.« Für einen Moment wandte Michaela den Blick ab und schloss die Augen. »Du wirst hiermit des Himmels verwiesen und zu einer Gefallenen erklärt.«

Amicia wollte schreien, toben, sich verteidigen oder erklären, aber der Schock lähmte sie. Aus dem Nichts tauchten zwei bewaffnete Engel auf und packten sie an den Armen. Kraftlos sackte Amicia in sich zusammen und wurde aus dem Zimmer geschleift.

Michaela hielt den Blick gesenkt, schaffte es nicht, sie anzusehen.

Sie schleiften sie durch die Hallen, direkt auf die Himmelspforten zu. Unendliche viele Augen starrten sie an, das leise Flüstern hallte von den Wänden wider. Sie alle blickten Amiciell mitleidig an, doch darunter zeigte sich etwas anderes. Verachtung.

Das Letzte, was Amicia sah, bevor sie fiel, war die Verachtung ihrer ehemaligen Brüder und Schwestern.

»Amicia, hörst du mir zu?« Faniell war auf sie zugetreten und hatte sie am Arm berührt.

Erschrocken trat sie einen Schritt zurück und stolperte beinahe über ihre Tüten. Sie konnte Faniells Berührung nicht aushalten, denn ihre Gedanken kehrten sofort zu diesem grausamen Moment in ihrer Vergangenheit zurück.

Hektisch wischte sie sich die Strähnen aus dem Gesicht und versuchte verzweifelt ihre Gedanken zu ordnen. »Was hast du gesagt?«

»Ich werde noch einmal die anderen fragen, wonach du genau suchen musst. Aber ich bin mir sicher, dass du die Waffe spüren kannst, wenn du dich ihr näherst. Sie ist ein Teil des Himmels«, wiederholte Faniell langsam.

»Gut, wir treffen uns in drei Tagen wieder. Um Mitternacht an der Treppe. Dort sollte uns niemand bemerken.« Mit fahrigen Fingern sammelte Amicia ihre Tüten ein.

»Lass dich nicht von ihnen einwickeln.« Erneut stellte Faniell sich ihr in den Weg und kam ihr sehr nahe. »Die Dämonen können den Verstand der Menschen einlullen und verdrehen. Nach all dieser Zeit kannst auch du anfällig für ihre Lügen sein.«

Einen Moment blickte Amicia zu ihm hoch und versuchte etwas in seiner ausdruckslosen Miene zu lesen. Hatte sie früher auch immer so geschaut, als wäre da nichts hinter ihren Augen?

»Wenn ihr so sehr an mir zweifelt, wieso habt ihr mir dann diese Aufgabe überhaupt übertragen?«, flüsterte sie mit unterdrückter Wut.

»Niemand zweifelt an dir, Amiciell. Du bist unsere einzige Hoffnung, doch auch jemand wie du kann schwach werden. Pass bitte auf dich auf, damit wir dich bald wieder zu Hause empfangen können.«

Wortlos nickte sie und trat an ihm vorbei. Ihre Finger klammerten sich fest um die Henkel der Taschen, sodass ihre Knöchel weiß hervortraten. Mit gesenktem Kopf eilte sie durch die Straßen, bis sie wieder auf der Via del Corso ankam. Die fröhliche Stimmung der Menschen, vermischt mit dem strahlenden Wetter, kam ihr auf einmal unnatürlich vor.

Sie rannte durch die Menge, ohne darauf zu achten, wohin sie lief. Blindlings stolperte sie in einige Personen hinein und ließ mehrmals beinahe ihre Tüten fallen, doch irgendwie schaffte sie es zurück zur Piazza.

Im Flur blieb sie noch einmal stehen und versuchte sich zusammenzunehmen. Lilith und Jakob durften nicht merken, wie es ihr ging. Sie musste die Gedanken an den anderen Engel aus ihrem Kopf verbannen.

Oben in der Wohnung fehlte jedoch jede Spur von den beiden. Eine beruhigende Stille lag über allem, durch die offenen Fenster und Balkontüren drangen die Geräusche der Straße nicht bis zu ihr hoch.

Mit gesenkten Schultern verschwand Amicia in ihrem Zimmer und schloss die Tür hinter sich ab. Die Tüten warf sie achtlos aufs Bett und ging mit schnellen Schritten ins Badezimmer.

Sie fühlte sich schmutzig. Nicht nur von dem langen Flug, sondern auch von dem Gespräch mit Faniell. Ihre Gefühle widersprachen sich. Zu einem hatte der Engel ihre Hoffnung wieder geweckt, sie daran erinnert, weshalb sie das alles tat. Doch etwas an seinem Ausdruck, an seinen Worten hatten alte Wunden in ihrem Inneren aufgerissen. Bisher hatte sie den Moment des Falls verdrängen können, doch jetzt wollte Michaelas Gesicht nicht mehr aus ihrem Kopf verschwinden.

Brennend heißes Wasser prasselte auf sie hinunter und klärte ihren Verstand zumindest ein wenig. Mit aller Macht drängte sie die Wut und die Traurigkeit zurück in das dunkle Loch in ihrem Verstand – zusammen mit Michaelas Gesicht.

Doch einige von Faniells Worten hallten immer noch in ihrem Kopf wider. Die Dämonen logen sie an, so, wie sie es auch mit den Menschen taten. Jedoch passten seine Worte so gar nicht zu den Erfahrungen, die sie in den letzten Tagen gemacht hatte.

Es blieben nur zwei Möglichkeiten. Entweder war Amicia doch schon menschlicher, als die gedacht hatte, und Lilith hatte ihr wirklich den Geist verdreht. Nur hatte sie nicht das Gefühl gehabt, dass man sie angelogen hatte. Stattdessen war die erste Frau immer sehr ehrlich zu ihr gewesen.

Die andere Möglichkeit war, dass Faniell sich irrte. Dass er entweder nicht wusste, wie es wirklich bei den Dämonen ablief – und sie die Menschen eben nicht offen verführten – oder dass er es ihr nicht sagen wollte.

Heftig massierte Amicia sich ihr Shampoo in den Kopf und versuchte damit, ihre Gedanken zu vertreiben. Darum konnte sie sich jetzt keine weiteren Sorgen machen, sie brauchte einen klaren Kopf für dieses Abendessen.

Nur in ein Handtuch gekleidet trat sie zurück ins Schlafzimmer. Um sich abzulenken, leerte sie alle Tüten aus und machte sich daran, die Schilder abzureißen. Sorgsam faltete sie jedes einzelne Kleidungsstück zusammen und räumte es weg, nur die Anziehsachen für diesen Abend ließ sie auf dem Bett liegen.

In ein dunkelblaues, eng anliegendes Kleid gehüllt stolzierte sie in ihren neuen cremefarbenen Pumps ins Wohnzimmer. Ihre Haare waren immer noch etwas feucht, doch die warme Sonne sollte das schnell richten.

Lilith hatte es sich in einem korallenfarbenen Jumpsuit auf der Terrasse bequem gemacht, in der Hand ein Glas Sekt. »Tauchst du auch endlich wieder auf.«

»Ich bin nur deinen Anweisungen nachgekommen.« Kurz drehte Amicia sich um sich selbst, dann nahm sie auf der anderen Liege Platz.

»Ach ja, die Mode in Rom. Vielleicht habe ich ja auch noch Glück und kann mir etwas freinehmen. Ich war ewig nicht mehr in Ruhe einkaufen.« Nachdenklich nippte Lilith an dem Sekt.

»Als mächtige Frau hat man nur wenig Freizeit.«

Amicia konnte den Blick nicht von der Stadt abwenden, sie war einfach zu schön.

»Wenn es nicht die Agentur ist, dann rufen meine Pflichten als General nach mir. Ruhe und Entspannung gehören einfach nicht zu meinem Vokabular.«

»Wäre es dann nicht einfacher, nur noch eines von beiden zu machen?« Neugierig blickte Amicia ihrer Chefin ins Gesicht.

»Ich will es nicht anders haben. Dieses Leben habe ich mir ausgesucht und ich möchte nichts daran ändern.« Lilith schenkte ihr ein so strahlendes Lächeln, dass Amicia nicht anders konnte, als zurückzulächeln.

»Genug geplaudert jetzt. Wir müssen los, meine Liebe. Heute Abend wird es sicher sehr anstrengend.« Die erste Frau leerte ihr Glas in einem Zug und stolzierte dann zurück in die Wohnung.

Einige Augenblicke später folgte Amicia ihr. Inzwischen war auch Jakob wieder aufgetaucht, doch er trug keinen schicken Anzug, sondern legere Kleidung. »Du wirst uns nicht begleiten?«

»Ein Abendessen mit dem Fürsten der Hölle persönlich oder ein entspannter Abend mit gutem Wein und netter Gesellschaft?« Abwägend hob er die Hände. »Da muss ich nicht lange überlegen.«

»Kennst du hier jemanden?«

»Ein paar Freunde und Bekannte habe ich schon. Diesen freien Abend will ich da nutzen.«

»Kann ich dich begleiten?« Flehend blickte Amicia ihn an.

»Da musst du wohl leider unsere Chefin fragen.« Schelmisch grinste er sie an. »Sollte was sein, könnt ihr mich jederzeit erreichen. Bleib einfach schön ruhig und entspannt.«

»Ich versuche es«, murmelte sie niedergeschlagen und winkte Jakob zum Abschied zu. Anscheinend würde wenigstens einer von ihnen einen lustigen Abend haben.

Kurz darauf war auch Lilith fertig. »Der Wagen steht unten.«

Während der kurzen Fahrt zur Via del Babuino herrschte Schweigen im Wagen. Amicia drückte sich beinahe die Nase an der Scheibe platt, um so viel wie möglich von der Stadt zu sehen, auch wenn man von der Straße aus nur einen sehr begrenzten Blickwinkel hatte.

Selbstverständlich lebte der Höllenfürst in einer der teuersten Straßen der Stadt. Der Wagen hielt vor einer unscheinbaren Tür, von welcher die rote Farbe bereits leicht abblätterte. Aber davon ließ Amicia sich nicht täuschen. Hinter diesem alten Eingang würde sich sicher eine Welt aus purem Luxus zeigen.

Ein Butler öffnete ihnen die Tür mit einer kleinen Verbeugung. Irgendwie hatte sie etwas anderes erwartet. Im Inneren empfing sie keine Zurschaustellung pompösen Reichtums, sondern moderne Eleganz. Einfache, klare Linienführungen, satte Farben, die ganz klar Reichtum ausstrahlten.

Unsicher blickte Amicia sich um, als sie durch das offene Foyer und zum Aufzug schritten. Sie fragte sich, ob Lucifer hier allein lebte oder es noch andere Bewohner gab.

Der Aufzug brachte sie direkt ins Penthouse, in dem sich der schicke Stil fortsetzte. Mit jedem Schritt, den sie weiter in die Wohnung trat, wuchs ihre Neugierde. Dieses Reich widersprach so ganz dem Bild, welches sie vom Höllenfürsten hatte.

So, als wäre Lilith hier zu Hause, schritt sie durch die große Eingangshalle, vorbei an einer kleinen Bibliothek, in einen großen offenen Raum, der sowohl

Ess- als auch Wohnzimmer war. Fasziniert betrachtete Amicia die vielen Bücherregale, auf denen neben Werken aller Art auch noch vieles andere wie kleine Statuen und Bilder standen.

»Da seid ihr ja.« Lucifer trat durch die Terrassentür und lächelte die erste Frau offen an. An diesem Abend trug er eine abgewetzte Jeans und ein enges schwarzes Shirt, welches seine definierten Muskeln betonte.

»Wir sind absolut pünktlich«, setzte Lilith ihm entgegen und stolzierte an ihm vorbei auf die Terrasse.

Nur zu gern hätte Amicia sich weiter in der Wohnung umgeschaut, sich die Bibliothek genauer angesehen oder einen kurzen Blick ins Schlafzimmer geworfen. Natürlich nur, um zu schauen, ob sich der Morgenstern zufällig dort befand.

Und doch folgte sie Lilith, wobei sie an Lucifer vorbeimusste. Sein intensiver Blick brannte ihr beinahe Löcher in die Kleidung und jagte eine Gänsehaut über ihren Körper.

Jedoch sagte er kein Wort zu ihr, schenkte ihr nicht einmal ein Lächeln. Mit hektisch klopfendem Herzen trat Amicia in die laue Abendluft hinaus. Auch Lucifers Dachterrasse hatte einen großartigen Blick, auch wenn dieser auf den Park hinter der Straße wies.

Lilith hatte bereits an dem prächtig gedeckten Tisch Platz genommen und sich ein Glas Rotwein eingeschenkt. Etwas nervös nahm Amicia ihr gegenüber Platz, während Lucifer sich zwischen die beiden Frauen setzte.

»Bist du jetzt bereit mir zu sagen, wie wir diesen Verräter finden können?«, kam Lilith direkt auf den Punkt, wobei sie sich an der ausladenden Auswahl an Häppchen bediente.

»Wer auch immer es war, er will mich loswerden«, sprach Lucifer geschäftsmäßig und schenkte sich selbst Wein ein, wobei er auch an Amicia dachte. »Dafür reicht *ein* Dämon nicht, sicher sind es mehrere. Eine Verschwörung, so was hatte ich schon lange nicht mehr.«

»Na großartig!« Genervt verdrehte Lilith die Augen. »Bitte verlange nicht von mir, jeden Einzelnen von ihnen zu verhören. Erstens kommt da nichts bei rum und zweitens habe ich keinerlei Verlangen danach.«

Amicia hielt den Blick auf die rubinrote Flüssigkeit in ihrem Glas gesenkt, lauschte jedoch aufmerksam dem Gespräch der beiden. Um wenigstens etwas zu tun zu haben, bediente sie sich am Essen.

»Jeden müssen wir ganz sicher nicht befragen, einige von ihnen kann ich bereits ausschließen. Esto ist zwar sehr fähig, aber ihm fehlt der eigene Wille. Er tut nur, was man ihm sagt, genauer, was *ich* ihm sage.« Ein schmales Lächeln zeichnete sich auf Lucifers Lippen ab.

»Brunna wird es auch nicht sein. Sie will durchaus Fürstin der Hölle werden, aber sie bevorzugt einen anderen, weniger gewalttätigen Weg.«

Lilith verzog das Gesicht zu einer Fratze, als hätte sie in eine Zitrone gebissen.

»Dich kann ich auch von der Liste streichen, dann bleiben nur noch neun.«

»Sehr freundlich von dir.« Mit einer schnippischen Bewegung warf Lilith sich die Haare über die Schultern. »Neun sind mir immer noch zu viele.«

Während die beiden so die verschiedenen Namen und Fähigkeiten der Generäle durchgingen, stocherte Amicia in ihrem Essen herum und fragte sich, was sie hier sollte. Ihre Fähigkeiten bezogen sich eher auf den Zweikampf oder die Planung eines Schlachtzuges.

Als sie nach einigen Minuten den Kopf hob, bemerkte sie, wie Lucifer sie anstarrte. Beinahe so, als wollte er ihre Gedanken lesen.

»Wie würdest du einen Verräter fangen?«, fragte er sie rund heraus.

Unsicher blickte Amicia zu Lilith, die ihr andeutete zu antworten. Einen Moment dachte die Gefallene nach und nippte zum ersten Mal an ihrem Wein. »Indem ich ihn anlüge.«

Überrascht hob Lucifer die Augen und lehnte sich in seinem Stuhl zurück. »Fahr fort!«

»Wenn du wirklich noch niemandem gesagt hast, was vorgefallen ist, dann kann auch niemand wissen, dass man ihm bereits auf der Spur ist. Sollten es eventuell mehrere deiner Generäle sein, dann spiel sie gegeneinander aus. Nutze ihre Schwächen, bis sie sich verraten.«

»Dämonen sind Meister des Lügens«, merkte Lilith an und nippte an ihrem Wein. »Keiner von ihnen wird sich verraten.«

»Vielleicht ja doch.« Nachdenklich nickte Lucifer. Er stützte die Ellbogen auf den Tisch und tippte sich mit den Fingern an die Lippe. »Sie werden ihre Lügen nicht zugeben, da hast du recht, Lilith, aber wer auch immer dahintersteckt, er hat ein massives Ego. Dort können wir ihn oder sie packen.«

»Wie genau sieht dein Plan aus?«

»Wir werden jeden Einzelnen von ihnen genau befragen und sie dann gehen lassen«, erklärte Lucifer mit einem bösen Lächeln. »Wer auch immer dahintersteckt, wird denken, dass er davonkommt, und einfach so weitermachen. Dann muss ich nur noch die Höllentore überwachen lassen, denn er oder sie muss dort auftauchen, um sie zu öffnen.«

»Damit ertappst du sie auf frischer Tat«, murmelte Amicia. »So können sie sich auch nicht herausreden.«

»Dann wäre das ja auch geklärt. Ich lassen nach und nach alle hierherkommen und du darfst sie dann befragen.« Er schenkte Lilith ein breites und schmeichelndes Lächeln.

»Wieso eigentlich ich? Falls es dir nicht aufgefallen ist, aber ich stehe in der Rangfolge immer noch unter dir und auf derselben Stufe wie die anderen. Keiner von ihnen schuldet mir eine Antwort oder gar die Wahrheit.«

»Du musst es tun, damit klar wird, dass Lucifer sich nicht allzu sehr dafür interessiert.« Amicia blickte dem Höllenfürsten fest in die Augen. »So geht ihr sicher, dass sie den Mut nicht verlieren.«

»Da hast du dir wirklich einen klugen kleinen Engel ausgesucht«, lobte dieser Lilith, die Amicia mit schräg gelegtem Kopf anstarrte.

»Ja, das ist mir durchaus bewusst«, sprach Lilith bedächtig. »Dann bereite ich mich mal innerlich darauf vor, mich mit allen zu streiten.«

»So schlimm wird es schon nicht werden.« Aufmunternd tätschelte er ihr die Hand. »Du musst ja kein Geständnis aus jemandem herausprügeln, sie nur in Sicherheit wiegen.«

Genervt verdrehte Lilith die Augen. »Trotzdem könnte ich Besseres mit meiner Zeit anfangen.«

»Amicia wird ja an deiner Seite sein«, brummte der Höllenfürst, wobei sein Blick noch einmal zu der Gefallenen huschte. »In ein paar Tagen ist es geschafft, dann kehrt hier wieder Ruhe ein und wir können uns anderen Dingen widmen.«

Sofort horchte Amicia auf. Konnte der Höllenfürst mit »anderen Dingen« den Morgenstern meinen? Ging er vielleicht so hart gegen diese Verräter vor, weil ihm die Zeit weglief? Immerhin blieben nur noch wenige Wochen, bis die Waffe keine Macht mehr hatte.

»Ich gebe jetzt die Anweisung raus, dass sich die Generäle in den nächsten Tagen hier einzufinden haben.« Mit einem geschäftigen Ausdruck im Gesicht stand Lucifer auf und zog sich ins Innere der Wohnung zurück.

»Das wird denen sicher nicht gefallen«, murmelte Lilith in ihr Weinglas.

Das Besteck klapperte leise, als Amicia es ablegte. Ihr Magen hatte sich vor Aufregung zusammengeballt, während ihr Verstand raste. Wenn wirklich jeder General befragt wurde, dann würden sie einige Tage hier in Rom verbringen und sie hatte genug Zeit, mehr über Lucifer zu erfahren.

»Ich hoffe, du weißt, wie viel Arbeit auf uns beide zukommt.« Lilith konzentrierte sich jetzt ganz auf die Gefallene. »Keiner von ihnen wird sonderlich freundlich sein, auch wenn er nichts mit dem Ganzen zu tun hat.«

»Damit habe ich kein Problem«, versprach Amicia. »Ich werde ja sowieso nicht mit ihnen sprechen, sondern nur mit gezückter Klinge an deiner Seite sitzen.«

»Du bist wirklich ein ausgefuchster Engel. Langsam fange ich an mich zu fragen, wie viel noch in dir steckt und wieso du ausgerechnet zu mir gekommen bist.«

Mit ruhigen Bewegungen faltete Amicia die Hände auf dem Tisch und blickte die erste Frau direkt an. »Weil ich mich mit dir von allen Generälen am meisten identifizieren kann. Wir beide haben einiges gemeinsam, wir beide wurden in eine Welt gestoßen, in der wir uns nicht auskannten. Nur hast du dir ein Leben aufgebaut, daran will ich mir ein Beispiel nehmen.«

»Ich weiß ganz genau, dass du dich gerade bei mir einzuschleimen versuchst, und dein Glück ist es, dass ich auf so was stehe. Sobald wir das hier hinter uns gebracht haben, schauen wir, wie es mit dir weitergeht.« Kurz darauf stieß sie einen kleinen Fluch aus und holte ihr Handy aus der Tasche. »Da muss ich leider rangehen.«

Mit dem Handy am Ohr schlenderte Lilith bis ans andere Ende der Terrasse und war schon bald aus Amicias Blickfeld verschwunden.

So leise wie möglich huschte sie in die Wohnung und lauschte. Gedämpft konnte sie Lucifers Stimme hören, wie er leise in einer anderen Sprache redete. Er war also auch noch beschäftigt.

Zuerst trat Amicia zu den deckenhohen Bücherregalen und schaute sich dort genauer um. Vielleicht hatte sie Glück und auch der Höllenfürst persönlich litt an einem überschätzen Ego und stellte seine Beute offen aus.

Mit den Fingerspitzen strich sie behutsam über eine kleine Bronzestatue in Form eines Stieres. Innerlich glaubte sie nicht, dass dies der Morgenstern war, aber sie wollte nichts unversucht lassen. Doch dies war nur eine einfache Figur, nichts Himmlisches war an ihr.

So arbeitete sie sich an den beiden Regalen entlang, doch sie fand keinerlei Spur. Schnell warf sie einen Blick durch eines der großen Fenster auf die Terrasse, wo Lilith immer noch telefonierte und aufgeregt mit den Händen gestikulierte.

Auch Lucifer war in den Tiefen der Wohnung zu hören, ihr blieb also noch ein wenig Zeit. Vorsichtig schlich sie in die angrenzende Bibliothek, wobei sie vorher noch einen kurzen Blick in die Küche warf.

In der Bibliothek empfingen sie nur noch mehr Bücher in allen möglichen Sprachen, manche davon sahen schon sehr alt aus. Um nichts kaputt zu machen, schritt Amicia langsam jedes einzelne Regal ab und versuchte schlicht die himmlische Energie zu spüren.

»Kann ich dir bei deiner Suche helfen?«, erklang eine halb belustigte, halb grollende Stimme hinter ihr.

Anstatt ertappt herumzuwirbeln, blieb Amicia stehen und blickte weiterhin auf die Bücher vor ihr. »Lilith telefoniert und mir wurde langweilig, da habe ich meine Neugierde ein wenig befriedigt.«

»Ganz schön dreist von dir.« Die Hände in die Hosentaschen gesteckt trat Lucifer neben sie. Mit den Augen folgte er ihrem Zeigefinger, der langsam über die Buchrücken wanderte.

»Nachdem du heute versucht hast meine Chefin gegen mich aufzuhetzen und mir meinen neuen Job zu rauben, nehme ich mir mal so viel heraus«, murmelte sie abwesend und blieb bei einer Ausgabe von Dantes »Inferno« hängen. Interessante Buchauswahl!

»Lilith hat dir also davon erzählt.«

»Dir sicher auch schon. Irgendwie habe ich die Beziehung zwischen euch beiden unterschätzt. Aber ich mag es trotzdem nicht, wenn sich jemand zu sehr in mein Leben einmischt.« Sie konnte einfach nicht anders, als ihm einen Vorwurf zu machen. Lucifer hatte ihre Wut verdient und er konnte sich auch nicht dagegen wehren.

»Ich habe nichts gegen eine ehrliche Meinung, aber Respektlosigkeit dulde ich nicht in meinem eigenen Haus«, grollte Lucifer düster.

Spannung legte sich über den Raum, so, als würde bald ein Gewitter losbrechen. Das feuerte Amicias brennende Wut nur noch mehr an. »Respekt ist immer noch etwas, was man sich verdienen muss. Und dir schulde ich ganz sicher keinen.«

Seine Hand donnerte vor ihr gegen das Bücherregal und schon wieder war sie gefangen in einem Käfig aus seinem Körper. Zwanghaft versuchte Amicia so flach wie möglich Luft zu holen, damit sein erregender Geruch ihr nicht wieder den Verstand vernebelte.

»Vielleicht lässt Lilith dir diese große Klappe durchgehen, sie hatte schon immer ein weiches Herz für Herumtreiber, aber ich ganz sicher nicht. Du magst zwar *ihr* unterstehen, aber das bedeutet noch lange nicht, dass ich dir das Leben nicht zur Hölle machen kann.« Sein heißer Atem streifte ihre Haut, als er ihr die Worte ins Ohr knurrte. »Du liebst Wortspiele, was?«, zischte sie zurück und klammerte sich an der Wut fest, damit die Erregung sie nicht überschwemmte. Lucifer war ihr erneut viel zu nah, seine Präsenz legte sich wie eine Decke über ihren Körper und sperrte den Rest der Welt aus.

»Hältst du jemals den Mund oder entweichen alle Worte, ohne vorher gefiltert zu werden?«, fragte er weiter und drängte sich noch ein Stück näher an sie heran.

Eine Gänsehaut zog sich über ihren Körper, ihr Atem ging immer hektischer. Sie bemerkte kaum, wie er die Hand auf ihre Hüfte legte und sie an Ort und Stelle hielt. »Mir fallen so viel bessere Dinge ein, die du mit diesem Mund machen kannst«, murmelte er eindringlich.

Eine Flut von Bildern überrannte ihren Kopf und in allen spielte der Höllenfürst die Hauptrolle. Amicia ballte die Fäuste, die Fingernägel gruben sich in ihr Fleisch. Ihre Wut war kläglich untergegangen, verdrängt von dem Gefühl der Begierde, welches durch ihre Adern raste.

»Störe ich?« Liliths leise gesprochene Frage durchdrang endlich den Schleier des Verlangens. Mit einem leise gemurmelten Fluch wich Lucifer ein Stück zurück.

Einen Moment blieb Amicia noch wie erstarrt stehen und versuchte sich so weit zu sammeln, damit Lilith es ihr nicht direkt ansah.

»Nein, wir haben uns nur unterhalten«, sagte sie dann so ruhig wie möglich und ging mit wackeligen Schritten aus der Bibliothek.

Im Flur atmete sie mehrmals tief durch. Im Augenwinkel konnte sie ihr Abbild in einem kleinen Spiegel erkennen, ihre Wangen hatten die Farbe des Rotweins.

»Ich habe soweit alles geklärt, der Erste wird übermorgen hier eintreffen, dann hast du noch etwas Zeit dich vorzubereiten.«

Man konnte Lucifer nicht im Entferntesten ansehen, was gerade geschehen war. Völlig entspannt lehnte er in der Tür und blickte Lilith an.

»Großartig. Dann werde ich mir die Zeit nehmen. Falls noch etwas ist, weißt du ja, wie du mich erreichen kannst.« Flüchtig küsste sie den Höllenfürsten auf beide Wangen, dann schritt sie auf den Aufzug zu.

Für eine Sekunde blickte Amicia noch einmal zu Lucifer, dann eilte sie Lilith hinterher.

Die laue Nachtluft brannte auf ihren Wangen, aber sie brachte ihren Verstand wieder zum Laufen.

Lucifer ging ihr eindeutig unter die Haut und das war gar nicht gut.

KAPITEL NEUN – HIMMLISCHER ANGRIFF

Sie trat in die langen Schatten hinaus. Noch war die Sonne nicht hoch genug gestiegen, um die schmalen Gassen und Höfe zu erleuchten. Mit dem Blick zu Boden wanderte Amicia durch Rom und versuchte den vorherigen Abend irgendwie einzuordnen.

Die Wut, die sie so zwanghaft unterdrückt hatte, war im womöglich schlimmsten Moment aus ihr herausgeplatzt. All die Emotionen, die sie für Faniell und die anderen Engel hegte, hatten sich gegen Lucifer gerichtet.

Damit konnte Amicia ja noch umgehen. Immerhin wollte sie keine Freundschaft mit dem Höllenfürsten schließen, sondern ihn berauben.

Aber ihr dummer, verräterischer Körper, der vielleicht ein wenig zu menschlich geworden war, hatte sie eines Besseren belehrt. Die unzüchtigen Bilder, die er in ihren Kopf gepflanzt hatte, hatten sie noch bis in den Schlaf verfolgt. Nun hatte sie eine weitere beinahe ruhelose Nacht hinter sich und ihre Stimmung war im Keller.

Da die Befragungen erst am nächsten Tag beginnen würden, hatte Lilith ihr erst einmal freigegeben. Die erste Frau und ihr Assistent würden diesen sonnigen Frühlingstag damit verbringen, ihre Angelegenheiten zu ordnen, damit sie die nächsten Tage freihatten.

Amicia hatte nur noch aus der Wohnung fliehen wollen. Immer wieder war ihr Blick zur Tür gehuscht, so, als würde Lucifer auf einmal davorstehen können. Was hätte ihn schon davon abgehalten?

Also wanderte sie nun durch die Straßen und versuchte wieder zu klarem Verstand zu kommen. Sie merkte erst, wohin ihre Schritte trugen, als sich die Häuserzeilen öffneten und den Blick auf den Tiber freigaben. Vor ihr lag die Ponte Sant'Angelo, die Engelsbrücke.

Ihr Weg führte sie schlicht geradeaus, weit weg von Lucifers Wohnung und seinem Einfluss auf sie. Es kam ihr vor wie ein Zeichen, als sie auf der anderen Seite die Engelsburg erblickte.

Langsam schritt Amicia über die alten Steine der weltbekannten Brücke und betrachtete dabei die Engelsfiguren, die auf der Brüstung standen.

Schmerzhaft zog sich ihr Herz zusammen, als sie an ihren Verlust erinnert wurde. Obwohl diese Statuen nur ein schwacher Abklatsch der wahren Schönheit eines Engels waren, erinnerten sie Amicia doch an ihr Zuhause.

In der Mitte blieb sie stehen und stützte sich auf der Brüstung ab. Unter ihr floss der Tiber in seinem üblichen Grün träge dahin, kleine Steinchen bohrten sich in ihre nackten Arme.

Von ihrem Platz aus hatte sie einen guten Blick auf die Gegend, in der Lilith und Lucifer lebten. Sofort brodelte wieder die Wut in ihr, vermischt mit diesem alles verzehrenden Verlangen, gegen das sie einfach nichts tun konnte.

Kopfschüttelnd ging Amicia weiter, direkt auf die Engelsburg zu. Ihr Blick schoss nach oben zur Statue des Erzengels Michael. Er sah auf sie hinunter. Die Bronzestatue hatte rein gar nichts gemeinsam mit der stolzen Michaela, die Amicia kannte.

Was die Menschen wohl sagen würden, wenn sie jemals erfuhren, dass es sich bei dem großen Michael um einen weiblichen Engel handelte? Doch das änderte rein gar nichts an der Macht und Weisheit, die Michaela in sich vereinte, dazu noch ein überirdisches Talent mit dem Schwert.

Sie war es damals auch gewesen, die Lucifer aus dem Himmel gestoßen hatte. Viel wusste Amicia leider nicht über diesen bestimmten Tag, nur dass es ein grausamer Kampf gewesen war, bei dem der baldige Höllenfürst seine Flügel verloren hatte.

Doch jetzt lebte er hier auf der Erde ein Leben, von dem so manche Menschen nur träumen konnten. Entweder hat er den Fall sehr gut verarbeitet oder er grollte nur umso mehr.

Den Kopf zwischen die Schultern gezogen eilte Amicia an der Burg vorbei und die große Hauptstraße entlang. Beinahe kam es ihr so vor, als würden die Augen der Statue sie verfolgen.

Als sie das nächste Mal den Kopf hob, stand sie direkt vor den Toren der Vatikanstadt. Ehrfürchtig hob sie den Blick. Sie hatte das Gefühl, als würde sie von einer himmlischen Macht geleitet – an den Ort auf der Erde, der dem Himmel am Nächsten war.

Andächtig schritt sie geradeaus, den Blick immer nach oben gerichtet. Vielleicht würde sie hier einige Antworten auf die Fragen finden, die ihr auf der Seele brannten. Oder wenigstens etwas Ruhe und Frieden.

Die Säulen um das Anna-Tor warfen immer noch lange Schatten. Obwohl noch keine Hauptsaison war, wimmelte es hier bereits von Touristen, die sich in allen möglichen Sprachen unterhielten und aufgeregt Bilder knipsten.

Amicia hielt sich von allen fern, wanderte unter dem Säulengang entlang auf die Petersbasilika zu. Auch auf die Entfernung wirkte der Dom unglaublich … einzigartig. Das Zentrum des Glaubens der Welt.

Einem inneren Impuls nachkommend drehte Amicia sich wieder um und lief außen an der Stadt entlang, bis sie zum Eingang des vatikanischen Museums kam. Der Weg zur Sixtinischen Kapelle führte leider nur hier hindurch, also stellte sie sich brav in die Schlange der Touristen.

Als sie endlich eintreten konnte, war die Sonne schon ein gutes Stück höher gewandert, ihre Haut hatte die Hitze aufgesogen und strahlte jetzt eine angenehme Wärme aus.

Dankend lehnte sie den Audioguide ab, bezahlte den ihrer Meinung nach extrem hohen Preis und betrat das Museum. Wie Schafe in einer Herde wurden die Besucher durch die verschiedenen Ausstellungen und Räume geführt, immer brav einer nach dem anderen. An den hohen Wänden hallten die Stimmen wider, immer wieder blieben die Touristen stehen, um alles zu fotografierten, was sie sehen konnten.

Langsam schlenderte Amicia durch den archäologischen Trakt, betrachtete die Mumien und andere Ausstellungsstücke. Für jemanden, der Interesse an Geschichte hatte, war dies sicher faszinierend, doch Amicia hörte nur die schon fast verblassten Stimmen ihrer Brüder und Schwestern, die ihr und anderen Jungengeln von der Welt erzählten.

In der Tür zu einer der Stanzen des Raffael blieb sie stehen. Vielleicht war dies doch eine dumme Idee gewesen und sie fügte sich damit nur selbst Schmerzen zu. Auch wenn dieser Raum nur vom Namen her etwas mit dem Erzengel zu tun hatte, konnte sie ihre Gedanken doch nicht in Zaum halten. Jedes Mal, wenn sie blinzelte, tauchten Bilder aus ihrer Vergangenheit auf, die wie winzige Nadeln in ihren Verstand stachen. Immer heftiger pochte ihr Herz, bis sie sich fast sicher war, dass die Menschen um sie herum es hören mussten.

Müde rieb Amicia sich übers Gesicht und versuchte sich wieder zu fangen. Die Öffentlichkeit war nicht der beste Ort, um einen Nervenzusammenbruch zu erleiden. Also wanderte sie weiter und bewunderte die Kunstwerke, die die weißen Wände säumten.

Das leise Geplapper der Touristen drang immer mehr in den Hintergrund, wurde zu einem monotonen Rauschen, das jeden ihrer Gedanken begleitete.

Gerade jetzt sollte Amicia sich nicht auf ihre Vergangenheit konzentrieren, sondern auf die Aufgaben, die vor ihr lagen. Noch mindestens neun Tage blieben ihr hier in Rom, um nach dem Morgenstern zu suchen.

Sie war sich irgendwie sicher, dass sich die Waffe nicht im Wohnzimmer oder in der Bibliothek befand. Aber das hieß noch nichts. Lucifer konnte sein Diebesgut trotzdem dort aufbewahren.

Seufzend ließ Amicia den Nacken kreisen. Also musste sie wohl oder übel noch einmal in die Wohnung, diesmal am besten, wenn der Höllenfürst nicht da war. Nichts an ihrer Aufgabe war einfach und vielleicht sollte sie ihren Tag nicht mit diesem Ausflug verschwenden. Aber dies war vielleicht ihre letzte Chance, sich hier in aller Ruhe umzusehen.

Eine andächtige Stille legte sich über die Menschen, als sie in die Sixtinische Kapelle traten. Sofort legten alle den Kopf in den Nacken und blickten zu dem Deckengemälde, das auf der ganzen Welt bekannt war.

Lange stand Amicia genau in der Mitte der Kapelle und sah nach oben. Ihr Nacken fing schon an zu schmerzen, doch sie konnte den Blick einfach nicht abwenden. Besonders intensiv blickte sie zum Sündenfall hinauf, auf dem die Schlange klar und deutlich zu sehen war.

Nachdenklich schloss Amicia für einen Moment die Augen und erinnerte sich an die vielen Geschichten, die im Himmel über Lucifer erzählt wurden. All die schrecklichen Ammenmärchen, die dazu dienten, die jungen Engel bei der Stange zu halten.

Immer noch hörte sie die Stimmen der anderen: »Sein Fall hat ihn in ein Monster verwandelt, so schrecklich anzusehen, dass es jedes menschliche Wesen um den Verstand bringt. Allein seine Anwesenheit treibt die Menschen in die Sünde, seine Worte können jede noch so reine Seele verderben.«

Zumindest beim Aussehen hatten die Engel falsch gelegen. Lucifer trug immer noch das atemberaubende Gesicht, welches ihm der Himmel zum Geschenk gemacht hatte. Zu der Sache mit den Menschen konnte sie nichts sagen, aber sie selbst hatte er bereits verdorben.

Hinter ihren geschlossenen Lidern tauchten die Bilder aus ihren Träumen auf und all die Dinge, die sie darin mit dem Höllenfürsten getan hatte. Hektisch pochte Amicias Herz und ihr Atem ging schneller.

»Irgendwie hat Michelangelo mich nicht sonderlich gut erwischt«, erklang da die warme, raue Stimme des Höllenfürsten.

In lockerer Haltung stand er da, die Hände in den Hosentaschen, und blickte ebenfalls an die Decke. »In meiner Erinnerung war es definitiv nicht so, aber wenn die Menschen es so sehen wollen.«

Amicia stieß einen leisen, genervten Seufzer aus. »Was machst du hier?«

»Dasselbe könnte ich dich fragen?« Jetzt blickte er sie direkt an.

»Dies ist mein freier Tag und ich kann ihn ja wohl verbringen, wie ich will«, giftete sie zurück, bevor sie sich bremsen konnte.

»Dagegen sage ich ja gar nichts.« Lässig zuckte er mit den Schultern. »Nur frage ich mich, wieso es dich ausgerechnet hierhin verschlagen hat. Die meisten Gefallenen wollen nicht einmal in die Nähe einer Kirche, geschweige denn zum Sitz Gottes auf dieser Erde gehen.«

Amicia beobachtete ihn genau, wie er sich unter den Menschen bewegte. Die meisten schienen nicht einmal auf ihn zu achten, doch ihr Unterbewusstsein nahm ihn wahr. Sie wichen ihm aus, machten einen großen Bogen um sie beide und blickten ihn auch niemals an.

»Nenn es perverse Neugierde«, murmelte sie leise. »Es ist nicht unbedingt einfach, ein klares Bild davon zu bekommen, wie die Menschen uns sehen.«

Nachdenklich nickte der Höllenfürst, doch seine Aufmerksamkeit galt schon lange nicht mehr den Kunstwerken der Kapelle, sondern nur Amicia. Unter zusammengezogenen Augenbrauen musterte er sie, so, als würde er direkt in ihren Kopf hineinschauen wollen.

»Erinnerst du dich noch?«, fragte sie leise. »An die Szenen, die da oben beschrieben werden? An den Himmel.«

»Niemand, der jemals dort war, kann ihn vergessen. Aber mit der Zeit verblasst der Eindruck etwas und dein Verstand füllt die Lücken aus. Wie lange ist es bei dir her?«

Sicher wusste er das schon, aber Amicia wollte sich lieber mit ihm unterhalten, als nur seine Blicke auf sich zu spüren.

»Sechshundertfünfzig Jahre, beinahe auf den Tag genau.« Langsam drehte sie sich um sich selbst, um noch einmal alle Bilder genau zu betrachten.

Lucifer schwieg so lange, dass Amicia sich nun doch zu ihm umwenden musste. Sein Blick war sogar noch intensiver, falls dies überhaupt möglich war. »Sechs Jahrhunderte«, wiederholte er dumpf. »So lange warst du auf dich allein gestellt?«

Er hätte die Frage nicht einmal stellen müssen, Amicia wusste bereits, was er fragen wollte. »Mein Glaube hat mich so weit gehen lassen. Jeden Tag habe ich gehofft, dass sie ihren Fehler einsehen und mich wieder holen kommen.«

»Wieso hast du deine Einstellung geändert?«

»Einer von ihnen kam«, wisperte die Gefallene tonlos. »Mein Flehen muss ihn wohl erweicht haben. Aber mehr als Mitleid hatte er nicht für mich übrig. Der Himmel bleibt mir verschlossen, ganz egal was ich tue. Aber ich brauche etwas, woran ich glauben kann, ansonsten werde ich verrückt.« Die Worte sprudelten nur so aus ihr heraus, ohne dass sie sie aufhalten konnte.

»Hast du es schon gefunden?«

Knapp schüttelte sie den Kopf. »Aber vielleicht ändert sich das ja noch und solange genieße ich die Kunst hier. Bisher habe ich mir das immer verwehrt.« Amicia bemerkte gar nicht, wie viele Wahrheit sie aussprach.

»Wieso?« Lucifer trat noch einen Schritt auf sie zu, bis Amicia seine Körperwärme spüren konnte.

Sie verstand, was er von ihr wissen wollte, schüttelte aber den Kopf. »Der Grund für meinen Fall geht nur mich etwas an, sonst niemanden. Außerdem ist bereits so viel Zeit vergangen, was spielt es da noch für eine Rolle?«

Behutsam packte Lucifer sie, seine Finger umschlossen beinahe ihren ganzen Oberarm, langsam strich sein Daumen über ihre nackte Haut. »Das Wieso sagt uns, wer wir wirklich sind. Wofür haben wir all das aufgegeben, dass sie uns immer eingebläut haben? Wofür hast *du* alles aufgegeben?«

Seine Worte hallten in ihren Ohren wider und wollten diese lange verschollene Erinnerung hervorholen, doch Amicia hielt sie mit aller Macht zurück. Bisher hatte sie sich nie gefragt, wieso sie damals so gehandelt hatte, denn es hätte sowieso nichts geändert.

Brüsk wandte sie sich von ihm ab und eilte aus der Kapelle. Immer noch spürte sie seine Berührungen an ihrem Arm, so, als hätten sie sich in ihre Haut eingebrannt.

Warmes Sonnenlicht begrüßte sie, zusammen mit den Geräuschen der Stadt.

Amicia atmete tief ein, bis die Erinnerung nicht mehr am Rande ihres Bewusstseins lauerte. Wenn sie jetzt *daran* dachte, dann würde sie zusammenbrechen. Stattdessen fuhr sie sich mit beiden Fingern durch die Haare und ließ ihren Nacken erneut kreisen.

Die Gefallene hatte genug von den Menschenmassen und dem Krach Roms. Sie sehnte sich nach Ruhe und Abgeschiedenheit, weit weg von allem. Leider blieb ihr dafür nur ein einziger Ort in dieser Stadt, vielleicht hatte sie ja Glück und Lilith und Jakob waren außerhalb der Wohnung beschäftigt.

Diesmal wählte sie nicht den Weg über die Engelsbrücke, sondern über eine der anderen großen, die den Tiber überspannten. Den Kopf zwischen die Schultern gezogen eilte sie mit festem Schritt durch die Straßen, dabei war sie sich der Gestalt, die sie verfolgte, durchaus bewusst.

Wütend schnaubte Amicia, doch sie wandte sich nicht um. Sollte Lucifer ihr doch folgen, viel Neues würde er sowieso nicht erfahren. Aber die Schritte waren stets hinter ihr und langsam wurde Amicia wütend.

In einem kleinen Hinterhof drückte sie sich schnell an die Wand und wartete, bis der Höllenfürst kurz nach ihr aus der schmalen Gasse trat. Mit dem Überraschungsmoment im Rücken stürzte sie sich auf ihn und drückte ihn an die Wand. Normalerweise wäre ihr das niemals gelungen, aber er hatte ganz sicher nicht mit dem Überfall gerechnet.

Abwehrend hob Lucifer die Hände und blickte auf sie hinab. »Kein Grund, direkt zum Angriff überzugehen«, kommentierte er die Klinge, die sie an seinen Hals drückte.

Nicht dass diese ihm Schaden konnte. Der einfache Stahl würde vielleicht seinen jetzigen Körper zerstören, aber seine Seele würde in die Hölle zurückkehren und sich eine neue fleischliche Hülle zulegen. Einen Dämon konnte man nur mit himmlischen Klingen töten, einen Engel nur mit dämonischem Stahl. Keines von beiden besaß Amicia.

Trotzdem ließ sie die Klinge noch einige Augenblicke an seiner Kehle ruhen und malte sich aus seine Existenz ein für alle Mal zu beenden. Seltsamerweise empfand sie bei der Vorstellung keine Befreiung, sondern nur eine dumpfe Trauer. Leise fluchend trat sie einen Schritt zurück und ließ die Klinge wieder unter ihre Kleidung verschwinden.

»Geht es dir jetzt besser?«, fragte Lucifer ruhig und sachlich. Entspannt lehnte er weiter an der Mauer und musterte sie.

Fahrig strich Amicia sich die Haare hinter die Ohren. »Ja.« Seltsamerweise ging es ihr wirklich besser und sie konnte auch wieder klarer denken. »Wieso verfolgst du mich?«

»Das tue ich gar nicht«, brummte er. »Ich bin auf dem Weg zurück in meine Wohnung und wir nehmen rein zufällig dieselbe Strecke.«

Abfällig schnaubte sie. »Du glaubst doch nicht an Zufälle.«

»Als du losgelaufen bist, sahst du so durcheinander aus, da wollte ich nur sichergehen, dass alles in Ordnung ist«, gab er mit diesem intensiven Blick zu.

»Mir geht es gut«, murmelte sie leise. Eigentlich hätte sie jetzt einfach wieder losgehen und ihn ignorieren sollen, aber ihre Beine wollten sich nicht von der Stelle rühren. »Du musst dir keine Sorgen um mich machen.«

»Vielleicht glaubst du es nicht, aber ich sorge mich tatsächlich um meine Untergebenen. Tausende Dämonen stehen unter mir und ich will nur Klarheit darüber haben, dass es keinem von ihnen schlechter geht als verdient.«

Seltsamerweise glaubte sie ihm sogar. Wären ihre Gedanken nicht schon chaotisch genug gewesen, hätte Amicia vielleicht etwas länger dabei verweilt, doch sie schüttelte einfach nur den Kopf. »Ich bin keine deiner Untergebenen.«

»Noch nicht. Aber wenn du Lilith weiter folgst, dann wirst du es früher oder später sein«, sagte er eindringlich. Mit raubtierhafter Geschmeidigkeit kam er nun auf sie zu, bis er direkt vor ihr stand.

Sie zuckte nicht zurück, als er die Hand hob und ihr über die Wange strich. Das Herz polterte in ihrer Brust, ihr Atem ging immer flacher und das Brennen in ihrem Inneren erwachte. Abwartend blickte sie zu ihm hoch, gespannt darauf, was er nun sagen oder tun würde.

Einige Augenblicke standen sie einfach nur so da und blickten einander an. Um sie herum schritt das Leben voran, doch der Trubel Roms kam Amicia auf einmal sehr weit weg vor. Sie nahm nichts weiter wahr als den Höllenfürsten, der mit feurigem Blick auf sie herabschaute.

Obwohl sie es besser wusste, legte sie die Hände auf seine Brust und trat einen Schritt weiter auf ihn zu. Das Sehnen war wieder da und diesmal schaltete es ihren Verstand komplett aus.

Innerhalb eines Wimpernschlages änderte sich die Miene des Höllenfürsten. Der beinahe weiche Ausdruck in seinen Augen verschwand, stattdessen blickte er auf einmal wachsam um sich.

Nur langsam tauchte Amicia aus ihrer Wolke des Verlangens auf und blickte sich um. Es dauerte einen Moment, bis sie bemerkte, was falsch war. Es gelangten keinerlei Geräusche mehr an ihr Ohr, beinahe so, als würde die Welt außerhalb dieses Ortes nicht mehr existieren. Sie wusste leider genau, was das zu bedeuten hatte und in welcher Gefahr sie auf einmal schwebten.

Auch Lucifer hatte dies begriffen, wie aus dem Nichts lag eine lange Klinge in seinen Händen und sein Blick wanderte langsam über die Häuser.

Es begann mit einem leisen Rauschen, wegen ihres lauten Herzschlags konnte Amicia es erst kaum wahrnehmen. Dann wurden die Flügelschläge immer lauter und immer mehr, bis sich ein halbes Dutzend Schatten aus dem Himmel auf sie herabstürzten.

Sofort wirbelte Amicia herum, zog ihre zwei Dolche und stand Rücken an Rücken mit Lucifer. Hektisch huschte ihr Blick über die Engel, die sie in voller Rüstung eingekreist hatten. Hinter den silbernen Helmen konnte Amicia keine Gesichter ausmachen, aber die Haltung war ganz klar angriffslustig.

Lucifer ließ seine Waffe locker in der Hand kreisen. »Kann ich euch kleinen Tauben irgendwie helfen oder ist dies ein Anstandsbesuch?« Seiner Stimme konnte man die leichte Anspannung nicht anmerken.

Keiner der Engel antwortete, doch sie traten gleichzeitig auf sie zu und verkleinerten so den Kreis. Amicia kannte diese Art des Angriffs sehr gut – die Beute einkreisen und sie dann schnell zur Strecke bringen. So wurde mit Dämonen oder flüchtigen Engeln umgegangen.

Abwehrend hob Amicia ihre beiden Dolche und richtete sie direkt auf die Herzen zweier Soldaten. Ängstlich blickte sie auf die Himmelsklingen, mit denen die Engel auf sie zeigten.

Keiner sagte ein Wort. Die unmenschliche Stille wurde nur noch lauter, bis sie Amicia in den Ohren dröhnte. Ihr Herz flatterte aufgeregt, während sie wartete.

Einer der Engel gab ein kaum sichtbares Zeichen, dann sprangen sie auf einmal auf sie zu. Sofort duckte Amicia sich zur Seite, wich dem Schwert nur haarscharf aus. Mit einem lauten Knall krachte es auf den Boden und der Engel stolperte nach vorn.

Sie zögerte nur für einen Moment, überlegte, wie sie es schaffte, keinen zu verletzten, da griff sie bereits der nächste Engel an. Diesmal konnte Amicia nicht schnell genug ausweichen, schmerzhaft schnitt das Schwert in ihren Arm.

Erschrocken schrie sie auf und wich noch ein Stück nach hinten aus. Mit den Knien knallte sie auf den Betonboden, während sie sich zur Seite rollte. Als sie den Blick wieder auf ihren Gegner hob, ragte diesem eine Klinge aus dem Leib. Der Engel gab einen erstickten Laut von sich, bevor er sich vor ihren Augen in nichts auflöste.

Hektisch kam Amicia wieder auf die Beine, umfasste ihre Dolche fester und wandte sich dem Engel links von sich zu. Dieser war vom Tod seines Begleiters abgelenkt, sogar durch den Helm konnte Amicia erkennen, wie ihm der Mund offen stand.

Sie nutzte diesen Moment der Unachtsamkeit, um auszuholen und ihm den Knauf ihres Dolches gegen die Schläfe zu hauen. Ihr Gegner taumelte ein Stück zurück und hielt sich den Kopf. Schnell setzte Amicia nach, mit einem gezielten Treffer schlug sie ihm die Waffe aus der Hand.

Ein wenig mutiger Schrei erklang unter dem Helm, gefolgt von einer leisen Flut an Flüchen und der Bitte, ihm doch nichts zu tun. Verwirrt hielt Amicia mitten in der Bewegung inne und betrachtete den Engel vor sich genauer.

Zwar sah er aus wie ein Soldat der himmlischen Garde, doch etwas an der Art, wie er sein Schwert gehalten hatte und nun vor ihr zurückwich, ließ sie stutzen. Das war kein erfahrener Krieger, sondern noch ein halbes Kind.

Langsam senkte Amicia ihre Waffe. Sie würde ganz sicher nicht mit einem Baby-Engel kämpfen, der kaum seine Waffe gerade halten konnte. Während ihr Gegner seinem verlorenen Schwert nacheilte, wandte sie sich um.

Inzwischen waren nur noch drei ihrer Angreifer übrig. Zwei davon hatten Lucifer in einen Kampf verwickelt, doch auch bei ihnen konnte Amicia erkennen, dass sie Anfänger waren. Frischlinge, die hier auf der Erde noch nichts zu suchen hatten.

Unsicher blickte sie sich um. Sie wollte nicht gegen diese Kinder kämpfen, die kaum ein Schwert halten konnten. Aber sie selbst schienen damit kein Problem zu haben, denn ihr Angreifer kam bereits wieder auf sie zu.

Immer wieder wich Amicia einfach nur aus, versuchte nicht zurückzuschlagen. Der junge Engel trieb sie im Kreis über den Hof, während Lucifer mit seinen Gegnern spielte.

Unaufhörlich schlug er nach ihnen, ließ ihnen jedoch dabei genug Zeit, sich zurückzuziehen. Dabei hatte keiner von ihnen die Chance, auch nur einen Treffer zu landen. Ein breites Lächeln zeichnete sich auf seinen Lippen ab, so, als würde das Ganze ihm diebische Freude bereiten.

Ihr eigener Gegner wagte einen weiteren Vorstoß. Ungeschickt schlug er mit dem Schwert nach Amicia, doch sie konnte gerade noch ausweichen. Dabei wandte sie den Blick für eine Sekunde von Lucifer ab und als sie das nächste Mal in seine Richtung schaute, rammte er dem linken Engel gerade sein Schwert in den Leib.

»Nein«, schrie sie panisch auf und ließ ihre Deckung für einen Moment fallen.

Das nutzte ihr Gegner, um sich auf sie zu stürzen. Zu ihrem Glück konnte er nicht sonderlich gut mit der Waffe umgehen und so schlitze er ihr lediglich die Seite auf, erwischte jedoch keine lebenswichtigen Organe.

Irgendwie konnte Amicia ihren Schmerzensschrei zurückhalten, wollte sich aber jetzt nicht länger zusammenreißen. Sie riss ihre eigenen Waffen hoch und ließ den Engel so nah an sich heran wie möglich.

Der junge Engel bemerkte ihren Plan gar nicht. Wie das Kind, welches er war, stolperte er auf sie zu und direkt in ihre Klinge hinein. Amicia spürte den Widerstand der Rüstung, dann Fleisch und Knochen. Mit ihrem ganzen Gewicht stemmte sie sich gegen ihn, bis ihre Klinge auf der anderen Seite aus seinem Körper herausragte.

Durch den Helm konnte Amicia ganz klar die strahlend blauen Augen des Engels sehen. Erfüllt von Panik blickte er sie an, während das Leben aus seinem Körper wich.

Amicia unterbrach den Blickkontakt nicht, sondern versuchte dem jungen Engel mit den Augen zu sagen, dass alles gut werden würde. Schon bald würde er wieder im Himmel sein und sein Körper nicht einmal eine Schramme davongetragen haben.

Gemeinsam gingen sie auf die Knie, ihre Klinge noch immer in seinem Körper vergraben. Sie traute sich einfach nicht sie herauszuziehen. Zu sehr fürchtete sie sich vor dem Geräusch von schmatzendem Fleisch.

Die Gefallene hielt den jungen Engel in ihren Armen, bis von seinem Körper nichts mehr übrig war als ein paar schneeweiße Federn, die sanft auf den Asphalt schwebten. Heiße, wütende Tränen brannten in ihren Augen und ihre Klingen fielen klappernd zu Boden.

Mit letzter Kraft wirbelte sie zum Höllenfürsten herum, der gerade sein Schwert aus dem Körper des letzten Engels zog. Sein Gesicht war von Wut verzogen, als er auf sie zustürmte und sich vor ihr aufbaute. »Wieso haben diese Engel uns angegriffen?«

KAPITEL ZEHN – VERLANGEN

»Woher soll ich das wissen?«, zischte sie gefangen zwischen Wut und Trauer. »Die sind doch wegen dir hier?«

Einen Moment blickte er nur auf sie hinab, dann packte Lucifer sie am Arm und zerrte sie vom Boden hoch. Ihr entwich ein schmerzhaftes Keuchen, die Wunden an ihrem Körper brannten wie Feuer.

Ohne auf ihre Schmerzen zu achten, zerrte der Höllenfürst sie hinter sich her durch die Gassen und weg von dem Platz. Die Geräusche des Stadt drangen mit einem Schlag wieder auf sie ein, hallten in ihren Ohren wider.

Den Blick fest auf den Boden gerichtet stolperte Amicia neben dem Höllenfürsten her. Sie hatte keine Ahnung, wohin sie eigentlich liefen. Nach einigen Minuten stellte sich eine erlösende Taubheit in ihrem Körper ein, die Wunden bluteten nicht länger.

Immer wieder huschte Lucifers Blick zum Himmel, so, als hielte er nach weiteren Angreifern Ausschau. Bei jeder Unebenheit stolperte Amicia über ihre eigenen Füße, das Adrenalin rauschte durch ihren Körper und trieb sie weiter voran.

Irgendwann erkannte sie endlich die Gegend, durch die sie liefen. Es war nicht mehr weit bis zu Lucifers Wohnung. Er verlangsamte seine Schritte, legte den Arm um Amicias Schulter und zog sie an seine Seite.

Obwohl in ihrem Inneren eine grausame Wut auf ihre Angreifer und den Höllenfürsten brannte, war sie dankbar für seine Unterstützung. Ihre Knie waren weich wie Pudding und ihr Blick verschwommen. Gott sei Dank trug sie an diesem Tag ein schwarzes Tanktop, ansonsten würde jeder Fußgänger den riesigen Blutfleck an ihrer Seite sehen. Aber so achtete niemand auf die beiden, sie waren nur ein weiteres »Liebespaar« in dieser großen Stadt.

Erleichtert seufzte Amicia, als sie in die kühle Luft des Hauses traten. Das Adrenalin war inzwischen so weit verarbeitet, dass sie die Schmerzen wieder spüren konnte. In ihrer ganzen Zeit auf der Erde war sie noch nie so schwer verletzt worden und sie hielt es kaum aus.

»Gleich sind wir da«, murmelte Lucifer beruhigend neben ihr. Etwas zu heftig drückte er auf den Aufzugknopf und fluchte leise vor sich hin.

Kraftlos ließ sie sich gegen ihn sinken. Die kurze Fahrt nach oben bekam sie nur am Rande mit, immer wieder fielen ihr die Augen zu.

»Hotch«, brüllte er, sobald die Türen sich wieder öffneten. Aus dem Nichts tauchte ein Dämon, gekleidet in eine schwarze Livree, auf und verbeugte sich leicht. »Bring mir einen Verbandskasten und hole Emily.«

»Sofort, Herr.« Der Dämon verbeugte sich und verschwand wieder im Nichts. Oder nur außerhalb Amicias Blickfeld.

»Schön wach bleiben«, knurrte Lucifer und trug sie auf dem Arm in sein Arbeitszimmer. Dort legte er sie behutsam auf einem schwarzen Sofa ab und zog eine Decke über sie.

Ausdruckslos blickte Amicia nach oben, langsam wurde ihr Körper wieder warm. Das Brennen wurde auch weniger, ob dies nun gut oder schlecht war, konnte sie nicht sagen.

»Dein Körper ist nicht menschlich«, erklärte Lucifer, vielleicht um sie zu beruhigen, vielleicht um die Stille zu überbrücken.

Er setzte ihr ein Glas an die Lippen, Whiskey floss heiß ihre Kehle hinunter. Sie hustete ein wenig, doch Lucifer nahm das Glas erst weg, als es leer war. Der Alkohol breitete sich in ihrem ganzen Körper aus und schon bald fühlte sie sich besser.

…er, Herr«, klang die leise Stimme des Dämons irgendwo hinter Lucifer. …d auch gleich da sein.«

…micia spürte kühle Luft auf ihrer erhitzten Haut. Hatte er gera…n zerrissen? Darüber würde sie sich später beschweren, …rolle über ihren Körper erlangt hatte.

Lucifer drückte etwas auf ihre Wunde und ein scharfes Brennen schoss durch ihren Körper. Laut schrie sie auf und versuchte seiner Berührung zu entkommen, doch er hielt sie mit eisernem Griff fest.

»Gleich ist es geschafft«, murmelte Lucifer beruhigend. »Ich muss nur schnell die Wunde desinfizieren, dann wird alles verheilen.«

Sie klammerte sich an seinen Worten fest, die ihr wenigstens etwas Ruhe und Sicherheit gaben. Als Nächstes widmete er sich dem Kratzer an ihrem Arm, erneut zuckte Amicia zusammen.

»Geschafft.« Behutsam strich Lucifer ihr über das Haar. »In ein paar Minuten ist alles verheilt und du bist wieder ganz die Alte.«

Als er aufstand, streckte sie unwillkürlich die Hand nach ihm aus. Ohne seine Berührungen kam Amicia sich einsam und verloren vor. Ihr Körper schmerzte und brannte nicht mehr, sondern fühlte sich größtenteils taub an.

In der Ferne vernahm sie einige Stimmen, die sich leise unterhielten. Doch sosehr Amicia sich auch bemühte, sie konnte kein Wort von dem verstehen, was gesprochen wurde. Flatternd schlossen sich ihre Augenlider und sie versank in eine Art Dämmerzustand.

***

Irgendwann, die Schatten im Zimmer waren schon weitergewandert, öffnete sie die Augen und blickte sich um. Sie lag immer noch auf dem Sofa im Arbeitszimmer, die dünne Decke über ihrem halb entblößten Körper ausgebreitet. Ansonsten war das Zimmer leer.

Langsam setzte sie sich auf, doch ihr Körper gab keinen Protest von sich. Tatsächlich waren die Wunden beinahe verheilt, nur noch eine dünne rote Narbe und etwas getrocknetes Blut wiesen darauf hin.

In der Wohnung war es ruhig. Sie konnte niemanden entdecken, als sie auf leisen Sohlen durch das Zimmer huschte und aus der Tür spähte. Irgendwo stand ein Fenster offen, ein sanfter Luftzug strich über ihren beinahe nackten Oberkörper.

Sogar ihr einfacher schwarzer BH war blutverschmiert. Genervt verdrehte

Amicia die Augen. Die Reste ihres Tops lagen immer noch unbeachtet auf dem Boden, damit konnte sie sich nicht mehr bedecken.

Mit den Fingerspitzen fuhr sie über die Narbe an ihrer Seite. Es war schon seltsam, dass sie eben noch vor Schmerzen kaum hatte atmen können und es ihr nun wieder ganz gut ging. Einen Menschen hätte diese Wunde sicher außer Kraft gesetzt und einem Engel wäre sie kaum aufgefallen.

Eine erneute Erinnerung daran, dass Amicia weder das eine noch das andere war. Ihr Körper sowie ihr Leben hatten in der Schwebe gehangen.

Müde schüttelte Amicia den Kopf über sich selbst und ihre dummen Gedanken. Sie lehnte die Stirn an das kalte Holz des Türrahmens und schloss die Augen.

»Du solltest dich noch etwas hinlegen.«

Erschrocken riss Amicia die Augen auf. Vor ihr stand eine adrett gekleidete Dämonin, deren volles Haar bereits die ersten grauen Strähnen zeigte. Ihr warmes Lächeln erhellte ihr Gesicht, welches von einigen Falten gezeichnet war.

Amicia stellte sich gerade hin und fuhr sich durch die Haare. »Mir geht es wieder gut, danke. Ich würde einfach nur gern nach Hause gehen.« Sie war sich nicht sicher, ob sie Liliths Wohnung oder ihre alte Drecksbude in Berlin meinte. Vielleicht auch den Himmel.

»Der Höllenfürst hat angeordnet, dass du erst einmal hierbleibst, bis es dir wieder gut geht.« Mit einem mütterlichen Ausdruck im Gesicht fasste die Dämonin Amicia am Arm und dirigierte sie zurück zum Sofa.

Ihre Proteste wurden vollständig ignoriert, also ließ Amicia sich einfach fallen und verschränkte die Arme vor der Brust. »Ich bringe dir gleich eine kleine Stärkung und etwas zu trinken«, erklärte die Dämonin. »Du kannst mich Emily nennen.«

Wortlos blickte Amicia ihr hinterher, als sie geschäftig aus dem Zimmer eilte. Was war das denn gewesen? Bisher war ihr noch nie eine Dämonin begegnet, die so ein Aussehen gewählt hatte. Normalerweise bevorzugten diese ein junges, frisches Auftreten, nicht den Körper einer Mittfünfzigerin.

Frustriert pustete sich Amicia eine verirrte Strähne aus dem Gesicht. Ihre Gedanken wanderten automatisch zurück zu dem Kampf und dem jungen Engel, dessen weltliche Existenz sie beendet hatte.

Wenn ein Engel seinen Körper verlor, dann brauchte es einige Tage, bis er sich regeneriert hatte. So lange verbrachten Engel ihre Zeit in einer Art Schwebezustand, sie bemerkten die Umwelt, konnten aber nicht mit ihr interagieren.

Einmal hatte es Amicia erwischt, als sie noch ganz frisch im Engelsheer gewesen war. Ihr überschwänglicher Heldenmut hatte sie ihre Deckung vergessen lassen und ein Dämon hatte sie niedergestreckt. Fast zwei Monate war sie ein Schatten gewesen, der durch den Himmel gegeistert war. An viel erinnerte sie sich nicht mehr, nur an das Gefühl der Leichtigkeit und an die vielen Stimmen, die gleichzeitig durcheinandergesprochen hatten.

Wie lange würden diese sechs Engel nun in der Schwebe bleiben? Wochen oder Monate? Es tröstete Amicia nur sehr wenig, dass sie keinen umgebracht hatte, denn der Schock in den Augen des Jungen war echt gewesen.

»Du siehst besser aus.« Wieder einmal tauchte Lucifer wie aus dem Nichts aus. Nur in eine tief sitzende Jeans gekleidet schlenderte er in den Raum.

Amicia tat ihr Bestes, um nicht auf seinen nackten Oberkörper zu starren, sondern konzentrierte sich ganz auf sein Gesicht.

»Ich fühle mich wie neu und würde jetzt sehr gern gehen. Lilith wartet ganz sicher schon auf mich.« Sie hatte keine Ahnung, wie spät es war oder ob die erste Frau sich überhaupt fragte, wo sie sich herumtrieb.

Langsam schüttelte Lucifer den Kopf. »Du bleibst noch etwas hier, wir haben einiges zu klären.«

Wütend sprang sie auf und stürzte sich auf ihn. »Da hast du ausnahmsweise mal recht. Wieso um alles in der Welt greifen dich ein paar Jungengel an und versuchen uns umzubringen?«

Von ihrem Ausbruch wenig beeindruckt hob er die Augenbrauen. »Diese sechs waren nicht wegen mir da«, brummte er leise. »So etwas käme ihnen nicht einmal in den Sinn. Den Engel, der es wagt, mich anzugreifen, würde ich nur zu gern kennenlernen.«

Innerlich biss Amicia sich auf die Zunge, bevor sie noch etwas sagte, was sie bereuen würde. »Und wo kamen sie dann her?«

»Das muss ich wohl dich fragen?« Lauernd trat er weiter auf sie zu und baute sich vor ihr auf. »Vor einiger Zeit hat dich nach Jahrhunderten ein Engel besucht und auf einmal schicken sie einige Krieger hier hinunter. Ausgerechnet zu dir und ... zu mir.«

Hektisch überlegte Amicia, was sie darauf antworten sollte. Hinter diesem Angriff steckte nicht Faniell, wieso auch? Immerhin hatte er Amicia auf den Höllenfürsten angesetzt. Oder war dies nur ein ausgeklügelter Plan gewesen, um Lucifer aufzuspüren?

»Das hat nichts miteinander zu tun«, murmelte sie mehr zu sich selbst. »Wieso sollten sie mich auf einmal nach so vielen Jahren tot sehen wollen? Das ergibt doch keinen Sinn.« Gefallene Engel existierten für den Himmel nicht mehr, da bestand auch kein Grund, ihnen einen Krieger hinterherzuschicken.

»Ich habe das Gefühl, dass alles, was dich betrifft, keinen Sinn ergibt«, knurrte er. »Du bist erst vor wenigen Tagen aufgekreuzt und hast mir jetzt schon schlimmere Kopfschmerzen eingebracht als jeder andere sonst.« Trotz seiner harten Worte zeichnete sich ein winziges Lächeln auf seinen Lippen ab.

»Mit mir hat dieser Angriff nichts zu tun«, betonte Amicia noch einmal, obwohl sie sich da nicht mehr so sicher war. Es war schon ein sehr großer Zufall und bekanntermaßen glaubte der Höllenfürst nicht daran.

Wortlos blickte sie zu ihm auf, versuchte aus seinem starren Gesicht etwas zu lesen. Je länger die beiden sich so betrachteten, desto wütender wurde Amicia. Nicht etwa, weil sie angegriffen worden waren, sondern weil Unschuldige dabei Schaden erlitten hatten.

»Welchen unbegründeten Hass hast du nun schon wieder auf mich?«, brummte der Höllenfürst leicht amüsiert.

»Wie kommst du darauf?«

»Ich kann es in deinen Augen sehen. Da ist dieses Funkeln – wie ein Feuer in der Nacht. Anscheinend tritt es immer nur dann auf, wenn du wütend auf mich bist. Also rück mit der Wahrheit heraus!«

Vielleicht hätte sie zögern und sich nicht auf sein Spiel einlassen sollen, aber dieses Feuer, wie er es nannte, hatte sie erneut fest im Griff. »Es waren Kinder und du hast sie ausgelöscht. Einfach so!«, spuckte sie die Worte aus.

Einen Moment blickte er sie nur an, dann blinzelte er langsam. »So schlecht denkst du also von mir? Dass ich ein paar Engel einfach umbringe, an deren Flügel noch der Flaum klebt.« Abwehrend schüttelte er den Kopf. Seine tödlichen Klingen erschienen und er drückte sie Amicia in die Hände. »Ich bin kein Monster, zumindest nicht vollständig.«

Sie zögerte einen Moment, bevor sie auf die beiden Schwerter hinabblickte. Sofort erkannte sie, was er meinte. Dies waren keine Waffen aus Höllenstahl, sondern einfache Werkzeuge, auf der Erde geschmiedet. Ähnlich denen, die sie auch besaß.

Lange konnte Amicia ihm nicht in die Augen schauen, zu sehr brannte die Scham. Auf einmal kam sie sich dumm und eingebildet vor, völlig eingenommen von ihren Vorurteilen. »Es tut mir leid.« Mit gesenktem Blick gab sie die Schwerter zurück.

»Das muss es nicht. Ich hätte ganz genau dasselbe gedacht«, murmelte er leise. »Du kannst gar nicht so schlecht von mir denken, wie es manch andere tun. Für das Übel, welches ich anscheinend über die Welt bringe, gibt es nicht genug Worte, um es zu beschreiben.«

In seinen Worten lag ein tiefer Schmerz, den Amicia kaum begreifen konnte. Verstohlen beobachtete sie ihn, wie er mit dem Rücken zu ihr stand, die Arme vor der Brust verschränkt. Die Anspannung zeichnete sich deutlich in seinen ausgeprägten Muskeln ab.

Unsicher kaute Amicia auf ihrer Unterlippe herum. Mit jeder Sekunde, die verging, wurde die Stille zwischen ihnen belastender, doch ihr fielen einfach keine passenden Worte ein.

Amicia konnte nicht anders, als auf ihn zuzugehen und die Hand auf seine Schulter zu legen. Seine Haut war warm und fühlte sich so menschlich an. Nur kurz zuckte er zusammen, dann schien Lucifer zu warten, was sie nun tun würde.

Ihr Blick richtete sich auf die wulstigen Narben, die seinen Rücken zierten.

Sie waren den ihren so ähnlich, dass es beinahe schmerzte. Die grausamste Erinnerung daran, was sie verloren hatten.

Behutsam strich sie mit den Fingerspitzen über die Narben und trat näher an ihn heran. Wo ihre Haut auf seine traf, fing ihr Körper an zu prickeln. Atemlos lehnte sie sich näher an ihn und erlaubte sich diesen Moment für einen Augenblick zu genießen. Was sie tat, war entsetzlich falsch, aber sie konnte sich einfach nicht davon abhalten.

Unter ihrer Berührung versteifte er sich kurz, doch er trat keinen Schritt vor ihr zurück. Einige Augenblicke standen sie einfach nur da. Kein Wort wurde gesprochen und doch so viel gesagt.

»Emily hat dir neue Kleidung bereitgelegt, du kannst hier gern duschen«, murmelte Lucifer irgendwann leise. Immer noch rührte er sich nicht, doch Amicia wusste, dass der Moment vorbei war.

Ihre verwirrten Gefühle schob sie auf den Kampf und ihre Verletzungen, von denen sie sich immer noch erholte. Dieses Verlangen nach dem Höllenfürsten war nicht gesund, auch wenn sie nichts dagegen unternehmen konnte.

Langsam trat sie zurück und wandte sich der Tür zu. Auf einmal war ihr eiskalt und sie fühlte sich verloren. Mit schlaffen Gliedern schleppte sie sich in den Flur, wo Emily bereits auf sie wartete.

Wortlos folgte sie der Dämonin zu dem luxuriösen Bad, wo bereits frische Kleidung auf einem Stuhl lag. Steif, aber freundlich lächelte Emily ihr zu und schloss dann die Tür. Amicia schälte sich mit klopfendem Herzen aus ihrer Jeans und den restlichen Klamotten, dann trat sie in die große Dusche.

Minutenlang stand sie einfach nur da, das heiße Wasser prasselte auf ihre Haut. Während sie dabei zuschaute, wie ihr Blut im Abfluss verschwand, erwachte die Wut erneut in ihr. Je klarer das Wasser wurde, desto mehr brodelte es durch ihre Venen. Jeder Wassertropfen, der auf ihre Haut traf, war wie Benzin in die Flamme.

Der Himmelsangriff ergab keinerlei Sinn. Nicht nur, dass dies keine echten Krieger gewesen waren, sie hatten auch noch völlig in ihrer Aufgabe versagt. Nun war nur die Frage, wer sie geschickt hatte?

Langsam glaubte Amicia auch nicht mehr an Zufälle. Ihr fiel nur ein einziger Engel ein, der diese Jünglinge gesendet haben könnte. Aber sosehr sie sich auch anstrengte, sie konnte sich einfach nicht erklären, wieso Faniell dies hätte tun sollen.

Amicia stellte das Wasser ab, trat aus der Dusche und hüllte sich in ein flauschiges Handtuch. Der Spiegel war leicht beschlagen, schnell wischte sie ein Stück frei und betrachtete ihr Abbild.

Am liebsten hätte sie sich selbst eine Ohrfeige gegeben, dass sie dem anderen Engel so einfach vertraut hatte. Immerhin hatte Faniell ihr nie eine Garantie gegeben, dass sie irgendwann wieder in den Himmel kam.

Die Wut brodelte erneut in ihr auf. Noch gestern hatte sie den Engel davongeschickt und nun hatte man versucht sie umzubringen. Wie hatte sie nur so dumm sein können?

Ihre Gedanken kreisten weiter um Faniell, als sie sich anzog. Dabei achtete sie nicht einmal darauf, was man ihr da zurechtgelegt hatte. Sie war froh, dass alles perfekt passte.

Immer noch in Gedanken versunken trat sie zurück in den Flur, in der Hoffnung, nun endlich aus dieser Wohnung verschwinden zu können. Mal wieder wurde ihr Wunsch nicht erhört, diesmal wartete Hotch bereits auf sie und dirigierte Amicia direkt zurück ins Büro.

Beinahe war sie froh, den Höllenfürsten zu sehen. Sie brauchte jemanden, an dem sie ihre Wut und das Gefühl des Verrats auslassen konnte. In diesem Moment war es ihr egal, ob sie sich dadurch in Gefahr begab oder die Suche nach dem Morgenstern erschwerte.

Lucifer hatte sich inzwischen wieder ein Shirt übergezogen und wartete, an seinen Schreibtisch gelehnt, auf sie. Unter zusammengezogenen Augenbrauen beobachtete er sie, wie sie ins Zimmer zurückkam.

Zuerst ignorierte Amicia ihn völlig, stattdessen blickte sie sich um, in der dummen Hoffnung, den Morgenstern vielleicht doch irgendwo hier zu entdecken. Lucifers Interesse an Kunst setzte sich auch hier fort, doch nichts davon strahlte himmlische Energie aus.

Schweigend und mit schräg gelegtem Kopf ließ der Höllenfürst sie gewähren, beobachtete aber ganz genau, was sie anfasste oder betrachtete.

»Suchst du etwas Bestimmtes?«, grollte er leise.

»Von meiner Neugierde hatte ich dir doch schon erzählt«, antwortete sie gelangweilt. Eine perfekte Kugel aus Marmor legte sie vorsichtig zurück an ihren Platz, dann wandte sie sich zu Lucifer um.

Wenig überzeugt hob er die Augenbraue. »So viel Neugierde kann tödlich sein.«

»Ich bin dem Tod heute schon einmal von der Schippe gesprungen, da kann ich mir auch noch ein wenig mehr erlauben«, knurrte sie. Diesmal hielt sie die Wut in ihrem Inneren fest und versuchte sich ganz auf den Höllenfürsten zu konzentrieren.

Bedächtig schritt sie näher auf ihn zu, die Hände dabei locker neben dem Körper hängend. Ihre Klingen hatte sie noch nicht wiedererhalten, trotzdem öffneten und schlossen sich ihre Finger immer wieder. Sie sehnte sich nach einem erneuten Kampf.

Nachdenklich betrachtete der Höllenfürst sie. »Und wieso hast du diesen Wissensdurst nur in meiner Wohnung?«

»Bilde dir da ja nichts ein, dasselbe habe ich auch bei Lilith gemacht und ich muss sagen, ihre Wohnung ist deutlich interessanter.« Die Lüge kam ihr einfach über die Lippen, während sich ihre Aufmerksamkeit auf die dünne Kette um Lucifers Hals verlegte. Eben hatte er diese noch nicht getragen.

Zögerlich streckte sie die Hand aus, bis sie auf seiner Brust zu liegen kam. Unter dem dünnen Stoff seines Shirts konnte sie feste Muskeln spüren, langsam wanderte ihre Hand weiter, bis sie fast an der Kette angekommen war.

Blitzschnell packte Lucifer ihr Handgelenk, wirbelte sie herum und drückte Amicia auf den Schreibtisch. Ein erschrockenes Keuchen entfuhr ihr. Unter ihrem Rücken konnte sie das kalte, glatte Holz fühlen, über sich Lucifers heißen Körper.

Ausdruckslos blickte er auf sie hinab, dabei hielt er ihre beiden Handgelenke über ihrem Kopf fest. Mit jeder Sekunde, die verstrich, ging Amicias Atem hektischer, während die Wut durch ein ganz anderes Feuer ausgetauscht wurde.

Da war es wieder, dieses alles verschlingende Verlangen, das sie alles andere vergessen ließ.

Aufgeregt zuckte ihr Blick zwischen Lucifers Augen und seinem Mund hin und her. Ihr Herz polterte in ihrer Brust, als sie abwartete, wie es nun weitergehen würde.

Ohne Eile beugte der Höllenfürst sich zu ihr hinab, bis nur noch wenige Millimeter ihre Lippen voneinander trennten. Sie konnte seinen heißen Atem auf ihrem Gesicht spüren und wölbte sich ungewollt seinen Bewegungen entgegen.

Tief in ihrem Verstand brüllte ihr letzter klarer Sinn, dass sie verschwinden sollte. Dass dies eine unendlich dumme Idee war. Aber darauf wollte Amicia nicht hören.

Er wartete, lauerte auf ihre Reaktion. Es dauerte einen Moment, bis Amicia klar wurde, dass er ihr die Chance gab, es abzubrechen. Wenn sie sich jetzt gegen ihn stemmen würde, dann würde er sie freilassen.

Anstatt das einzig Kluge zu tun, hob sie den Kopf und presste ihre Lippen auf seine.

Lucifers Kuss stellte alles in den Schatten, was sie jemals erlebt hatte. Ein Blitzschlag fuhr durch ihren Körper bis in ihre Haarspitzen. Es dauerte eine Sekunde, bis er aus seiner Starre erwachte und ihren Kuss erwiderte, doch dann waren alle Dämme gebrochen.

Er löste seine Finger von ihren Handgelenken und vergrub sie stattdessen in ihren Haaren, während er den Kuss vertiefte. Stöhnend schmiegte sie sich enger an ihn und schlang die Arme um seinen Hals.

Wo auch immer sein Körper auf ihren traf, knisterte es. Sie spürte jeden Zentimeter ihrer Haut intensiver als je zuvor und das Feuer verwandelte sich in einen Hunger, den sie bisher nicht gekannt hatte.

Hauchzart strich seine Zunge über ihre Unterlippe und sie gewährte ihm Einlass. Wie von allein wanderten ihre Finger unter sein Shirt und krallten sich in seine harten Muskeln. Sie konnte nicht atmen, nicht denken, nur fühlen und schmecken.

Mit behutsamen Bewegungen zog er ihr Oberteil hoch und strich über ihren nackten Bauch. Stöhnend drängte sie sich seinen Berührungen entgegen, spürte seine rauen Finger auf ihrer Haut.

Ihr Atem ging immer hektischer, während sie sein Shirt weiter nach oben schob. Haut auf Haut, Lippen auf Lippen. Sie schlang die Beine um seine Hüften, um ihm noch näher zu kommen. Irgendwie hatte sie es geschafft, ihm das Shirt auszuziehen, ohne den Kuss zu unterbrechen.

Sie krallte sich an seinen Schultern fest, als Lucifer brennende Küssen ihren Hals hinunter und zu ihren Brüsten verteilte. Die Träger ihres Tops waren so weit nach unten gerutscht, dass man ihren BH sehen konnte.

Seine Finger tanzten über ihre Haut und wanderten langsam zum Verschluss ihrer Jeans. In dem Moment, in dem er den Knopf öffnete, kehrten die Gedanken wie ein Vorschlaghammer zurück in ihren Kopf.

»Stopp!«, brachte sie mit zittriger Stimme hervor und rückte, so gut sie konnte, von ihm ab.

Lucifer erstarrte mitten in der Bewegung, seine Hand immer noch an ihrer Jeans. Ein Schauder ging durch seinen ganzen Körper, dann zog er sich zurück. Eine Mischung aus Verwirrung und Lust zeichnete sich in seinen Zügen ab.

Hektisch schnappte Amicia nach Luft und versuchte ihre verirrte Libido wieder in den Griff zu bekommen. Mit ruckartigen Bewegungen zog sie die Träger des Tops wieder nach oben, schob den Stoff über ihren Bauch und schloss ihre Jeans.

Lucifer trat einen Schritt zurück und hob sein Shirt vom Boden auf. Auch wenn er ihr beinahe sofort den Rücken zuwandte, erhaschte sie einen kurzen Blick auf den Anhänger an der Kette. Eine einfache Feder – sehr interessant.

Sobald er das Shirt wieder anhatte, wandte er sich zu ihr um. Seine Brust hob und senkte sich schwer, seine Augen waren verdunkelt vor Lust.

Mit halb offenem Mund starrte Amicia ihn an und versuchte irgendwelche Worte zu finden. Doch in ihrem Kopf war nur Leere. Die Lust war vergangen, aber ihr Verstand wollte noch nicht arbeiten.

Lucifer streckte ihr die Hand entgegen und zog sie vom Schreibtisch. Sogar bei dieser kurzen Berührung erwachte das Verlangen erneut in ihr. Sobald er sie losgelassen hatte, versteckte Amicia ihre Hände hinter dem Rücken.

Einige Augenblicke sagte keiner etwas. Ihr Gesicht brannte vor Scham und Lust und sie schaffte es einfach nicht, ihn anzusehen. Noch nie hatte sie sich so gehen lassen und jetzt schon sehnte sie sich erneut nach seinen Berührungen und Küssen.

»Lilith sucht sicher schon nach dir«, wiederholte Lucifer ihre Worte von vorhin.

Erschrocken zuckte sie zusammen. »Ja, da hast du recht.« Doch ihr Körper wollte einfach nicht auf ihre Worte reagieren. Sie schaffte es nicht, aus diesem Raum zu gehen.

Doch der Höllenfürst schien damit weniger Probleme zu haben. Einen Moment atmete er durch, dann ging er zur Tür und winkte Amicia zu sich. Kurz warf sie noch einen Blick über ihre Schulter zurück zu dem Schreibtisch, den sie nun sicher nie wieder ansehen konnte, ohne dass ihre Wangen anfingen zu brennen.

Niemand war zu sehen oder zu hören, als sie durch die Wohnung zur Tür schritten. Ganz nebenbei fragte Amicia sich, wo Emily und Hotch sich die ganze Zeit über herumgetrieben hatten.

Um sich selbst davon abzuhalten, noch einmal nach Lucifer zu greifen, versteckte Amicia ihre Hände in ihren hinteren Hosentaschen. Immer noch schlug ihr Herz viel zu schnell, als sie zur Aufzugtür trat, die Lucifer ihr aufhielt.

Schon halb im Lift blieb Amicia stehen und wandte sich noch einmal zu ihm um. Unendlich viele Worte brannten auf ihrer Zunge, doch keines davon schien ihr richtig. Also blickte sie einfach nur wortlos zu ihm hoch und hoffte, dass er etwas sagen würde.

Stattdessen streckte er die Hand aus und fuhr mit dem Daumen über ihre Unterlippe. »Komm gut nach Hause.«

Bevor sie sich ihrem inneren Drang beugen und ihn erneut küssen würde, trat sie in den Aufzug und drückte den Knopf fürs Erdgeschoss. Als sich die Türen schlossen, schlang Amicia die Arme um sich selbst und seufzte laut auf.

KAPITEL ELF – VERDÄCHTIGUNGEN

Sie schaffte es nicht ganz bis in Liliths Wohnung, sondern nur bis zur Spanischen Treppe. Dort ließ Amicia sich auf eine der Stufen sinken und barg den Kopf zwischen den Armen.

Immer noch kribbelte ihr ganzer Körper und sie konnte Lucifers Berührungen, seine Küsse, noch auf ihrer Haut spüren. Sobald sie die Augen schloss, sah sie wieder seine breite Gestalt, die über ihr aufragte. Seine rauen Hände, die ihren Körper erkundeten.

Müde fuhr sie sich durch die noch halb nassen Haare und schüttelte den Kopf. Sie hatte einen riesigen Fehler begangen, doch daran konnte sie nun nichts mehr ändern. Ihr blieb nichts anderes übrig, als mit diesem Moment der Schwäche zu leben, der sicher bald eine Erinnerung werden würde.

Die warme Nachmittagssonne schien auf Amicia herab und wärmte sie wenigstens etwas auf. Um sie herum lebten die Menschen ihr Leben, bemerkten sie nicht einmal. Vielleicht sollte Amicia es ihnen einfach nachtun und die schlimmen Dinge verdrängen und sich auf die schönen Sachen konzentrieren.

Seufzend stand sie auf und machte sich auf den Weg zurück in die Wohnung.

***

Auch hier empfing sie Stille, von Lilith und Jakob fehlte jede Spur. Doch als Amicia die Tür hinter sich schloss, steckte Letzterer den Kopf aus seinem Zimmer.

»Da bist du ja.« Mit einem breiten Lächeln kam Jakob auf sie zu, doch das Lächeln erstarb schnell wieder. »Was ist passiert?«

Sie musste nicht fragen, woher er es wusste. Die fremde Kleidung und die nassen Haare zeigten ganz klar, dass etwas vorgefallen war. Seufzend schleppte Amicia sich auf die Terrasse und winkte Jakob hinter sich her.

»Moment, ich hole noch schnell Lilith«, murmelte dieser.

Ohne weiter auf ihn zu achten, ließ Amicia sich auf einen der Liegestühle fallen und legte den Arm über die Augen. Sie war so müde wie schon lange nicht mehr in ihrem Leben. Nicht nur körperlich, sondern auch emotional.

»Hier.« Mit einem aufmunternden Lächeln reichte Jakob ihr ein Glas mit Wasser und setzte sich dann an den Tisch gegenüber der Liegestühle.

Voller Anmut schwebte Lilith auf die Terrasse und nahm ebenfalls Platz. Mit einem königlichen Kopfnicken deutete sie Amicia an zu beginnen.

»Heute Morgen war ich im Vatikan, da habe ich Lucifer getroffen«, fasste Amicia es schnell zusammen. »Auf dem Weg hierher sind wir von sechs Engeln angegriffen worden.«

Einige Augenblicke sagte keiner was. Amicia nippte an dem Wasser und bemerkte zum ersten Mal an diesem Tag, dass sie Hunger hatte. War wirklich schon fast der ganze Tag vergangen?

»Engel, die auf offener Straße Lucifer angreifen.« Ungläubig schüttelte Lilith den Kopf. »So etwas ist noch nie vorgekommen. Bist du verletzt?«

Überrascht hob Amicia die Augenbrauen. »Nein. Sie haben mich zwar erwischt, aber die Wunden sind schon verheilt.« Zum Beweis hob sie ihr Top an und zeigte die nun fast unsichtbaren Narben.

Erleichtert atmete Lilith durch. »Wieso sollten die Engel ihn auf einmal angreifen? Das widerspricht der Abmachung.«

Sofort horchte Amicia auf. »Abmachung?«

Unwirsch winkte die erste Frau ab. »Lucifer wird sich darum kümmern.« Trotzdem wanderte ihr Blick besorgt über die Stadt.

Einen Moment überlegte Amicia, ob sie noch einmal nachhaken sollte, aber etwas in Liliths Gesicht hielt sie davon ab. Sicher würde sie nicht mehr erfahren, sonst hätte Lucifer ihr schon etwas gesagt.

Freundschaftlich klopfte Jakob ihr auf den Knöchel. »Ich bin nur froh, dass dir nichts weiter passiert ist.«

»Danke.« Warm lächelte sie ihn an. »Damit habe ich heute nun wirklich nicht gerechnet.«

»Das ist doch ein gelungener Start für die nächsten Tage.« Genervt verdrehte Lilith die Augen. »Die Generäle kommen in die Stadt, in der jetzt anscheinend auch Engel patrouillieren. Wenn das kein schlechtes Omen ist.«

»Jetzt sei nicht immer so negativ«, schalt Jakob sie. »Das eine hat sicher nichts mit dem anderen zu tun, außer wir haben auf einmal einen Spion in unserer Mitte.«

Schnell nahm Amicia einen weiteren Schluck Wasser. Sie war es nicht gewesen, die etwas verraten hatte, aber die Schuldgefühle nagten trotzdem an ihr.

Irgendwie brachte die Gefallene ein schwaches Lächeln zusammen, dann stand sie auf und floh in die Sicherheit ihres Zimmers. Sobald die Tür fest hinter ihr verschlossen war, konnte sie wenigstens etwas durchatmen.

Die Kleidung, die ihr nicht gehörte, faltete sie sauber und verstaute sie in einer Ecke, nachdem sie ihr Handy hervorgezogen hatte. Dabei bemerkte sie, dass sie einige besorgte Nachrichten von Jakob und Lilith hatte.

Mit einem seltsamen Gefühl in der Brust kroch Amicia unter die Decke und schloss die Augen. Zu ihrer großen Erleichterung verfolgten sie die Bilder des Kusses nicht noch bis in den Schlaf, der sie schon bald verschluckte.

***

Am nächsten Morgen lag eine knisternde Spannung in der Luft. Amicia war schon früh auf den Beinen. Da sie nicht sicher wusste, was genau passieren würde, wollte sie auf alles vorbereitet sein. Was hieß, dass sie sich erst einmal einen Kaffee machte, um auch den Rest der Müdigkeit loszuwerden.

Obwohl die Hitze des Tages sich bereits ankündigte, schlüpfte die Gefallene in die Lederjacke und steckte sich die vorderen Haarsträhnen fest, damit sie ihr nicht im Gesicht herumflogen. Jetzt kam es darauf an, dass sie ihre Rolle als Leibwächterin gut spielte.

Um neun Uhr war von Lilith immer noch nichts zu sehen, stattdessen tauchte Jakob auf. »Wir haben uns wohl beide für den geschäftlichen Look entschieden«, kommentierte er ihre Jacke.

»Dann schwitzen wir also zusammen.« Sie nickte zu seinem schicken Anzug – sogar mit Weste und Krawatte.

»Ein wenig schlottern mir die Knie«, gestand Jakob leise und machte sich eine Tasse Kaffee. »Ich habe kein Problem, ab und an mal bei den Generälen in einem Hotel zu sein, aber sie hier in der Wohnung zu haben …« Er schüttelte sich.

»Dafür bin ich ja da«, sagte Amicia mit vorgetäuschter Lockerheit. »Keiner von denen wird aus der Reihe tanzen.«

»Wenn du das sagst.« Mit der Tasse bewaffnet verschwand er wieder in seinem Zimmer.

Je näher sie zehn Uhr kamen, desto nervöser wurde Amicia. Unruhig fummelte sie an dem Saum ihrer Jacke herum und blickte immer wieder zwischen der Tür und der Wohnung hin und her.

»Wieso findet diese Befragung hier statt?«, fragte sie Jakob, der im Wohnzimmer werkelte und alles vorbereitete.

»Um die Generäle in Sicherheit zu wiegen. Wenn wir es offizieller machen würden, könnten sie Verdacht schöpfen«, murmelte dieser abwesend und rückte zum wiederholten Male einen der Sessel zurecht.

»Kann ich dir vielleicht irgendwie zur Hand gehen?« Amicia kam sich recht bescheuert vor, wie sie einfach in der Ecke stand und den Mann bei seinen Arbeiten beobachtete.

»Nein, ich bin schon fertig.« Mit einem zufriedenen Ausdruck richtete Jakob sich auf. »Jetzt können wir gern anfangen.«

»Fehlt nur noch eine.« Zum wiederholten Male blickte Amicia zu Liliths geschlossener Zimmertür.

»Sie wird gleich rauskommen. Manchmal ist sie eine richtige Dramaqueen und braucht den großen Auftritt.«

In diesem Moment ertönte die Hausklingel durch die ganze Wohnung und sofort versteifte Amicia sich. Ihre Finger wanderten zu den Ersatzklingen an ihrem Oberschenkel, ihre eigentlichen lagen noch bei Lucifer in der Wohnung.

»It's showtime.« Jakob schenkte ihr ein letztes aufmunterndes Lächeln, dann wurde sein Gesicht beinahe ausdruckslos, als er zur Tür ging.

Schnell tat Amicia es ihm nach und stellte sich breitbeinig neben der Tür auf. Ihre Aufgabe war ganz simpel, herumstehen und gefährlich wirken. Dabei sollte sie auf jede noch so kleine Regung achten, die einer der Generäle von sich gab.

Mit klopfendem Herzen blickte sie zur Tür, durch die kurz darauf Jakob trat, ihm folgten eine zierliche Blondine mit ellenlangen Beinen und zwei beinahe gleich aussehende Männer mit Militärhaarschnitten. Alle drei waren Dämonen.

Schweigend stellte Jakob sich neben Amicia, während die drei Neuankömmlinge alles genau unter die Lupe nahmen. Irgendwann nickte die Blondine zufrieden und eilte zurück zur Tür.

Dann endlich trat der General selbst ein. Ein Mann, der die Maße eines Kleiderschranks und den düsteren Gesichtsausdruck eines Profiboxers hatte. Das kantige Gesicht und die bullige Nase bestärkten diesen Eindruck nur.

Ohne auf Amicia oder Jakob zu achten, stampfte er durch die Wohnung und ließ sich auf dem Sessel nieder. Wie ein König thronte er dort und blickte düster vor sich hin. Niemand sagte etwas, die Blondine blieb an seiner Seite, während die Zwillinge hinter ihm Stellung bezogen.

Amicia tat ihr Bestes, um keinen der fremden Dämonen anzustarren, auch wenn ihre Neugierde mal wieder an ihr nagte. Einige Minuten verstrichen, in denen alle einfach nur herumstanden oder –saßen und warteten. Dann endlich öffnete sich die Tür und Lilith schwebte in den Raum.

»Bruno! Schön, dass du kommen konntest.« Überschwänglich begrüßte sie den General, reichte ihm jedoch nicht die Hand. Stattdessen setzte sie sich auf das Sofa, die Beine locker übergeschlagen, den Blick direkt auf Bruno gerichtet.

»Ich bin nicht unbedingt freiwillig hier«, grummelte der General mit tiefer Stimme. Er hatte seine Augenbrauen so stark zusammengezogen, dass seine Augen mehr an die eines Schweins erinnerten.

»Das tut mir auch unglaublich leid«, fuhr Lilith mit zuckersüßer Stimme fort. »Keiner von uns beiden will hier sein, also lass es uns schnell hinter uns bringen. Kann ich dir etwas zu trinken anbieten?« Sie machte eine kleine Bewegung in Richtung Jakob.

»Worum geht es hier?« Bruno ging gar nicht auf ihre Frage ein, sondern starrte nur weiter vor sich hin. »Im Gegensatz zu dir bin ich schwer beschäftigt.«

Das Lächeln auf Liliths Lippen wurde, wenn möglich, sogar noch süßer. »Das verstehe ich natürlich. Dann lass uns direkt zum Punkt kommen. Vor einigen Wochen sind Seelen aus der Hölle entkommen.« Sie machte eine dramatische Pause und wartete auf seine Reaktion.

Einen Moment sagte der General gar nichts, dann nickte er langsam. »Das erklärt so einiges. Sind alle wieder zurückbefördert worden?«

»Natürlich, alles wurde geregelt«, bestätigte Lilith. Nicht für eine Sekunde wich das Lächeln aus ihrem Gesicht. »Lucifer hat sich darum gekümmert und nun darf ich hinter ihm aufräumen.«

Etwas ruppig nickte Bruno und grunzte zur Bestätigung. »Da hast du aber echt den Kürzeren gezogen. Wie kann *ich* dir helfen?«

»Du kennst ja unseren Fürsten, er verdächtigt alle und jeden und will sichergehen, dass alles seinen gewohnten Weg geht. Jetzt darf ich mich versichern, dass niemand von uns dahintersteckt.«

»Er verdächtigt einen von *uns*?« Wenig überrascht lehnte der General sich zurück und ließ seinen Blick durch die Wohnung gleiten. »Was für ein kluger Mann. Nun, und was erwartest du von mir?«

»Ich wusste, dass du es verstehen würdest.« Unterwürfig nickte Lilith. »Beantworte einfach nur ein paar Fragen, dann kannst du schon bald wieder deiner Wege gehen und wir können diese ganze Sache vergessen.«

Etwas hochnäsig nickte Bruno und deutete ihr an, mit den Fragen zu beginnen.

***

Die nächsten paar Stunden beobachtete Amicia die Schatten dabei, wie sie über die Terrasse wanderten, während sie den unendlichen Fragen lauschte.

Die Zeit wollte einfach nicht verstreichen und Lilith schienen immer neue Dinge einzufallen, die sie unbedingt noch wissen musste.

Die Gefallene verstand, was hinter dieser Taktik steckte. Die erste Frau wollte den anderen General in Sicherheit wiegen, ihn mit ihren Fragen einschläfern und nachlässig machen. Doch davon ließ Bruno sich nicht beeindrucken, er beantwortete jede Frage mit demselben Grollen und derselben Aufmerksamkeit.

Während Lilith und Bruno redeten, blieben die restlichen Wesen in der Wohnung völlig still. Man konnte fast meinen, dass die beiden Leibwächter Statuen waren, während die Blondine sich nur ab und an durch die Haare fuhr. Im Hintergrund bewegte Jakob sich, doch er war dabei so leise, dass man ihn fast hätte vergessen können.

Endlich war Lilith wohl zufrieden oder ihr waren einfach die Fragen ausgegangen. Voller Eleganz erhob sie sich und strahlte Bruno noch einmal an.

»Danke, dass du so offen zu mir warst. Die ganze Sache wird sich sicher bald aufklären.«

»Das denke ich auch. Halt mich auf dem Laufenden, wenn sich etwas Neues ergibt.«

Mit düsterer Miene erhob sich der General und ging ohne ein Wort des Abschieds aus der Wohnung, seine kleine Entourage folgte ihm auf dem Fuß.

Noch einen Moment herrschte angespannte Stille, dann atmeten alle gleichzeitig auf. Lilith ließ das inzwischen so falsch wirkende Lächeln fallen und stieß stattdessen mehrere lange ausführliche Flüche aus.

Obwohl es noch nicht ganz Nachmittag war, holte Jakob eine Flasche Weißwein hervor und goss drei Gläser ein. Amicia wäre zwar mehr nach einem Shot Wodka gewesen, aber gerade reichte ihr einfach etwas Alkohol.

Ohne abzusetzen, leerte Lilith das Glas und schenkte sich dann sofort neu ein. Zum Glück hatte Alkohol kaum Wirkung auf höllische oder himmlische Wesen, ansonsten hätte sie nach dem zweiten Glas nicht mehr stehen können.

Amicia nippte nur wenig an ihrem Wein und schüttelte ihre Beine aus. Sie war es nicht mehr gewöhnt, so lange still zu stehen. »War der Tag erfolgreich?«

Nachdenklich wackelte Lilith mit dem Kopf. »So kann man es nennen. Bruno ist schon immer eine harte Nuss gewesen, so viel wie heute habe ich ihn noch nie reden hören. Normalerweise gibt er Nachrichten durch seine Armee von Blondinen weiter.«

»Wird es dann von jetzt an einfacher?«, fragte Amicia.

»Nein, nur immer mehr von demselben.« Mit der Weinflasche unterm Arm ging Lilith auf die Terrasse. »Ihr beide habt heute großartige Arbeit geleistet, danke dafür. Lasst uns hoffen, dass die nächsten Tage auch so einfach ablaufen.«

»Ich gehe mich jetzt erst einmal umziehen.« Hektisch löste Jakob den Knoten seiner Krawatte und atmete tief durch.

Amicia tat es ihm gleich und verschwand in ihrem Zimmer. Ihre Lederjacke flog in die Ecke, gefolgt von ihrer dicken Jeans. Aus dem Haufen neuer Kleider zog sie ein violettes Sommerkleid hervor, welches so gar nicht zu ihr passte, sie aber doch angelacht hatte.

Erleichtert atmete sie durch. Ihr war gar nicht bewusst gewesen, wie eingeengt sie sich in der Jeans gefühlt hatte. Wild fuhr sie sich durch die Haare, nachdem sie auch die Haarklammern gelöst hatte.

»Ich gehe etwas spazieren«, informierte sie Lilith, die es sich wieder auf ihrem Liegestuhl bequem gemacht hatte.

Die erste Frau schob sich die große Sonnenbrille von der Nase. »Pass bitte auf dich auf, keiner kann sagen, ob die Engel nicht noch mal angreifen.«

»Mache ich«, versprach Amicia und brachte ein flüchtiges Lächeln zustande.

Auf dem Weg nach draußen traf sie auf Jakob, der nun wieder lockere Straßenkleidung trug. »Bin heute Abend wieder da.«

Er warf ihr einen kurzen besorgten Blick zu, sagte jedoch nichts. Erleichtert atmete Amicia durch, als sie draußen auf die Straße trat und schon bald vom Trubel der Stadt umgeben war.

Sie ließ sich von den Massen treiben, achtete kaum darauf, wohin sie ging.

Die Sonnenstrahlen wärmten ihre Haut und vertrieben die Müdigkeit, die sie nach dem Tag in der Wohnung verspürte.

Obwohl sie es nicht sicher sagen konnte, wurde Amicia das Gefühl einfach nicht los, dass Faniell noch an diesem Tag zu ihr kommen würden. Doch dafür brauchte sie eine ruhige Ecke.

Ihr Weg führte sie vorbei an der Villa Medici bis zur Terrazza del Pincio und von da aus in den dahinterliegenden Park, den man auch von Lucifers Wohnung aus sehen konnte. Schon bald verschluckten die Bäume die Geräusche um sie herum, wäre sie weiter geradeaus gegangen, wäre sie direkt zum Bioparco Rom gekommen.

Sie schlenderte vorbei an verschiedenen Brunnen und kleinen Cafés, an denen sich die Menschen tummelten. Doch auf den schmalen Wegen und Straßen waren kaum Leute unterwegs, hier herrschte eine angenehme Stille.

Es dauerte nicht lange, bis der sanfte Klang in der Luft lag, der einen Engel ankündigte. Amicia verlangsamte ihre Schritte nicht, wich aber vom Weg ab und ging direkt auf eine kleine Baumgruppe zu. Auch wenn die Chance gering war, konnte immer noch jemand vorbeikommen, der Amicia bei ihrem Gespräch mit dem Engel beobachtete.

Versteckt zwischen einigen hohen Büschen und Bäumen wartete sie, bis Faniell auftauchte. Wie immer trug er die unendliche Ruhe eines hohen Engels zur Schau, ein krasser Gegensatz zu der kochenden Wut, die Amicia fühlte.

»Du hast einiges zu erklären«, knurrte sie und wirbelte zu ihm herum.

»Wovon sprichst du?« In milder Überraschung hob er die Augenbrauen.

»Sechs Baby-Engel haben gestern versucht mich und den Höllenfürsten umzubringen.« Sie schaffte es kaum, ihre Stimme ruhig klingen zu lassen, der Drang zu schreien war einfach zu stark. »Am helllichten Tag, mitten in der Stadt.«

Faniell wirkte nicht einmal überrascht, sondern nickte nur langsam. »Nun, das ist natürlich unschön. Dieser Angriff war nicht so geplant.«

»Du steckst also wirklich dahinter.« Irgendwie hatte Amicia es bereits erwartet, doch dass der Engel es so offen zugab, versetzte ihr einen Schock.

Einen Moment konnte sie nichts mehr sagen, sondern wandte sich ab, um tief durchzuatmen.

»Wieso?« Ihre Stimme brach.

»Amiciell.« Mit einem sanften Lächeln trat der Engel auf sie zu, die Hände vor dem Bauch gefaltet. »Deine Wut kann ich sehr gut verstehen, aber bitte lass mich ausreden, bevor du falsche Schlüsse ziehst.«

Einige Augenblicke schloss sie die Augen, dann nickte Amicia.

»Wir haben diese sechs Engel hinuntergeschickt, um dich anzugreifen, jedoch nicht, um dich oder den Höllenfürsten zu verletzen. Es war lediglich ein Trick, damit er mehr Vertrauen zu dir gewinnt«, erklärte Faniell mit ruhiger Stimme.

Langsam wandte Amicia sich ihm wieder zu. »Du hast nicht nur meine Existenz riskiert, sondern auch noch sechs Unschuldige in den Tod geschickt.« Vor Enttäuschung taumelte sie einige Schritte zurück, bevor sie sich fangen konnte.

»So etwas würde ich niemals tun.« In Faniells Gesicht zeigte sich echte Überraschung. »Niemals würde ich deine Existenz riskieren. Diese Engel hatten klare Anweisungen, dir nichts zu tun, ganz egal was passiert. Sie wussten, was sie riskierten, und waren mehr als bereit es für den Morgenstern zu tun.«

Für einen kurzen Moment glaubte sie ihm, dann brach die Erinnerung an den Kampf wieder über sie hinein. Amicia stand wieder in diesem kleinen Hof, über der Stadt lag die unmenschliche Stille.

Diese Engel hatten sie direkt angegriffen und sich nicht zurückgehalten. In ihren Händen hatten die himmlischen Klingen aufgeblitzt, scharf und tödlich. Ohne auch nur einen Moment zu zögern, waren sie auf Amicia losgegangen, mit dem festen Ziel, ihr Leben zu beenden.

Der Schmerz schnitt tief in ihr Herz, als sie zu dem Moment zurückkehrte, in dem sie den Engel mit ihrer eigenen Klinge durchbohrte. Die ganze Zeit hatte sie ihn dabei angeschaut und in seinen Augen war reine Panik aufgeleuchtet. Eine so tiefe Angst, wie sie nur jemand empfinden konnte, der sicher war, nun zu sterben.

Einige Augenblicke hielt Amicia die Augen geschlossen. Sie konzentrierte sich ganz auf den leisen Gesang der Vögel, das sanfte Rauschen der Bäume und die entfernten Stimmen der Menschen um sich herum. Langsam kehrte sie zurück in den Moment, mit der Gewissheit, dass Faniell sie anlog.

Keiner dieser Engel hatte gewusst, dass er selbst sterben würde, und sie waren auch ganz sicher nicht dazu bereit gewesen. Die grausame Erkenntnis, belogen worden zu sein, setzte sich in ihrer Brust fest wie ein glühender Funke.

Irgendwie schaffte Amicia es, ihre Gesichtszüge soweit unter Kontrolle zu haben, dass sie sich wieder dem wartenden Engel zuwenden konnte. »Dann bin ich beruhigt. Es tut mir auch sehr leid, dass diese Jünglinge nun in der Schwebe sind.«

Für einen Moment weiteten sich Faniells Augen. »Sie wurden gar nicht ausgelöscht?«

»Nein.« Amicia strich sich eine Strähne hinters Ohr. »Aus irgendeinem Grund hat Lucifer darauf verzichtet, leider kann ich dir nicht sagen, wieso. Aber so sind ihre Leben wenigstens verschont worden.«

Mit einem leicht zittrigen Lächeln nickte Faniell. »Das ist sehr erfreulich. Hoffentlich hat sich diese kleine Aktion gelohnt und der Höllenfürst hat nun vollstes Vertrauen in dich.«

»Das wird sich zeigen«, murmelte sie leicht abwesend.

»So viel Zeit haben wir nicht«, betonte Faniell etwas zu laut. »Schon bald wird es zu spät sein, sicher bereitet sich Lucifer schon auf seinen Angriff vor. Unseren Informanten nach ruft er seine Generäle hier in der Stadt zusammen. Hast du das denn nicht mitbekommen?«

»Lilith vertraut mir noch nicht genug. Sie sind nicht dumm, verstehst du? Eine Gefallene, die gerade zu dieser Zeit auftaucht, ist nun einmal verdächtig.« Lügen kamen so viel einfacher über die Lippen, wenn sie zum Teil der Wahrheit entsprachen.

»Natürlich, du hast recht. Du wirst schon wissen, wie du am besten ihr Vertrauen gewinnen kannst. Nach nur so wenigen Tagen kann ich wohl kaum erwarten, dass du bereits so weit gekommen bist.« Faniell bedachte sie mit diesem warmen, einladenden Lächeln, das die Menschen so leicht um den Finger wickelte.

Doch bei Amicia funktionierte es schon lange nicht mehr. Trotzdem erwiderte sie es. »Ich werden den Morgenstern beschaffen, ganz egal was es kostet.« Sie wusste nicht genau, wem sie das gerade versprach.

»Daran zweifelt keiner. Ich habe mich auch noch etwas erkundigt, um dir bei deiner Suche zu helfen. Nur leider gibt es nicht sonderlich viele Informationen über den Morgenstern. Was bei einer uralten geheimen Waffe, die bereits vor Jahrtausenden gestohlen wurde, nicht sonderlich überraschend ist.«

»Also hast du gar nichts herausfinden können?«, fragte Amicia etwas zu scharf und verschränkte die Arme vor der Brust.

»Ein paar Dinge schon. Die Waffe zeichnet sich durch ihre Macht und nicht durch ihre Größe aus. Außerdem soll man ihr nicht direkt ansehen, dass sie eine Waffe ist. Mehr konnte ich leider nicht erfahren.« Entschuldigend zuckte Faniell mit den Schultern.

»Damit hast du mir bereits geholfen«, murmelte sie leicht abwesend. Ein kleiner Gegenstand, der nicht als Waffe zu erkennen war. Ihre Gedanken wanderten sofort zu der Kette, die Lucifer um den Hals trug und die anscheinend niemand sehen durfte.

Königlich nickte Faniell und trat einen Schritt zur Seite. Für ihn war die Unterhaltung beendet, doch Amicia brannte immer noch eine Sache auf der Seele.

»Warte.« Ihr Blick richtete sich direkt auf ihn. »Ich brauche eine Versicherung von dir, dass ihr mich wirklich in den Himmel zurückholt.« Es war gefährlich, so etwas zu verlangen, doch die düsteren Vorahnungen wurden immer deutlicher.

Mitten in der Bewegung stockte Faniell, mit großen Augen blickte er zu Amicia. »Vertraust du uns etwas nicht?«

»Wie könnte ich? Mehr als Sechshundert Jahre, Faniell. Mehr als sechs Jahrhunderte, in denen ich hier auf mich allein gestellt war. Nicht ein einziges Mal habt ihr euch für mich interessiert und nun verlangt ihr etwas so

Großes und Gefährliches von mir. Würdest du dann nicht auch eine Sicherheit verlangen?«

Einige Augenblicke zögerte der Engel, dann nickte er. »Doch, würde ich. Und du sollst auch eine von mir bekommen. Ich werde schauen, was ich tun kann.«

Im Kopf überschlug Amicia schnell, wie lange sie noch in der Stadt sein würde. »Triff mich in acht Tagen um Mitternacht, du wirst mich finden. Dann kannst du mir den Beweis übergeben. Vielleicht habe ich bis dahin schon herausgefunden, wo sich der Morgenstern befindet.«

»In acht Tagen, sehr wohl. Pass so lange gut auf dich auf, Amiciell. Deine Sicherheit ist uns äußerst wichtig.« Mit diesen Worten verschwand er im Nichts und ließ Amicia allein zurück.

Seine Worte sollten sie mit Zuversicht und einem Gefühl der Sicherheit zurücklassen, doch stattdessen fühlte Amicia sich einfach nur leer und einsam. Obwohl sie direkt im warmen Sonnenlicht stand, bildete sich eine Gänsehaut auf ihrem ganzen Körper.

Mit gesenktem Kopf wanderte sie zurück durch den Park in Richtung der Wohnung. Sosehr sie sich auch bemühte, sie konnte die Puzzleteile einfach nicht zusammensetzen, wieso Faniell diese jungen Engel geschickt hatte und was er ihr noch alles verschwieg.

Nur eines wusste Amicia in diesem Moment sicher, sie musste es irgendwie schaffen, an Lucifers Kette zu kommen. Ganz egal was es kostete.

KAPITEL ZWÖLF – ÜBERRASCHUNGEN

Am frühen Morgen kam der nächste Verdächtige zusammen mit seinem Hofstaat an und übernahm Liliths Wohnung. Das Gespräch unterschied sich nur in sehr wenigen Augenblicken von dem ersten, meistens kamen dieselben Antworten auf dieselben Fragen.

Die meiste Zeit über hörte Amicia nicht einmal richtig zu, sondern starrte einfach nur vor sich hin und wartete, bis dieses Schauspiel endlich vorbei war und sie wieder aus der Lederjacke schlüpfen konnte.

Dann folgte ein General, dessen Namen Amicia bereits kannte.

Brunna tauchte zusammen mit drei jungen, gut aussehenden Assistenten und noch einmal so vielen Leibwächtern auf. Sofort richtete sich ihr starrer Blick auf Lilith, doch trug sie kein falsches Lächeln zur Schau. Bei Brunna verzichtete auch die erste Frau auf Höflichkeit.

»Brunna, setz dich«, begrüßte sie die Dämonin eiskalt. »Wir haben einiges zu bereden.«

»Bruno und Askat haben bereits durchblicken lassen, worum es hier geht«, flötete Brunna mit einem breiten Lächeln und sank auf den Sessel. »Einige Seelen sollen entkommen sein und nun sucht unser großer Fürst nach dem Verräter. Ich frage mich nur, wieso du nicht verdächtigt wirst.« Mit unschuldiger Miene tippte sie sich ans Kinn.

Davon ließ Lilith sich nicht aus der Ruhe bringen. »Dann bist du ja schon ganz auf der Höhe. Ich habe trotzdem noch ein paar Fragen an dich.«

»Wieso ist Lucifer nicht hier?« Mit einem düsteren Verlangen blickte die Dämonin sich um, so, als würde Lucifer gleich hinter einem Möbelstück hervorspringen. »Sollte *er* nicht diese Fragen stellen?«

»Er hat viel Wichtigeres zu tun, als diesen kleinen Fragerunden beizuwohnen. Aber sei dir sicher, ich werde ihm alles berichten«, versprach Lilith mit aggressivem Unterton.

»Na gut.« Brunna warf sich die Haare über die Schulter und schlug die langen Beine übereinander. »Dann stell deine Frage, aber beeil dich bitte, ich habe noch einiges vor.«

Dieses Gespräch zog sich länger als die beiden zuvor. Die Schatten auf der Terrasse schienen sich kaum zu bewegen, so langsam verging die Zeit, während Brunna redete und redete, ganz egal, ob es jemand hören wollte.

Als die Dämonin am späten Nachmittag endlich verschwunden war, konnte Amicia kaum noch gerade stehen. Zum ersten Mal in ihrer Existenz verspürte sie so etwas Ähnliches wie Kopfschmerzen. So schnell sie konnte, zog sie sich in ihr Zimmer zurück und kroch unter die Decke.

Dank der langen Gespräche hatte Amicia noch keine Zeit gehabt, sich weiter mit Lucifer zu beschäftigen. Was sicher auch daran lag, dass sie keinen Grund hatte, einfach bei ihm aufzutauchen, und noch weniger Gründe, unter sein Shirt zu greifen, um sich den Anhänger genauer anzusehen.

Sobald sie daran dachte, wanderte ihre Fantasie in eine andere Richtung und sie musste sich ganz schnell wieder auf etwas Profaneres konzentrieren, bevor sie sich in der Erinnerung an die Szene auf dem Schreibtisch verlor.

***

Am vierten Tag dauerte ihre Folter nicht ganz so lange. Der General an diesem Tag, eine Dämonin namens Relyn, war ruhig und sagte nur das, was wesentlich erschien. Sie wurde nicht von Assistenten und Leibwächtern begleitet, sondern kam allein. Das ganze Gespräch dauerte nur bis kurz nach zwölf, dann hatte Lilith alle Antworten erhalten, die sie brauchte.

»Na, das ging schnell.« Zufrieden klatschte die erste Frau in die Hände, nachdem sie Relyn zur Tür gebracht hatte. »Deshalb habe ich mich so auf dieses Gespräch gefreut. Relyn spricht immer nur das Nötigste und will unter gar keinen Umständen zu viel Zeit mit anderen verbringen.«

»Ich kann es ihr nicht verdenken«, murmelte Amicia und massierte sich den Nacken. »Wieso sind die anderen Generäle so anstrengend?«

»Wenn du ein uralter Dämon bist, der seit Jahrtausenden nur Seelen sammelt, dann würdest du auch einige Ticks entwickeln«, kicherte Lilith ausgelassen.

»Du hast doch auch keine«, erinnerte die Gefallene sie.

»Oh, ich hab eine Menge davon, das kannst du mir glauben. Ich lasse sie halt immer nur stückchenweise raus. Warte mal, bis du ein paar Monate für mich gearbeitet hast, dann kannst du mich auch nicht mehr ertragen.«

Jakobs Kichern im Hintergrund bestätigte ihre Worte nur. Kopfschüttelnd ging Amicia in ihr Zimmer und zog sich für den Rest des Tages um. So genau wusste sie nicht, was sie mit ihrer freien Zeit anfangen sollte, doch auch dafür hatte Lilith eine Lösung.

»Da ich heute endlich mal wieder etwas Raum für meine Belange habe, muss ich ein paar Dinge in Paris in Angriff nehmen. Bist du so gut, gehst zu Lucifer und berichtest ihm, wie es bisher läuft?«, fragte die erste Frau, ohne Amicia anzublicken.

»Ich soll *was*?«, wiederholte diese etwas dümmlich.

»Lucifer einen Statusbericht geben«, sprach Lilith betont langsam.

»Aber wieso ich?« Eigentlich sollte Amicia sich freuen, so bekam sie immerhin einen Grund, noch einmal beim Höllenfürsten vorbeizuschauen, und doch war sie nicht darauf vorbereitet.

»Jakob kann ich schlecht schicken, der schafft es ja kaum, einen geraden Satz in Lucifers Nähe rauszubringen.« Genervt verdrehte die erste Frau die Augen und ignorierte Jakobs empörten Ausruf im Hintergrund.

Sosehr Amicia sich auch bemühte, ihr fiel einfach kein Grund ein, es nicht zu tun. Also nickte sie langsam und ergab sich ihrem Schicksal.

»Was genau soll ich ihm sagen?«

»Einfach nur ein kurzer Bericht, was hier in den letzten Tagen so erzählt wurde.« Ungeduldig wedelte Lilith mit der Hand. »Er soll einfach nur wissen, dass alles nach Plan läuft und wir sicher bald durch sind.«

Bedächtig nickte Amicia. Auch wenn sie es sich nicht so gedacht hatte, war dies genau die Gelegenheit, auf die sie gewartet hatte. Ohne große Hektik machte sie sich fertig, damit die erste Frau ja keinen Verdacht schöpfte.

In den letzten Tagen war sie jeden Nachmittag spazieren gegangen, einfach nur, um das Lebensgefühl der Italiener in sich aufzunehmen. Die unendliche Energie, die sie ausstrahlten, weil sie einfach nur lebten. Ganz egal wohin man ging, überall waren Leute, doch im Gegensatz zu Berlin und auch Paris herrschte hier kaum Hektik. Die Menschen waren einfach ruhiger, entspannter.

In den vielen kleinen Cafés und Restaurants saßen die Leute, aßen zu Mittag oder tranken Kaffee. Viele von ihnen waren beladen mit Einkaufstüten oder einfach nur erfüllt von ihrem Sinn fürs Leben.

Langsam schlenderte Amicia durch die Straße zu Lucifers Wohnung und überlegte dabei, wie sie weiter vorgehen sollte. Bisher hatte der Höllenfürst sehr genau darauf geachtet, dass sie die Kette und vor allem den Anhänger nicht sah. Er legte ihn nur ab, wenn er duschen ging. Aber wie hoch standen die Chancen, dass er es ausgerechnet an diesem Tag tat?

Irgendwie musste sie ihn also dazu bekommen, sein Shirt auszuziehen. Allein bei dem Gedanken geriet ihr Blut in Wallungen und sie musste sofort wieder an den Moment auf dem Schreibtisch denken. Dazu durfte sie es eigentlich nicht nochmal kommen lassen.

Unsicher trödelte sie einige Augenblicke vor seinem Haus herum und beobachtete die Menschen, die hier unterwegs waren. Keiner von ihnen ahnte, was für ein Wesen hier mitten unter ihnen wohnte. Wahrscheinlich glaubte nicht einmal die Hälfte von ihnen an Himmel und Hölle.

Aber das spielte für Amicia keine Rolle. Der Glaube allein entschied nicht, wohin ein Mensch nach seinem Tod kam, sondern seine Handlungen. Trotzdem faszinierte sie der Gedanke ungemein, nichts von all dem zu wissen – nur sein Leben zu leben.

Nachdem sie einige Minuten einfach nur so dagestanden und vor sich hin gebrütet hatte, überwand sie sich endlich und drückte auf die Klingel.

Nach wenigen Augenblicken wurde sie eingelassen und ging mit festem Schritt zum Aufzug.

Erneut fragte Amicia sich, ob das ganze Haus Lucifer gehörte und was er mit den vielen Räumen tat. Ob hier auch Emily und Hotch lebten? Ober noch weitere Dämonen? Es gab noch zwei weitere Stockwerke, in denen sich sicher mehrere Wohnungen verbargen.

Eigentlich spielte das alles keine Rolle für Amicia, aber sie wollte sich von dem ablenken, was sie gleich tun würde. Immer noch hatte sie keinen genauen Plan, nur ein klares Ziel.

Nach einer gefühlten Ewigkeit öffneten sich die Aufzugtüren endlich und sie trat in die stille Wohnung. Niemand war zu sehen, doch sie konnte spüren, dass jemand da war.

Wie ein Geist tauchte Emily aus der Küche auf, eine Schürze um die Hüften gebunden. »Amicia, wir haben dich schon erwartet.« Sie lächelte freundlich und winkte die Gefallene hinter sich her. »Kann ich dir eine Erfrischung anbieten oder einen Happen zu essen?«

Etwas überrascht schüttelte die Gefallene den Kopf. »Nein danke. Lilith hat mich hergeschickt, um Lucifer einen kurzen Statusbericht zu geben.«

»Leider hat unser Fürst gerade bereits einen anderen Termin, aber sein Gast sollte uns bald wieder verlassen. Du kannst gern so lange hier warten.« Freundlich deutete Emily auf das Wohnzimmer.

Seufzend nahm Amicia Platz, etwas anderes blieb ihr nicht übrig. Mit einem mütterlichen Lächeln verschwand Emily wieder in der Küche, aus der bald geschäftige Geräusche ertönten.

Einige Minuten saß Amicia einfach nur da, dann übernahm ihre Neugierde die Kontrolle. Aus der Küche drangen die lauten Geräusche eines Mixers, also würde Emily es auch nicht mitbekommen, wenn Amicia ein wenig durch die Wohnung schlich.

Beinahe sofort wanderte sie den Gang zu Lucifers Arbeitszimmer entlang. Wer auch immer dieser Gast war, er war sicher etwas Besonderes und sie wollte wissen, was dort gesprochen wurde.

Zwar war die Tür geschlossen, doch konnte sie trotzdem verstehen, was dahinter diskutiert wurde. Was sicher auch daran lag, dass Lucifer schrie.

»Hältst du mich wirklich für so bescheuert, Bruder? Sechs Engel, die mich hier angreifen, und du willst nichts davon gewusst haben? Keiner von euch?«

Sie schlich noch ein Stück näher, legte das Ohr an das kalte Holz und atmete so flach wie möglich, damit sie kein Wort verpasste.

»Lucifer, bei allem, was uns heilig ist, niemand von uns hatte etwas mit diesem Angriff zu tun«, antwortete eine Stimme, die Amicia bekannt vorkam. Sofort versteifte sie sich und lauschte noch genauer.

»Willst du mir wirklich sagen, dass sechs Engel sich einfach aus dem Himmel schleichen können, bewaffnet, und dann ganz zufällig auf *mich* treffen?«, knurrte Lucifer nun etwas leiser.

»Ich kann dir nicht sagen, was passiert ist, Bruder, aber wir halten uns an die Abmachung – genauso wie du.« Inzwischen war Amicia sich ganz sicher, dass es sich bei der anderen Person um Raphael, einen der Erzengel, handelte.

»Finde einfach nur heraus, wer dahintersteckt, und lass mich ansonsten in Ruhe!«, brummte Lucifer. Ein Stuhl knarzte, wahrscheinlich hatte der Höllenfürst sich hingesetzt.

Raphael seufzte leise. »Ich werde mich sofort dranmachen, keine Sorge. Hast du schon etwas wegen der entkommenen Seelen herausgefunden?«

»Meine Aufgaben hier gehen dich rein gar nichts an. Ihr habt anscheinend den Himmel kaum unter Kontrolle, also haltet euch erst recht aus der Hölle raus.«

Verwirrt zog Amicia die Augenbrauen zusammen. Dieses ganze Gespräch war seltsam. Wieso kam Raphael hier auf die Erde, noch dazu, um sich mit Lucifer zu unterhalten?

Sie verdrängte ihre Fragen schnell, als die beiden weitersprachen.

»Ich mache mir einfach nur Sorgen um dich, Bruder. Vielleicht kann ich dir ja irgendwie helfen.« In Raphaels Stimme schwang echte Zuneigung mit.

Einige Herzschläge lang schwieg Lucifer. »Das ist nett von dir, aber ich bekomme das schon allein hin. Kümmere du dich lieber um das Chaos, welches bei euch herrscht.«

»Im Himmel gibt es niemals Chaos«, kam es etwas verschnupft von Raphael.

»Wir beide wissen, dass das nicht stimmt, aber wenn du dich besser fühlst, dann selbstverständlich. Bei euch läuft alles großartig.« In Lucifers Stimme schwang ein unterdrücktes Lachen mit.

»Melde dich einfach mal bei uns. Es ist ganz schön anstrengend, jedes Mal hier herunterzukommen, um nach dir zu suchen. Wir wollen nur sichergehen, dass bei dir alles in Ordnung ist.«

»Mach dir keine Sorgen. Bei mir ist es immer dasselbe Spiel, so wie abgemacht. Zu einem Familientreffen bekommst du mich aber nicht, ganz egal, wie sehr du darum bittest.«

Laut seufzte Raphael. »Aber einen Versuch war es wert. Dann lasse ich dich jetzt mal weiter deinen Aufgaben nachgehen.«

»Bis in einem Jahrhundert oder so!«, brummte Lucifer.

So schnell und so leise sie konnte, eilte Amicia zurück ins Wohnzimmer und nahm erneut auf dem Sofa Platz. Sie gab sich die größte Mühe, nicht in Richtung Arbeitszimmer zu schauen, wartete jedoch nervös darauf, einen Blick auf den Erzengel zu werfen. Es war lange her, dass sie Raphael gesehen hatte. Doch niemand kam aus dem Zimmer.

Nachdenklich tippte Amicia mit dem Zeigefinger auf die Lehne und dachte über das eben Gehörte nach. Jetzt ergab alles nur noch weniger Sinn. Wenn keiner der Erzengel von dem Angriff gewusst hatte, dann waren auch Faniells Worte wahr. Nur wieso ging Raphael dann zu Lucifer und wollte ihm helfen?

Vor allem, wenn die Engel einen so guten Kontakt zum Höllenfürsten hatten. So, wie die beiden geklungen hatten, war dies nicht ihre erste Unterhaltung in den letzten Jahren gewesen. Wieso beschafften sie sich den Morgenstern dann nicht selbst oder versuchten Lucifer aufzuhalten?

Leise seufzend rieb Amicia sich die Stirn. Je mehr sie erfuhr, je mehr passierte, desto weniger ergab alles einen Sinn. Der Frust und die Unsicherheit wuchsen immer weiter in ihr und schon bald würde alles hervorplatzen.

»Der Fürst hat jetzt Zeit für dich.« Leise wie ein Schatten war Emily ins Zimmer gehuscht und deutete Amicia jetzt an, dass sie zu ihm gehen konnte.

Raphael hatte die Wohnung also nicht durch die Tür verlassen. Wieso sollte er das auch tun? Als Engel konnte er einfach so verschwinden und auftauchen, wie es ihm gerade passte.

Mit einem nervösen Gefühl im Magen trat Amicia ins Arbeitszimmer. Sie wusste nicht genau, was dort auf sie wartete und in welcher Stimmung Lucifer nach dem Besuch seines Bruders war. So gut sie konnte, behielt sie ihre Gesichtszüge unter Kontrolle, unter gar keinen Umständen durfte er bemerken, dass sie etwas mitbekommen hatte.

Unsicher blieb sie an der offenen Tür stehen und klopfte leise auf das Holz. Lucifer stand mit dem Rücken zu ihr am Fenster und blickte hinaus. An seinen Schultern konnte sie eine gewisse Anspannung sehen, doch als er sich zu ihr umwandte, trug er dasselbe hochnäsige und einnehmende Lächeln zur Schau wie immer.

»Hoffentlich musstest du nicht zu lange warten?« Entspannt schlenderte er auf sie zu.

»Warten bin ich gewöhnt. Wer war denn dein Gast? Einer der Generäle?«, fragte sie so unschuldig wie möglich.

»Eine familiäre Stippvisite, aber nichts, was mit den Seelen zu tun hat«, murmelte er ausweichend, doch sein Blick wich nicht eine Sekunde von ihr ab. »Was hat sich bei euch ergeben?«

Um das leichte Zittern ihrer Hände zu verberge, faltete Amicia sie hinter ihrem Rücken. Sie konnte sich einfach nicht erklären, wieso der Blick des Höllenfürsten sie so aus der Fassung brachte.

»Bisher nichts Besonderes«, erklärte sie ausdruckslos. »Alle waren überrascht darüber, dass Seelen entkommen waren, ob nun ehrlich oder nicht wird sich noch erweisen. Bisher hat sich aber niemand selbst verraten.«

»Zu schade«, brummte er und umrundete sie langsam. »Mein Leben wäre um so vieles leichter, wenn sich meine Feinde einfach zeigen würden. Dann könnte ich vielleicht auch mal einen Tag Urlaub machen.«

Mit einem leisen Klicken schloss er die Tür und Amicia versteifte sich noch weiter. Die ganze Situation kam ihr wie ein Test vor, eine Prüfung, bei der sie nicht wusste, worum es genau ging. Und sie war es so leid, geprüft und getestet zu werden.

»Mehr habe ich dir leider nicht zu berichten«, fasste sie alles noch einmal zusammen und wandte sich zu Lucifer um. »So weit läuft alles nach Plan, niemand hat bisher Verdacht geschöpft, aber die Verräter haben wir sicher aufgeschreckt.«

Bedächtig nickte er, dabei wanderte sein Blick ihren Körper hinauf und wieder hinunter. Erneut überkam sie das Gefühl, dass er einfach durch sie hindurchschauen konnte, alle Wahrheiten und Lügen, die sie in sich verbarg, mit einem einzigen Blick aufdecken konnte.

»Dann ist es bald geschafft«, murmelte er leise und trat weiter auf sie zu.

Amicia widerstand dem Drang zurückzuweichen. So mächtig er auch war, nur so konnte sie ihm und auch sich beweisen, dass sie stärker war als sein Zauber über sie. »Lilith freut sich schon sehr darauf«, wechselte sie schnell das Thema, um die Spannung zwischen ihnen zu lösen.

»Das glaube ich. Sie kann es sicher kaum erwarten, zurück in ihr kleines Nest in Paris zu verschwinden.« Nun stand er so nahe vor ihr, dass sie sich beinahe berührten.

Wortlos und etwas atemlos nickte Amicia. Er versperrte ihr den Weg zur Tür und sie musste sich wieder daran erinnern, weshalb sie eigentlich hier war. Ihr Blick wanderte zu der dünnen Kette um seinen Hals, ihr Ziel.

Stocksteif und abwartend stand sie da, als der Höllenfürst die Hand hob und ihr über die Wange strich. Dann wanderte sie langsam ihren Körper hinunter bis zum Saum ihres Kleides. Hektisch pochte Amicias Herz in ihrer Brust, als seine Finger unter den Stoff glitten. Sie wusste nicht genau, was passieren würde und wieso sie es zuließ, doch ihr Körper wollte ihr einfach nicht mehr gehorchen.

Der metallische Klang einer Klinge riss sie aus ihren fiebrigen Gedanken. Lucifer hatte den kurzen Dolch hervorgeholt, den sie gerade bei sich trug.

»Dein Ersatz?« Bedächtig drehte er die Waffe in seiner Hand.

»Ja, meine Klingen sind ja immer noch hier.« Ihre Stimme klang viel zu hoch und etwas piepsig. Unauffällig räusperte sie sich und versuchte ihre Gedanken wieder in den Griff zu bekommen.

»Wo hast du sie her?« Den Dolch immer noch in der Hand haltend schritt er zum Schreibtisch und lehnte sich dort wieder an.

»Ähm.« Amicia fuhr sich durch die Haare. »Die Klingen habe ich vor etwa hundert Jahren in Budapest gekauft, der Dolch ist erst ein paar Jahre alt. Ich habe ihn im Schaufenster eines Ladens in Berlin gesehen und wollte ihn einfach haben.«

»Du bist also schon viel herumgekommen.« Geschickt drehte Lucifer den Dolch in seinen Fingern.

»Zumindest in Europa«, gestand sie etwas zögerlich. »Aber ich war nur einmal in Amerika, Ende des vorletzten Jahrhunderts. Bis zu den anderen Kontinenten habe ich es noch nicht geschafft.« Reisen war schon immer teuer und sehr gefährlich gewesen, vor allem als die Zeit weiter fortgeschritten war und die Menschen sich entwickelt hatten.

»Wo bist du damals, nach dem Fall, gelandet?«, fragte er leise.

»Im heutigen Rumänien, in der Nähe von Hermannstadt. Aber seitdem war ich nicht mehr da.« Die Erinnerungen waren einfach zu schmerzhaft gewesen. »Und du?«

»Ziemlich genau hier in Rom. Damals sah es natürlich noch anders aus, aber ich habe diesen Ort niemals vergessen.«

Überrascht hob sie die Augenbrauen. »Du bist hierher zurückgekommen?«

Fast schon gelangweilt zuckte er mit den Schultern. »Irgendetwas an diesem Ort und der Stadt, die hier entstanden ist, hat mich fasziniert. Hier habe ich zum ersten Mal einen Menschen getroffen und hier habe ich diese Wesen besser kennengelernt. Neben der Hölle ist dies wohl das, was einem Zuhause am Nächsten kommt.«

Sein Geständnis erwischte Amicia völlig aus dem Nichts und sie brauchte einige Augenblicke, um seine Worte zu verarbeiten. Sie surrten durch ihren Kopf, klangen in ihren Ohren wider. Er sah den Ort seines Falles nicht als sein Grab, sondern als den Beginn seines neuen Lebens an.

»Aber das ist alles schon sehr lange her, also wieso sich damit noch beschäftigen?« Wie durch einen Schalter wechselte Lucifers Stimmung und er schenkte ihr sein übliches Lächeln. »Sicher willst du deine Waffen zurückhaben.«

Gern wollte sie weiter mit ihm über dieses Thema sprechen, aber der Moment war verflogen. »Schon, ja.«

Lucifer griff über den Schreibtisch und holte eine Schachtel hervor. Mit einem schelmischen Funkeln in den Augen reichte er sie Amicia.

Etwas zögerlich nahm sie die Box entgegen, die überraschend schwer war. Vielleicht sollte sie sich zuerst bedanken oder fragen, was genau drin war, aber ihre Neugierde ließ das nicht zu.

So ruhig wie möglich öffnete Amicia die Schachtel und blickte einige Augenblicke ausdruckslos auf den Inhalt. Auf schwarzem Samt gebettet lagen da zwei etwa dreißig Zentimeter lange Klingen, wunderschön und fein gearbeitet. Doch in dem silbernen Stahl konnte sie die Energie der Unterwelt spüren.

»Höllischer Stahl«, hauchte sie völlig überfordert. Ihr Blick huschte hoch zu Lucifer. »Du gibst mir Klingen, die einen Engel töten können?«

»Ich schenke sie dir«, korrigierte er sie. »Du hast deine Loyalität mir gegenüber bewiesen und nach diesem Angriff wollte ich nur sichergehen, dass du dich verteidigen kannst.«

Wortlos blickte sie zwischen ihm und den Klingen hin und her. Hunderte Gedanken rasten so schnell durch ihren Kopf, dass Amicia sie kaum fassen konnte. »Danke.« Mehr konnte sie in diesem Moment nicht sagen.

»Übertreib es bloß nicht mit der Freude«, brummte er leicht amüsiert.

Mit zittrigen Fingern stellte sie die Schachtel auf dem Rand des Schreibtischs ab. »Ich weiß nur nicht, was ich sagen soll. Es ist lange her, dass jemand mir ein Geschenk gemacht hat, vor allem ein so wertvolles. Du gibst mir eine Waffe in die Hand, die noch nicht viele Engel aus der Nähe gesehen haben.«

»Nur bist du kein Engel«, merkte er an.

»Aber auch kein Dämon.«

Lucifer zuckte mit den Schultern. »Es ist völlig in Ordnung, einfach nur ein Gefallener zu sein. Das bin ich ja auch, obwohl viele Leute das immer noch falsch verstehen. Niemand zwingt dich, dich für eine Seite zu entscheiden.«

Seine Worte schnitten so tief in ihr Herz, dass es Amicia verwunderte, wie sie immer noch stehen konnte. Entweder wusste der Höllenfürst ganz genau, welches Spiel sie spielte, oder er verstand sie einfach nur besser als jeder andere.

Kurz entschlossen trat Amicia auf ihn zu und schlang die Arme um Lucifers Hals. Kurz blitzte Überraschung in seinen Augen auf, dann legte er die Arme um ihre Hüfte und zog sie an sich.

Für einige Minuten wollte Amicia nicht denken. Nicht grübeln, was Faniell wirklich von ihr wollte. Sich nicht schuldig fühlen, weil sie Lilith und Jakob belog. Sie sehnte sich nach dieser wundervollen Stille in ihrem Verstand, die sie immer überkam, wenn sie in Lucifers Nähe war.

Zögerlich stellte sie sich auf die Zehenspitzen, um ihren Kopf seinem zu nähern. Wortlos beobachtete er sie. Amicia wusste, dass *sie* diesmal diejenige sein musste, die ihn küsste.

Und sie wusste auch, dass es danach kein Zurück mehr gab. Was auch immer kam.

Bevor ihr Verstand wieder seinen Dienst antreten und sie aufhalten konnte, überbrückte sie den kleinen Abstand zwischen ihnen und verschloss seine Lippen mit ihren.

Sofort setzte der Rausch ein und vertrieb noch die letzten klaren Gedanken, die ihr geblieben waren. Stattdessen brannte ein Feuer durch ihren ganzen Körper, das alles verschlang außer ihrem Verlangen.

Mit einem leisen Stöhnen presste sie sich enger an ihn, ihre Finger krallten sich in sein Haar. Lucifer erwiderte ihren Kuss voller Inbrunst und presste sie gegen seine Brust.

Heiße Schauer huschten durch ihren Körper, gefolgt von einer Gänsehaut. Nichts interessierte sie mehr als dieser Kuss und die Gefühle, die er ihn ihr auslöste.

Sein hungriges Knurren vermischte sich mit ihrem Stöhnen, doch tat er nichts weiter, als den Kuss zu erwidern. Wenn sie mehr wollte, dann musste sie es sich holen, das war Amicia klar.

Ihre Finger begaben sich auf Wanderschaft. Erst seinen Hals hinunter, dann über seine Schultern und die muskulösen Arme entlang. Zögerlich strich sie mit ihrer Zungenspitze über seine Unterlippe, verlangte nach Einlass.

Diesmal stöhnte sie lauter, als seine Zunge ihrer entgegenkam. Ihr kurzer heftiger Kampf ließ sie die Reise ihrer Hände vergessen, genauso wie das Wo und das Wann. Stattdessen konnte sie nur fühlen und schmecken. Whiskey, Kaffee und dunkle Schokolade. Eine Kombination, die sie niemals wieder vergessen würde.

Erst als Lucifer das Tempo aus dem Kuss nahm und er bittersüß anstatt feurig-heiß wurde, konnte Amicia ihre Erkundungstour fortsetzen. Mit den Fingernägeln kratzte sie über seine Haut, bis sie am Bund seiner Hose ankam.

Dazu fehlte ihr der Mut. Sie war nicht bereit, so weit zu gehen, sosehr sie es auch wollte. Dem Schmerz, welcher der Freude unweigerlich folgen würde, war sie einfach nicht gewachsen.

Stattdessen schob sie sein Shirt nach oben und strich mit fahrigen Fingern über seine Haut. Er schien nur aus festen Muskeln zu bestehen, die sich unter ihren Berührungen zusammenzogen.

Langsam schob sie sein Shirt höher und entblößte immer mehr von seiner Brust. Nur am Rande ihres Verstandes nahm Amicia überhaupt wahr, dass sie damit auch irgendwann seinen Anhänger enthüllen würde. Den Grund, weshalb sie eigentlich hierhergekommen war, hatte sie schon lange vergessen.

Lucifers warme Hände legten sich um ihr Gesicht. Hauchzart strich er mit den Daumen über ihre Wangenknochen, was ihre Gänsehaut nur noch verstärkte.

Stöhnend vertiefte sie den Kuss, bis ihre Finger auf einmal etwas Weiches unter seinem Shirt streiften. Beinahe sofort versteiften sie beide sich, doch wollte keiner den Kuss beenden.

Innerlich focht Amicia einen Kampf aus. Ihr Verlangen nach Lucifer rang mit dem Wunsch, endlich die Wahrheit zu erfahren. Endlich nach Hause zu können.

Sie legte all ihre Gefühle in den Kuss, versuchte ihn damit abzulenken, während sie sich langsam weiter vorantastete. Was auch immer er verbarg, es war weich und warm. Nichts konnte weiter entfernt von einer Waffe sein.

Amicia wusste, dass sie ihr Glück überreizt hatte, als Lucifer den Kuss nicht länger erwiderte. Langsam und mit fest geschlossenen Augen zog sie sich zurück, innerlich hielt sie diesen kostbaren Moment noch ein wenig länger fest.

Schnell zog sie ihre Finger zurück und verschränkte sie hinter ihrem Rücken. Lucifer ließ sie los und Amicia trat einen Schritt nach hinten.

Sie musste die Augen öffnen, musste sich dem stellen, was nun passieren würde. Dabei war sie sich nicht einmal sicher, was es war. War sie endgültig aufgeflogen?

Liebevoll strich Lucifer ihr über die Wange, nur für einen Moment und hauchzart. »Du solltest jetzt besser gehen, ansonsten wird Lilith noch nach dir suchen.«

»Wahrscheinlich.« Ihre Stimme klang kratzig und rau. »Heute ist mein erster freier Tag, den sollte ich auch nutzen.« Mit steifen Gliedern wandte sie sich um.

»Warte!«, rief Lucifer ihr hinterher. »Vergisst du nicht etwas?«

Sie brauchte einige panische Augenblicke, bis sie verstand, was er meinte. Mit brennenden Wangen wandte sie sich um und nahm die beiden Klingen an sich. In der Schachtel befanden sich noch die passenden Holster, um sie sicher und unsichtbar zu verstauen.

»Ich komme bald mit einem weiteren Statusbericht wieder«, murmelte sie zum Abschied, doch dabei konnte sie ihm nicht in die Augen schauen.

»Darauf freue ich mich schon«, brummte er leise.

Ohne ein Wort des Abschiedes eilte Amicia aus der Tür und direkt in den Aufzug. Irgendwie schaffte sie es, die Klingen während der kurzen Fahrt sicher anzulegen, sodass niemand sie sehen konnte.

Ihr Herz pochte schnell und beinahe schmerzhaft in ihrer Brust. Sie konnte nicht genau sagen, was sie auf einmal geritten hatte, den Höllenfürsten zu küssen. Aber sie bereute bereits, weiter nach dem Anhänger getastet zu haben.

Auf dem Weg zurück zu Lilith spielte Amicia den Kuss immer wieder in ihrem Kopf ab. Inzwischen wusste sie, was sie wollte. Weitergehen, aus dem Kuss mehr werden lassen. Nur für eine Nacht, nur ein einziges Mal. Denn danach würde sie wieder einsam sein.

KAPITEL DREIZEHN – UNTER DEN STERNEN VON ROM

»Das war der Letzte.« Mit einem breiten Grinsen schloss Jakob die Tür hinter dem General und wirbelte herum. »Elf Dämonen, elf Tage, niemand wurde verletzt, alle in Sicherheit gewogen.«

Im Wohnzimmer saß Lilith immer noch auf ihrem Sessel, doch alle Spannung war aus ihrem Körper gewichen. Eine Mischung aus Müdigkeit und Erleichterung zeichnete sich auf ihrem Gesicht ab. »Das war das letzte Mal, dass ich so viel Zeit mit ihnen verbracht habe.«

»Mit etwas Glück bist du ja bald einen oder direkt mehrere von ihnen los«, erinnerte Amicia sie und schlüpfte aus der Lederjacke.

»Allein die Vorstellung war diese Tage wert«, stöhnte die erste Frau auf. »Dabei mag ich einige von ihnen sogar, zumindest ein wenig, aber so viel Zeit mit ihnen zu verbringen ...« Kurz schüttelte sie sich. »Ich gehe jetzt ein langes Bad nehmen.« Damit verschwand sie in ihrem Zimmer.

Kopfschüttelnd blickte Amicia ihr hinterher. »Wieso macht sie diese Arbeit noch mal?«

Jakob zuckte mit den Schultern. »Wahrscheinlich nur, um Lucifer zu helfen. Dämonen sind nicht unbedingt dafür bekannt, vertrauenswürdig zu sein. Was machst du heute Abend noch so?«

»Ich habe überlegt mich mal ins Nachtleben von Rom zu stürzen«, murmelte die Gefallene ausweichend.

»Da kann ich dir ein paar tolle Bars und Klubs empfehlen«, plapperte er sofort drauflos. »Hier in der Umgebung gibt es ein paar schicke Weinbars und weiter weg natürlich das berühmte Nachtleben.«

»Willst du mitkommen?«, fragte Amicia gegen ihren Willen. An diesem

Abend konnte sie Jakob nicht gebrauchen, aber sie wollte auch nicht unhöflich sein.

»Das würde ich nur zu gern, nur leider wartet noch ein ganzer Berg Arbeit aus Paris auf mich. Anscheinend hat auf einmal jedes noch so unbekannte Model ein riesiges Problem, das genau jetzt geklärt werden muss.«

»Tut mir leid.«

»Ich hab mir diese Arbeit ausgesucht. Außerdem gibt es bei weitem Schlimmeres, als einen Haufen Mails in der Sonne beantworten zu müssen.« Mit seinem Laptop auf dem Arm verschwand er auf den Balkon.

Einen Moment lang stand Amicia einfach nur da und überlegte, was sie nun tun sollte. Bis Mitternacht waren es noch mehr als sechs Stunden und bis dahin hatte sie nichts weiter zu tun.

In ihrem Zimmer, hinter fest verschlossenen Türen, legte sie als Erstes die beiden neuen Klingen ab und verstaute sie sicher in ihrem Schrank. Seit dem Kuss hatte Amicia es sich nicht mehr erlaubt, über Lucifer und den Morgenstern nachzudenken, doch ihr lief die Zeit davon.

So gut sie konnte, verdrängte Amicia den Kuss, wie der Höllenfürst selbst brachte dieser sie nur durcheinander und lenkte sie von ihrem eigentlichen Ziel ab.

Dem Morgenstern. Und Lucifers Anhänger.

Ihr Verdacht wurde mit jedem Tag bestärkt, dass diese beiden Dinge ein und dasselbe waren. Wieso sonst sollte der Höllenfürst den Anhänger so sehr beschützen und vor ihr und anderen verstecken?

Nur brachte ihr diese Erkenntnis rein gar nichts, wenn sie nicht an den Morgenstern herankam. Lucifer würde ihn ganz sicher nicht einfach rausrücken.

Frustriert raufte Amicia sich die Haare. Nun war sie schon so weit gekommen, doch immer noch unendlich weit von ihrem Ziel entfernt. Sie schob diese Gedanken zur Seite und konzentrierte sich ganz auf das Treffen, welches diese Nacht noch anstand.

So genau wusste Amicia eigentlich nicht, was sie erwarten konnte. Die sanften Zweifel, die sie seit einiger Zeit hatte, hatten sich in den letzten Tagen zu einem wahren Sturm entwickelt, der sie hinfortzuwehen drohte.

Müde rieb die Gefallene sich die Augen. Sie verbrachte viel zu viel Zeit mit Denken, ohne wirklich eine Chance zum Handeln zu haben. Dass ihre ganze Existenz nur von anderen abhängig war, machte es auch nicht unbedingt einfacher.

In Berlin hatte sie vielleicht kein sonderlich gutes Leben geführt, ohne Freunde, ohne Lebensfreude, aber wenigstens hatte sie da noch selbst entscheiden können.

Frustriert warf Amicia sich auf die Seite und zog die Decke über ihren Kopf. Dabei kam sie sich wie ein kleines Kind vor, doch das spielte keine Rolle für sie. Alles, was sie gerade wollte, war ein wenig Ruhe in ihrem Kopf. Weit weg von der Welt und dem Chaos, welches in ihr herrschte.

***

Amicia kroch erst wieder unter der Decke hervor, als die Sonne bereits unterging. Um kurz nach acht sprang sie unter die Dusche und machte sich dann für die Nacht fertig. Auch wenn ihr Weg sie nicht in einen der vielen Klubs der Stadt führen würde, gab sie sich Mühe bei ihrem Aussehen.

Das kurze schwarze Kleid war eng anliegend und umschmeichelte ihren Körper. Ihre Haare ließ sie offen, sodass die kleinen Locken um ihren Kopf tanzten. Für einige Zeit wollte sie sich wild und frei fühlen, einfach nicht wie sie selbst.

Auf mörderisch hohen Schuhen eilte sie, so schnell sie konnte, durch die Wohnung in Richtung Haustür. Amicia kam sich immer mehr wie ein rebellisches Kind vor, das sich aus dem Haus schlich, damit Mutter und Vater es nicht sahen. »Tschüss«, rief sie noch schnell in die leere Wohnung.

»Hab einen schönen Abend«, kam es lachend von Jakob aus einer Ecke, bevor sie die Tür hinter sich schloss.

In Rom war das Nachtleben bereits erwacht. Die Straßen waren erfüllt von lauten Gesprächen, ausgelassenem Lachen, bunten Tönen der Straßenmusiker und so vielen anderen Geräuschen, die sich zu einem Orchester vermischten.

Sie drängte sich zwischen den Menschen hindurch, ignorierte die Rufe einiger vorlauter Männer und spazierte ohne ein festes Ziel durch die Nacht. Es blieben noch einige Stunden bis zu ihrem Treffen und diese wollte Amicia nutzen, um sich das Leben hier noch einmal vor Augen zu führen.

Eine winzige Weinbar an einer Straßenecke weckte ihre Aufmerksamkeit. Sie war gut besucht, doch die meisten Gäste drängten sich drinnen an der Theke. Ganz am Rand der Terrasse war noch ein kleiner Tisch frei, an den die Gefallene sich setzte.

Ein freundlicher junger Kellner brachte ihr ein Glas Weißwein. Während Amicia daran nippte, beobachtete sie die Menschen. Nichts schien die Energie dieser Nacht zu mindern, sie alle trugen pure und reine Lebensfreude zur Schau.

Auch als die Stunden voranschritten, wurden die Cafés und Bars nicht leerer. Langsam wanderte der Mond über den Himmel, beleuchtete die Straßen, in denen sich immer noch die Menschen drängten.

Um kurz nach elf verließ Amicia die kleine Bar und begab sich erneut auf Wanderung.

So genau wusste sie nicht, wohin sie eigentlich gehen wollte. Das Gute an einer Nacht unter der Woche war, dass sich die Menschen doch irgendwann zur Ruhe begaben. Je näher es auf Mitternacht zuging, desto leerer wurden die Straßen.

Amicia bemerkte erst, wohin sie eigentlich gegangen war, als sich vor ihr ein beleuchteter Brunnen erhob. In echt war der Trevibrunnen noch viel schöner als auf den vielen Bildern und Postkarten, die man in der ganzen Stadt kaufen konnte.

Der berühmte Brunnen wurde beleuchtet, das Wasser schimmerte in einem sanften Blau und die Statuen und Felsen leuchteten in einem warmen Gelb. Einige Leute waren noch unterwegs, sie spazierten Arm in Arm über den Vorplatz oder saßen am Rand des Brunnens.

Niemand achtete auf Amicia, als sie Platz nahm. Der alte Stein fühlte sich kalt und glatt unter ihrer erhitzten Haut an. Leise plätscherte der Brunnen im Hintergrund und übertönte damit auch alle anderen Geräusche auf dem Platz.

Nur noch wenige Minuten bis Mitternacht und ihr Herz pochte aufgeregt in ihrer Brust. Nervös knibbelte sie am Saum ihres Kleides herum und hielt den Blick gesenkt. Sie wusste nicht mal, weshalb genau sie so nervös war.

Beinahe hätte sie den sanften Klang überhört und doch stellten sich ihr die Nackenhaare auf, als der Engel neben ihr auftauchte.

Langsam ließ Faniell seinen Blick über den Brunnen und den Platz gleiten. In seinem perfekten Gesicht zeigte sich keine Regung, seine Augen wirkten nicht kalt, aber fast schon leer.

Unwillkürlich zuckten ihre Finger zu den höllischen Klingen, die sicher unter ihrem Kleid versteckt waren. Allein die Vorstellung, den anderen Engel auszulöschen, verursachte ihr Übelkeit, doch der Funke des Misstrauens war einfach zu stark.

»Dieser Ort hat eine fast schon himmlische Schönheit«, murmelte Faniell leise und setzte sich neben Amicia.

Abwesend nickte die Gefallene und verschränkte die Hände auf dem Schoß. »Hast du, was ich wollte?« Ein wenig hasste sie sich dafür, direkt auf das Thema zu kommen, aber sie konnte sich einfach nicht zusammenreißen.

»Nur dass du es weißt, wir verurteilen dich nicht, dass du kein Vertrauen zu uns hast«, sprach Faniell sanft. »Was dir angetan wurde, war ein großer Fehler, einen, den wir schon alle sehr lange bereuen.«

Ein trockenes Lachen entwich ihr, bevor sie es zurückhalten konnte. »Das fällt euch ja sehr früh ein.«

»Bei dir handelt es sich um einen einzigartigen Fall. Bisher war noch nie ein Engel in den Himmel zurückgekehrt und um dir dies zu erlauben, brauchten wir eine sehr spezielle Aufgabe. Deshalb haben wir dich ausgewählt.«

Nachdenklich nickte sie. Seine Worte ergaben Sinn und sein Tonfall war freundlich und einladend, doch so ganz konnte Amicia ihm nicht glauben. Bevor sie zum Sprechen ansetzen konnten, reichte er ihr einen Briefumschlag.

Das Papier war schwer und handgeschöpft. Das Siegel in der Mitte schimmerte sogar in der Nacht noch golden. Zwei gekreuzte Schwerter, hinter denen sich zwei Flügel ausbreiteten. Das Siegel von Michaela.

Lange konnte Amicia sich nicht überwinden es zu brechen. Ihre Finger zitterten so sehr, dass sie beinahe das Papier zerriss. Endlich schaffte sie es, den Brief aufzuklappen.

Hiermit bestätige ich, dass Amiciell wieder im Schoß des Himmels willkommen geheißen wird, sobald sie den Morgenstern beschafft hat.
Gezeichnet,
Michaela, Erzengel

Dutzende Male las Amicia diese Zeilen, immer und immer wieder, bis sie jedes einzelne Wort auswendig kannte. Der Text brannte sich in ihren Verstand ein und vertrieb jeden Zweifel, den sie bisher gespürt hatte.

Dies waren Michaelas Siegel und ihre Unterschrift. Der Erzengel, der sie aus dem Himmel geworfen hatte, holte sie nun wieder zurück.

»Ich habe eine gute Spur zum Morgenstern.« Säuberlich faltete sie den Brief wieder zusammen und verstaute ihn sicher in ihrer Handtasche. »Nun muss ich nur noch sichergehen, dass er es wirklich ist.«

»Ich bin sehr stolz auf dich, Amiciell.« Faniells warme Hand legte sich auf ihre nackte Schulter. »Du hast in den letzten Wochen bewiesen, was für eine großartige Kriegerin du bist. Wenn einer den Morgenstern zurückholen kann, dann du.«

»Danke. Sicher wird es nicht mehr lange dauern«, versprach Amicia und zweifelte selbst daran. Immerhin war sie ihrem Ziel seit dem Nachmittag keinen Schritt näher gekommen.

»Sobald du ihn hast, ruf einfach nach mir, dann werde ich sofort zu dir kommen.« Etwas umständlich tätschelte er ihre Schulter und erhob sich. »Bis dahin wünsche ich dir noch viel Glück.«

Amicia wandte den Blick ab und schaute auf das klare Wasser des Brunnens. Auf seinem Grund konnte sie unendlich viele Münzen aus den verschiedensten Ländern sehen. Hier äußerten die Menschen ihre Wünsche und tiefsten Träume.

Als sie wieder aufblickte, war der Engel bereits verschwunden. Nur noch der Umschlag in ihrer Tasche bestätigte das Treffen. Dies war ihre Versicherung, dass sie zurück nach Hause konnte. Sobald sie ihr Ziel erreicht hatte.

Aus ihrer Tasche holte sie eine einzige Münze heraus und warf sie in den Brunnen. Mit einem leisen Platschen fiel sie ins Wasser und sank langsam zu Boden. Fest schloss Amicia die Augen und wünschte sich, dass sie das Richtige tun würde. Dass sie ihren Weg nach Hause wiederfand, ganz egal was es kostete.

Das Gefühl der Erleichterung, welches sie sich so herbeigesehnt hatte, war nicht eingetreten. Zwar bot der Brief ihr eine gewisse Sicherheit, doch vertrieb er nicht das schlechte Gefühl, welches sie immer noch hatte.

Seufzend wandte Amicia sich ab und wollte sich wieder auf den Weg in die Wohnung machen, als sie zwei Gestalten bemerkte, die aus dem Schatten einer der Straßen auf den Platz traten.

Sie brauchte nicht lange, um Lucifer zu erkennen, der den Arm um eine junge Frau gelegt hatte. Diese blickte voller Hingabe und klarer Lust zu ihm auf, die Brust einladend zur Schau gestellt.

Ein heißer Stich der Eifersucht durchfuhr Amicia. Mehrmals blinzelte sie, bis ihr klar wurde, was genau sie da sah. Dann brach die Wut in ihr hervor und brachte sie wieder zu klarem Verstand.

Schnaubend wandte sie sich ab und wollte so schnell wie möglich die Flucht ergreifen, doch leider war das Glück ihr nicht hold.

»Amicia!« Der Höllenfürst hatte sie entdeckt und kam nun mit seiner Beute für den Abend auf sie zu. »Was treibt dich um diese Uhrzeit hierher?«

So gut sie konnte, unterdrückte sie ihre Wut und schenkte ihm ein Lächeln, welches sich für sie völlig verdreht und falsch anfühlte. »Rom bei Nacht ist wunderschön.«

»Ja, das stimmt.« Lucifer löste sich von der anderen Frau und trat ein Stück zur Seite. Ein seltsames Schweigen breitete sich zwischen ihnen aus, während die Brünette verwirrt zwischen ihnen hin- und herschaute.

»Ich will euch nicht weiter stören«, zischte Amicia. »Einen schönen Abend noch.«

»Du störst uns ganz sicher nicht. Darf ich dir Justine vorstellen, sie ist eine

Gefallene genau wie du. Vor einigen Wochen kam sie zu mir, damit ich ihr mit ihrem Leben hier auf der Erde helfen kann.« Ein Funkeln trat in Lucifers Augen.

Überrascht räusperte Amicia sich und konzentrierte sich nun ganz auf die andere Frau. Justine schenkte ihr ein etwas zurückhaltendes Lächeln und hob zur Begrüßung die Hand. Erst dann konnte Amicia ihre Energie spüren und sie auch als Gefallene erkennen.

»Schön dich kennenzulernen«, murmelte Amicia peinlich berührt und reichte der anderen Frau die Hand.

»Auch sehr erfreut. Ich gehe dann aber mal lieber zurück ins Hotel.« So schnell wie möglich suchte Justine das Weite.

»Ruf mich an, wenn du noch Fragen hast«, rief der Höllenfürst ihr hinterher, dann wandte er seine volle Aufmerksamkeit Amicia zu.

»Sie scheint nett zu sein«, wisperte sie ausweichend. »Du hast wohl einen sehr guten Eindruck auf sie gemacht.« Erneut flammte ihre Eifersucht auf.

»Verwechsle Dankbarkeit nicht mit etwas anderem.« Langsam kam Lucifer auf sie zu. »Justine kam zu mir, weil sie Hilfe gesucht hat, und nur die habe ich ihr gegeben. Jetzt kann sie ein neues und sicheres Leben hier auf der Erde beginnen.«

Hektisch nickte Amicia. »Sehr nett von dir.«

»So bin ich nun mal.«

»Wäre ich nach meinem Fall zu dir gekommen, hättest du mir dann auch zu einem neuen Leben verholfen?« Bei dieser Frage wurde sie genauso ernst wie er. Die Vorstellung trieb ihr heiße und kalte Schauer über den Rücken und ließ ihr Herz aufgeregt pochen.

»Selbstverständlich. Das tue ich bei allen Gefallenen, die zu mir kommen. Es ist schwer, sich hier zurechtzufinden, und man kann jede Hilfe gebrauchen, die man bekommt.«

Amicia schaffte es einfach nicht, ihn anzusehen, so sehr schämte sie sich für ihre Eifersucht. »Das ist sehr anständig von dir.«

»Mit Anstand hat das eher wenig zu tun«, brummte er leicht amüsiert. »Zum Teil ist es Eigennutz, man kann nie genug Verbündete haben, und zum anderen ist es ein guter Weg, es denen da oben heimzuzahlen. Nichts regt sie mehr auf, als wenn es den Gefallenen hier unten gut geht.«

Dazu konnte Amicia nichts sagen. Bisher hatte sie kaum Kontakt zu anderen Gefallenen gehabt. Zu groß war ihre Angst gewesen, dass sie mehr Ähnlichkeiten zwischen sich und denen erkannt hätte, die gegen die Regeln des Himmels verstoßen hatten. Inzwischen war ihr klar, dass sie dies genauso getan hatte.

»Justine scheint sehr nett zu sein«, wechselt sie das Thema, in der Hoffnung, sich nicht länger mit ihren Gefühlen auseinandersetzen zu müssen.

»Vielleicht hast du ja mal Zeit, dich etwas mit ihr zu unterhalten. Aber nach dem Blick, den du ihr zugeworfen hast, will sie vielleicht nicht mehr mit dir sprechen.« Mit einem breiten Grinsen blickte er zu ihr.

Empört schnaubte Amicia und sah zu ihm auf. »Ich habe keine Ahnung, wovon du sprichst.«

»Bist du eifersüchtig, Amicia?« Mit einem belustigten Funkeln in den Augen beugte er sich zu ihr hinab.

»Jetzt bilde dir mal nichts ein«, knurrte sie angriffslustig.

»Wegen zwei sehr einnehmender Küsse, die wir beide ausgetauscht haben?"

Ihr Schnauben klang eher atemlos als abwertend. »Ein Kuss bedeutete noch lange nichts.«

»Zwei aber schon.«

»Wenn ich mich korrekt erinnere, hast du mich nach dem letzten weggeschickt.« Als sie daran dachte, zog sich ihr Innerstes zusammen.

»Da hast du recht, das habe ich. Aber du hattest dich einem meiner Geheimnisse genähert«, brummte er und trat noch einen Schritt auf sie zu.

Amicia wich nach hinten zurück, bis sie den Rand des Brunnens in ihren Kniekehlen spüren konnte. Mit zittrigen Beinen ließ sie sich darauf fallen und blickte zu ihm hoch.

»Was für ein Geheimnis?«, hauchte sie mit wild klopfendem Herzen.

»Ein sehr altes, welches ich sicher nicht jedem dahergelaufenen ehemaligen Engel einfach so erzähle.« Sein tiefes Lachen schickte einen Schauer durch ihren Leib.

Mit einem breiten Grinsen nahm Lucifer neben ihr Platz und ließ seinen Blick über den Brunnen gleiten. »Es zieht einfach jeden irgendwann mal hierhin.«

»Für dich ist alles ein Spiel, oder?« Der Brief brannte in ihrer Tasche und erinnerte sie daran, weshalb sie hier war. »Nichts nimmst du ernst.«

»Da liegst du falsch. Ich lasse es mir nur einfach nicht anmerken«, brummte er leise. »Ich lebe nun schon so lange und habe bisher drei sehr verschiedene Welten mein Zuhause nennen dürfen – oder eher müssen –, da überlegt man ganz genau, worauf man seine Energien verwendet.«

»Dann muss es ein sehr großes Geheimnis sein, wenn du es vor der ganzen Welt verbirgst.« Amicia tastete sich so behutsam, wie sie nur konnte, voran.

Mit den Fingerspitzen fuhr er an der Kette um seinen Hals entlang. »Es ist eine meiner größten Schwächen.«

Einige Augenblicke schwiegen sie beide. Lucifer blickte hoch zum Himmel, während Amicia ihren Blick nicht von ihm lösen konnte. Unauffällig wischte sie ihre verschwitzen Hände an ihrem Kleid ab.

»Manchmal bete ich, weißt du«, wisperte sie leise und mit gesenktem Blick. »Da ist immer noch dieser dumme Funke Hoffnung in mir drin, dass sie mich erhören und einsehen, welchen Fehler sie begangen haben.«

»War es denn ein Fehler?«

Wie oft hatte sie sich diese Frage nun schon selbst gestellt. Immer wieder war sie die Ereignisse dieses besagten Tages in ihrem Kopf durchgegangen, hatte sie von allen Seiten betrachtet. »Nein, ich habe getan, was man mir vorwirft. Ich habe die oberste Regel des Himmels gebrochen und mich einem Befehl widersetzt. Die Konsequenzen waren mir bewusst, aber ich habe es trotzdem getan.«

»Und dennoch hattest du die Hoffnung, dass sie dich *nicht* verstoßen würden?«

»Hast du schon mal etwas getan und es sofort danach bereut? Dann bleibt einem nichts weiter übrig, als zu hoffen, dass es niemand bemerkt hat oder es doch keine schlimmen Folgen haben wird, obwohl du tief in dir drin bereits weißt, dass es zu spät ist.« Seufzend schüttelte sie den Kopf.

Der Höllenfürst schwieg und blickte weiterhin in die Nacht. »Du bist nicht sauer auf die Engel?«, fragte er dann leise.

»Das war ich sehr lange, bis ich eingesehen habe, dass sie nichts für meinen Fehler konnten. Ich bin immer noch wütend, aber inzwischen auch sehr auf mich. Eine aussichtslose schreckliche Situation, voller Schmerz und Wut, die einfach nicht enden will.« Es tat gut, es endlich einmal aussprechen zu können. Sechshundertfünfzig Jahre unterdrückte Wut hatten ein tiefes Loch in ihr Inneres gefressen.

Einige Augenblicke schwieg Lucifer, dann zog er den Anhänger unter seinem Shirt hervor. Atemlos versuchte Amicia sich zusammenzureißen und sich nichts anmerken zu lassen.

Ohne sie anzuschauen, reichte er ihr den Anhänger und legte ihn in ihre offenen Hände. Einige Augenblicke konnte Amicia sich nicht überwinden, dann senkte sie den Blick.

Eine einzelne schwarze Feder ruhte in ihren Händen. Sie war etwa zwölf Zentimeter lang und die Spitze schimmerte golden. Lange betrachtete die Gefallene die Feder, die ganz eindeutig aus dem Himmel kam, aber leider nicht der Morgenstern war.

»Das ist die letzte Feder, die mir von meinen Flügeln noch geblieben ist«, sprach Lucifer leise. »Nachdem ich gefallen war, lag ich auf der kalten Erde und blickte hoch zum Himmel, der sich langsam mit Regenwolken verdunkelte. Bevor die ersten Tropfen auf mich herabregneten, fiel die Feder mir entgegen.«

Auf einmal fühlte sich dieser leichte Gegenstand in ihrer Hand unendlich schwer an. Trocken schluckte Amicia, konnte sich jedoch nicht dazu bringen, sie ihm zurückzugeben.

»Sie ist das Einzige, was mich noch mit meinem Leben im Himmel verbindet«, erklärte Lucifer weiter. »In all den Jahrhunderten hatte ich sie immer bei mir, als eine Erinnerung daran, was und wer ich einmal war und wer ich nun bin.«

Wortlos reichte Amicia ihm die Feder zurück. Sofort legte Lucifer die Kette wieder um und der Anhänger verschwand unter seinem Shirt. »Nicht einmal Lilith weiß davon.«

Sosehr sie es auch versuchte, Amicia fand einfach nicht die richtigen Worte. Sie hatte mit vielem gerechnet, nur nicht damit. Ohne ihn anzusehen, griff sie nach seiner Hand und verflocht ihre Finger mit seinen.

Einige Minuten saßen sie einfach nur da, keiner von beiden sagte ein Wort. Nur das leise Plätschern des Brunnens erfüllte die Nacht. Immer noch konnte sie nicht sprechen, keines ihrer Worte erschien ihr korrekt oder passend, doch die Stille wurde immer drückender.

»Danke, dass du sie mir gezeigt hast.« Am liebsten hätte sie ihre Worte zurückgenommen, sobald sie ihren Mund verlassen hatten.

»Manchmal muss man ein Geheimnis verraten, um sich besser zu fühlen.«

Amicia konnte seinen Blick auf ihrer Haut spüren. In diesem Moment war sie sich sicher, dass er wusste, weshalb sie wirklich da war. Dass er direkt durch sie und ihre Lügen hindurchschauen konnte.

Beinahe erwartete sie, dass er ihr Spielchen aufhob und sie endlich einmal die Wahrheit sagen konnte, doch nichts weiter passierte. Nur sein intensiver Blick ruhte auf ihr.

Nichts wollte Amicia in diesem Moment mehr, als die Wahrheit zu sagen. Sich selbst von dieser Last zu erlösen, nicht länger ein Verräter zu sein. Doch das war ihr nicht möglich.

Ein Teil der Wahrheit war besser als gar nichts.

»Ich denke oft an unseren letzten Kuss«, wisperte sie leise und wandte sich ihm zu. »Und ich sehne mich nach einem weiteren.«

Ein kleines Lächeln umspielte seine Lippen. »Siehst du, die Wahrheit befreit einen und eröffnet völlig neue Wege im Leben.«

Langsam beugte sie sich vor, bis sie seinen warmen Atem auf ihrer Haut spürte. Jede Faser ihres Körpers kribbelte, als sie mit ihren Lippen über seine strich.

Dies war kein alles verzehrender Kuss voller Verlangen und Verzweiflung. Es war eine hauchzarte Berührung, kaum zu spüren und doch so viel intensiver.

Ein Zittern wanderte durch ihren Körper und spülte jeden Gedanken aus ihrem Kopf. Ihr Herz flatterte in ihrer Brust, pulsierte vor Freude und Schmerz.

Nur langsam zog sie sich wieder von ihm zurück, Amicia konnte die Augen aber nicht öffnen. Nichts wollte sie lieber, als dieses Gefühl in sich festzuhalten, diesen Moment der Ruhe und Zusammengehörigkeit.

Doch leider verging jeder Moment und so auch dieser. Lautes Lachen drang aus einer der Straßen zu ihnen, als eine Gruppe junger Leute auf den Platz stürmten. Sie schienen Amicia und Lucifer nicht zu beachten, doch die Gefallene konnte die Menschen nicht ausblenden.

»Die Befragungen sind vorbei, wie wird es nun weitergehen?«, fragte sie leise.

»Das wirst du morgen erfahren«, flüsterte er zurück.

Sie musste gehen, ob sie nun wollte oder nicht. Mit einem zittrigen Lächeln auf den Lippen erhob sie sich und trat einen Schritt zurück. »Dann bis morgen.«

»Süße Träume«, rief der Höllenfürst ihr noch hinterher.

***

Den ganzen Weg zurück zur Wohnung brannte der Brief in ihrer Tasche wie ein Leuchtfeuer der Erinnerung. Lucifer hatte den Morgenstern nicht bei sich gehabt und sie keine neue Spur. Nun musste sie noch mehr Zeit mit ihm verbringen und Amicia wusste nicht, ob sie das freuen oder erschrecken sollte.

KAPITEL VIERZEHN – HÖLLENFAHRT

Amicia kehrte erst in die Wohnung zurück, als der Horizont sich bereits langsam rot verfärbte. Die ganze Nacht war sie durch die Straßen Roms gelaufen, versunken in ihre Gedanken und ihre verwirrte Gefühlswelt.

War sie eine Verräterin, weil sie Lucifers und Liliths Vertrauen so ausnutzte? Sie tat doch das Richtige, erfüllte ein göttliches Schicksal. Wieso fühlte sie sich dann so schrecklich?

Dem Morgenstern war sie auch immer noch nicht näher gekommen und die Zeit lief ihr davon. Schon sehr bald musste sie ihn gefunden haben, ansonsten würde der Höllenfürst seinen Angriff starten. Den Himmel einnehmen, die Engel unterwerfen – genauso wie die Menschheit.

Doch je mehr sie über das alles nachdachte, desto mehr fragte sie sich auch, ob Lucifer überhaupt etwas plante. Ein Angriff auf den Himmel musste doch vorher genau vorbereitet werden. Hunderte Engel standen zwischen ihm und seinem Ziel. Außer natürlich, der Morgenstern war so mächtig, dass es keiner Vorbereitung bedurfte.

Müde ließ Amicia sich auf eine Stufe der Spanischen Treppe sinken und barg das Gesicht in den Händen. Immer wieder wanderten ihre Gedanken zurück zu dem Kuss und der Feder.

Es ergab alles einfach keinen Sinn, sosehr sie auch darüber nachdachte. Sie sehnte sich nach ihrer alten Welt, wo alles schwarz und weiß war. Gut und Böse. Himmel und Hölle. Und nicht die vielen winzigen Zonen dazwischen. Mehr wollte sie in diesem Moment gar nicht.

Die ersten Menschen waren bereits auf den Straßen unterwegs, als Amicia die Wohnung betrat. Dort schliefen noch alle und so konnte sie in Ruhe duschen und sich ein gutes Versteck für den Brief suchen.

Ein letztes Mal las sie die Zeilen durch, bevor sie das Papier unter eine der Schubladen in ihrem Kleiderschrank klebte. Danach kroch sie ins Bett und versuchte wenigstens noch etwas Schlaf zu bekommen.

***

Die Sonne stand bereits hoch am Himmel, als es aufgeregt an ihrer Tür klopfte.

»Du schläfst ja immer noch.« Ohne auf eine Antwort zu warten, war Lilith hereingekommen, die Hände in die Hüften gestemmt. »Wer feiern kann, der kann auch arbeiten. Aufstehen, aber pronto!«

Leise stöhnend öffnete Amicia die Augen einen Spalt breit. »Was ist denn?«, brummte sie mit kratziger Stimme.

»Unsere Aufgabe hier ist beendet, nun ist es Zeit, in die Hölle zu reisen.« Aufgeregt klatschte die erste Frau in die Hände. »Dafür solltest du dich vielleicht anziehen.«

Nachdem sie verschwunden war, blieb Amicia noch einige Augenblicke liegen und blickte stumpf an die Decke. Sie fühlte sich innerlich leer und müde. Ihr Körper tat weh und ihr fehlte die Kraft, sich zu erheben.

Durch die Wände konnte sie Rumoren auf der anderen Seite hören. Nicht nur Lilith war auf den Beinen, sondern auch Jakob, und die beiden stellten anscheinend die ganze Wohnung auf den Kopf.

Amicia konnte es nicht noch länger hinauszögern, sie musste aufstehen, ob sie es nun wollte oder nicht. Zum einen war sie neugierig auf die Hölle, zum anderen war dies der nächstbeste Ort, an dem sie den Morgenstern finden konnte.

»Guten Morgen«, begrüßte Jakob sie mit einem breiten Lächeln, als sie mit einfachen Jeans und Shirt bekleidet in die Küche trat.

Er selbst trug zum ersten Mal seit Tagen keinen Anzug, sondern bequeme Straßenkleidung. Alle Spannung schien aus seinen Schultern gewichen zu sein, leise pfiff er vor sich hin, während er Amicia eine Tasse Kaffee machte. »Du siehst aus, als hättest du eine schöne Nacht gehabt.«

Die Gefallene gab sich die größte Mühe, ihr Lächeln aufrechtzuerhalten.

Sie wollte sich nicht anmerken lassen, wie schlecht es ihr in diesem Moment ging. »Du siehst sehr glücklich aus, wie kommt's?«

»Unsere Arbeit hier ist beendet, ich darf zurück nach Paris reisen und in mein Büro.« Erleichtert seufzte er auf. »Endlich wieder Ruhe und Frieden und kaum dämonischer Besuch.«

»Du begleitest uns nicht in die Hölle?« Überrascht hob Amicia die Augenbrauen. Der süße, milchige Kaffee vertrieb wenigstens etwas den Nebel aus ihrem Kopf und brachte ihren Körper wieder auf Touren.

»Das ist nicht unbedingt die klügste Idee. Jedes sterbliche Wesen, das durch eines der Portale tritt, verliert umgehend sein Leben und kann diesen Ort dann leider nicht mehr verlassen«, erklärte er erstaunlich entspannt. »So groß meine Neugierde auch ist, kann mein Tod doch noch etwas warten. Ich möchte mal alt und reich und glücklich sterben.«

»Mit einem direkten Ticket in die Hölle«, erinnerte sie ihn kleinlaut.

»Damit habe ich kein Problem.« Das Lächeln wich nicht einen Moment von seinen Lippen. »Ich habe es mir ausgesucht und stehe dazu. So einfach ist das.«

»Weißt du zufällig, was mich da unten erwartet?«, fragte Amicia und beugte sich verschwörerisch vor. Alles, was sie über die Hölle und seine Bewohner wusste, hatte sie aus alten Geschichten im Himmel und dem, was sich die Menschen darunter vorstellten, erfahren.

»Leider nein.« Entschuldigend zuckte Jakob mit den Schultern. »Niemand spricht so wirklich darüber und da es auch kein sonderlich beliebter Urlaubsort ist, gibt es keine Berichte.«

»Urlaub in der Hölle, wer würde das schon machen?«, murmelte Amicia und nippte an ihrem Kaffee.

»Du«, erinnerte Jakob sie. »Genau das steht dir jetzt bevor.«

»Nicht hilfreich.«

Lachend wandte Jakob sich um. »Nimm es nicht so schwer. Dir kann nichts passieren, du bist als Gast von Lilith und dem Höllenfürsten höchstselbst dort.«

Seine Worte sollten sie sicher beruhigen, doch die Unruhe in Amicia wuchs nur mit jedem Moment weiter an. Bisher war sie immer der Überzeugung gewesen, dass sie die Hölle nur gegen ihren Willen betreten würde. Jetzt war sie auf dem direkten Weg dahin und wusste nicht so genau, wie sie sich dabei fühlen sollte. Aufregung, Angst, Verzweiflung und Neugierde kämpften um die Vorherrschaft.

»Was wirst du machen, während wir weg sind?«, fragte Amicia, um sich von ihrem inneren Kampf abzulenken.

»Arbeit nachholen, Arbeit vorbereiten, höchstwahrscheinlich sehr viel telefonieren und eine Wohnung suchen.«

»Ziehst du um?«

»Die ist für dich, Engelchen. Du kannst unmöglich weiter in diesem dreckigen Motel wohnen, sobald du wieder in Paris bist.« Entsetzt blickte Jakob sie an.

Daran hatte sie bisher noch gar nicht gedacht. Sobald das alles hier vorbei war, sollte sie eigentlich ihre Stelle an Liliths Seite ausfüllen. Doch sobald sie den Morgenstern hatte, würde Amicia gehen, weit weg von ihrer neuen Arbeitgeberin, von Jakob und auch dem Höllenfürsten.

»Du musst mir keine Wohnung suchen«, sagte sie mit tonloser Stimme.

»Das mache ich gern.« Kurz drückte Jakob ihre klammen Finger. »Aktuell hast du genug um die Ohren und der Wohnungsmarkt in Paris ist – blödes Wortspiel – die Hölle. Aber ich kenne da ein paar Leute und einige tolle Wohngegenden, da wird schon das Richtige für dich dabei sein.«

»Danke.« Mehr schaffte sie nicht zu sagen, ansonsten würde ihre Stimme sie verraten. Die halb volle Kaffeetasse in der Hand nahm sie am Küchentisch Platz und blickte aus dem Fenster über die Stadt. Der strahlend blaue Himmel, über den die Sonne wachte, widersprach so ganz ihrer Stimmung.

»Bist du nun auch endlich wach.« Wie ein Wirbelwind kam Lilith in die Küche gefegt, einen geschäftigen Ausdruck im Gesicht. »Hast du schon gepackt?«

»Noch nicht.« Amicia leerte ihre Tasse und knallte sie auf den Tisch. »Was nimmt man so in die Hölle mit?«

»Starke Nerven«, kam es trocken zurück. »Außerdem habe ich immer einen Flachmann dabei.«

»Nicht sonderlich schön da unten, was?« Unsicher kaute Amicia auf ihrer Unterlippe herum.

Leise seufzte die erste Frau. »Es ist bei Weitem nicht so schlimm, wie man vielleicht denkt. Normalerweise habe ich kein Problem, dort zu sein. Nur wird da unten schon bald alles in Flammen aufgehen, wenn Lucifer den Verräter findet.«

»Diese höllischen Anspielungen nerven mich jetzt schon«, brummte Amicia und ging in ihr Zimmer, um ihre kleine Tasche zu packen.

»Gewöhn dich lieber dran. Die meisten Bewohner haben einen schrecklichen Humor«, rief Lilith ihr noch nach.

Amicia brauchte nicht lange, um ihre paar Habseligkeiten zusammenzusuchen und in ihre Reisetasche zu stopfen. Die Kleidung, die sie frisch gekauft hatte, legte sie sorgfältig zusammen und stapelte sie auf dem Bett. Für die Sachen hatte sie einfach keinen Platz und auch keine weitere Verwendung.

Lange überlegte sie, ob sie den Brief mitnehmen sollte – ihre Versicherung, dass sie nach Hause konnte, sobald sie den Morgenstern gefunden hatte. Und gleichzeitig ihr Geständnis, dass sie Lucifer und Lilith hinterging.

Am Ende verstaute sie ihn sicher am Boden ihrer Tasche. Wer konnte schon sagen, ob sie jemals wieder nach Rom und in diese Wohnung kommen würde?

Mit der Tasche über der Schulter trat sie zurück ins Wohnzimmer, wo Lilith bereits mit einem leicht genervten Gesichtsausdruck auf sie wartete.

»Ich mache hier alles fertig, mein Flug geht heute Abend. Lass mir eine Nachricht zukommen, sobald du weißt, wann du wieder in Paris bist«, erklärte Jakob geschäftig.

»Sehr gut. Und du, ruf mich nur an, wenn die Welt untergeht.« Flüchtig hauchte Lilith ihrem Assistenten zwei Küsschen auf die Wangen, dann eilte sie zur Tür.

»Pass da unten gut auf dich auf. Das ist zwar ein Klischee, aber vertraue niemandem, vor allen Dingen nicht zurzeit. Es wäre wirklich schade, Amicia, dich jetzt schon zu verlieren.« Freundlich lächelte Jakob sie an.

In einem Moment des Überschwanges schlang sie die Arme um den Mann und drückte ihn, so fest sie konnte. »Danke, Jakob, für alles.«

Etwas verwirrt erwiderte er die Umarmung und klopfte ihr auf den Rücken. »Immer gern doch.«

»Wenn ich wiederkomme, gehen wir beide mal einen Abend zusammen aus. Du kennst sicher jeden guten Laden in Paris.« Amicia wollte sich an dieser Vorstellung festhalten, etwas mit ihrem neuen Freund zu unternehmen.

»Da bin ich auf jeden Fall dabei. Wir beide werden schon unseren Spaß haben. Dann kannst du mir auch ganz genau erzählen, was mich da unten erwartet.«

»Als ob du das wirklich wissen willst«, lachte Amicia und löste sich langsam von ihm.

»Wenn ihr beide damit fertig seid, euer weiteres Leben zu planen … Wir kommen zu spät.« Ungeduldig tippte Lilith mit dem Fuß auf den Boden, doch ein sanftes Lächeln umspielte ihre Lippen.

Vor dem Haus wartete bereits ein Wagen auf sie, derselbe Fahrer vom Tag ihrer Ankunft hielt die Tür auf. Mit einem sehnsüchtigen Ziehen in der Brust blickte Amicia ein letztes Mal zur Wohnung hoch. Gern hätte sie noch viel mehr Zeit in Rom verbracht und all seine Geheimnisse erkundet.

»Wie kommen wir eigentlich in die Hölle?«, fragte sie Lilith, sobald der Wagen losfuhr.

»Jede größere Stadt besitzt ein Portal, welches direkt nach Pandemonia führt. Ausschließlich Dämonen mit einer Erlaubnis können diese Portale nutzen und sich so durch die Welten bewegen«, erklärte Lilith leise.

»Ein Portal? Wie ein Torbogen?«, hakte Amicia neugierig nach. Es gab nur zwei Wege in den Himmel und keiner davon hatte etwas mit einem Portal zu tun.

»Du wirst es gleich sehen«, antwortete Lilith mit verschwörerischer Stimme.

Nachdenklich lehnte die Gefallene die Stirn an die Fensterscheibe und betrachtete die vorbeiziehenden Häuser. So bald würde sie die Menschen nicht mehr aus der Nähe sehen, ganz egal, ob sie es wollte oder nicht.

Sie fuhren gen Norden aus der Stadt – gegen den Strom des Tibers. Schon bald waren sie nicht mehr umgeben von alten Stadthäusern, sondern von den Gärten der Vorstadt. Nach ein paar weiteren Minuten gelangten sie in ein Naturschutzgebiet.

Genau wusste Amicia es nicht, aber sie war sich sicher, dass Autos dort normalerweise nicht hineindurften. Doch sie folgten der kaum sichtbaren Straße, bis sie vor einem kleinen grünen Hügel zum Stehen kamen.

Ein weiterer Wagen wartete bereits auf sie. Die Arme locker vor der Brust verschränkt lehnte Lucifer an der Motorhaube und beobachtete ihre Ankunft, die Augen hinter einer Sonnenbrille verborgen.

»Ich dachte schon, ihr beide hättet es euch anders überlegt«, begrüßte er sie mit ausdrucksloser Stimme.

»Man fährt nicht jeden Tag in die Hölle, da braucht man schon mal länger, um seine Sachen zu packen«, schoss Amicia zurück und nahm ihre Tasche entgegen.

»Der erste Eindruck zählt, da hast du recht.« Endlich nahm er die Sonnenbrille ab und für einen Moment gab es nur seine Augen und den Ausdruck darin. Bittersüßes Verlangen, das ihr eigenes so klar widerspiegelte.

Ihr Blick wanderte für einen Moment zu seinem Herzen, neben dem die Feder sicher verborgen war. Die letzte Nacht saß ihr in den Knochen und sie fühlte immer noch seine Lippen auf ihren. Schnell wandte Amicia sich ab und dem Hügel zu.

Lilith hatte sich bereits an den Aufstieg gemacht. Leise fluchend arbeitete sie sich den Hügel hoch. Mit gesenktem Kopf folgte die Gefallene ihr und hatte die erste Frau schon bald eingeholt.

»Ich bin nicht gut in Form«, gestand Lilith leise. »Laufen, klettern, kämpfen, das ist einfach nichts für mich. Ich habe einen sitzenden Job.«

Amicia biss sich auf die Zunge und verkniff sich jeden Kommentar. Stattdessen blickte sie den Hügel hoch, auf dessen Gipfel ein einziger alter Baum stand. Seine Blätter wiegten sich sanft im Wind, ansonsten war nichts zu sehen.

Auf dem Gipfel hatte man einen guten Blick bis beinahe zur Stadt. Schon jetzt sehnte Amicia sich nach dem wilden Leben Roms und gleichzeitig nach der Sicherheit der Wohnung. Doch irgendwo hier oben wartete ein neues Abenteuer auf sie.

»Ich sehe kein Höllenportal!« Mehrmals drehte sie sich um sich selbst, doch da war einfach nichts.

»Du solltest doch wissen, dass nicht alles so ist, wie es auf den ersten Blick aussieht«, murmelte Lucifer hinter ihr. Als wäre es ein Versehen, streifte seine Hand ihren Rücken bis zu ihrer Hüfte und hinterließ einen Pfad aus Flammen.

Mit einem breiten Grinsen schritt er zu dem Baum und drückte einen Ast zur Seite. Darunter, in die alte Rinde eingeritzt, konnte Amicia einige Symbole erkennen, die nicht von Menschenhand stammten. Blitzschnell drückte Lucifer sie in einer bestimmten Reihenfolge und der Baum fing an sich zu bewegen.

Der alte, verschlungene Stamm drehte sich, bis sich in seiner Mitte eine Öffnung zeigte. Diese war groß genug, dass eine Person problemlos hindurchgehen konnte, dahinter jedoch wartete einen tiefe Schwärze.

Fasziniert streckte Amicia die Hand aus und berührte den Stamm. Langsam tastete sie sich einmal um den Baum herum, auch auf der Rückseite befand sich diese Öffnung, doch hier gab es keine Schwärze, nur den Blick auf den Hügel.

»Was passiert, wenn ein Mensch das Portal entdeckt?«, fragte sie atemlos, als sie wieder bei Lucifer und Lilith stand.

»Es braucht dämonische Energie, um es zu aktivieren«, erklärte der Höllenfürst. »Menschen können diese Symbole nicht einmal sehen.«

»Gefallene aber schon. Auch Engel?« Wieso hatte Amicia bisher noch nicht von diesen Portalen gehört, wenn sogar sie diese anscheinend verwenden konnte?

»Himmlische und höllische Energie hat den gleichen Ursprung. Engel können die Portale verwenden, allerdings werden die Wächter darüber informiert und auf diese geflügelten Nervensägen wartet dann bereits ein nicht so freundliches Empfangskomitee.« Ein dunkles Grinsen ließ nur erahnen, was mit diesen Engeln geschah.

»Ihr beide könnt ja gern weiter plaudern, aber ich werde jetzt gehen.« Lilith warf die Haare über die Schultern und trat durch den Baum hindurch. Sofort verschluckte die Dunkelheit ihre Gestalt und sie war verschwunden.

Unsicher blickte Amicia zwischen dem Portal und dem Höllenfürsten hin und her.

»Das ist sicher ungefährlich?«

Mit einem belustigten Ausdruck im Gesicht verdrehte er die Augen. »Wir gehen in die Hölle, da ist ungefährlich per se der falsche Ausdruck. Wenn ich dich loswerden wollen würde, dann gäbe es einfachere Wege als ein defektes Portal.«

»Dann muss ich dir wohl glauben.« Die Gefallene nahm all ihren Mut zusammen, klammerte sich am Griff ihrer Tasche fest und machte einen Schritt nach vorn.

Im ersten Moment bemerkte sie gar nichts, dann strich ein wilder Strom aus Energie über ihre Haut. Auch wenn sie festen Boden unter den Füßen hatte, hatte sie das Gefühl zu fallen. Doch es war anders als ihr Fall vor Jahrhunderten. Sanfter und kontrollierter, so, als würde sie jemand an der Hand halten.

Das Licht veränderte sich, anstatt Dunkelheit konnte sie nun ein helles Leuchten hinter ihren Augenlidern wahrnehmen. Sie verspürte angenehme Wärme auf ihrer Haut und hörte fremde Stimmen.

»Du kannst die Augen jetzt wieder aufmachen«, murmelte Lilith sanft neben ihr und führte sie am Arm ein Stück zur Seite.

Voller Aufregung riss Amicia die Augen auf und blickte sich um. Sie standen in einem kleinen Innenhof, der von hohen Steinmauern umgeben war. Über ihnen spannte sich ein Himmel aus dunkelrotem Stein, durch den sich hell leuchtende Streifen zogen.

Schnell wirbelte Amicia herum und sah gerade noch, wie auch Lucifer durch das Portal trat, welches sich sofort hinter ihm schloss und nun nur noch wie ein einfaches Mauerstück aussah.

Aufmerksam blickte die Gefallene sich weiter um. Es gab noch einige andere Mauerstücke, die von Symbolen umgeben waren, dabei handelte es sich wohl um die anderen Portale. An einer gegenüberliegenden Mauer konnte Amicia mehrere Hundert kleine Steintafeln sehen, auf denen in einer uralten Sprache die Namen verschiedener Städte standen. So konnte man die Portale von hier aus aktivieren.

»Ich kann dir nachher genauer erklären, wie das alles hier funktioniert, aber jetzt würde ich gern ins Haus gehen.« Auffordernd winkte Lucifer sie hinter sich her.

Ein halbes Dutzend Dämonen, bis an die Zähne bewaffnet, bewachte den Portalhof. Sie alle beobachteten Amicia genau, als sie hinter dem Höllenfürsten und der ersten Frau hereilte.

Durch einen kleinen Torbogen gelangten sie in einen langen Gang, der von großen Statuen gesäumt war. Sie alle stellten Dämonen in den verschiedensten Formen dar, mit langen Krallen und riesigen Fangzähnen. Vor einer von ihnen blieb Amicia stehen.

Massive Fledermausflügel aus Stein breiteten sich hinter der Statue aus und warfen einen langen Schatten auf sie. Obwohl die Augen sich nicht bewegten, blickten sie nicht stumpf und tot, sondern erschreckend lebendig.

»Das ist das angekündigte Empfangskomitee.« Lucifer trat neben sie und blickte ebenfalls zu der Statue auf. »Dies sind einige der ersten Dämonen, die hier gelebt haben. In ihrem Verstand gibt es nur Hass und Wut, reine Zerstörungskraft. Ich kann sie nicht einfach frei herumlaufen lassen, aber auch nicht vernichten. Also haben sie eine neue Aufgabe bekommen: die Hölle vor dem Himmel zu beschützen.«

Schnell verschränkte Amicia die Hände hinter dem Rücken. »Sie erwachen also nur, wenn Engel hierherkommen.«

»Oder ich ihnen einen anderen Befehl gebe. Komm jetzt!«

Sie folgte ihm weiter den Gang entlang, bis sie durch eine Pforte in den großen Palast traten. Hier drinnen empfing sie auch endlich der Luxus und Prunk, den sie so lange beim Höllenfürsten gesucht hatte.

Der Boden bestand nicht etwa aus Stein, sondern aus echtem glänzendem Gold. Die Wände in dieser Halle waren komplett verspiegelt und so lag über allem ein goldener Schein. An den Wänden standen Hunderte Vasen mit schneeweißen Rosen, die einen künstlich süßen Geruch verbreiteten.

Alles hier wirkte falsch und aufgesetzt. Wie ein Bühnenbild, und doch konnte Amicia nicht sagen, für wen dieses Stück aufgeführt wurde. Vielleicht für die anderen Dämonen, die Generäle, denn für ankommende Seelen war dies sicher nicht gedacht.

Sie stiegen eine lange, breite Wendeltreppe nach oben, von der immer wieder Wege abgingen, in denen Amicia nichts weiter sehen konnte. Von dem Portalhof aus hatte sie keinen guten Blick auf den Palast werfen können und so hatte sie keine Ahnung, wohin sie eigentlich lief.

Endlich endete die Treppe, nachdem sie diese gefühlt eine Ewigkeit hinaufgestiegen waren. Hier oben gab es deutlich weniger Prunk, dafür eine große schmiedeeiserne Tür, die den Weg zur Wendeltreppe versperrte. Jetzt stand sie offen, doch Amicia konnte sich kaum vorstellen, wie es gelingen sollte, dieses Monstrum zu öffnen und zu schließen.

»Schön mal wieder hier zu sein.« Lilith ließ ihre Schultern kreisen. »Hier oben ist es immer so ruhig.«

»Du weißt ja, wo deine Räume sind«, brummte Lucifer abwesend. »Nimmst du Amicia mit, ich habe noch ein paar Dinge zu erledigen.« Ohne sie noch einmal anzusehen, ging er mit breiten Schritten davon.

»Es liegt nicht an dir«, murmelte Lilith leise neben Amicia und legte ihr die Hand auf die Schulter. »Hier unten ist er ein anderer, das muss er sein, denn ansonsten würde Lucifer zerbrechen, so wie viele andere.«

Nachdenklich nickte die Gefallene. »Dann zeig mir mal den Weg.«

Die erste Frau winkte sie hinter sich her und schritt einen langen Korridor entlang, von dem alle hundert Meter eine Tür abging.

»Wie groß ist dieser Palast eigentlich?« Aufmerksam blickte Amicia sich um, doch viel Interessantes gab es hier nicht zu entdecken. Der Boden bestand aus schwarzem Marmor, durch den sich goldenen Linien zogen, die Wände waren mit grauem Stoff bespannt.

»So genau kann ich dir das leider nicht sagen. Da ich nicht sonderlich gern hier bin, habe ich auch noch nicht alles erkunden können. Um ehrlich zu sein, steht mir danach auch nicht unbedingt der Sinn, wer kann schon sagen, was man hier so alles finden wird?«

Da war wieder dieses aufgeregte Kribbeln, das Amicia immer durchfuhr, wenn sie einem Abenteuer gegenüberstand. Hätte sie mehr Zeit und nicht eine klare Aufgabe, dann würde sie diese Chance vielleicht nutzen und mehr über diesen unglaublichen Ort erfahren.

»Der Palast hat sechsundsechzig Stockwerke, wovon etwa die Hälfte unterirdisch ist. Je höher der Status eines Dämons ist, desto weiter oben lebt er. Weshalb Lucifer auch ganz oben wohnt. Ein Stockwerk tiefer finden sich gerade die Generäle ein«, fuhr Lilith fort. »Ich könnte dir jetzt jedes Stockwerk aufzählen, aber das lasse ich lieber. Davon bekommen wir beide nur Kopfschmerzen.«

»Ich würde es aber trotzdem gern wissen«, murmelte Amicia leise, fast schon beschämt.

Für einen Moment blieb Lilith stehen und warf ihr einen langen Blick über die Schulter zu, dann ging sie weiter und öffnete eine der Türen aus schwarzem Holz. »Hier wirst du schlafen.«

Bedächtig trat Amicia durch die Tür und blickte sich um. Vor ihr öffnete sich ein einziger großer Raum, in der einen Ecke stand ein Himmelbett, es gab eine große Sitzecke und halb versteckt hinter einer Mauer ein luxuriöses Badezimmer. Obwohl alles teuer und edel aussah, war auch hier kein Prunk oder Protz zu finden.

An der gegenüberliegenden Wand führte eine Tür hinaus auf einen großen Balkon, von dem aus man über den Palast schauen konnte. Nichts wollte Amicia lieber, als dort hinauszueilen und sich Pandemonia genauer anzusehen, doch Lilith hielt sie auf.

»Für heute steht nichts weiter an, also gönn dir eine Pause«, erklärte sie sanft. Von irgendwoher hatte sie ein dickes, ledergebundenes Buch hervorgeholt und reichte es ihr. »Das ist die ›Dämonica‹ eine vollständige Geschichte der Hölle und des Palastes. Wenn du wirklich mehr wissen willst, da drin wirst du vielleicht nicht alle Antworten finden, aber weit mehr, als du dir wünschst. Vielleicht kann dir dieses Wissen auch eines Tages helfen.«

»Danke.« Mit vor Aufregung klopfendem Herzen nahm Amicia das Buch entgegen.

»Jemand wird dir etwas zu essen aufs Zimmer bringen. Wenn noch etwas ist, du findest mich zwei Räume weiter rechts. Oh, und Amicia, streune hier nicht allein herum. Es ist gefährlicher, als du denkst.«

Mit dem schweren Buch auf dem Arm trat Amicia auf den Balkon. Ein scharfer, warmer Wind riss an ihren Haaren und trug den Geruch von Asche und Schwefel mit sich. Für einen Moment lehnte sie sich an die Absperrung und blickte nach unten. Hunderte Meter ging es in die Tiefe.

Langsam hob sie den Blick zu dem schwarzen Schlund, den sie in einiger Entfernung erkennen konnte. Dort litten die Seelen der Menschen, eingesperrt, bis sie sich von den Sünden ihres Lebens reingewaschen hatten.

Hinter dem Schlund konnte sie nichts weiter erkennen. Ein rötlicher Schleier versperrte ihr die Sicht, doch auch da musste es weitergehen.

Um ihre Neugierde wenigstens noch etwas zu befriedigen, nahm Amicia mit dem Buch auf der Sitzbank neben der Tür Platz und schlug die alten Seiten auf. Nachdem sie ein wenig darin geblättert hatte, fand sie endlich die Kapitel zum Palast.

Das Licht in der Hölle hatte sich etwas verdunkelt, als Amicia irgendwann wieder von den Seiten hochschaute. Anscheinend gab es so etwas wie Nacht in der Hölle, zumindest leuchtete das Gestein nicht mehr so stark.

Sorgsam schloss sie das Buch und legte es zur Seite. Ihr Kopf brummte dank der ganzen neuen Informationen. Mit etwas wackeligen Knien schritt sie zur Absperrung und blickte nach unten.

Dies war kein Palast, sondern eine riesige Stadt mit einem so komplexen Aufbau, dass Amicia die Seiten immer und immer wieder hatte lesen müssen. Alles unterlag einer klaren Hierarchie und Lucifer stand ganz oben.

Tausende Dämonen lebten unter ihm, im wahrsten Sinne des Wortes. Ganz unten die schwachen, die kaum eine Gestalt annehmen konnten, sie kochten, putzten, kümmerten sich um die Kleinigkeiten des Lebens. Je höher man gelangte, desto mehr Freiheiten und Einfluss hatte man, doch anscheinend war es kaum möglich, zwischen den Schichten zu wechseln.

Manchen von ihnen war es nicht einmal erlaubt, ihre Stockwerke zu verlassen. Von Pandemonia und der Hölle gar nicht erst zu sprechen. Sie waren hier genauso gefangen wie die Seelen der Menschen, mit dem winzigen Funken Hoffnung, dass sie eines Tages aufsteigen konnten.

Ein wenig erinnerte sie das Ganze an die Hierarchie im Himmel. Die kleinen, unwichtigen Engel, die das Himmelreich nicht verlassen durften, standen ganz unten, die Erzengel und der Herr selbst ganz oben.

Mal wieder wurde sie mit der Wahrheit konfrontiert, dass Himmel und Hölle Spiegelbilder waren. Wie konnte sie sich dem einen unterwerfen und das andere bekämpfen?

Müde rieb Amicia sich die Augen. Sie hatte mal wieder eine viel zu kurze Nacht hinter sich, dazu kam die ganze Aufregung des Tages. Mit schweren Gliedern schleppte sie sich zu dem bequem aussehenden Bett und warf sich in voller Kleidung auf die weichen Decken. Beinahe augenblicklich wurde sie vom Schlaf verschluckt.

***

Etwas oder jemand war in ihrem Zimmer, das konnte Amicia sogar im Halbschlaf spüren. Beinahe sofort war sie hellwach, hielt jedoch die Augen geschlossen. Kaum hörbare Schritte hallten von den Wänden wider und näherten sich ihrem Bett.

Sie konnte die Gestalt ganz genau spüren, wie sie neben ihr lauerte. Blitzschnell sprang Amicia auf, zerrte die Klinge aus ihrer Scheide und richtete sie auf ihren Angreifer. Rote Augen schimmerten in der Nacht und durchbohrten sie, dann ging auf einmal das Licht an.

»Begrüßt du jeden Besucher so?«, fragte Lucifer mit leicht belustigter Stimme.

»Nur wenn jemand ungefragt in mein Zimmer kommt«, antwortete sie atemlos und ließ die Klinge wieder in die Scheide gleiten.

»Das hier ist immer noch mein Zuhause, Geliebte, da kann ich in jedes Zimmer kommen, das mir gefällt«, erinnerte er sie.

Er stand viel zu nah an dem Bett, auf dem sie immer noch kniete. Hektisch sprang Amicia raus und brachte etwas Abstand zwischen sie. »Hat es denn einen bestimmten Grund, weshalb du hier reingekommen bist?«

»All meine Generäle sind in Pandemonia eingetroffen, keiner von ihnen weiß, wieso. Jetzt muss der Verräter nur noch auf frischer Tat ertappt werden«, murmelte er leise und kam um das Bett herum auf sie zu.

Mit hektisch klopfendem Herzen blickte sie ihm entgegen. »Was hat das mit mir zu tun?«

»Du, meine kleine Gefallene, wirst mir dabei helfen.« Zärtlich strich er ihr mit den Fingern über die Wange. »Wir beide gehen jetzt zu den Höllentoren.«

KAPITEL FÜNFZEHN – TORE DER VERDAMMNIS

»Wieso muss ich dich dabei begleiten?«, fragte Amicia tonlos und blickte zu ihm auf. Ihr Herz klopfte wieder viel zu schnell und sie musste sich zusammenreißen, um sich nicht in seine Berührung zu schmiegen.

»Weil eine Nacht neben den Toren sehr langweilig sein kann und du mich unterhältst«, erklärte er sanft.

»Was für ein Kompliment, da werden doch jedem Mädchen die Knie weich«, murmelte sie abwehrend und trat einen Schritt von ihm zurück.

»Komm schon, Geliebte, du willst doch mitkommen. Ich kann die Neugierde und die Abenteuerlust in deinen Augen sehen. Jetzt biete ich dir eine Führung durch die Hölle an, mit mir, und du zögerst?«

Leider wusste er nur zu gut, wie er ihre Neugierde noch anfeuern konnte. Ihr Blick wanderte zum Fenster und in die nun völlig dunkle Hölle. Amicia wollte dort hinaus und dieses fremde Land erkunden, all seine Geheimnisse aufdecken.

Vielleicht konnte sie so mehr über den Morgenstern erfahren und wo er sich möglicherweise befand. Das redete sie sich immer wieder ein, als sie sich zu Lucifer umwandte. »Was soll ich anziehen?«

»Am besten etwas, auf dem man die Blutflecken nicht so genau sehen kann … für den Fall der Fälle.« Sein breites Grinsen zeichnete sich klar in der Dunkelheit ab.

Leicht genervt verdrehte sie die Augen und ging zu ihrer Tasche, die immer noch unberührt neben der Tür stand. Mit zittrigen Händen zog sie eine frische Jeans und ein schwarzes Shirt hervor. Erleichtert stellte sie fest, dass Lucifer ihr den Rücken zugewandt hatte, und so zog sie sich schnell um. »Wir können.«

Knapp nickte er und schritt aus dem Zimmer. Amicia musste sich beeilen, um mit ihm Schritt zu halten. Von der Seite betrachtete sie sein ernstes Gesicht, kein Muskel regte sich darin.

Niemand war zu sehen oder zu hören, als sie die lange Wendeltreppe hinunterschritten, doch Amicia wurde das Gefühl nicht los, dass sie beobachtet wurden. Immer wieder blickte sie über ihre Schultern, doch sie konnte nichts Auffälliges erkennen.

»Du kennst doch sicher den Ausdruck ›die Wände haben Ohren‹. Nun, hier haben sie auch Augen«, murmelte Lucifer leise. »Sieh es wie ein lebendiges Überwachungssystem, zu dem nur ich Zugriff habe.«

Das beruhigte sie nur wenig. »Wo genau befinden sich die Tore eigentlich?«, fragte sie, um die Stille zwischen ihnen zu füllen.

»Nicht weit von hier. Außer Pandemonia gibt es hier nicht viel. Nur Dunkelheit und Feuer.«

Seine Worte jagten einen Schauer über ihren Rücken.

»Das klingt ja sehr vielversprechend.«

Endlich verließen sie die endlose Treppe und gingen durch einen langen Gang. Zum Glück gab es hier weder Gold noch Spiegel, nur einfachen kalten Stein. Ihre Schritte halten gespenstisch von den Wänden wider, nur einige Fackeln boten wenig Licht.

Sie verließen den Palast durch eine große Pforte, die von weiteren Statuen alter Dämonen gesäumt war. Auch hier konnte Amicia niemand anderen sehen, dabei sollte es hier doch von Dämonen wimmeln.

»Wieso ist hier eigentlich niemand?«, traute sie sich endlich zu fragen, als sie einen einsamen Weg entlanggingen. Dieser führte sie immer näher an den Schlund heran.

»Nur wenige Dämonen dürfen den Palast über diesen Weg verlassen, für alle anderen gibt es kleine Seitengänge«, informierte Lucifer sie kurz angebunden. Er schien mit seinen Gedanken schon ganz woanders zu sein.

Mit gesenktem Kopf eilte Amicia neben ihm her und verbiss sich alle weiteren Fragen. Gerade war nicht der richtige Zeitpunkt dafür und sie konnte die Antworten immer noch in dem Buch suchen, welches sicher in ihrem Zimmer lag.

Sie musste jedoch stehen bleiben, als der Weg sich gabelte und der eine Pfad sie zu einer Art Aussichtsplattform führte. Von dieser aus hatte man sicher einen unglaublichen Blick über den Schlund und alles, was darin lag.

»Na los! Trau dich«, wisperte Lucifer direkt in ihr Ort. Sie hatte nicht einmal bemerkt, wie er neben sie getreten war. »Wirf einen Blick in die wahre Hölle!«

Sie sollte seinen Worten und ihrem Drang widerstehen und weitergehen und doch konnte Amicia nicht anders. Langsam schritt sie auf die Plattform zu und blickte hinunter.

Sie wusste nicht genau, was sie eigentlich erwartet hatte. Vielleicht eine brennende Schlucht, ewiges Eis oder laute, qualvolle Schreie. Davon war weit und breit nichts zu sehen. Der Höllenschlund war beeindruckend, jedoch eher wegen seiner Ausmaße und nicht wegen seines Inhalts.

»Es ist gar nicht so beeindruckend, wie immer alle denken. Von hier oben kann man eigentlich kaum etwas erkennen.« Lucifer lehnte sich neben sie auf die Brüstung und blickte ebenfalls hinab. »Das, was du hier siehst, sind die obersten Schichten, wo die weniger Bösen ihre Zeit absitzen. Darunter liegt noch sehr viel mehr.«

»Wie weit geht es da hinunter?«, fragte sie atemlos. Ihr Blick wanderte weiter durch die Dunkelheit, um noch mehr Details auszumachen.

»So ziemlich unendlich, wenn du mich fragst. Ein Mensch könnte nicht jede Ebene in seinem Leben besuchen, selbst wenn er es wollte.«

»Was ist ganz unten?«

»Ein See.«

»Ein See?!« Voller Überraschung wandte sie sich ihm zu. »Am Grund der Hölle gibt es Wasser, damit hatte ich nicht gerechnet.«

»Das Feuer, nach dem du sicher suchst, befindet sich außerhalb.«

»Was ist am Boden des Sees?«

»Ich weiß es nicht. Es gibt dort keinen Boden. So lautet das Gerücht, niemand weiß es genau.«

Für einen Moment konnte Amicia nichts weiter sagen, sondern ihn einfach nur anschauen. »Am Ende der beinahe unendlichen Schlucht befindet sich ein wahrscheinlich unendlicher See, von dem niemand Genaueres weiß. Das ist überraschend.«

Lucifer winkte sie hinter sich her und machte sich wieder auf den Weg. »Es gibt drei Wege, um aus dem Schlund herauszukommen. Der eine ist der Aufstieg. Die Seele hat sich von all ihren Sünden reingewaschen und darf in den Himmel reisen, wo sie sich für den Rest der Ewigkeit langweilen kann.«

Sie überging seinen kleinen Seitenhieb. »Der zweite Weg macht einen zum Dämon.«

»Ganz genau. Die Seele gibt jede Chance auf Erlösung auf und wird Teil der Hölle. «

»Der dritte Weg hat dann wohl etwas mit dem See zu tun«, schlussfolgerte Amicia.

»Wer weder erlöst werden kann noch hierbleiben will, der kann in den See springen. Keine Ahnung, was genau dann mit einer Seele passiert. Manche glauben, sie vergeht endgültig, andere denken, das ist der Weg zur Wiedergeburt.«

»Was ist deine Theorie?«

Unsicher zuckte er mit den Schultern. »Es ist unwichtig. Wer einmal in den See gesprungen ist, wird niemals wiederkommen.«

Ein langes Schweigen breitete sich zwischen ihnen aus. Der Weg schlängelte sich nun am Rand des Schlundes entlang, hinter ihnen konnte Amicia einen guten Blick auf den Palast werfen, doch gerade fehlte ihr dazu die Lust.

Immer wieder musste sie an den See denken und was dort unten wirklich auf einen wartete. Das endgültige Nichts oder ein neues Leben. Im Himmel gab es nur sehr wenige Seelen, die jemals wiedergeboren wurden. Es war einfach kein Weg, den man dort beschritt.

»Wir sind gleich da.« Lucifer blieb stehen. »Nicht weit von den Toren gibt es eine gute Möglichkeit, sich zu verstecken, da können wir die Nacht verbringen.«

Am liebsten hätte Amicia sich eine Ohrfeige gegeben, da ihre Gedanken wieder in eine ganz andere Richtung wanderten. Die Nacht mit dem Höllenfürsten zu verbringen war nicht romantisch und daran sollte sie gar nicht erst denken.

Um die Bilder aus ihrem Kopf zu vertreiben, konzentrierte sie sich ganz auf die Höllentore. In ihrer Vorstellung hatten diese schon die verschiedensten Formen und Größen gehabt, doch in Wirklichkeit waren es einfach nur zwei große Flügel aus dickem Stahl.

Mehrere riesige Balken versperrten sie, nichts konnte hindurchdringen. Die hohen Mauern neben dem Tor waren aus altem Stein, über ihnen lag ein seltsamer Zauber, der sanft schimmerte.

»Das ist der einzige Weg in den Schlund«, überlegte Amicia laut vor sich hin. »Wie oft wird es geöffnet?«

»Nur einmal am Tag. Wer hindurchwill, muss warten, ganz egal auf welcher Seite. Auch Dämonen können den Schlund nur dadurch betreten.«

Langsam nickte sie und trat einen Schritt zurück. »Was würde passieren, wenn ich hindurchgehen würde?«

»Hängt ganz davon ab. Wie viele Sünden hast du begangen?«

Trocken schluckte Amicia. Zu lügen war eine Sünde und sie tat seit Wochen nichts anderes. Würde der Schlund sie verschlucken, wenn sie hineintrat?

»Keine Sorge.« Sanft legte Lucifer ihr die Hand an die Wange. »Dir kann da drin nichts passieren. Sogar Engel können den Schlund ohne Probleme betreten, sollte ihnen jemals der Sinn danach stehen.«

Etwas beruhigter nickte sie. »Mir steht beim besten Willen nicht nach einem Besuch im Schlund.«

»Komm, wir sollten jetzt lieber unsere Plätze einnehmen, ansonsten verpassen wir den Verräter noch.«

Nicht weit von ihnen gab es eine Felsformation, von der aus man zwar einen sehr guten Blick auf das Tor hatte, jedoch selbst nicht gesehen wurde. Mit einem leisen Seufzen kniete Amicia sich in den schwarzen Staub und stellte sich auf eine lange Wartezeit ein.

Sie hatte keinerlei Möglichkeit, die Zeit zu messen. Hier gab es keinen Mond, an dem man sich orientieren konnte, oder Sterne, die einem den Weg wiesen. Ihr Handy lag ganz unten in ihrer Tasche, Empfang hatte man in der Hölle sowieso nicht.

»Wie genau lautet deine Aufgabe hier unten eigentlich?« Amicia hielt die

Stille nicht noch länger aus. Es gab keine weiteren Geräusche außer ihres leisen Atems und des lauten Herzklopfens.

»Hauptsächlich halte ich die Dämonen in Schach«, brummte er leise. Entspannt lehnte er an dem Felsen, den Blick direkt auf das Tor gerichtet, die Beine von sich gestreckt.

»Bei den Höhergestellten ist das meist kein Problem. Sie verstehen, wieso wir so leben, wieso es Himmel und Hölle gibt und welche Aufgaben wir alle haben. Ihnen reicht es, sich um die Menschen zu kümmern, die hier unten landen.«

»Die Niedrigen sehen das nicht so?« Ihre Oberschenkel fingen an zu brennen, also lehnte auch Amicia sich an den Felsen.

»Viele von ihnen ähneln Tieren, sie haben nur ihre Instinkte und kennen nicht viel mehr als Quälen und Töten. Nichts würden sie lieber tun, als die Erde zu überrennen und alle Menschen zu foltern. Doch wenn das passieren würde, würde alles aus dem Gleichgewicht geraten und der Erdball schon bald im Chaos versinken.«

»Magst du kein Chaos?«

»Ich verabscheue es. Das Leben ist einfacher, wenn ich alles unter Kontrolle habe und genau bestimmen kann, was passiert und was eben nicht. Im Chaos ist das unmöglich.«

Mit schräg gelegtem Kopf blickte Amicia ihn an. »Der Höllenfürst liebt die Ordnung, wer hätte damit gerechnet?«

»Diesen Titel hasse ich auch«, brummte er abwesend. »Ich bin kein Fürst, nur der Idiot, der hier unten für Ordnung sorgen darf. Irgendeiner musste ja den Kürzeren ziehen.«

Sofort horchte Amicia auf. »Was meinst du?«

»Vergiss es. Ganz ehrlich, das geht dich nichts an, Geliebte, und du willst es eigentlich auch gar nicht wissen.«

Fest biss sie die Zähne zusammen und verkniff sich eine weitere Frage. Schon wieder wanderten ihre Gedanken zu dem Brief und dem Morgenstern. So viel ergab einfach keinen Sinn, sosehr sie sich auch bemühte.

»Ich verabscheue das Chaos auch«, murmelte sie leise.

»Da kommt jemand.« Innerhalb weniger Sekunden sprang Lucifer auf und kniete sich hinter den Felsen.

Schnell tat Amicia es ihm nach und lugte zwischen zwei Steinen hindurch. Erst sah sie nur eine Gestalt, dann tauchte noch eine zweite aus der Dunkelheit auf. Beide unterhielten sich angeregt, doch leider konnte Amicia nicht verstehen, worum es ging.

Mit der Hand deutete Lucifer ihr an, unten zu bleiben. Amicias Herzschlag wurde immer schneller, je näher die beiden Gestalten kamen. Immer noch konnte sie nichts genauer ausmachen, doch langsam drangen die Stimmen bis zu ihr.

Die eine war ganz eindeutig weiblich. »Hör auf so herumzuheulen«, giftete sie vor sich hin. »Niemand hat Verdacht geschöpft, also können wir auch einfach weitermachen.«

»Aber was, wenn er doch Wind davon bekommt?«, jammerte die zweite Gestalt mit einer männlichen Stimme.

»Wie viel Glück kann man haben?«, hauchte Amicia.

»Wie dumm kann man sein?«, wisperte Lucifer gleichzeitig.

Kurz blickte sie lächelnd zur Seite und begegnete Lucifers grinsendem Gesicht. Schnell wandte Amicia sich wieder den Verrätern zu, doch ihr Herz pochte nun aus einem anderen Grund viel schneller.

Langsam konnte die Gefallene mehr von den Gestalten ausmachen. Innerlich verfluchte sie sich selbst, weil sie bei den Gesprächen nicht genauer aufgepasst hatte. Die beiden kamen ihr bekannt vor, doch konnte sie sich an keine Namen erinnern.

Lucifer hingehen wusste offensichtlich ganz genau, wen er da vor sich hatte. Sein Lächeln war bösartig und doch sehr zufrieden. Beinahe konnte sie seinen Triumph in der Luft spüren.

Doch noch hatten sie keine Beweise. Verdächtiges Zeug zu plappern und sich am Tor herumzutreiben war leider kein Geständnis. Also blieb ihnen nichts anderes übrig, als weiter zu warten.

Die beiden Generäle waren viel zu sehr in ihr Gespräch verwickelt, um zu bemerken, dass sie beobachtet wurden. Die Frau, eindeutig die Anführerin, redete weiterhin auf den Mann ein. »Jetzt zeig mal etwas Rückgrat. Die Hölle wird keinen von uns beiden akzeptieren, wenn wir uns nicht wie Herrscher aufführen.«

Obwohl dies kaum möglich schien, sackte der anderen General noch weiter in sich zusammen, was irgendwie lustig aussah, da er mehr als einen Kopf größer war als die Frau. »Im Gegensatz zu dir bin ich mir nicht sicher, ob unser Plan aufgehen wird.«

»Ich kann deine ewigen Sorgen nicht mehr hören. Wir planen das hier nun schon seit Jahrzehnten und bisher hat Lucifer nichts mitbekommen. Sogar nachdem er die ersten Seelen entdeckt hatte, hat er noch keinen Verdacht geschöpft. Wir beide machen einfach so weiter, bis wir genug Dämonen zusammengesammelt haben – und dann stürzen wir ihn.«

Mit etwas mehr Selbstvertrauen nickte der andere. »Du hast recht. Was sind schon zwölf Seelen, wenn er die anderen freien nicht bemerkt hat?«

Ein dunkles Grollen drang aus Lucifers Brust. Es klang wie Donner in der Ferne, doch zum Glück bemerkten die beiden Generäle davon nichts.

»Denk an unseren Plan«, beschwor die Frau ihren Partner. »Mit jeder Seele kommen wir unserem Ziel näher und schon bald müssen wir nicht mehr vor diesem Engel ohne Flügel buckeln. Jetzt öffne das Tor, die neuen Seelen warten bereits.«

Sofort kam der Mann ihrem Befehl nach und wandte sich dem Tor zu. Langsam und ächzend zogen sich die stählernen Balken einer nach dem anderen zurück, bis sich die Türen ein Stück weit öffneten. Der Gestank von Tod und Verwesung drang hervor, zusammen mit dichtem schwarzen Rauch. Dann schossen neun kleine weiß leuchtende Kugeln hervor und verschwanden im Nichts.

Anscheinend änderte es nichts am Aussehen einer Seele, ob sie aus dem Himmel oder der Hölle kam. Doch nun verschwanden diese in der Dunkelheit über ihnen, auf der Suche nach einem Körper, den sie übernehmen konnten.

Mit einem lauten Knirschen schloss sich das Tor wieder und die Schlösser rasteten ein. Die beiden Verräter sprachen nicht länger miteinander, doch Amicia konnte erkennen, dass die Anführerin sehr zufrieden lächelte.

So genau verstand die Gefallene nicht, wie der Plan der beiden aussah, doch es spielte keine Rolle für sie. Es zählte nur, dass die Verräter gefunden waren.

Nachdem die beiden wieder in der Dunkelheit verschwunden waren, wagte Amicia es trotzdem nicht zu sprechen. Mit hektisch pochendem Herzen kniete sie da und blickte zwischen dem Höllenfürsten und dem Pfad zum Palast hin und her.

»Willst du sie nicht festnehmen oder aufhalten?«, platzte die Frage endlich aus ihr heraus.

Langsam schüttelte Lucifer den Kopf. »Noch nicht. Die beiden jetzt hinzurichten würde das Problem nur verlagern, schon bald würden sich weitere Dämonen gegen mich erheben. Ich habe schon einen Plan, vertrau mir einfach.«

Mit schmerzenden Gliedern erhob Amicia sich und streckte ihre steifen Gelenke. »Was geschieht mit den entflohenen Seelen?«

»Darum kümmere ich mich ein anderes Mal. Bis diese einen Körper gefunden haben, führt sowieso kein Weg zu ihnen. Lass uns zurück zum Palast gehen, bevor noch jemand mitbekommt, dass wir nicht da sind.«

Schweigend wanderten die beiden den Pfad zurück, jeder hing seinen Gedanken nach. Amicia versuchte sich an die Namen der beiden Generäle zu erinnern, doch sie wollten ihr einfach nicht mehr einfallen.

»Wer sind die beiden?«, traute sie sich endlich zu fragen, als sie den Palast wieder betraten.

»Die Frau heißt Jula, sie ist eine meiner ältesten Verbündeten, doch irgendwie habe ich schon immer gewusst, dass etwas mit ihr nicht stimmt.«

Langsam konnte Amicia sich wieder an diese Dämonin erinnern. Sie war eine der Letzten gewesen, mit denen Lilith sich unterhalten hatte. Die beiden Frauen kamen gut miteinander aus.

»Der Mann ist Bruno.« Abfällig schüttelte Lucifer den Kopf. »Bei ihm überrascht es mich am meisten, vor allem, da er offenbar der unterwürfige Partner ist. Aber so kann man sich in jemandem täuschen.«

Erneut machten sie sich an den Aufstieg und wieder war niemand zu sehen. Amicia fragte sich, was die anderen Generäle gerade so trieben und ob die beiden Verräter nun friedlich in ihren Betten schliefen.

Doch für Amicia war in diesem Moment nicht an Schlaf zu denken. Die Gedanken rasten durch ihren Kopf, genauso wie das Adrenalin durch ihren Körper. So genau wusste sie selbst nicht, weshalb sie diese Entdeckung so aufwühlte.

Die große Tür zu ihrem Stockwerk war geschlossen, doch öffnete sie sich von allein, als Lucifer auf sie zutrat. Unsicher blieb die Gefallene im Flur stehen und blickte sich um.

»Wenn du wissen willst, wie es nun weitergeht, musst du mit mir kommen«, beschwor der Höllenfürst sie mit sanfter Stimme und winkte sie hinter sich her.

Dies war der Moment, in dem Amicia sich hätte umdrehen und in ihr Zimmer gehen sollen. Sie war ihm in dieser Nacht schon wieder viel zu nahe gekommen, jedoch konnte sie einfach nicht widerstehen.

Lucifers Räume befanden sich genau in der Mitte des Flures. Im Großen und Ganzen ähnelten sie Amicias Zimmer, doch war hier alles etwas größer und persönlicher eingerichtet. Ein wenig erinnerten sie die großen Bücherregale an den Wänden und die Kunstgegenstände, die überall herumstanden, an seine Wohnung in Rom.

Lucifer trat zur geschlossenen Balkontür und riss sie auf. Ein sanfter Wind strich durch das Zimmer und lockte Amicia nach draußen. Hier genoss sie einen ähnlichen Ausblick wie von ihrem Balkon. Es war sehr beeindruckend.

»Auch wenn wir die beiden nun auf frischer Tat ertappt haben, verstehe ich immer noch nicht so ganz, wie ihr Plan eigentlich aussieht.« Mit vor der Brust verschränkten Armen stellte sie sich neben Lucifer an den Rand des Balkons. »Was haben sie davon, immer mal wieder ein paar wenige Seelen entkommen zu lassen?«

»Leider sind die beiden nicht dumm, ansonsten würde mir das Ganze hier deutlich weniger Kopfschmerzen bereiten«, brummte er und fuhr sich durch die Haare. »Sie sind nun schon seit Jahren, wenn nicht Jahrzehnten dabei, das alles zu planen.

Sie können sich nicht so einfach gegen mich stellen, dafür ist meine Macht zu stabil. Wenn sie mich wirklich stürzen und an meiner Stelle herrschen wollen, dann müssen sie es geschickt anstellen. Langsam mehr und mehr Dämonen auf ihre Seite ziehen und mich als unfähig dastehen lassen.«

»Sind dir die anderen entkommenen Seelen bisher nicht aufgefallen?«, fragte Amicia tonlos.

»Willst du mal raten, wie viele Seelen es da unten gibt?« Mit düsterer Miene ließ er den Blick über sein Reich schweifen. »Manche von ihnen sind schon seit Jahrtausenden dort und mit jedem Tag werden es mehr. Deshalb habe ich die Generäle berufen, damit sie mir etwas Arbeit abnehmen und ich sie bei Laune halten kann.«

»Einige Zeit ging das ja auch gut«, murmelte Amicia. »Aber jetzt wollen sie dich wohl loswerden.«

»Das ist nicht der erste Putschversuch, den ich erlebe, und sicher auch nicht der letzte. Aber dieser ist einfach anders. Es sind keine kleinen Dämonen, die nur endlich rauswollen, es sind kluge Wesen, die mich genau kennen.«

»Sie kennen deine Schwächen.«

»So etwas besitze ich nicht«, grollte er.

»Jeder hat Schwächen, ob man es nun zugibt oder nicht.«

»Wenn dem so ist, was ist dann deine, Geliebte?« Er hielt den Kopf schräg, Amicia spürte seinen durchdringenden Blick auf sich.

Ein scharfer Wind fuhr über den Balkon und bescherte ihr eine Gänsehaut. Unsicher trat sie zurück ins Zimmer und wanderte dort herum. Sie schuldete ihm weiterhin eine Antwort, doch wollte sie dafür etwas Abstand zwischen sich und Lucifer bringen.

Langsam schritt sie die Bücherregale ab und nutzte den Moment, um auch nach dem Morgenstern zu suchen. So wirklich glaubte sie nicht an einen Erfolg, jedoch konnte sie sich diese Chance auch nicht entgehen lassen.

»Nun, wie sieht es aus?«, fragte Lucifer, der ebenfalls wieder reingekommen war, doch etwas Abstand zu ihr hielt.

»Ich sehne mich nach Zuneigung und Kontakt«, gestand sie leise, ohne ihn dabei jedoch anzusehen. »Im Himmel gibt es keine Freunde, nur Mitkämpfer und auf der Erde habe ich mich nie zugehörig gefühlt. Das ist meine Schwäche.«

Lange schwieg Lucifer und irgendwann hielt sie es nicht länger aus, sie musste zu ihm aufschauen. Die Arme vor der Brust verschränkt blickte er sie an, in seinem Gesicht konnte sie nichts lesen.

»Es ist dumm, ich weiß«, redete sie weiter, damit die Stille nicht noch schwerer werden konnte. »Aber das habe ich immer am meisten bei den Menschen bewundert, die Nähe, die sie zueinander aufbauen konnten. Wir Engel sind Brüder und Schwestern, aber das ist nur eine Bezeichnung füreinander, kein Begriff für Familie.«

»Und inwiefern ist das deine Schwäche?«, fragte Lucifer sanft.

»Ich würde so ziemlich alles tun, um dieses Gefühl zu erleben, Teil einer Familie zu sein. Umgeben von Leuten, die mich lieben und auf mich aufpassen. Das ist mein größter Traum und meine größte Schwäche.« Einen Moment musste Amicia stocken, dann hatte sie sich so weit wieder gefasst, um fortzufahren. »Nun kennst du meine, was ist deine Schwäche, o großer Höllenfürst?«

»Ich habe keine, wie bereits erwähnt«, kam es wie aus der Pistole geschossen.

»Dann hast du Glück«, murmelte sie leise. Doch tief in sich drin glaubte Amicia ihm nicht. Jeder hatte eine Schwäche. »Wenn sie also nicht deine Schwächen gegen dich nutzen wollen, was dann?«

»Meine Andersartigkeit. Auch wenn ich nun schon ewig hier unten bin, bin ich doch immer noch ein Engel. Selbst ohne Flügel und himmlischen Beistand. Wenn sie mich loswerden wollen, dann durch das Misstrauen und den Hass anderer.«

»Wie willst du dem entgegenwirken?« Amicia schlenderte weiter an den langen Regalen entlang und fasste ab und an einen der Gegenstände an, doch immer noch war nichts Himmlisches zu spüren.

»Ich werden den beiden Verrätern und jedem anderen in der Hölle beweisen, dass mich nichts stürzen kann«, knurrte er angriffslustig. »Morgen

Abend wird es hier einen Ball geben, zu dem alle eingeladen werden, und der Höhepunkt wird eine Hinrichtung sein.«

Amicia wirbelte zu ihm herum und lehnte sich mit dem Rücken gegen das Regal. »Ein Fest des Todes, wie nett. Eine reine Zurschaustellung deiner Macht und dazu ein paar leckere Häppchen?«

»Gefällt dir mein Plan nicht?« Ein arrogantes Lächeln zeigte sich auf seinen Lippen.

»Er muss mir nicht gefallen, sondern für dich funktionieren. Du kennst deine Untertanen und Diener am besten, wenn dir dies deine Macht sichert, dann werde ich dich ganz sicher nicht aufhalten.«

»Aber am Ball teilnehmen?« Lauernd kam er auf sie zu.

»Nun, wenn Lilith auf diesen Ball geht, dann werde ich es auch tun.« Als er noch einen weiteren Schritt auf sie zumachte, wich Amicia nach hinten aus. Gerade konnte sie seine Nähe nicht ertragen, dafür schmerzte das Eingestehen ihrer Schwäche zu sehr.

»Nicht ganz das, was ich hören wollte, aber damit gebe ich mich auch zufrieden«, brummte er tief.

Amicia machte noch einen Schritt und erstarrte dann. Ein feines Flimmern lag in der Luft, ein sanftes Kribbeln, welches ihren ganzen Körper durchdrang. Langsam wandte sie den Blick zur Seite.

Halb versteckt, ganz hinten im Regal auf zwei alten Büchern, lag eine Glasscherbe, die selbst in dem wenigen Licht und unter der dicken Staubschicht leicht schimmerte. Sie musste sich zusammenreißen, um nicht sofort die Finger danach auszustrecken.

Doch der Höllenfürst bemerkte die Veränderung in ihrem Verhalten. Wie hätte sie das auch verhindern können, so offen, wie sich der Schock in ihrem Gesicht zeigte.

»Du kannst es also auch spüren?« Lucifer griff an ihr vorbei und holte den Splitter hervor. »Sogar jetzt verströmt das Ding noch himmlische Energie.«

»Was ist das?«, fragte sie atemlos.

Mit einem fast schon gelangweilten Gesichtsausdruck drehte Lucifer die Scherbe in seinen Händen. »Ganz ehrlich, ich habe keine Ahnung. Als ich damals so freundlich aus dem Himmel begleitet wurde, hatte ich noch ein wenig Zeit, um Ärger zu machen. Dieses Ding lag sicher verstaut und gut beschützt im Tresor, da habe ich es einfach mitgehen lassen.«

»Und du hast keine Ahnung, was es ist?« Atemlos beobachtete Amicia den großen Splitter. Als Lucifer ihn ihr einfach in die Hand drückte, keuchte sie vor Schreck auf. Nun konnte sie die Macht ganz genau spüren, wie ein Blitz durchzuckte sie ihren Körper.

»Nein, ich wollte die da oben einfach nur nerven«, lachte Lucifer. »Aber inzwischen bin ich mir sicher, dass das Ding nichts Besonderes ist. Bisher war keiner hier unten und hat danach gesucht.«

Seine Worte widersprachen allem, was sie bisher gehört hatte. Doch in diesem Moment hatte Amicia keinen Zweifel, es zählte nur noch die Scherbe in ihrer Hand. Sie hätte jetzt einfach fliehen, so schnell wie möglich zu den Höllenportalen eilen und schon in ein paar Stunden im Himmel sein können, doch Lucifer hätte sie sicher sofort ausgeschaltet.

Amicia nahm all ihre Kraft zusammen und reichte Lucifer den Splitter zurück. »Dann wird morgen Abend wohl ein Ball stattfinden.«

Ohne der Scherbe einen zweiten Blick zuzuwerfen, legte der Höllenfürst sie wieder zurück ins Regal. Sie prägte sich ganz genau ein, wohin.

»Morgen um diese Zeit wird das alles vorbei sein und ich habe endlich mal wieder meine Ruhe.«

»Ich kann es kaum erwarten. Aber wenn du mich jetzt entschuldigen würdest, vor diesem großen Abend brauche ich noch etwas Schönheitsschlaf.« Amicia schaffte es kaum, sich das breite Grinsen zu verkneifen. »Gute Nacht, Lucifer.«

»Gute Nacht, Geliebte.«

Mit einem Gefühl des Triumphes verließ Amicia sein Zimmer. Endlich hatte sie den Morgenstern gefunden.

KAPITEL SECHZEHN – BALL DER LÜGEN

Die Hölle war ein langweiliger Ort. Oder eher gesagt: Ihr Zimmer in der Hölle war ein langweiliger Ort. Nachdem sie kurz vor Sonnenaufgang unter die Decke gekrochen war, hatte Amicia so lange und so fest geschlafen wie schon eine gefühlte Ewigkeit nicht mehr.

Sie erwachte mit der Sicherheit, dass das alles nun bald vorbei sein würde. Mit geschlossenen Augen blieb sie noch für einen Moment liegen und genoss die Ruhe, die sich in ihrem Verstand eingenistet hatte.

Alles fügte sich auf einmal ineinander. Der Morgenstern war zum Greifen nah und in dieser Nacht gab es eine gute Gelegenheit, damit unbemerkt zu verschwinden. Gleichzeitig hatte sie Lucifer mit seinem eigenen Problem geholfen und so ihr schlechtes Gewissen wenigstens etwas beruhigt.

Noch ganz verschlafen tapste sie durchs Zimmer und holte den Brief von Michaela aus ihrer Tasche. Sie hatte es beinahe geschafft, doch musste sie die Zeilen immer und immer wieder lesen.

Denn da war dieser winzige Funken Zweifel, der einfach nicht weggehen wollte. In ihrem Kopf konnte sie immer noch Lucifers Worte über den Morgenstern hören. Wieso widersprach er nur allem, was sie wusste?

Sorgsam faltete sie den Brief wieder zusammen und verstaute ihn in ihrer Tasche. Lucifers Erzählungen spielten keine Rolle. Er war der Höllenfürst selbst und bekannt dafür zu lügen. Was also hielt ihn davon ab, auch sie hinters Licht zu führen?

Nachdem Amicia geduscht und ihre Aufregung, so gut sie konnte, verbannt hatte, machte sie sich auf die Suche nach Lilith. Noch musste sie einige

Stunden in der Hölle verweilen, denn sie wollte wissen, wie es mit den Verrätern weiterging.

Die erste Frau hatte es sich auf dem Balkon in ihrem Zimmer bequem gemacht, vor ihr standen eine Tasse Kaffee und ein riesiges Frühstücksbüffet.

»Schon etwas spät für ein Frühstück, oder?« Sie nahm gegenüber der anderen Frau Platz.

»Die Dämonen haben es eben erst hier hochgebracht«, erklärte Lilith sanft und nippte an ihrer Tasse.

»Wie nett von ihnen.« Tatsächlich hatte Amicia großen Hunger und sie belud sich den Teller. »Aber woher wussten die, dass ich zu dir komme?«

»Das hier ist die Hölle, hier weiß man Dinge einfach. So, wie wir jetzt wissen, wer die Verräter sind.« Traurig seufzte Lilith. »Ausgerechnet Jula. Das tut wirklich weh.«

»Du mochtest sie?«, fragte Amicia zwischen zwei Bissen.

»Wir kennen uns schon sehr lange und haben uns immer gut verstanden. Sie hat sich meist aus dem ganzen Drama herausgehalten, was unser Leben so bestimmt, und stand eigentlich immer hinter Lucifer. So kann man sich in jemandem irren. Dabei sollte es mich nicht einmal wundern, immerhin ist sie eine Dämonin, die können gar nicht anders, als zu betrügen.«

Bei der Erwähnung von Betrug verging Amicia auf einmal der Appetit. Erst jetzt wurde ihr klar, dass sie nicht nur den Höllenfürsten hinterging, sondern auch Lilith. Dabei hatte die erste Frau sie mit offenen Armen empfangen und ihr ein neues Leben bieten wollen.

»Niemand kann sagen, wieso jemand so etwas tut«, brachte sie tonlos hervor und schob den Teller von sich.

»Das spielt doch gar keine Rolle. Gründe, ein Arschloch zu sein, machen dich nicht weniger zu einem.« Abwertend schüttelte Lilith den Kopf. »Aber das spielt jetzt keine Rolle mehr, heute Nacht wird es vorbei sein.«

»Lucifer hat dich also schon in seine weiteren Pläne eingeweiht?«, wechselte Amicia schnell das Thema.

»Soweit er das denn jemals tut. Heute Abend wird jeder, der Rang und Namen in Pandemonia hat, sich versammeln und dann wird unser lieber

Lucifer eine solche Show abziehen, dass niemand sich jemals wieder gegen ihn stellt.«

»Dann bleibt es also spannend.« Langsam rührte Amicia mit einem Löffel in ihrer Tasse. »Was machen wir bis dahin?«

»Nichts.« Lilith schenkte sich mehr Kaffee ein. »Hier unten habe ich nicht viel zu tun und da es weder Empfang noch Internet gibt, kann ich auch nicht viel erledigen. Wenn du schon mal einen wirklich freien Tag haben willst, dann hast du ihn jetzt.«

»Dann werde ich mich noch etwas hinlegen«, ergriff Amicia die Gelegenheit und erhob sich.

Mit erhobenen Augenbrauen betrachtete Lilith den immer noch vollen Tisch. »Keinen Hunger?«

»Heute nicht, aber richte den Dämonen meinen Dank aus«, murmelte die Gefallene schnell und eilte aus dem Zimmer.

Mit einem bangen Gefühl im Bauch warf sie sich aufs Bett und legte den Arm über die Augen. Nun blieb ihr nichts anderes übrig, als bis zum Abend zu warten und zu hoffen, dass nichts schiefgehen würde.

Nach einiger Zeit hielt es Amicia nicht länger mit ihren eigenen Gedanken aus. Diese führten ein wildes Ballett auf, in dem sich Faniell, Lucifer, Lilith und auch Michaela in der Hauptrolle abwechselten.

Sie sollte diese Zeit besser nutzen, als einfach nur herumzuliegen und zu warten. Ruckartig setzte sie sich auf und holte das Buch hervor. Wenn sie den Morgenstern noch in dieser Nacht aus der Hölle schaffen wollte, dann musste sie ihren Plan genau kennen.

Für Amicia gab es nur einen einzigen Weg aus der Hölle … durch eines der Portale. Lange musste sie nicht suchen, bis sie den passenden Abschnitt im Buch fand. Eigentlich waren die Portale nicht schwer zu bedienen. Man musste nur an den Steinplatten sein Ziel auswählen und durch einen der Bögen treten. Jedoch wurde jedes Benutzen der Portale genau aufgezeichnet.

Sofort wanderten Amicias Gedanken zu den Statuen der alten Dämonen, welche die Portale schützten. Sie musste darauf hoffen, dass diese wirklich nur eingriffen, wenn jemand die Hölle betrat.

Ihr Plan stand. Jetzt musste sie nur noch einen Weg in Lucifers Zimmer finden und den Splitter dort herausholen. Aber wie schwer konnte dies schon sein, immerhin war sie bis an diesen Punkt gekommen.

Ein Klopfen an der Tür riss sie aus ihren Überlegungen. Schnell verstaute sie das Buch unter ihrem Bett und ging dann langsam zur Tür. Weder Lucifer noch Lilith würden klopfen, sondern einfach ungefragt eintreten.

Blitzschnell riss Amicia die Tür auf, eine Klinge zur Verteidigung in der Hand. Im Flur war niemand zu sehen, nur ein blutroter Karton lag auf dem Boden. Schnell blickte Amicia sich zu beiden Seiten um, sie konnte gerade noch ein kleines Wesen den Gang entlanghuschen sehen.

Etwas verwirrt hob Amicia den Karton auf und trug ihn in ihr Zimmer. Mit zittrigen Händen löste sie die große schwarze Schleife und hob den Deckel an.

Mit großen Augen nahm Amicia den feinen Stoff heraus. Das schwarze Kleid war einfach umwerfend. Es ging bis zum Boden, hatte lange Ärmel und einen nicht zu tiefen Ausschnitt, der Rock war hoch geschlitzt, sodass man viel von ihrem Bein sehen würde. Doch das Unglaublichste waren die feinen rötlichen Fäden, die in den Stoff gewoben waren. So schimmerte er im Licht wie züngelnde Flammen.

Im Karton befanden sich zusätzlich noch passende Schuhe und Schmuck. Etwas überfordert ließ Amicia sich aufs Bett fallen, das Kleid immer noch in den Händen, und starrte einfach nur ins Nichts.

Dies war ein weiteres Geschenk von Lucifer, da war sie sich ganz sicher. Und eine unausgesprochene Einladung, mit ihm auf den Ball zu gehen. Lange saß Amicia einfach nur so da und starrte vor sich hin. Erst als das Licht schon langsam weniger wurde, kam wieder Leben in sie.

Dies war ihr letzter Abend, den sie mit Lucifer verbrachte. Schon bald würde sie die Hölle und auch die Erde hinter sich lassen. Wieso sollte sie diesen Abend dann nicht einfach genießen und alles andere wenigstens für ein paar Stunden vergessen?

Das Kleid passte wie angegossen, natürlich tat es das. Einige Male drehte und wendete Amicia sich vor dem großen Spiegel und versuchte sich jedes noch so kleine Detail einzuprägen. Bald würde die Sonne untergehen und der Ball beginnen.

Amicia hatte keine Ahnung, ob es gegen die Etikette verstieß und sie jemanden beleidigen würde, als sie die beiden Klingen um ihre Oberschenkel schnallte. Beide passten sehr gut zu ihrem Kleid und schienen es sogar noch zu vervollständigen.

Als sie in den Flur hinaustrat, fühlte sie sich wie eine ganz andere Person. Nicht Amiciell, der Engel, der brav tat, was der Himmel von ihm verlangte. Nicht die Gefallene, die keine Freunde und kein Zuhause hatte. Sie war Amicia, sie war sie selbst.

Lilith wartete bereits in ihrer ganzen Schönheit auf sie. Das hautenge Kleid betonte ihre grandiose Figur und war über und über mit kleinen Kristallen besetzt. Ihr Haar trug sie locker hochgesteckt, sodass ihr schlanker Hals betont wurde.

»Du siehst umwerfend aus«, rief sie Amicia entgegen. »Dieses Kleid ist der Wahnsinn, genauso wie du.«

»Das Kompliment kann ich nur zurückgeben«, sagte Amicia lachend und strich sich eine verirrte Strähne aus dem Gesicht. »Danke Lilith, für alles.«

Sie versuchte, in ihre Worte all die Dinge einzuschließen, die sie nicht laut aussprechen konnte.

Königlich nickte die erste Frau. »Jetzt bleibt uns nur noch zu hoffen, dass dieser Abend schnell und möglichst unblutig vonstattengeht.«

»Ich verspreche gar nichts.« Lucifer trat aus seinem Zimmer und zwischen die beiden. »Was habe ich nur für ein Glück mit meinen Begleitungen, die beiden schönsten Frauen der ganzen Hölle.«

»Dein Geschleime kannst du dir sparen, einen Tanz bekommst du trotzdem nicht mit mir.« Mit hoch erhobenem Kopf schritt Lilith zur Treppe.

»Es wird auch getanzt?«, fragte Amicia atemlos.

Lucifer reichte ihr den Arm und führte sie. »Natürlich, dies ist immerhin ein Ball. Zumindest soll er es am Anfang sein.«

»Was danach passiert, will ich sicher noch gar nicht wissen«, murmelte sie leise und blickte zum Höllenfürsten hoch.

An diesem Abend trug er einen Smoking, der seine umwerfende Erscheinung nur noch mehr unterstrich. Das Herz flatterte ihr aufgeregt in der Brust und zum ersten Mal ließ sie es auch zu.

Diesmal ging es nur wenige Stockwerke nach unten, dann betraten sie einen Flur, den Amicia nicht kannte. Schon aus der Ferne konnte sie laute, lustige Musik hören und den Klang von vielen verschiedenen Stimmen.

»Der Ball hat schon angefangen.«

»Ein guter Gastgeber kommt immer zu spät. Außerdem erhöht das die Spannung und sorgt für einen besonderen Auftritt.« Ein arrogantes Lächeln zeichnete sich auf seinen Lippen ab.

»Showtime.« Amicia erwiderte sein Lächeln.

Ein Funken Verwunderung zeigte sich in Lucifers Augen, dann vertiefte sich sein Grinsen nur noch mehr. Seine rauen Finger wanderten einen Moment über ihren Rücken, als er den Arm um sie legte.

Neben der Tür zum Ballsaal wartete Lilith auf sie. Unruhig klopfte sie mit dem Finger gegen ihre Hüfte, anscheinend stand ihr der Sinn so gar nicht nach diesem Abend.

»Seid ihr beide bereit?« Lucifer reichte der ersten Frau seinen freien Arm.

»Mehr als nur bereit, es endlich hinter mich zu bringen«, brummte diese und nahm ihren Platz an seiner Seite ein.

Wie von Geister- oder eher Dämonenhand öffneten sich die Türen und gaben den Blick auf den riesigen, hell erleuchteten Ballsaal frei. An den Wänden und von der Decke hingen prunkvolle Kronleuchter, in denen blutrote Kerzen brannten. Auf der goldenen Tanzfläche drehten die Dämonen in prachtvollen Kleidern ihre Runden, während in einer Ecke ein kleines Orchester spielte.

Dieses stoppte sofort, als Lucifer mit seinen Begleitungen eintrat. Alle wandten sich ihnen zu und Lilith drückte den Rücken durch. Mit hoch erhobenem Kopf schritt sie neben dem Höllenfürsten durch den Saal, bis sie in der Mitte stehen blieben.

»Eine wunderschöne Nacht, meine Freunde«, rief Lucifer in die Stille. »Es ist nun schon lange her, dass wir uns hier versammelt haben, um eine Nacht des Überflusses zu erleben. Nun ist es wieder an der Zeit dafür.«

Während er seine Rede hielt, ließ Amicia den Blick durch die Menge gleiten. Auf den ersten Blick sahen alle Dämonen menschlich aus, doch weiter hinten konnte sie einzelne Gestalten erkennen, die weniger gut auf die Erde passten. Sie alle lauschten ihrem Fürsten aufmerksam, keiner wagte es, den Blick abzuwenden.

Es dauerte nicht lange, bis sie alle Generäle entdeckte hatte. Sie standen in einiger Entfernung voneinander, keiner achtete auf den anderen. Alle hingen an Lucifers Lippen.

»Auf eine ereignisreiche Nacht!«, beendete Lucifer seine Ansprache, der lauter Jubel folgte. Ein kleines Wesen mit vier langen Hörnern auf dem runden Kopf brachte ein Tablett mit Champagnergläsern.

Mit einem Lächeln nahm Amicia ein Glas entgegen, der kleine Dämon erwiderte die Geste und huschte dann weiter durch die Menge. Auch sie hob ihr Glas zum Toast und nahm wie alle anderen einen Schluck.

»Und nun lasst uns feiern«, rief Lucifer aus und gab dem Orchester ein Zeichen, wieder aufzuspielen. Am Arm führte er Lilith und Amicia von der Tanzfläche in eine etwas ruhigere Ecke.

»Wie geht es nun weiter?«, fragte Letztere mit aufgeregter Stimme. Immer wieder huschte ihr Blick durch den Saal, damit sie genau wusste, wo sich die beiden Verräter aufhielten.

»Feiern«, gab Lucifer locker zurück. »Viele Leute haben sich auf diesen Ball gefreut und ich will ihnen den nicht sofort vermiesen.«

»Sehr nett von dir«, brummte Lilith. »Dann werde ich mich mal unter die Menge mischen und schauen, wie es einigen der anderen geht.« Mit hoch erhobenem Kopf stolzierte sie davon.

»Sie gehört hier unten noch weniger rein als du, nicht wahr?«, fragte Amicia leise.

Der Höllenfürst zuckte mit den Schultern. »Sie ist kein Dämon, keine Gefallene, kein Engel und auch keine Seele. Sie ist einfach Lilith. Absolut einzigartig.«

»Darin ist sie auch wirklich gut.« Kurz stockte Amicia und dachte über seine Worte nach. »Sind heute auch andere Gefallene da?«

»Einige, aber sie halten sich bei solchen Veranstaltungen meist zurück. Irgendwann, wenn endlich alles wieder etwas ruhiger geworden ist, stelle ich dich dem ein oder anderen vor. Vielleicht kennst du ja sogar jemand.«

»Vielleicht.« Amicia wandte den Blick ab und nahm einen großen Schluck Champagner. Bisher hatte sie sich nur sehr wenige Gedanken um die anderen Gefallenen gemacht. Sie war dazu erzogen worden, diese für tot zu halten.

»Was für ein großartiges Fest«, erklang eine Stimme hinter ihr – süß wie Zuckerwatte. Von den Generälen hatte Brunna den tiefsten Eindruck bei Amicia hinterlassen und zwar keinen positiven.

Nun lauerte die Dämonin auf Lucifer, ein verführerisches Lächeln auf den Lippen. Ihre ganze Konzentration lag auf dem Höllenfürsten, Amicia blendete sie dabei ganz aus.

»Guten Abend, Brunna«, begrüßte Lucifer sie etwas kühl. »Hoffentlich amüsierst du dich gut.«

»Oh, selbstverständlich. Vor allem, wenn du mir einen Tanz schenkst«, hauchte sie.

»Das tut mir sehr leid, aber ich bin die ganze Nacht vergeben.« Mit einem breiten Grinsen nahm er Amicia am Arm und führte sie von der anderen Dämonin weg.

»Deshalb bin ich also hier, um dir die Speichellecker vom Leib zu halten.« Amicia wehrte sich nicht gegen seine Berührungen, auf dem Weg zur Tanzfläche stellte sie ihr Glas ab.

»Die gute Brunna will sicher an etwas anderem lecken«, gab er tonlos zurück. »Außerdem bist du hier, weil ich dich hier haben will.«

Ihre Wangen glühten und sie musste für einen Moment den Kopf senken. Das Orchester spielte ein neues Lied und Lucifer legte die Arme um sie. Langsam wiegten sie sich zum Takt der Musik und der Rest des Saales verschwand aus ihrer Wahrnehmung.

Das Herz pochte schnell in ihrer Brust, ihr ganzer Körper schien zu vibrieren. Sie war Lucifer so nah wie schon lange nicht mehr und sofort wanderten ihre Gedanken zurück zu den Küssen.

»Hast du dir die Hölle so vorgestellt?«, fragte er sanft und riss sie aus ihren ungeordneten Gedanken.

»In meinem Kopf gab es etwas mehr Schwefel und Feuer, aber ansonsten bin ich sehr beeindruckt.« Sie hob den Kopf und blickte ihm in die Augen.

»Irgendwann zeige ich dir mal das Feuer.« Mit einem zufriedenen Grinsen zog er sie näher zu sich heran.

»Ich kann es kaum erwarten.«

An diesem Abend fühlte Amicia sich wild und frei. Solange es draußen dunkel war, wollte sie vergessen, wer sie wirklich war, und sich dem hingeben, worauf sie Lust verspürte.

»Das würde mir sehr gut gefallen. Hast du nach dem Ball noch etwas vor?«

Sein Blick verdunkelte sich vor Lust. »Jetzt schon«, knurrte er.

Ein so befreites Lachen, wie sie es noch niemals erlebt hatte, brach aus Amicia heraus. Ihr war es völlig egal, ob sie jemand hörte und dass sie sich gerade mitten unter ihren eigentlichen Feinden befand. Sie fühlte sich so gut wie noch nie in ihrer Existenz.

»Nur leider muss ich erst einmal meinen Pflichten nachkommen.« Der Funke verschwand aus Lucifers Augen und seine Miene verschloss sich. »So gern ich auch etwas ganz anderes tun würde.«

»Keine Sorge, ich warte auf dich. Kümmere du dich um dein Reich. Ich bin hier.« Sie zwinkerte ihm zu und löste sich von ihm. »Ich suche mal nach Lilith.«

»Tu das, aber sei in fünfzehn Minuten wieder bei mir, dann geht das Schauspiel los«, flüsterte er ihr noch schnell zu.

Mit hoch erhobenem Kinn drückte Amicia sich durch die Menge und ignorierte dabei die vielen Blicke, die sie auf ihrer Haut spürte. Ihr war es egal, was diese Dämonen von ihr oder ihrer Beziehung zu Lucifer dachten. Dies war ihre Nacht und niemand würde sie hier jemals wiedersehen.

»Amiciell?« Ihr wahrer Name riss sie aus den Gedanken. Blitzschnell wirbelte sie auf dem Absatz um und fand sich mit ihrem früheren Leben konfrontiert.

»Babiell?« Es dauerte einen Moment, bis sie die andere Gefallene erkannte.

Einen Moment blinzelte Amicia einfach nur verwirrt und blickte den ehemaligen Engel an. »Du bist hier?«

»Wo sollte eine wie ich denn sonst sein?«, lachte Babiell.

Immer noch etwas baff nickte Amicia. Sie und die andere Gefallene hatten vor vielen, vielen Jahrhunderten in derselben Einsatztruppe unter Michaela gedient, doch Babiell war beinahe hundert Jahre vor ihr gefallen.

»Ich hab das von dir gehört«, fuhr diese fort, als hätte es die peinliche Pause gar nicht gegeben. »Die ganze Zeit habe ich mich gefragt, was mit dir passiert ist und wieso du so lange nicht hergekommen bist. Es ist sehr schön, dich wiederzusehen.«

»Ja, es ist lange her.« Etwas Besseres fiel Amicia einfach nicht ein. In diesem Moment kam sie sich fremd und fehl am Platz vor, ihre alte Mitstreiterin ausgerechnet hier in der Hölle anzutreffen.

»Jetzt, da du hier unten auch ein Zuhause gefunden hast, sollten wir unbedingt mal zusammen etwas trinken gehen. Außer natürlich, deine Arbeit bei Lilith hält dich zu sehr auf trapp.«

»Du weißt davon?«

»Die Hölle ist bei so was sogar noch schlimmer als der Himmel. Leider weiß hier immer jeder absolut alles.« Babiell zuckte mit den Schultern.

»Das merke ich mir. Und wir sollten wirklich mal zusammen ausgehen, sicher ist bei uns beiden in den letzten Jahrhunderten sehr viel passiert«, murmelte Amicia immer noch etwas überfordert.

»Ich freu mich.« Ein extrem gut aussehender Dämon tauchte aus der Menge auf und reichte Babiell den Arm. »Dir noch einen schönen Abend«, flötete diese und ließ sich davonführen.

Es dauerte einen Moment, bis Amicia sich wieder bewegen konnte. Mit vielem hatte sie gerechnet, doch nicht damit, eine alte Bekannte wiederzutreffen. Sie hatte lange nicht mehr an Babiell gedacht, beinahe ewig nicht mehr, immerhin war dies verboten gewesen. Doch nachdem diese aus dem Himmel verbannt worden war, hatte Amicia heimlich geweint.

Da war wieder der leise Zweifel, der sanft an ihr zerrte. Kurz schüttelte Amicia den Kopf, um ihn zu vertreiben. Leise sprach sie die Zeilen des

Briefes vor sich hin, als Erinnerung an die einzige Wahrheit, die für sie zählte.

Ihr Zuhause war nicht in der Hölle und auch nicht auf der Erde. Sobald sie wieder sicher im Schoße des Himmels war, würden all diese Zweifel verschwinden – genauso wie ihre verwirrenden Gefühle.

Gerade als sie sich wieder auf die Suche nach Lilith machen wollte, fand die erste Frau sie. »Du siehst aus, als hättest du einen Geist gesehen.«

»Nur eine alte Bekannte«, winkte Amicia schnell ab. »Ich wollte dich gerade holen kommen.«

»Dafür ist es jetzt zu spät, es geht gleich los.« Sanft packte Lilith sie am Arm und zog sie hinter sich her. »Was auch immer gleich passieren wird, bleib still und zeige keinerlei Regung.«

Knapp nickte Amicia. Mit jedem Schritt, den sie der Mitte des Ballsaals näher kamen, wurde sie nervöser. Die Stimmung im Raum war mehr als nur ausgelassen, viele Dämonen tanzten, der Alkohol floss in Strömen. Niemand schien auch nur zu vermuten, dass sich das schon sehr bald ändern würde.

Lucifer wartete bereits auf sie, die Arme hinter dem Rücken verschränkt. Alle Wärme war aus seinem Gesicht verschwunden und nun wirkte er mehr wie der Höllenfürst, den Amicia bei ihrem ersten Treffen in ihm gesehen hatte.

Es brauchte nur einen einzigen Blick von ihm in Richtung des Orchesters und die Musik verklang. Innerhalb einer Sekunde herrschte Stille im Raum, alle hatten sich ihnen zugewandt. Amicia stellte sich direkt neben Lilith, ihre Hand locker neben ihrer Klinge.

»Meine lieben Freunde, ich habe euch heute Abend nicht nur aus reiner Lebensfreude zusammengerufen«, sprach Lucifer ruhig und klar, doch seine Stimme hallte durch den ganzen Saal.

»Nun bin ich schon länger euer Herrscher, als die Menschen die Welt bevölkern. Ich habe diese Hölle aufgebaut, sie zu dem gemacht, was sie heute ist, mit euch an meiner Seite.« Langsam wanderte sein Blick durch die Menge, so, als wollte er jedem Dämon direkt in die Augen schauen.

»Wir alle wurden nach hier unten verbannt, weit weg von den Menschen dort oben und noch viel weiter weg von der Goldenen Stadt. Sie wollten uns hier einsperren, mit nichts weiter als den armen Resten der Menschheit, die sie uns auch noch irgendwann nehmen werden.«

Zustimmende Rufe erklangen. Nicht wenige der Dämonen nickten, manche sogar mit einem wütenden Ausdruck im Gesicht. Keiner von ihnen hatte eine Ahnung, worum es hier wirklich ging.

»Doch das hat uns nicht aufgehalten. Ich habe uns einen Weg zu den Menschen erkämpft, eine Möglichkeit, mehr von ihnen zu uns zu holen. Ich habe euch erlaubt und geholfen, auf die Erde zu gelangen und dort Chaos zu verbreiten.«

Noch mehr Rufe. Irgendwo weit hinten brüllte jemand Lucifers Namen und schon bald hallten laute Jubelrufe durch den Saal, die Amicia in den Ohren schmerzten. Einige Augenblicke sonnte der Höllenfürst sich in der Anbetung, dann hob er die Hände und sofort herrschte wieder Stille.

»Das alles habe ich für euch getan und habe nie etwas im Gegenzug von euch verlangt – außer einer einzigen Sache: Loyalität! Und doch konnten einige von euch mir nicht mal das geben.«

Dies war der Moment, in dem die Stimmung umschlug. Anstatt der Freude lag nun Schock in den Augen der Dämonen, bei manchen sogar Panik. Einem Gefühl nachkommend schlüpfte Amicia aus ihren Schuhen und spürte den kalten Boden unter ihren nackten Sohlen.

»Ich habe euch alles gegeben, wonach es euch verlangen könnte. Euch mehr Freiheiten zugesprochen, als ihr sonst jemals bekommen könntet, und einige von euch danken es mir nun auf seltsame Art und Weise.« Lucifer brüllte nicht, er hatte seine Stimme nicht einmal erhoben, doch drangen seine Worte bis in den letzten Winkel.

Einige Augenblicke rührte sich niemand, alle hielten den Atem an und warteten, was nun passieren würde.

»Jula, Bruno, wollt ihr beide nicht zu mir kommen und mir euren Verrat erklären?«, fragte der Höllenfürst leise.

Amicia war ein wenig überrascht, dass Jula tatsächlich mit hoch erhobenem Kopf aus der Menge trat und direkt auf Lucifer zuging. Doch ihr mutiger Auftritt wurde nicht von dem Zittern ihrer Finger und der Panik in ihren Augen untermauert.

Deutlich weniger selbstbewusst trat nach einigen Augenblicken auch Bruno hervor. Der riesige Mann war in sich zusammengesunken und schaffte es nicht, den Kopf zu heben.

Ausdruckslos blickte Lucifer ihnen entgegen. »Erklärt euch!«

Innerlich hoffte Amicia, dass die beiden einfach schweigen und ihr Schicksal hinnehmen würden. Denn nichts, was sie sagten, konnte sie jetzt noch retten. Jula und Bruno wussten es, die anwesenden Dämonen wussten es und auch Amicia war sich dessen bewusst. Doch anscheinend war die Verräterin nicht so schlau.

»Du hast uns nichts gegeben, sondern uns nur hier unten eingesperrt.« Sie brüllte, doch ihre Stimme zitterte so sehr, dass die Worte schwer zu verstehen waren. »Wir sollten die Erde übernehmen und die Menschen zu unseren Sklaven machen. Doch du bist zu sehr Engel, um das einzusehen. Wir brauchen dich nicht als unseren Wächter, wir sind viele und du bist nur einer.«

Wie viele der anderen zuckte Amicia zusammen, als Lucifer auf einmal zu lachen anfing. Es war ein tiefes, dunkles Geräusch, das durch Mark und Bein ging.

»Du bist noch dümmer, als ich gedacht habe. Ihr seid vielleicht viele, aber ich bin der Einzige mit Macht.« Aus dem Nichts materialisierte sich ein silbernes Schwert in Lucifers Hand. Von der Klinge ging eine solche Kraft aus, dass auch Amicia und Lilith einen Schritt nach hinten auswichen.

Die Erkenntnis, dass sie sterben würde, zeigte sich ganz klar in Julas Augen. Mit einer einzigen Bewegung schwang Lucifer das Schwert und trennte ihren Kopf vom Körper. Für einen Moment stand sie noch gerade da, während ihr Kopf auf den Boden prallte. Dann lösten sich ihre beiden Teile in nichts auf.

Niemand rührte sich, kein Ton war zu hören, nur eine tödliche Stille. Voller Schrecken und Panik blickte Bruno auf die Stelle, an der bis eben noch seine Mitverschwörerin gestanden hatte.

Ein Schauer rann durch seinen Körper, dann setzte er sich auf einmal in

Bewegung und rannte, so schnell er konnte, auf die Tür zu. Lucifer verdrehte nur wenig beeindruckt die Augen, doch Amicia würde ihn nicht davonkommen lassen.

Brunos Fluchtweg führte direkt an ihr vorbei. Mit einem breiten Grinsen verpasste sie ihm einen Back Kick direkt in die Brust, der einem Menschen das Brustbein gebrochen hätte, den Dämon jedoch nur nach hinten schleuderte ... direkt vor Lucifer.

»Ach, Bruno. Fliehen bringt dir nichts«, murmelte dieser sanft. »Es gibt keinen Fleck in diesem Universum, an dem ich dich nicht finden könnte. Und nun leb wohl!«

Brunos verängstigte Miene war für immer auf seinem Gesicht eingefroren, als sein Kopf über den Boden rollte, bis auch er einfach verschwand.

»Dies ist meine einzige und letzte Warnung an euch alle«, wandte Lucifer sich nun wieder an seine Zuschauer, die alle voller Schock dastanden.

»Zweifelt niemals an mir und meiner Macht. Denn ansonsten werde ich jeden Einzelnen von euch auslöschen, bis nicht einmal mehr eine Erinnerung an euch existiert. Es gibt nur einen einzigen Herrscher der Hölle und das bin ich!«

KAPITEL SIEBZEHN – WAHRHEIT IN DER VERGANGENHEIT

Der Ball war vorbei, so viel war nach der Hinrichtung sicher. Niemand wagte es, sich zu bewegen, während Lucifer das Schwert wieder in der Scheide verstaute, die auf einmal um seine Hüfte hing.

Angst schwängerte die Luft wie ein viel zu starkes Parfüm. Der Höllenfürst hatte genau erreicht, was er wollte. Amicia war sich sicher, dass niemals wieder jemand an ihm zweifeln würde.

Lilith war die Erste, die sprach. »Ich gehe ins Bett.« Ohne auf jemanden zu achten, schritt sie aus dem Saal und ließ Amicia etwas überrascht zurück.

»Sie weiß, wie man einen großen Auftritt hinlegt.« Lucifer trat neben sie und reichte ihr den Arm. »Ich begleite dich nach oben.«

Hunderte Fragen brannten Amicia auf der Zunge, zum Teil war sie genauso verwirrt wie die Dämonen. Trotzdem ergriff sie Lucifers Arm und ließ sich aus dem Saal geleiten.

Keiner von beiden sprach ein Wort, bis sie im oberen Stockwerk angekommen waren. Amicia tat ihr Bestes, die eben gesehene Szene zu vergessen. Auch wenn sie eigentlich nichts für diese Dämonen empfunden hatte, war es doch ein bedrückender Gedanke, dass sie nun für immer ausgelöscht waren.

Sie bemerkte gar nicht, wohin sie gingen, bis sie auf einmal in Lucifers Zimmer standen. Sofort ließ sie seinen Arm los und fuhr sich mit den Händen durch die Haare.

Mit verschlossener Miene zog Lucifer seine Jacke aus und löste seine Krawatte. Äußerlich schien er völlig ruhig zu sein, doch unter der Oberfläche brodelte es. »Nun frag endlich.«

»Dieses Schwert, das habe ich schon einmal gesehen. Bei Michaela«, wisperte sie atemlos.

»Du hast ein gutes Auge. Die beiden Schwerter sind Zwillinge, genauso wie Michaela und ich.«

Diese Information warf Amicia völlig aus der Bahn. Ihr war bewusst, dass der Höllenfürst und der Erzengel etwa zur selben Zeit erschaffen worden waren, doch Zwillinge? »Wieso besitzt du das Schwert noch? Immerhin ist es ein Engelsschwert.«

»Genau für einen solchen Zweck.« Endlich wandte er sich wieder zu ihr um. »Nur damit kann ich die Dämonen bestrafen und aus dieser Welt tilgen, wenn sie sich gegen mich stellen.«

»Du hast die himmlischen Truppen geführt und gegen die Dämonen gekämpft und doch bist du nun ihr Herr.« Ungläubig schüttelte sie den Kopf.

»Wie heißt es so schön, Gottes Wege sind unergründlich. Zeit für einen Drink.«

Wortlos nickte Amicia. Sie fühlte sich leer und ausgelaugt. Der Zweifel war wieder da, diesmal lauter und nicht nur am Rande ihres Verstandes. Mit einem geflüsterten »Danke« nahm sie den Drink entgegen und nippte leicht daran.

»Du hast zusammengezuckt, als ich Michaela erwähnt habe«, murmelte er sanft.

»Leider habe ich keine guten Erinnerungen mehr an sie. Michaela selbst hat mich damals aus dem Himmel geworfen.«

»Wir beide haben mehr gemeinsam, als man denken kann. Darin ist sie erstaunlich gut, auch wenn sie immer so tut, als würde es ihr schwerfallen.«

Trocken lachte Amicia auf. »Ich werde ihr Gesicht niemals vergessen.« Wie würde es erst werden, wenn sie dem Erzengel wieder gegenüberstand und vielleicht mit ihr zusammenarbeiten musste?

»Wieso bist du damals gefallen?«, fragte Lucifer sanft und strich ihr behutsam über die Wange. »Du scheinst mir einfach kein Wesen zu sein, das die Regeln so stark bricht, dass du dafür bestraft werden musst.«

»Manchmal wünschte ich, dass ich die Regeln auf grausame Art und Weise gebrochen … etwas wirklich Abscheuliches getan hätte. Doch leider war dem nicht so.« Sie blickte ihm direkt in die Augen. »Ich habe lediglich das Leben eines einzigen Mannes verschont.«

Sie erinnerte sich schmerzvoll daran.

Dies war nicht ihr erster Auftrag auf der Erde, doch der erste, den sie allein unternehmen durfte. Voller Aufregung trat Amicia durch die goldene Pforte und begab sich hinunter.

Das Ziel war ein einfacher Bauer, der noch an diesem Tag sterben würde. Ihre Aufgabe war es sicherzugehen, dass dies auch passierte, und danach seine Seele in den Himmel zu begleiten. Amicia wusste nicht, weshalb er sterben musste, und es war ihr auch egal. Alles, was zählte, war ihr Auftrag und das Vertrauen, welches Michaela in sie setzte.

Es war ein strahlend schöner Sommertag. Die Vögel zwitscherten in den Bäumen, Schmetterlinge tanzten durch die Luft und die Felder blühten. Der Natur merkte man nicht an, welcher Schrecken sich gerade durch das Land verbreitete.

Am Rand der Stadt stapelten sich die Leichen, für die es noch keine Gräber gab. Ihre Körper waren von der Pest schwer geschädigt und der durchdringende Gestank des Todes lag in der Luft.

Amicia ignorierte diesen Anblick. Ihr Auftrag hatte nichts mit der Pest zu tun, das wusste sie. Auch wenn sie den Tod in ihrem Nacken spürte, eilte sie durch die Straßen, ohne dabei von einem Menschen bemerkt zu werden.

Es dauerte nicht lange, dann hatte sie ihr Ziel gefunden. Der mittelalte Mann trat gerade aus einem Haus, seine Kleidung war verdreckt, er stank und hatte kaum noch Zähne im Mund, und doch strahlte er eine gewisse Zufriedenheit aus.

Sofort heftete Amicia sich an seine Fersen und folgte ihm ungesehen durch die kleine Stadt. Sein Weg führte ihn durch eines der großen Tore auf eine halb verlassene Landstraße. Nur wenige Menschen waren unterwegs, obwohl sie doch gerade jetzt auf den Feldern sein sollten.

Amicia interessierte das Ganze kaum. All ihre Aufmerksamkeit lag auf dem Mann, der leise vor sich hin pfiff. Sein Weg führte ihn zu einer kleinen Hütte, am nahe liegenden Waldrand.

Als er das Tor hinter sich schloss, flog die Tür der Hütte auf und eine ganze Schar schreiender und lachender Kinder eilte auf den Mann zu. Manche von ihnen konnten noch nicht zehn Sommer erlebt haben, andere waren viel älter. Sie alle umringten ihren Vater und erzählten ihm aufgeregt von ihrem Tag.

Unsicher blieb Amicia außerhalb des kleinen Zauns stehen. Sie traute sich einfach nicht den Hof zu betreten. Obwohl niemand sie bemerken würde, kam sie sich vor wie ein Eindringling, der nicht in diese schöne Welt gehörte.

Doch ihr Auftrag trieb sie weiter. Im Inneren der Hütte war es warm und eng. Es gab nur einen einzigen Raum, der als Küche, Schlafzimmer und Wohnstube diente. Eine hochschwangere Frau empfing den Mann mit einem liebevollen Kuss auf die Lippen, während die Kinder sich wieder an ihre Arbeit machten.

Amicia suchte sich einen Platz in der Nähe der Tür und fing an zu beobachten.

Als am Abend die Sonne unterging, hatte sie einen Entschluss gefasst. Dieser Mann durfte nicht sterben. Die Liebe, die er und seine Familie teilten, war so rein und wahr, dass es einfach nicht sein durfte.

Man hatte ihr nicht mitgeteilt, wie er sterben würde. Nur dass es in den nächsten vierundzwanzig Stunden passieren sollte.

Die Nacht selbst war ruhig, außer dass ein kleines Mädchen einen Albtraum hatte.

Amicia kniete sich neben es und legte ihm die Hand auf die Stirn. Dieses Kind hatte einen guten Traum verdient und eine ruhige Nacht.

Noch bevor am nächsten Tag die Sonne aufging, war die Familie auf den Beinen. Einige der Kinder halfen der Mutter dabei, das Frühstück vorzubereiten, während der Rest dem Vater auf dem Hof zur Hand ging. Sie alle hatten ihre klaren Aufgaben, denen sie zusammen nachgingen.

Bei dem Anblick zog sich etwas in Amicia zusammen. Auch im Himmel arbeitete sie eng mit ihren Mitstreitern zusammen, doch es war anders. Hier lagen Liebe und Zuneigung in der Luft, nicht bloßes Pflichtbewusstsein.

Der Vormittag schritt voran und der Vater belud seinen Karren, um erneut in die Stadt zu fahren. Einige der Kinder fragten laut, ob sie mitdürften, doch der Vater verbot es. Sie alle mussten der Mutter helfen.

Mit jeder Minute, die verstrich, wurde Amicia nervöser. Ihre Zeit lief langsam ab und noch immer hatte der Vater sich nicht in Gefahr begeben. Sie war sich fast sicher, dass sein Tod keinen natürlichen Ursprung hatte, denn ansonsten hätte man sie nicht hierhergeschickt.

Der Mann besaß keinen Esel und so musste er seinen Karren selbst ziehen. Langsam schlenderte Amicia neben ihm her, dabei fuhr sie mit den Fingern über die am Straßenrand wachsenden Mohnblumen.

In der Ferne konnte man eine andere Straße erkennen, auf der eine Gruppe Männer unterwegs war. Der Vater konnte sie kaum sehen, doch Amicia brauchte nur einen Blick, um zu erkennen, was das für Typen waren. Diebe und Verbrecher, die auf der Suche nach ihrem nächsten Opfer waren.

Ihr Herz zog sich zusammen. So würde es also geschehen. Auf offener Straße von Dieben getötet, weil diese das Geld und die Lebensmittel auf seinem Wagen wollten. Doch das würde Amicia nicht zulassen.

Sie konnte sich dem Vater nicht zeigen. Dann würden ihre Vorgesetzten sofort wissen, dass sie etwas getan hatte. Also musste sie ihn auf andere Art aufhalten.

Auf der Erde war sie nicht sichtbar und hatte auch keinen Körper. Sie war nicht mehr als ein Schatten, der zwar sehen und hören, aber nicht sprechen oder fühlen konnte. Wenn sie wirklich mit der Umwelt in Kontakt treten wollte, dann würde dies all ihre Energie brauchen. Danach musste sie sich eine ruhige Stelle suchen, um wieder zu Kräften zu kommen.

Doch das war Amicia egal, sie musste den Vater retten. Vor ihm lag noch ein langes, glückliches Leben mit seiner Familie, wenn sie nur das Richtige tat. Mit all ihrer Macht konzentrierte sie sich auf das sowieso schon wackelige Holzrad.

Es dauerte einige Zeit und die Räuber kamen immer näher, doch endlich brach es und der Karren krachte mit einem lauten Knall auf den Boden. Fluchend fuhr der Vater herum und betrachtete das Chaos vor sich.

Die Welt schien auf einmal ganz weit weg. Sosehr sie sich auch bemühte, sie konnte nichts mehr hören. Sie war nicht länger Teil dieser Welt, nicht mehr als ein sanfter Windhauch. Mit letzter Kraft schleppte sie sich neben die Straße und brach zwischen den Mohnblumen zusammen. Als Letztes bekam sie mit, wie der Vater sich umdrehte und zurück zu seinem Haus ging, weit weg von den Räubern.

Sie hatte Lucifer an ihren Erinnerungen teilhaben lassen, und Tränen brannten in Amicias Augen. Sie musste einen Moment mit ihrer Geschichte aufhören. Die Erinnerungen waren immer noch so klar in ihrem Kopf, als wäre es erst ein paar Stunden her und nicht mehrere Jahrhunderte.

Bisher hatte Lucifer ihr nur schweigend zugehört, in seinem Gesicht hatte sich keine einzelne Regung gezeigt. »Deshalb haben sie dich fallen lassen, weil du *ein Leben* gerettet hast?«

Mit geschlossenen Augen schüttelte sie den Kopf. »Ich habe kein Leben gerettet, ich habe vierzehn Menschen zum Tode verurteilt.«

Fragend hob Lucifer die Augenbraue.

»Es hat lange gedauert, mehrere Tage, vielleicht sogar Wochen – ich weiß es nicht mehr –, bis ich meine Kräfte soweit wieder zusammenhatte, um wieder in den Himmel aufzusteigen«, flüsterte sie leise. »Doch zuvor wollte ich noch einmal nach der Familie sehen und meine gute Tat selbst miterleben. Am späten Nachmittag kam ich auf den Hof, ich erinnere mich noch ganz genau an die warme Sonne auf meiner Haut und die unnatürliche Stille, die über allem lag.«

Sie schluckte schwer. Die Bilder hatten sich in ihren Verstand gebrannt, klar wie eine Fotografie. »Der Vater war an jenem Tag zu seiner Familie zurückgekehrt, sein Leben hatte er nicht an die Räuber verloren. Doch er hatte seinen Wagen repariert, war in die Stadt gegangen und hatte seiner Familie ein grauenvolles Geschenk mitgebracht, das sie alle das Leben kostete.«

»Die Pest«, wisperte Lucifer.

»Innerhalb weniger Tage hatten sie sich alle angesteckt. Als ich zurück zum Hof kam, waren die Eltern und die meisten der Kinder bereits tot. Eines der Mädchen hatte sich nach draußen geschleppt, vielleicht hatte sie Hilfe holen wollen. Sie musste sich in den Sonnenschein gelegt haben, um ihren letzten Atemzug zu tun.«

Bei dieser Erinnerung zog sich alles in ihr zusammen. Damals war sie neben dem armen Mädchen, das kaum sieben Jahre alt gewesen war, auf die Knie gegangen. Vor Entsetzen völlig hilflos hatte Amicia auf sie hinabgeblickt – in die leeren, toten Augen.

Erschrocken zuckte sie zusammen, als Lucifer ihr die Hände um das Gesicht legte und sie zwang ihn anzusehen. »Das tut mir unendlich leid, Amicia. Aber das war nicht deine Schuld. Diese Familie hätte schon lange vorher erkrankt sein können.«

Traurig schüttelte sie den Kopf und schmiegte sich in seine Berührung. »Das habe ich am Anfang auch gedacht. Ich bin in den Himmel zurückgekehrt, voller Angst, was nun mit mir geschehen würde. Man hat bereits auf mich gewartet. Sowohl Michaela als auch Gabriel. Sie wussten, was ich getan hatte. Wäre der Vater von den Räubern getötet worden, dann hätte die ganze Familie überlebt. Er muss sich erst später, nach dem Unfall mit dem Wagen angesteckt haben.«

Heiße Tränen liefen über ihre kalte Haut. Sosehr Amicia es auch wollte, sie konnte diese nicht zurückhalten. Dieser Moment, in dem sie erfahren hatte, dass sie Schuld am Tod dieser Menschen trug, zerriss ihr immer noch das Herz.

Behutsam strich Lucifer ihr die Tränen von den Wangen. Sein Gesicht war verschlossen und dunkel, doch in seinen Augen brannte ein tiefes Feuer.

»Schau mich bitte nicht so an!« Schon bereute Amicia es, sich ihm so geöffnet zu haben. Sie wollte den Ausdruck der Verachtung nicht auch in ihm finden, den ihr schon so viele andere geschenkt hatten.

Mit einem Ruck löste sie sich von ihm und trat einen Schritt nach hinten. Eine Gänsehaut hatte sich auf ihrem ganzen Körper ausgebreitet, sie fühlte sich müde und ausgelaugt.

»Wie schaue ich dich an?«, fragte Lucifer lauernd. »So, als wärst du eine riesige Enttäuschung? Ein schlechter Mensch? Eine Peinlichkeit, die man loswerden muss? Ich kenne diesen Blick nur zu gut. Mir haben sie ihn auch zugeworfen, als ich damals meine Meinung gesagt hatte.« Mit großen Schritten kam er auf sie zu und umfasste erneut ihr Gesicht. »Genau diesen Blick hatte ich damals verdient, aber du nicht. Was du getan hast, war kein Verbrechen, es war ein Zeichen deines guten Herzens. Was sie getan haben, ist enttäuschend.«

Seine Worte überraschten sie und brannten sich in ihren Verstand ein. »Ich wollte niemals etwas Falsches tun«, murmelte sie mehr zu sich selbst. »Ich war ein guter Soldat des Himmels.«

»Du warst mehr als das«, murmelte er sanft. »Ein guter Soldat führt Befehle aus, ohne sie zu hinterfragen. Wie eine dumme Drohne, kaum in der Lage, einen klaren Gedanken zu fassen. Du warst besser, hast ihr grausames Spiel durchschaut und dich gegen sie gestellt.«

»Aber ich wollte es nicht.« Ihre Stimme brach. »Alles, was ich wollte, war ein Teil des Himmels zu sein und dort alles richtig zu machen. Meine Entscheidung war falsch, sie hat Leben gekostet.«

»Ich habe schon von Engeln gehört, wegen denen Hunderte gestorben sind. Deren Versagen das Antlitz der Erde für immer verändert hat, doch keiner von ihnen wurde aus dem Himmel verbannt. Du hast keinen Fehler begangen, sondern sie.«

Seine Worte waren wie Balsam für ihre Seele und bestätigten den Hass, den sie schon immer gefühlt hatte. Vielleicht hatte Amicia damals einen schlimmen Fehler begangen, aber für sie war ihre Bestrafung immer übertrieben gewesen.

»Danke.« Sie streckte die Hände aus und legte sie auf Lucifers Brust. »Aber ich will das Vergangene in der Vergangenheit lassen. Jetzt noch darüber nachzudenken, bringt mir nichts.« Vor allem, da sie schon bald in den Himmel zurückkehren würde.

»Dann lass mich auch noch einmal Danke sagen.« Mit dem Daumen strich er über ihre Unterlippe und sofort durchzuckte ein Blitz ihren Körper. »Heute Abend hast du mir wieder ganz klar bewiesen, dass ich dir vertrauen kann.«

Schnell verdrängte Amicia ihr schlechtes Gewissen und alles andere und konzentrierte sich ganz auf seine Berührungen. »Auch ohne meine Hilfe hast du dein Reich heute Nacht zurückerobert. Niemand wird sich mehr mit dir anlegen.«

»Zumindest für ein paar Jahrhunderte. Dämonen neigen dazu, ihre Lektion niemals zu erlernen.« Immer noch strich sein Daumen sanft über ihre Haut und ließ sie erbeben.

»Wie wird es jetzt weitergehen?«, fragte sie atemlos und mit heftig pochendem Herzen.

»Alles geht wieder seinen gewohnten Weg. Nur darf ich mich erneut auf die Suche nach ein paar entflohenen Seelen machen.«

»Falls du dabei Hilfe brauchst, sag mir Bescheid.«

»Vielleicht komme ich darauf zurück. Aber jetzt würde ich sehr gern etwas anderes tun.« Besitzergreifend legten sich seine großen Hände um ihr Gesicht.

»Ach ja?«, fragte Amicia mit trockener Kehle. Sie drängte sich näher an ihn heran, bis sich ihr Körper an seinen drückte. »Wonach steht dir denn der Sinn?«

»Weniger reden«, knurrte er. Mit einem Ruck zog er sie zu sich heran und küsste sie endlich. Das sanfte Kribbeln in ihrem Körper wurde zu einer Feuersbrunst, die sie komplett verschluckte.

Es brannte jeden klaren Gedanken, jede Erinnerung, jeden Zweifel aus ihrem Kopf und ließ sie nur mit dem Verlangen zurück, welches sie nun schon so lange unterdrückt hatte. Dies war ihre letzte Nacht außerhalb des Himmels, danach würde ihr Leben neu beginnen, also hielt sie nichts mehr zurück.

Nervös fuhren ihre Finger über seinen Körper und lösten die Knöpfe seines Hemdes. Endlich spürte sie seine heiße, glatte Haut unter ihren Fingerspitzen und sie stöhnte leise auf.

Ohne groß darauf zu achten, ob sie den Stoff zerriss, zerrte Amicia ihm das Hemd über die Schulter. Für einen Moment musste Lucifer die Hände von ihrem Gesicht lösen, doch sofort kehrten sie zu ihrem Körper zurück.

Seine rechte Hand vergrub sich in ihrem Haar, während seine linke behutsam an ihrer Seite hinunterwanderte und eine Gänsehaut hinterließ. Sie wollte sich nicht von ihm lösen, doch sie konnte dem Anblick seines nackten Oberkörpers nicht widerstehen.

Atemlos trat sie einen Schritt nach hinten und betrachtete den Höllenfürsten. Die Erzählungen über ihn stimmten, er war ein körperlich perfektes Wesen, doch was sie viel mehr faszinierte und erregte, war das, was darunterlag.

Etwas zögerlich streckte sie die Hand aus und legte sie behutsam auf die

Feder, die sich direkt über seinem Herzen befand. Schweigend und mit brennendem Blick beobachtete Lucifer sie dabei.

Langsam schritt sie um ihn herum, bis sie direkt hinter ihm stand. Ihr Herz pochte heftig in der Brust, als sie mit den Händen über seine breiten Muskeln fuhr, bis sie an den wulstigen Narben angekommen war. Ein winziger Fehler in seiner ganzen Perfektion.

Sie schlang die Arme um ihn, ihre Hände strichen über seine Bauchmuskeln, während sie die Narben mit ihren Lippen entlangfuhr. Ein Schauer durchlief seinen Körper, ein leises Stöhnen entfuhr ihm.

Blindlings fummelte sie an der Schnalle seines Gürtels herum, bis sie endlich seine Hose öffnen konnte. Immer noch schmiegte sie ihr Gesicht an seinen starken Rücken, während ihre Finger unter seinen Hosenbund schlüpften.

Gerade als sie sich weiter vortasten wollte, umschloss Lucifer ihr Handgelenk mit festem Griff. Mit einem Ruck zog er ihren Arm hoch und wirbelte zu ihr herum. Atemlos blickte sie zu ihm auf und wartete, wie es nun weitergehen würde.

Sein brennender Blick bohrte sich in ihren. Wo er ihr Handgelenk umschlossen hielt, kribbelte ihre Haut. Einige Augenblicke schaute sie atemlos zu ihm hoch.

Ein schelmisches Grinsen umspielte seine Lippen, als er mit einer einzigen Bewegung seine Hose auszog und nun nackt vor ihr stand. Der letzte klare Gedanke wich aus ihrem Kopf und sie wimmerte leise auf.

Mit geschmeidigen Bewegungen kam er auf sie zu und schob Amicia rückwärts bis zum Bett. Erschrocken keuchte sie auf, als sie die Matratze in ihren Kniekehlen spürte und sich etwas unelegant darauf fallen ließ.

Für einen Moment thronte Lucifer über ihr und blickte mit lustverschleiertem Blick auf sie herab. Dann ging er vor ihr auf die Knie und stützte beide Hände neben ihr ab, sein Gesicht war jetzt genau auf der Höhe mit ihrem.

Etwas zögerlich beugte sie sich vor und hauchte ihm einen Kuss auf die Lippen. Immer noch loderte das Feuer in ihrem Inneren, doch war es jetzt ein sanftes Knistern, das sie antrieb.

Erneut begaben sich ihre Hände auf Wanderschaft und Lucifer spiegelte ihre Berührungen. Ihre Finger wanderten seine Arme hoch und über die Brust, strichen behutsam an seiner Seite entlang. Sie nahm sich Zeit, seinen Körper zu erkunden, während er genau das Gleiche tat.

Amicia bemerkte kaum, wie er den Reißverschluss ihres Kleides mit geschickten Fingern öffnete und ihr sanft die Träger von den Schultern schob. Darunter trug sie keinen BH und die kühle Luft traf auf ihre heiße Haut.

Seine Lippen lösten sich von ihrem Mund und wanderten über ihren Kiefer ihren Hals hinunter. Stöhnend ließ sie sich nach hinten sinken und spürte die weichen Laken auf ihrer nackten Haut.

Mit bedächtigen Bewegungen zog Lucifer den Stoff ihres Kleides weiter nach unten, während er mit der anderen Hand die Messerscheide an ihrem Oberschenkel löste. Seine sanften Berührungen machten sie unruhig, nichts wünschte sie sich mehr, als seine Hände überall auf sich zu spüren.

Seine Küsse wanderten weiter über ihre Schulter und Brüste bis zu ihrem nackten Bauch. Sofort zogen sich dort ihre Muskeln zusammen und sie drängte sich ihm entgegen. Leise lachte Lucifer, ein tiefer Ton, der ihr durch Mark und Bein ging.

In einer Bewegung zog er ihr das Kleid und die Unterwäsche aus. Ihre Schuhe standen immer noch im Ballsaal, endlich war sie völlig nackt und nichts trennte sie mehr voneinander.

Doch während Amicia bereits der Verzweiflung nah war, so stark hatte ihre Lust sie im Griff, ließ Lucifer sich weiterhin Zeit. Bedächtig strich er mit den Fingerspitzen über ihre nackte Haut, malte ungleichmäßige Symbole auf ihren Bauch und ihre Brüste.

»Lässt du dir immer so viel Zeit?«, fragte Amicia frustriert zwischen einem lauten Stöhnen.

Seine Antwort bestand aus einem rauen Lachen, während er weiterhin die Muster zeichnete. Nichts schien ihn aus der Ruhe zu bringen, nicht ihr unruhiges Herumgezappel und auch nicht ihre schwachen Versuche, ihn zu einem erneuten Kuss zu sich hinunterzuziehen.

»Du bist so ungeduldig«, brummte er leise und drückte sie zurück in die Kissen. »Wir beide haben alle Zeit der Welt.«

»Das ist mir egal«, brummte sie und setzte sich auf. »Ich verbrenne hier langsam und du hilfst da nicht sonderlich.«

Sein Blick verschleierte sich noch mehr und endlich schien der Damm gebrochen zu sein. Mit einem tiefen Knurren stürzte er sich auf sie und küsste sie hungrig. Ihre Hände wanderten über seinen Körper, kratzen über seinen Rücken und krallten sich in seine Schultern.

Nur am Rande bekam sie mit, dass er sie weiter aufs Bett schob, bis sie vollständig auf den weichen Decken zu liegen kam. Die Feder um seinen Hals strich hauchzart über ihre Haut, als er ihre Arme über ihrem Kopf hinunterdrückte.

Atemlos und voller Erwartung blickte sie zu ihm auf. Ihre Hände öffneten und schlossen sich immer wieder, als er sich langsam auf sie hinabsenkte.

Ein lautes Stöhnen entfuhr ihr, als seine Härte ihren Oberschenkel streifte. Sie wölbte den Rücken und drängte sich ihm entgegen.

Lucifer verschloss ihren Mund mit einem Kuss, als er sich endlich in ihr versenkte. Sie nahm nichts weiter war als seinen Körper über ihrem. Es dauerte einen Moment, bis sie sich an seine Größe gewöhnt hatte, dann bewegte Amicia sich ruhelos unter ihm.

Endlich ließ er ihre Handgelenke los und sie schlang die Arme um seinen Hals, während er sich bedächtig in ihr bewegte. Ihr ganzer Körper stand unter Strom, sie konnte kaum mit den Gefühlen umgehen, die sie wie eine Welle überschwemmten.

Ihre Fingernägel kratzten über seine Haut. Sie klammerte sich an ihn, während das Feuer durch ihre Adern raste.

Sie war nicht länger in der Lage, überhaupt zu denken. Amicia konnte nur noch fühlen. Seine Haut auf ihrer, seine sanften Küsse, der feste Druck in ihrem Inneren.

Nach Halt suchend krallte sie sich in seinen Rücken. Die Welt geriet aus den Fugen, als ihre Seele in tausend kleine Stücke zersprang.

Schwer atmend und mit geschlossenen Augen lag sie da, während die Glückseligkeit durch ihre Adern rauschte.

Lucifer stöhnte leise in ihr Ohr. Ihren Namen und Komplimente, die Amicia noch nie von jemandem gehört hatte. Sein Körper versteifte sich über ihrem, ein lautes Knurren entfuhr ihm, dann erstarrte er und blickte anbetungsvoll auf sie hinab.

Amicia konnte ihren Körper nicht mehr spüren. Jeder Muskel war entspannt und in ihrem Kopf herrschte eine beruhigende Stille. Lucifer hauchte ihr Küsse auf die Wangen und die Stirn.

Irgendwann rollte er von ihr hinunter und zog sie an seine Brust. Mit geschlossenen Augen lag Amicia da, unter ihrer Wange konnte sie sein Herz gleichmäßig klopfen hören. Es kam ihr vor, als würde sie auf Wolken schweben.

Für einen Moment war ihr alles egal, der Morgenstern, ihre Vergangenheit, die Menschen, Himmel und Hölle und alles, was dazwischenlag. Jetzt zählten nur noch das Hier und Jetzt. Nur noch Lucifers Berührungen und seine sanften Küsse.

KAPITEL ACHTZEHN – VERRAT

Sie erwachte mit einem Gefühl des Friedens, das sie schon lange nicht mehr gespürt hatte. Einige Augenblicke blieb Amicia mit geschlossenen Augen liegen und schmiegte sich näher an Lucifer, der tief und fest neben ihr schlief.

Doch die kleine Blase des Glücks, in der sie sich in diesem Moment befand, musste zerspringen. In der Hölle herrschte immer noch tiefe Nacht, nur konnte Amicia nicht sagen, wie lange diese noch andauerte.

So vorsichtig wie möglich erhob sie sich. Hunderte Worte brannten in ihrer Kehle, doch konnte sie keines davon nach außen dringen lassen. Für einen Moment blickte sie auf seine schlafende Gestalt hinab. Sie sehnte sich nach einem Abschiedskuss, doch würde dieser ihn vielleicht wecken.

Leise knarzte das Bett unter ihr, als sie aufstand. Mitten in der Bewegung erstarrte sie, doch Lucifer bewegte sich nicht. So schnell sie konnte, schlüpfte Amicia zurück in ihr Kleid und sammelte ihre anderen Sachen zusammen.

Auf nackten Sohlen schlich sie zu dem Regal, in dem der Morgenstern lag. Ihre Hände zitterten, als sie den Splitter hervorholte. Auch beim zweiten Mal durchzuckte die himmlische Energie sie wie ein warmer, alles umschließender Funke.

Sorgsam barg sie den Morgenstern an ihrer Brust und verschwand so leise wie möglich aus dem Zimmer. Im Flur blieb Amicia einen Moment stehen und blickte sich um. Es war still um sie herum, jedoch war sie sich immer noch bewusst, dass sie beobachtet wurde.

Es hatte keinen Sinn, sich etwas vorzumachen. Lucifer würde sofort wissen, was sie getan hatte. An ihrer Schuld würde es keinerlei Zweifel geben.

Mehrmals schüttelte sie den Kopf, versuchte die Schuldgefühle zu vertreiben und eilte dann den Gang entlang. Auch wenn sie jetzt eigentlich verschwinden sollte, wollte sie das nicht ohne ihre Tasche tun.

In ihrem Zimmer angekommen sperrte sie die Tür hinter sich ab und zog sich, so schnell sie konnte, um. Die ganze Zeit pochte ihr Herz viel zu schnell in ihrer Brust und ihr Atem ging abgehackt.

Das Adrenalin rauschte durch ihre Adern, als sie die Tasche über die Schulter warf, in der der Morgenstern sicher verstaut war. Nun musste sie es nur noch bis zu den Portalen und raus aus der Hölle schaffen.

Ihre Schritte hallten von den Wänden wider, als sie die unendlich lange Wendeltreppe hinuntereilte. Weiter und immer weiter, bis sie sich endlich in der Halle voller Spiegel wiederfand.

Mitten in der Bewegung erstarrte Amicia. Von allen Seiten blickte sie sich selbst entgegen. In ihrem Gesicht zeichneten sich ganz klar Zweifel und Scham ab. Ihre Wangen waren noch von ihrer Nacht mit Lucifer gerötet und auf ihren Armen und auf ihrem Hals zeigten sich die Male der Lust.

Die Tasche rutschte ihr von den Schultern. Sosehr sie es auch wollte, Amicia konnte keinen weiteren Muskeln bewegen. War dies der Sinn dieses seltsamen Raumes, dass man auf einmal mit sich selbst konfrontiert war?

Beschämt schlug Amicia die Hände vors Gesicht. Sie hatte jemanden verraten, belügen und betrügen müssen, nur um ihren vorherigen Betrug wiedergutzumachen. War dies wirklich der richtige Weg, um wieder Teil des Himmels zu werden?

Mit fahrigen Fingern kramte sie den Brief aus ihrer Tasche hervor. Inzwischen hatte sie ihn so oft geöffnet, dass das dicke Papier schon ganz zerrissen war. Erneut las sie die Zeilen, sprach sie laut vor sich hin.

Das hier war alles, was sie sich in den letzten sechs Jahrhunderten erhofft hatte. Sosehr sie auch verbittert war, sosehr die Wut auch an manchen Tagen in ihr brannte, sie wollte nach Hause zurückkehren. Die Pforten der Goldenen Stadt durchqueren und wieder den Wind unter ihren Flügen spüren.

Alles, was sie dafür tun musste, war, durch diese Halle zu gehen und den Morgenstern aus der Hölle zu bringen. Doch immer noch wollte ihr Körper ihr nicht gehorchen. Zu groß war die Schuld, die sie wie eine Kette an Ort und Stelle hielt.

In den letzten Wochen hatte sie mehr Freundlichkeit und Zuneigung von Lucifer und seinem Gefolge erfahren als in all den Jahren auf der Erde von den Menschen. In diesen Tagen hatte sie mehr von dem Zusammenhalt erlebt, den sie sich immer gewünscht hatte, als jemals im Himmel.

Hier war sie nicht einer von vielen gewesen, hier war sie Amicia.

Hektisch schüttelte sie den Kopf und versuchte diese Gedanken aus ihrem Kopf zu vertreiben. Nun war sie schon so weit gekommen und doch konnte sie sich nicht dazu bringen, den letzten Schritt zu gehen.

Tief atmete Amicia durch. Dies war das einzige Geräusch um sie herum, ansonsten war da nur Grabesstille. Sie musste sich klarmachen, dass diese Gefühle, die sie verspürte, nicht echt waren. Die Kameradschaft und Freundschaft, die sie verspürte, konnten nicht echt sein, denn sie selbst hatte nie ihr wahres Gesicht gezeigt.

Im Himmel wusste jeder, wer Amicia war, und auch sie kannte dort alles und jeden. Es war ihr Zuhause, der Ort ihrer Geburt. Dort lag ihr wahres Ich begraben.

Ein letztes Mal holte sie tief Luft und schulterte ihre Tasche. Um ihr eigenes Spiegelbild nicht länger ertragen zu müssen, kniff sie die Augen zusammen und tastete sich blind durch den Raum.

Zögernd setzte sie einen Fuß vor den anderen, die Hände suchend vor sich ausgestreckt. Endlich konnte sie die Tür spüren und verließ diesen schrecklichen Raum, der ihr Innerstes nach außen kehrte.

***

Ein Hauch von Schwefel lag in der Luft, als sie endlich in den kleinen Hof mit den Portalen trat. In der Dunkelheit wirkte alles schwarz und weiß, es dauerte einen Moment, bis sie die richtige Tafel gefunden hatte.

Amicia musste nicht lange überlegen, wohin sie gehen sollte. Eigentlich gab es nur einen Ort, der so etwas Ähnliches wie Sicherheit versprach. Zurück nach Berlin, wo ihre ganze Reise begonnen hatte.

Das Portal war sogar noch schwärzer als die Nacht um sie herum. Ohne zu zögern, aber mit geschlossen Augen, trat sie hindurch. Für einen Moment konnte sie gar nichts hören, dann umfingen sie die gewohnten Geräusche der Stadt.

Es stank nach Urin, Alkohol und schalem Zigarettenrauch. Das Portal hatte sie in eine dunkle Ecke der Stadt gebracht, eine einfach kahle Wand unter einer Brücke, die über und über mit Graffiti beschmiert war. Im Halbdunkel versuchte Amicia zu erkennen, wo genau sich das Portal und die dazugehörigen Symbole befanden, doch sie konnte keines entdecken.

Seufzend wandte sie sich ab und trat unter der Brücke hervor. Nach einigen Metern erkannte sie, dass sie sich in der Nähe vom Bahnhof Zoo befand. Obwohl es hier sogar spät nachts noch von Menschen wimmelte, schien niemand bemerkt zu haben, dass sie eben aus einer Mauer getreten war.

***

Erst als die ersten Sonnenstrahlen bereits den Himmel aufhellten, kam sie endlich bei ihrer alten Wohnung an. Sie besaß immer noch den Schlüssel, da sie diese theoretisch noch für einen Monat gemietet hatte. Der Vermieter hatte sie vorher nicht aus dem Vertrag entlassen wollen.

Die übliche Leere und Stille empfingen sie. Hier wartete niemand auf sie, es gab keine Kunstwerke oder Bücherregale. Nur Amicias eigene traurige Präsenz. Ihr altes Bett stand immer noch in der Ecke, mit schwachen Gliedern ließ Amicia sich darauf fallen.

Die Tasche rutschte von ihrer Schulter und krachte auf den Boden. Müde fiel Amicia auf die Matratze zurück und legte sich den Arm über die Augen. Das Adrenalin flaute langsam wieder ab und nun wollte sie einfach nur noch schlafen.

Doch daran konnte sie jetzt nicht denken. Sogar durch den Stoff der Tasche spürte sie die Energie des Morgensterns. Und auch wenn sie nicht daran glaubte, dass Lucifer ihr etwas antun würde, konnte doch niemand sagen, ob er sie nicht suchen würde.

Sosehr sie auch etwas Ruhe brauchte, sie musste es jetzt endgültig zu

Ende bringen. Mit neu gefasstem Mut sprang sie wieder vom Bett auf. Es war schrecklich stickig im Raum, seit Wochen hatte hier niemand mehr durchgelüftet. Schnell riss Amicia die Fenster auf und ließ frische Luft herein.

Einen Moment lehnte sie sich auf den Rahmen und blickte in die langsam erwachende Stadt vor sich. Nichts hatte sich hier geändert, seitdem sie gegangen war. Niemand da unten hatte auch nur eine Ahnung, was nun geschehen würde.

Genauso wenig wie sie selbst. Sie hatte ihre Bescheinigung, ihre Sicherheit und trotzdem war da immer noch dieser Funke Zweifel, der einfach nicht erlöschen wollte.

Langsam drehte sie sich einmal um sich selbst, um das Zimmer, das früher einmal ihr Zuhause gewesen war, zu betrachten. Nichts hatte sie jemals an Berlin gebunden, dies war eine Stadt wie jede andere. Sie war einfach nur hier, weil es für sie passte.

Erneut blickte sie aus dem Fenster. In ihrer ganzen Zeit hier hatte sie nie mehr von der Stadt gesehen als seine hässlichen Ecken. Sie hatte sich auch nicht dafür interessiert. Berlin war einfach nur ein Ort gewesen.

Etwas hatte sich jedoch in Paris und Rom geändert. Auf einmal hatte sie die Welt um sich herum gespürt, die Stadt wahrgenommen und sich sogar dort amüsiert.

Sie war nicht länger nur eine Zuschauerin gewesen, hatte am Leben teilgenommen. In all ihren einsamen Jahren auf der Erde hatte sie sich nie als Teil ebendieser gefühlt, bis sie erst Lilith und dann Lucifer getroffen hatte.

Verzweifelt schlug sie die Hände vors Gesicht. Das alles war nur eine Ablenkung von der wahren Angst, die sie verspürte. Sie hatte nun mehrere Wochen mit Lucifer verbracht und der Tag, an dem er den Himmel angreifen würde, rückte immer näher. Trotzdem hatte er sich nicht auf einen Kampf vorbereitet.

Sie konnte es nicht auf seine Probleme mit den Generälen oder ein zu großes Ego schieben. Immerhin hatte Lucifer den Morgenstern einfach in seinem Zimmer herumliegen lassen. Wenn dies kein sehr komplizierter Plan war, um den Verdacht von sich abzulenken, dann interessierte er sich tatsächlich kaum für den Splitter.

Dessen Energie kitzelte in ihrem Nacken. Leise vor sich hin fluchend holte Amicia ihn hervor und betrachtete diese allmächtige Waffe. Auf den ersten Blick sah sie wirklich nicht gefährlich aus, sondern irgendwie schön.

Einige Male drehte die Gefallene ihn in ihrer Hand, betrachtete ihn genau von allen Seiten. Das Licht brach sich in den Bruchstellen und warf verschiedenfarbiges Licht durch den Raum.

Dieses winzige, unscheinbare Ding behielt die Macht inne, das ganze Universum, so wie es war, für immer zu verändern oder sogar auszulöschen. Und nun hielt Amicia es in den Händen und wusste nicht so genau, was sie damit anfangen sollte.

Sie musste ihren Zweifel loswerden, so viel war sicher. Denn ansonsten wäre sie nicht in der Lage, den Morgenstern an die Engel weiterzugeben.

Sorgsam versteckte sie die wertvolle Waffe hinter ihrem Bett, dann setzte sie sich im Schneidersitz darauf. Unruhig pochte das Herz in ihrer Brust, als sie im Geiste immer und immer wieder Faniells Namen rief.

Mit aller Macht konzentrierte sie sich auf den Engel. Wenn Faniell sie wirklich beobachtete, dann musste er ihre Rufe hören.

»Amiciell!« Der Engel tauchte aus dem Nichts vor ihr auf, ein besorgter Gesichtsausdruck verzerrte sein Gesicht. »Du bist wieder da.«

Sie löste sich aus dem Schneidersitz und stand auf. Ihre zittrigen Hände versteckte sie hinter ihrem Rücken. »Ja, das bin ich wohl.«

Zum ersten Mal berührte Faniell sie. Seine Hände wanderten über ihren Körper, genauso wie sein Blick, so, als würde er nach Verletzungen suchen. »Ich habe mir solche Sorgen um dich gemacht. Wie geht es dir?«

Vor seinem plötzlichen Gefühlsausbruch zuckte sie kurz zurück. »Mir geht es gut, soweit man das sagen kann. Wieso bist du so besorgt?«

»Wie kannst du das fragen?« Seine großen, warmen Hände legten sich auf ihre Schultern. »Du warst in der Hölle. Du hast dich im wahrsten Sinne des Wortes in die Höhle des Löwen begeben, ohne auch nur zu zögern. Damit bist du mutiger als die meisten von uns.«

Sein Kompliment trieb die Röte auf ihre Wangen. Unsicher senkte Amicia den Blick und dachte einen Moment über seine Worte nach. Ein winziges Lächeln schlich sich auf ihre Lippen. »So schlimm war es gar nicht.«

»Du kannst wirklich sehr stolz auf dich sein. Wie ist es da unten?«

Einige Augenblicke überlegte sie, es war schwer, die Hölle in Worte zu fassen. »Anders als erwartet, so viel ist sicher.«

»Hast du die armen Seelen gesehen, die dort gefangen gehalten werden?« Sein Blick bohrte sich in ihren.

»Nein, ich habe keine Seele getroffen, nur ein paar Dämonen. Aber ich konnte einen guten Blick auf den Höllenschlund werfen, er ist wirklich ...«

»Grauenerregend«, beendete Faniell ihren Satz. »Von allen Schöpfungen unseres Herrn ist dies wohl die abartigste. Der einzige schwarze Fleck auf einem sonst goldenen Bild.«

So würde Amicia es nicht bezeichnen. Tatsächlich strahlte die Hölle eine gewisse kaum zu fassende Schönheit aus, die sie unglaublich faszinierte. Doch das konnte sie dem anderen Engel ganz sicher nicht sagen.

»Ich bewundere dich, dass du es so lange mit Lucifer, diesem Inbegriff des Bösen, ausgehalten hast«, fuhr Faniell fort und riss sie aus ihren Erinnerungen.

»So schwer war es gar nicht«, murmelte sie leise.

»Spiel das nicht herunter, Amiciell. Du warst nicht die Erste, die wir mit dieser Aufgabe betraut haben, doch keiner von ihnen ist zu uns zurückgekehrt.« Trauer schwängerte seine Stimme und für einen Moment musste er die Augen schließen.

»Das hast du mir noch gar nicht erzählt.« Da war wieder der Zweifel, diesmal so laut wie ein Gong, der direkt neben ihrem Ohr schlug.

»Aus einem guten Grund. Vor dir lag bereits eine sehr schwere Aufgabe und ich wollte dich nicht auch noch verschrecken. All das war schon schlimm genug, da solltest du nicht auch noch mit der Tatsache konfrontiert werden, dass andere gescheitert sind.«

Etwas an seinen Worten ließ sie ein Stück zurückweichen. Nicht ein einziges Mal hatte Lucifer von anderen gesprochen, die zu ihm gekommen waren und nach dem Morgenstern gesucht hatten. »Was ist mit ihnen geschehen?«

Mit einem verschlossenen Gesichtsausdruck schüttelte Faniell die Augen. »Das ist nicht bekannt. Bisher ist keiner zurückgekehrt.«

Mit gesenktem Kopf trat Amicia noch einen Schritt zurück und schlang die Arme um sich selbst. Das ergab einfach keinen Sinn. Entweder belog Faniell sie oder Lucifer und langsam wusste Amicia nicht mehr, wem sie eigentlich trauen konnte.

»Aber das alles spielt jetzt keine Rolle mehr«, sprach der Engel unbeirrt weiter. Er schien nicht einmal zu bemerken, welcher Sturm der Gefühle in Amicia herrschte. »Nun hast du es geschafft und der Morgenstern kann gerade noch rechtzeitig in den Himmel zurückkehren. Wir alle sind stolz auf dich und freuen uns, dass du bald wieder bei uns sein wirst.«

Sie reagierte kaum auf seine Worte. Viel zu sehr war sie eingenommen von ihrer eigenen Panik und dem Misstrauen. Immer mehr zweifelte sie an ihrer eigenen Entscheidung, an der Möglichkeit, dass etwas nicht stimmte.

»Amiciell, was ist los mit dir?« Faniells Stimme war mit Sorge geschwängert. »Du hast Zweifel.«

Sie musste es nicht bestätigen oder verneinen, er konnte es genau in ihrem Blick ablesen.

»Es tut mir leid, ich kann es nicht verhindern.«

»Dafür musst du dich nicht entschuldigen«, beschwor er sie leise. »Dafür musst du dich nicht schämen, Zweifel ist mehr als nur verständlich. Du standest dem Höllenfürsten persönlich gegenüber und sosehr wir es auch anders wollen, Lucifer ist Verführung pur. Nicht nur für die Menschen, sondern auch für uns. Aber was auch immer er dir erzählt hat, es waren alles Lügen. Er hat sein Netz um dich gesponnen, doch du kannst dem widerstehen.«

Mit aller Kraft klammerte sie sich an seine Worte. Lucifer, der Verführer. Lucifer, der Lügner. Lucifer, die Verkörperung der Sünde. Er schlich sich in den Kopf seiner Opfer und ließ sie alles Schlimme der Welt sehen.

»Du wurdest für diesen Auftrag ausgewählt, weil dich etwas von allen anderen Gefallenen unterscheidet«, sprach Faniell weiter.

Hoffnungsvoll blickte sie zu ihm, hing atemlos an seinen Lippen.

»Denn du besitzt einen starken Glauben, stärker als jeder, der uns jemals untergekommen ist. Nach all den Jahrhunderten konnten wir immer noch deine Gebete vernehmen. Immer noch spüren, wie stark der Himmel in deinem Inneren war. Niemals hast du aufgehört zu glauben. Nichts kann das Vertrauen in deinen Herrn brechen.«

Sie klammerte sich an seine Worte und versuchte sich an ihren Glauben zu erinnern. Hinter ihren geschlossenen Lidern erlebte sie noch einmal die vielen Jahrhunderte voller Einsamkeit, Verzweiflung und Hass. Doch so schlimm es an manchen Tagen auch gewesen war, damit hatte Faniell recht: Niemals hatte sie ihren Glauben verloren.

»Willst du denn deine Flügel nicht zurückbekommen?«, murmelte Faniell mit sanfter Stimme. »Den Wind wieder in deinen Federn spüren, die Welt unter dir sehen? Durch die Pforten in die Goldene Stadt treten und dort durch die Straßen streifen? Wir haben dich vermisst, Amiciell, nimm deinen Platz wieder ein!«

Eine einzelne Träne rann ihre Wange hinunter, heiß und brennend. Nach Hause zu kommen, das war alles, was sie sich jemals gewünscht hatte. Und ihr Zuhause war der Himmel, kein anderer Ort in diesem Universum.

Tief und zittrig holte Amicia Luft und versuchte sich wieder zu fangen. Mit steifen Gliedern trat sie zum Bett und holte den Morgenstern hervor. Für Zweifel war keine Zeit mehr, kein Platz. Ihre Entscheidung hatte sie schon getroffen, als sie Lilith um Hilfe gebeten hatte.

Ruckartig drückte sie dem Engel den Morgenstern in die Hand. »Hier habt ihr ihn.«

Für einen Moment betrachtete Faniell ihn – in seinen Augen blitzte ein mächtiger Triumph auf, zusammen mit noch etwas anderem, etwas Düsterem – dann wandte er sich wieder Amicia zu. »Ich danke dir dafür. Wir alle tun das.«

Ausdruckslos nickte sie. Immer noch schlug ihr Herz viel zu schnell in ihrer Brust. Ihre Finger zitterten so sehr, dass sie diese hinter ihrem Rücken verstecken musste.

»Was du getan hast, Amiciell, ist kaum in Worte zu fassen. Nicht nur hast du den Himmel gerettet, sondern uns alle. Jede Schuld ist damit getilgt, glaube es mir.« Sorgsam wickelte Faniell den Morgenstern in ein Stück Stoff. »Nun werde ich diesen zurück an seinen Platz bringen.«

»Was ist mit mir?«

»Leider kann ich dich nicht einfach so mitnehmen wie den Morgenstern.« Faniell schenkte ihr ein Lächeln, das sicher charmant sein sollte, doch auf sie wirkte es nur gestellt. Unnatürlich. »Ich werde bald wiederkommen und dann kehrst du an meiner Seite in den Himmel zurück. Immerhin hast du das Wort eines Erzengels.«

Kurz zuckte ihr Blick zu ihrer Tasche, als sie sich wieder umdrehte, war der Engel bereits verschwunden. Amicia stieß eine lange Reihe Flüche aus, die jedem Menschen sicher einige Jahre in der Hölle beschert hätten.

Nun stand sie da, in ihrer einsamen Wohnung, allein. Der Morgenstern war zusammen mit ihrer einzigen Verbindung zum Himmel verschwunden und sie blieb zurück.

Gegen ihren Willen sackte sie mitten im Zimmer zusammen und barg den Kopf in ihren Händen. Zweifel und Hoffnung kämpften um die Vorherrschaft und drohten Amicia unter sich zu begraben.

Wieso zweifelte sie am Himmel? In ihrer ganzen Zeit hier unten war dies nicht einmal vorgekommen. Ihr Glaube war immer Teil ihres Selbst gewesen, kräftig und stark wie ein ruhiger Fluss. Erst seitdem sie Lucifer kannte, waren diese Zweifel erwacht.

Sie musste Lucifer hinter sich lassen. Faniell hatte sie niemals betrogen, er hatte immer nur die Wahrheit gesprochen und sie kannten sich länger, als sie auf dieser Erde war.

Er würde kommen und sie in den Himmel mitnehmen. Ihre Schuld war getilgt, die Welt vor dem Unheil bewahrt und Amicia konnte stolz auf sich sein.

Nun blieb ihr nichts anderes übrig, als zu warten. Doch was war ein Tag mehr, wenn man schon Jahrhunderte hinter sich gebracht hatte. Sie war bereit zu warten.

Doch leider erfasste sie viel zu schnell wieder die Unruhe. Sosehr sie es auch wollte, Amicia konnte einfach nicht still sitzen. Immer wieder huschte ihr Blick zum Fenster, wo die Sonne langsam über den Himmel wanderte. Der Tag schritt voran und mit ihm ihre Schuldgefühle.

Sicher waren in der Hölle inzwischen alle erwacht und man hatte bemerkt, dass sie verschwunden war. Zusammen mit dem Morgenstern. Lucifer würde nicht lange brauchen, um eins und eins zusammenzuzählen.

Tobte er in diesem Moment vor Wut oder hatte er bereits einen Plan gefasst, die Waffe zurückzuholen und sich an ihr zu rächen?

Doch sosehr sie es auch versuchte, sie konnte sich einfach nicht vorstellen, dass der Höllenfürst so etwas tun würde. Vielleicht hatte sie es sich nur eingebildet oder er hatte es so gewollt, doch sie konnte den Funken der Verbundenheit, den sie verspürt hatte, nicht vergessen.

Amicia war einfach verschwunden, wortlos und ohne Erklärung. Dabei hatte sie nicht nur Lucifer, sondern auch Lilith und Jakob verletzt. Besonders diese beiden hatten es nicht verdient, so von ihr ausgenutzt zu werden.

Während sie auf ihre Eskorte wartete, konnte Amicia auch etwas gegen ihr schlechtes Gewissen tun. Nicht weit von ihrer Wohnung gab es einen kleinen Laden. Dort würde sie alles besorgen, um die Briefe zu schreiben.

***

Lange starrte sie das weiße Stück Papier an und überlegte, wie sie alles am besten in Worte fassen konnte. Wie erklärte man jemandem, weshalb man ihn hintergangen und ausgenutzt hatte, ohne dass es falsch und gekünstelt rüberkam?

Mehrmals setzte Amicia den Stift an, brachte jedoch keine Worte zu Papier. Ein einfaches »Entschuldigung« würde niemals alles beschreiben, doch wenn sie alles erklärte, dann würde dieser Brief unendlich lang werden.

***

Irgendwann, als es draußen schon dunkel wurde, hatte sie zumindest einen halbwegs guten Text zustande gebracht. Zufrieden war sie nicht, aber sie würde es auch sicher nicht besser hinbekommen.

Beinahe wortgenau kopierte sie den Brief, diesmal an Jakob gerichtet. Sie würde den Mann sehr vermissen, vor allem da klar war, dass sie ihn niemals wiedersehen würde. Er hatte sich entschlossen, dass sein Weg in die Hölle führen würde, und da hatte Amicia keinen Zutritt mehr.

Als Letztes blieb ihr nur noch der Brief an Lucifer. Bei diesem musste sie nicht lange überlegen. Es gab einfach keine Worte, um ihren Verrat zu beschreiben oder zu entschuldigen. So konnte sie nur ihre wahren Gefühle zu Papier bringen und schlicht *Es tut mir leid* schreiben.

Seufzend erhob Amicia sich und streckte ihre steifen Glieder.

Das Nachtleben war in Berlin vollends erwacht, als sie durch die beleuchteten Straßen zum nächsten Briefkasten ging. Sicher würden ihre Nachrichten erst ankommen, wenn sie schon nicht mehr auf dieser Erde war, doch in diesem Moment beruhigte das ihr schlechtes Gewissen.

Die Hände in die Jackentaschen geschoben schlenderte sie durch die Dunkelheit zurück in ihre Wohnung. Es fiel ihr schwer, den Kopf zu heben und die Welt um sich herum zu betrachten. Bisher hatte sie nicht gewusst, wie schlimm Abschiednehmen doch war.

Die einsame Stille ihres Wohnhauses empfing sie. Die Anonymität und Einsamkeit hatte sie einmal in dieses alte Haus gezogen, doch jetzt schreckte sie es ab. Es war nicht mehr klar und eindruckslos, es war traurig und bedrückend.

Erschrocken blieb sie stehen. Auf dem Boden vor ihrer Tür lag ein kleines Paket. Es war völlig unscheinbar, eingepackt in hellbraunes Papier, jedoch gab es keinen Aufkleber.

Das Paket war ganz sicher nicht von einem Paketdienst oder der Post gebracht worden. Jemand hatte es hier abgelegt und es konnte kein Zufall sein, dass es genau in diesem Moment passiert war.

Panisch blickte Amicia sich um, so, als würde gleich ein Angreifer hinter einer Ecke hervorspringen und sich auf sie stürzen. Doch außer ihr war da niemand, nur die entfernten Geräusche aus den Wohnungen.

So behutsam wie möglich nahm sie das Päckchen hoch und trug es in ihre Wohnung. Es war für seine Größe überraschend leicht, so, als wäre rein gar nichts darin. Mit wild klopfendem Herzen stellte sie es auf dem Bett ab.

Lange streunte Amicia durch das Zimmer, ihr Blick huschte immer wieder zwischen dem Päckchen und dem Fenster hin und her. Faniell war noch nicht wieder aufgetaucht und sie wurde immer unruhiger.

Irgendwann konnte sie ihre Neugierde nicht länger unterdrücken. So vorsichtig wie möglich öffnete sie das Päckchen – in der Annahme, dass es ihr um die Ohren fliegen würde.

Doch nichts geschah, als sie den Deckel abhob und hineinblickte. Es dauerte einen langen Moment, bis sie endlich verarbeitete, was sich dort drin befand.

Mit zittrigen Fingern und Tränen in den Augen hob sie die Feder hoch. Sogar im dumpfen Licht glänzte das Gold, genauso wie das satte Schwarz. Sie meinte sich einzubilden, dass das Lederband immer noch etwas von seiner Körperwärme ausstrahlte.

Unter der Feder befand sich ein einfach gefalteter Zettel. Amicia fürchtete sich vor den Worten, die dort auf sie warteten. Der Hass, der ihr nun entgegenschlagen würde. Und doch konnte nichts sie davon abhalten, sie zu lesen.

Du hättest einfach nur fragen müssen.
Dir hätte ich alles gegeben.
Lucifer

KAPITEL NEUNZEHN – ZWEIFEL

Die ganze restliche Nacht traute Amicia sich nicht die Augen auch nur für einen Moment zuzumachen. Bei jedem noch so kleinen Geräusch zuckte sie zusammen, in der Hoffnung, dass es Faniell war, und in der Angst, dass Lucifer auftauchen würde.

Aber wenn sie ehrlich war, dann hatte sie auch einen Funken Hoffnung, dass der Höllenfürst sie aufsuchte. Ihr kleiner Brief kam ihr inzwischen einfach nur noch lächerlich vor, doch leider konnte sie ihn nicht mehr zurücknehmen.

Doch die Botschaft, die Lucifer ihr geschickt hatte, war mehr als verständlich. In wenigen Worten hatte er klar gemacht, was sie niemals hatte hören wollen. Es war ein Abschied gewesen. Er war fertig mit ihr und Amicia konnte es ihm nicht einmal verübeln.

Ihr Kopf brummte von dem Schlafentzug und ihr Magen knurrte laut. Die letzte richtige Mahlzeit war das Frühstück mit Lilith gewesen und getrunken hatte sie seitdem nur Champagner und Whiskey.

Bereits jetzt sehnte sie sich nach dem Himmel und der Zeit, in der sie kaum noch körperliche Bedürfnisse hatte.

***

Der nächste Morgen brach mit grausamer Helligkeit an und immer noch war Faniell nicht wieder aufgetaucht. Inzwischen musste Amicia sich ihrem Zweifel stellen, den sie gestern noch so gekonnt unterdrückt hatte.

Mit jeder Minute, die verging, wurde das Pochen an ihren Schläfen stärker. Amicia wollte weiterhin an ihren alten Freund glauben, doch es war klar, dass ihr Zweifel berechtigt war. All die Momente, in denen etwas nicht gestimmt hatte, flackerten an ihrem inneren Auge vorbei. Es waren so viele gewesen und doch hatte sie jeden Einzelnen davon ignoriert. Sehr gekonnt sogar, wenn sie es sich nun so eingestand.

Heiße Tränen der Scham brannten hinter ihren geschlossenen Augenlidern. Ihre eigene Einsamkeit und ihr dummer Wunsch hatten sie so weit getrieben, dass sie ihrem eigenen Instinkt nicht mehr getraut hatte.

»Faniell!«, brüllte sie in den Himmel. Ihre Stimme zitterte vor Wut, als sie seinen Namen immer und immer wieder schrie, obwohl sie genau wusste, dass er ihr nicht antworten würde.

Jedoch hielt sie diese Erkenntnis nicht davon ab weiterzuschreien, bis ihre Kehle schmerzte und ihre Stimme nur noch ein trauriges Krächzen war. Jemand hämmerte an ihre Tür und verlangte, dass sie die Klappe hielt. Ein Schwall lauter Flüche folgte, als Amicia einfach weiterbrüllte.

»Er will nichts von dir, jetzt halt die Fresse«, drang es dumpf durch die Tür, dann entfernten sich Schritte im Flur.

Kraftlos und besiegt ließ Amicia sich aufs Bett fallen, das Gesicht in den Händen vergraben. Sie hätte bis zum Ende aller Tage und noch länger schreien können, doch Faniell würde ihr nicht antworten.

Diesmal hielt sie die Tränen nicht zurück. Tonlos schluchzte sie, ließ aller Trauer und Scham freien Lauf. Die Tränen, die sie sich so lange verwehrte hatte, die so tief in ihr begraben waren, kamen nun endlich hervor.

Amicia weinte um ihre Flügel und ihr Zuhause im Himmel. Sie weinte um ihre eigene Dummheit und die Hoffnung, die sie verschlungen hatte. Sie weinte um Lucifer und die Verbindung, die sie mit ihm gespürt hatte, um diese winzige Chance auf ein neues Zuhause, die sie vertan hatte, nur um nun wieder völlig allein zu sein.

Irgendwann versiegten die Tränen. Nur noch ihre leisen Schluchzer waren in der Stille zu hören. Sie fühlte sich ausgelaugt, leer, kraftlos.

Es fiel ihr immer schwerer, die Augen offen zu halten, am liebsten hätte Amicia sich auf dem Bett zusammengerollt und wäre niemals wieder aufgestanden.

»So habe ich dich nicht ausgebildet«, erklang auf einmal eine Stimme, von der sie sich sicher gewesen war, sie niemals wieder zu hören.

Das Gesicht immer noch in den Händen vergraben, blieb die Gefallene regungslos sitzen und lauschte. Hatte sie nun endgültig den Verstand verloren und bildete sich etwas ein?

»Jetzt nimm dich gefälligst zusammen, setz dich gerade hin und schau mich an«, verlangte die Stimme mit einer Mischung aus Langeweile und Wut. »Ich bin nicht nach hier unten gekommen, um von dir ignoriert zu werden.«

»Wer sagt mir, dass du wirklich hier bist und nicht nur ein Trugbild meines nun völlig verfallenen Verstandes«, brummte Amicia mehr zu sich selbst als zu der unmöglichen Gestalt, die sich irgendwo im Zimmer befand.

»Du verhältst dich kindisch, Amiciell.« Die Stimme seufzte. »Von all den Wesen und Engeln, die du kennst, denkt sich dein Verstand ausgerechnet mich aus? Das ist natürlich sehr schmeichelnd, aber auch sehr unwahrscheinlich.«

»Stimmt«, knurrte die Gefallene genervt. »Ich würde mir jemanden ausdenken, der nett und freundlich ist. Nicht eiskalt und grausam.«

»Hüte deine Zunge, kleiner Engel, denn ansonsten bin ich schneller wieder weg, als du glauben kannst, und du verlierst deine einzige Chance, je wieder mit jemandem aus dem Himmel zu sprechen.«

Ein wahnsinniges Lachen bahnte sich den Weg durch ihren Körper, unnatürlich laut hallte es von den Wänden wieder. Doch noch länger konnte sie nicht mehr die Augen verschließen und als sie diese öffnete, verging ihr sehr schnell das Lachen.

Ihr gegenüber lehnte Michaela mit einem wenig begeisterten Gesichtsausdruck an der Wand und betrachtete Amicia mit schräg gelegtem Kopf. Der Erzengel wirkte in dem traurigen Umfeld der leeren Wohnung noch erhabener.

Sie trug die übliche Rüstung eines Engels, jedoch zeichnete sich ihre Kleidung durch kräftiges Blau aus, das sich stark von den sonst rein hellen Stoffen unterschied. Ihre Haare waren streng nach hinten gebunden, was ihr schlankes, kantiges Gesicht nur noch mehr betonte.

»Du bist tatsächlich hier«, murmelte Amicia ungläubig.

Hoheitsvoll senkte Michaela den Kopf. »Immerhin hast du mich gerufen, sehr laut und ausführlich.«

»Das habe ich nicht«, verteidigte die Gefallene sich etwas schwach. Sie hatte nach einem Engel gebrüllt, niemand hätte ahnen können, wen dieser Ruf am Ende erreichen würde.

»Du wolltest himmlische Hilfe, hier ist sie. Was willst du, Amiciell?« Wie immer kam Michaela direkt auf den Punkt, sie hatte nun einmal keine Zeit für sinnloses Geplauder.

Mit offenem Mund blickte die Gefallene zu dem Erzengel und versuchte fieberhaft zu verstehen, was hier gerade vor sich ging. »Sechshundertfünfzig Jahre. So lange rufe ich nun schon nach dir oder jemand anderem, aber erst jetzt tauchst du hier auf einmal auf.«

Mit jedem Wort wurde ihre Stimme lauter, bis sie am Ende wieder schrie. Ihre Trauer war vergessen, genauso wie ihre Scham, jetzt war Amicia nur noch wütend.

Kurz öffnete Michaela den Mund, so, als wollte sie etwas sagen, doch dann wendete sie den Blick ab, kein Laut verließ ihre Lippen.

Dieses Schweigen feuerte Amicias Wut nur noch mehr an. »Du hast mich ausgebildet, ich habe unter dir gedient und deinen Auftrag ausgeführt. Dann hast du mich einfach fallen lassen, mir nicht einmal einen zweiten Blick geschenkt. Immer und immer wieder habe ich nach dir gerufen, gebeten, dass du vielleicht doch eines Tages einsiehst, dass ich zwar einen Fehler gemacht habe, aber keinen, der diese Behandlung verdient. Aber nein, du hattest nicht einmal einen Moment für mich übrig. Von jetzt auf gleich war ich dir einfach egal.«

Ihre Worte hallten in dem Zimmer wider. Schwer atmend stand Amicia da und betrachtete den Erzengel, in dessen Gesicht sich keine Regung zeigte.

»Bist du jetzt fertig? Geht es dir nun besser?«, fragte Michaela beinahe ausdruckslos.

Seltsamerweise tat es das tatsächlich. Ein riesiges Gewicht war von Amicias Schultern gefallen und langsam konnte sie sich wieder beruhigen. Mehrmals atmete sie tief durch und konzentrierte sich auf das Problem, um das es hier wirklich ging.

»Was weißt du über den Morgenstern?«, fragte sie leise.

Zum ersten Mal entglitten Michaela ihre Gesichtszüge. Reine Panik, Überraschung und Angst waren zu sehen. Ihre Hände, die sonst so ruhig waren, fingen auf einmal an zu zittern. Schnell verbarg der Erzengel sie hinter ihrem Rücken.

»Wie kommst du jetzt auf einmal darauf?«

»Das beantwortet meine Frage nicht. Weich mir jetzt nicht aus, Michaela!« Amicia hatte keine Zeit für dieses Spielchen. »Der Morgenstern«, sie betonte jede einzelne Silbe.

»Eine sehr alte Waffe, die über die Zeit mehr eine Legende geworden ist«, zischte Michaela angefressen. »Lucifer hat sie damals gestohlen, kurz bevor wir ihn aus dem Himmel geworfen haben, und mit in die Hölle genommen.«

»Dort ist sie nicht länger. Gestern habe ich sie Lucifer gestohlen.«

Mehrmals blinzelte Michaela, so, als bräuchte ihr Verstand etwas länger, um diese Informationen zu verarbeiten. »Wieso solltest du das tun?«

»Vor ein paar Wochen kam Faniell zu mir und hat mich darum gebeten. Laut ihm wollte Lucifer den Morgenstern benutzen, um den Himmel zu übernehmen. Wenn ich den Morgenstern stehlen könnte, dann würde ich wieder in den Himmel aufgenommen werden«, fasste Amicia die Geschehnisse so knapp wie möglich zusammen.

»Du bist in die Hölle zu Lucifer gegangen?«, hakte der Erzengel noch einmal mit einem lauernden Blick nach.

Etwas verwirrt zog Amicia die Augenbrauen zusammen. Wieso interessierte sich Michaela gerade *dafür* und nicht für Faniell oder den Morgenstern?

»Ja, bin ich. Danach habe ich den Morgenstern an Faniell übergeben. Dieser ist damit verschwunden und seitdem nicht mehr aufgetaucht.« Der Verrat schmerzte immer noch wie ein Stich direkt ins Herz.

Diese Information sollte etwas in dem Erzengel auslösen, wenigstens ein leises Schnauben oder eine erhobene Augenbraue, doch Michaela schien ihr nicht einmal mehr zuzuhören. Stattdessen starrte sie Amicia an, so, als würde sie diese zum ersten Mal sehen.

»Ist der Morgenstern tatsächlich so gefährlich?«, fragte die Gefallene weiter, einfach nur, damit der Erzengel endlich wieder sprach.

»Um den Morgenstern solltest du dir keine Sorgen machen«, brummte diese. »Wie bereits gesagt, es ist nur eine alte Geschichte.«

Amicia glaubte ihr kein Wort. Mit wenig beherrschter Stimme zischte sie: »Dabei handelt es sich um eine Waffe, die sogar unseren Herrn töten kann. Jemand hat mich ausgenutzt, um diese zu beschaffen. Es ist keine Geschichte, es ist die grausame Wahrheit.«

»Selbst wenn irgendetwas davon wahr sein sollte, du hast damit nichts zu tun. Es ist eine Sache des Himmels, von dem du kein Teil mehr bist.«

Die Worte schnitten wie Hunderte winzige Klingen in ihre Seele, doch davon konnte Amicia sich in diesem Moment nicht ablenken lassen. Der Erzengel verbarg etwas vor ihr. »Der Himmel hat es aber zu meiner Sache gemacht«, zischte sie zurück und eilte zu ihrer Tasche.

Michaela streckte nur zögerlich die Hand aus, um den Brief entgegenzunehmen. Zum ersten Mal zeichnete sich in ihrem Gesicht so etwas Ähnliches wie echt Sorge, ja, fast schon Angst ab. »Wo hast du das her?«

»Faniell hat es mir gegeben, als eine Versicherung, dass ich wieder in den Himmel geholt werde.« Unsicher verschränkte Amicia die Arme vor der Brust.

»Geht es hier darum, dass du wieder zurückwillst?« Sorgsam faltete Michaela den Brief zusammen und verstaute ihn irgendwo in ihrem Gewand. »Dieses Versprechen habe ich dir nicht gegeben.«

»Das ist mir inzwischen auch klar. Mir ist auch völlig egal, ob ich wieder in den Himmel komme oder nicht, aber etwas Schreckliches geht gerade vor sich und ich versuche nur zu helfen.«

»Nur brauchen wir deine Hilfe nicht, so unschuldig sie auch sein mag. Was im Himmel geschieht, geht niemanden außer uns Engel etwas an und sei dir versichert, dass dort nichts Ungewöhnliches passiert«, zischte der Erzengel in einem ganz und gar nicht eleganten Ton.

Es brauchte nicht viel, damit Amicia sie durchschaute. Etwas stimmte nicht, doch leider konnte sie nichts weiter tun, als die Zähne zusammenzubeißen und schwach zu nicken.

»Es tut mir ehrlich leid, dass man dir Hoffnungen gemacht hat, Amicia, aber der Himmel ist weiterhin für dich verschlossen. Wer auch immer hinter diesem dummen Raub des Morgensterns steckt, wird dafür bestraft werden. Tu dir selbst den Gefallen und lös dich von den Resten des Himmels, die immer noch in dir sind.«

Seltsamerweise taten diese Worte der Gefallenen nicht einmal weh. In diesem Moment spielte es für sie gar keine Rolle mehr, ob sie ihre Flügel zurückerhielt. Sie wollte nur sichergehen, dass ihre Welt nicht im Chaos versank.

»Wir beide wissen, dass etwas vor sich geht«, sprach sie mit ruhiger Stimme.

»Und wir wissen beide, dass es dich nichts angeht. Leb wohl, Amicia!« Mit diesen letzten gehauchten Worten verschwand der Erzengel und ließ sie allein zurück.

Für einen Moment stand Amicia bewegungslos da, in der Luft lag noch eine Spur der himmlischen Energie, die Michaela hinterlassen hatte. Aber sie war verschwunden und würde möglicherweise nichts gegen Faniell unternehmen.

Amicia würde hier nicht herumsitzen und warten. Vielleicht hatte der Erzengel recht und die Geschehnisse im Himmel gingen sie nicht länger etwas an, aber die Gefallene lebte ebenfalls in dieser Welt und wollte sie gern noch etwas erhalten.

So schnell sie konnte, suchte sie ihre Sachen zusammen und eilte durch die vollen Straßen Berlins. Unruhig tippte sie in der U-Bahn mit dem Fuß auf dem Boden und blickte sich immer wieder um. Sie war sich beinahe sicher, dass niemand sie mehr im Auge behielt, dass weder Faniell noch seine Verbündeten ein Interesse an ihr hatten, doch die Paranoia wollte nicht verschwinden.

***

Wie an jedem Tag war viel am Flughafen Tegel los. Touristen und Geschäftsleute eilten durch die großen Hallen zu ihren Gates, mit nichts weiter als sich selbst beschäftigt.

Amicia drängte sich mit ihrer halb leeren Reisetasche in der Hand zwischen ihnen hindurch, dabei suchte sie mit den Augen die Anzeigetafeln ab. In zwei Stunden würde ein Flug nach Paris abheben, mit etwas Glück bekam sie dort noch einen Platz.

Ihr war es egal, dass sie viel zu viel für einen Platz in der ersten Klasse zahlte, es war nur wichtig, dass Amicia in wenigen Stunden schon in Paris und auf dem Weg zu Lilith war.

Unruhig tigerte sie durch die Wartehalle, ihr Blick klebte auf der kleinen Tafel. Natürlich wusste sie, dass es auch nicht schneller gehen würde, sobald sie im Flieger saß, aber ihr Herzschlag beruhigte sich trotzdem ein wenig, als sie endlich in den weichen Ledersitz sank.

Erst als sie die Stirn an das Fenster lehnte, fiel ihr auf, wie Michaela sie genannt hatte. Amicia. Der Erzengel kannte ihren menschlichen Namen. Das konnte doch eigentlich gar nicht sein, woher sollte sie es denn wissen?

Leise seufzend kniff Amicia die Augen zusammen. Die letzten achtundvierzig Stunden waren wie eine Achterbahnfahrt in purer Dunkelheit gewesen. Zwar hatte Amicia gespürt, was äußerlich vor sich gegangen war, doch konnte sie keine der Drehungen oder Wendungen wirklich nachvollziehen.

Sie wusste nur, dass sie Fehler begangen hatte. Mehr als einen und jeder schlimmer und verheerender als der vorherige. Nun musste sie sich den Konsequenzen stellen und versuchen so viel wie möglich wiedergutzumachen.

Sofort nachdem die Anschnallzeichen erloschen waren, sprang Amicia auf und holte ihre Tasche aus den Fächern. Sie rannte die Treppe hinunter und in den Flughafen hinein. Es war bereits früher Abend und die Dunkelheit legte sich langsam über die Stadt. Ohne auf die Proteste oder wütenden Rufe zu achten, drängte sie sich an allen anderen vorbei und kletterte in das erste Taxi, welches frei war.

Als sie mit klopfendem Herzen durch die hell erleuchtete Stadt fuhr, konnte sie diesen großartigen Anblick nicht genießen. Mit jeder Minute, die verging, die sie im Stau steckte oder an einer roten Ampel stand, wurde sie immer nervöser und ungeduldiger.

Ihr Blick wanderte zum Himmel, der in dieser Nacht nur von wenigen Wolken verdeckt wurde. Fröhlich strahlten der Mond und die Sterne auf die Stadt der Lichter hinab, so, als würde nichts Böses in der Welt vor sich gehen.

Doch ihr Gefühl sagte ihr etwas anderes. Genau konnte Amicia es nicht beschreiben, sie bekam dieses Gefühl leider kaum zu fassen, doch etwas sehr Schlimmes war im Gange. Eine unsichtbare Bedrohung, die mit kalten Fingern nach ihr und der Welt griff.

Wortlos drückte sie dem Taxifahrer einige große Scheine in die Hand, als sie endlich vor Liliths Stadthaus hielten. Einige der Fenster waren hell erleuchtet, es war also auf jeden Fall jemand zu Hause.

Kurz stoppte Amicia unten an der kurzen Treppe. Ein dicker Kloß hatte sich in ihrem Hals gebildet. Sicher würde die erste Frau nicht sonderlich glücklich sein, sie zu sehen. Ein paar böse Worte würden fallen, doch darum konnte Amicia sich gerade nicht weiter scheren.

Immerhin hatte sie jedes einzelne Wort, das sie bald zu hören bekommen würde, mehr als nur verdient. Ihr Verrat schnürte ihr für einen Moment den Atem ab, dann riss sie sich zusammen und schritt endlich die Treppe nach oben.

Fest und nachdrücklich drückte sie auf die Klingel, die im ansonsten stillen Haus für einen Moment nachhallte. Eine Minute wartete sie, doch drinnen regte sich nichts weiter. Noch einmal und mit aller Kraft klingelte sie in kurzen Abständen.

Sicher würden bald die Nachbarn auf sie aufmerksam werden und sich über den Krach beschweren, doch das war ihr egal. Die erste Frau war da drin. Klingeln brachte leider nichts, also verlagerte Amicia sich darauf, laut nach Lilith zu brüllen.

Zäh wie Kaugummi zogen sich die Minuten dahin, während Amicia einfach weiter rief und rief und rief. Ihre Stimme war ganz kratzig und ihr Mund furchtbar trocken, doch sie würde nicht aufhören, bis man sich ihr widmete.

Endlich öffnete sich die Haustür zumindest ein kleines Stück. Eines der

Hausmädchen steckte seine Nasenspitze gerade so weit hinaus, dass man kaum an ihr vorbeischielen konnte.

»Madame First wünscht, dass Sie sofort verschwinden. Man hat Ihnen nichts mehr zu sagen.«

»Richte Madame First aus, dass es mir leidtut und ich sie unbedingt sprechen muss. Sofort!«, krächzte Amicia mit schwacher Stimme.

Knapp nickte das Hausmädchen und schloss dann wieder die Tür. Trotzdem konnte Amicia hören, wie im Inneren ein Schlüssel umgedreht und mehrere Riegel vorgeschoben wurden. Hätte die Panik sie nicht so fest im Griff gehabt, dann hätte sie vielleicht sogar über Liliths seltsame Vorsichtsmaßnahme lachen können.

Unruhig tippte die Gefallene mit dem Fuß auf und ab, während sie wartete. Durch ihren Körper schoss eine unruhige Energie, die nicht weggehen würde, bis sie endlich etwas erreichen konnte.

Die Tür öffnete sich erneut, diesmal noch weniger als zuvor. Anscheinend traute sich das Hausmädchen nicht einmal mehr, Amicia in die Augen zu schauen. »Madame First will nichts hören. Gehen Sie jetzt bitte!« Mit einem endgültigen Rums schloss sich die Tür.

Einige Augenblicke konnte Amicia nichts anderes tun, als auf das Holz starren. Sie hatte nicht wirklich erwartet, dass Lilith sich gern mit ihr unterhielt, aber einfach so weggeschickt zu werden tat doch weh.

Mit einem tiefen Seufzer ließ sie sich auf die oberste Stufe sinken und blickte die leere Straße hinunter. Was sollte sie jetzt tun? Ohne Lilith gab es keinen Weg zurück in die Hölle und somit auch keine Möglichkeit, in den Himmel zu gelangen.

An den Toren hatte sie keinerlei Chance, zum einen wusste sie nicht, wo sich das Portal hier in Paris befand, noch kannte sie die richtige Kombination. Über die Schulter blickte sie am Haus hoch, ganz oben brannte immer noch Licht. Nein, das Portal brachte sie nicht weiter, nur Lilith konnte ihr helfen.

Erschöpft sank ihr Kopf gegen das Geländer neben der Treppe. Die Energie hatte ihren Körper genauso schnell verlassen, wie sie gekommen war. Jetzt fühlte die Gefallene sich nur noch leer und einsam.

Der Stress der letzten Tage zerrte an ihr. Amicias Augenlider wurden mit jeder Sekunde schwerer, nur noch unter großen Anstrengungen konnte sie diese aufhalten. Der Boden unter ihr war hart, das Geländer aus Metall, welches schmerzhaft in ihre Haut stach, und ein kühler Wind fegte durch die Straßen. Dies war kein Ort für ein Schläfchen und doch konnte sie einfach nicht länger wach bleiben.

In ihren Träumen griffen geisterhafte Hände nach ihr und hielten sie an Ort und Stelle, während über ihr der Himmel in Flammen aufging und Richtung Erde stürzte. Unendlich viele Stimmen schrien durcheinander, brüllten nach Hilfe und nach Vergebung, doch sosehr Amicia sich auch anstrengte, sie konnte ihnen einfach nicht zu Hilfe kommen.

»Amicia?« Eine verschwommene Stimme und eine Berührung am Arm rissen sie aus ihren Albträumen.

Erschrocken und immer noch gelähmt von ihrer eigenen Unfähigkeit machte sie die Augen auf und blickte sich hektisch um. Warmes Sonnenlicht schien auf die Straße, in der nun das tägliche Leben erwacht war.

Langsam richtete sie sich auf und suchte nach der Person, die sie geweckt hatte. Es war nicht Lilith, die sich ihrer endlich erbarmt hatte, sondern ein etwas besorgt und doch wütend dreinblickender Jakob, der über ihr neben der Tür thronte.

»Jakob«, wollte Amicia sagen, doch nur ein klägliches Krächzen kam hervor. Als sie den Schlüssel in seiner Hand bemerkte, sprang sie, so schnell es ihr geschundener Körper zuließ, auf die Beine. Jeder Muskel, jeder Knochen und jedes Gelenk taten ihr weh, doch das war nun egal. »Du musst mich mit reinnehmen«, schaffte sie endlich zu sagen.

Sofort versteckte er den Schlüssel hinter seinem Rücken, doch das leise Klappern verriet ihn. »Das kann ich nicht machen, du bist hier nicht länger willkommen«, sprach er beinahe ausdruckslos, doch ein leichtes Zittern war in seiner Stimme zu hören.

»Schon klar«, brummte sie kurz angebunden. »Ihr beide hasst mich und dazu habt ihr auch jeden Grund. Ich bin nicht hier, um mich zu entschuldigen oder um um Vergebung zu betteln, aber ich brauche Liliths Hilfe.«

»Nun, die wirst du ganz sicher nicht bekommen. Wir sind fertig mit dir. Kriech zurück in das Loch, aus dem du gekommen bist, und lass uns in Ruhe!« In seinen Augen stand ein Schmerz, der seinen harten Worten widersprach, doch sie taten Amicia trotzdem weh.

»Hierbei geht es nicht um mich, sondern um das Schicksal der ganzen Welt«, versuchte sie ihn zu überzeugen. »Mein Verrat hat etwas Großes in Gang gesetzt und jetzt muss ich es wiedergutmachen.«

»Wiedergutmachung schuldest du allerdings sehr vielen«, flüsterte Jakob mit schmerzerfüllter Stimme. »Wir werden dir trotzdem nicht helfen, denn wir schulden weder dir noch dem Universum etwas.«

»Das stimmt, aber ich bitte euch trotzdem um Hilfe.« Sie machte eine ausladende Armbewegung, die die ganze Stadt einschloss. »All das hier kann von jetzt auf gleich vergehen, wenn ich es nicht wieder in Ordnung bringe.«

Lange blickte Jakob sie einfach nur an. In seinen Augen zeigte sich ganz eindeutig, was dahinter vor sich ging. Amicia tat ihr Bestes, um möglichst ruhig zu bleiben, auch wenn sie die Uhr unsichtbar über ihrem Kopf ticken hörte.

»Die Welt kann wirklich untergehen, so schlimm ist es?«, hakte Jakob leise nach.

»Noch schlimmer.« Die Tränen brannten in ihren Augen, schwer schluckte die Gefallene. »Das ist alles meine Schuld, also muss ich es auch irgendwie wieder hinbiegen.«

Beinahe hätte sie geschluchzt, als Jakob den Schlüssel hervorholte und die Tür aufschloss. Ohne ihr dabei in die Augen zu sehen, bat er sie herein. »Lilith wird mich dafür in die Hölle schicken«, wisperte er tonlos, als sie an ihm vorbeiging.

Damit hatte er sicher recht, aber Amicia setzte darauf, dass die erste Frau ihrem geliebten Assistenten verzeihen würde. Immerhin war dieser schon sehr lange an ihrer Seite und der Verrat war im Vergleich zu Amicias viel geringer.

»Wieso kannst du nicht einfach verschwinden?« Anscheinend hatte Lilith bereits auf sie gewartet, denn sie stand mit verschränkten Armen im Flur und versuchte Amicia mit ihren eiskalten Blicken zu durchbohren.

Einen Moment stand Amicia einfach nur da, sie schaffte es einfach nicht, der ersten Frau in die Augen zu sehen. Auf einmal wusste sie nicht mehr, was sie eigentlich sagen sollte, so viele Dinge schossen ihr gleichzeitig durch den Kopf.

»Jetzt bist du schon hier reingekommen – gegen meinen Willen –, also mach den Mund auf und sag, was du zu sagen hast«, zischte Lilith und baute sich vor Amicia auf.

Eigentlich sollte die Gefallene nun erklären, was vorgefallen war und was auf dem Spiel stand, doch erst einmal musste sie etwas anderes klar stellen. »Es tut mir wirklich leid. Ich wollte dich niemals hintergehen oder ausnutzen, aber ich hatte keine andere Wahl.«

»Man hat immer die Wahl, ganz egal ob man Engel, Dämon, Mensch oder sonst etwas ist«, sagte Lilith ruhig. »Du hast deine getroffen und anscheinend war es die falsche.«

Voller Scham senkte Amicia den Blick. Diese Worte waren wie Salz, in die Wunde gestreut. »Ich habe den Morgenstern von Lucifer gestohlen, aber der Engel, dem ich ihn gegeben habe, hat mich hintergangen.«

»Wäre die Welt nicht in Gefahr, könnte ich doch glatt darüber lachen. Aber leider ist mir das dank deiner Wenigkeit vergangen. Sosehr es mich auch schmerzt, dass hier bald alles vorbei sein könnte, wie soll ich dir bitte helfen?« Fragend und anklagend hob Lilith die Augenbraue.

»Nur Lucifer kann mir helfen, aber ich erreiche ihn nicht«, wisperte Amicia tonlos.

»Nein.« Mehr sagte Lilith nicht, aber ihre Stimme war laut wie ein Gong.

»Lilith, wenn es hier wirklich um das Schicksal der Welt geht ...«, begann Jakob etwas zögerlich. Seine Unterstützung bedeutete Amicia mehr, als sie in Worte fassen konnte, und für einen Moment fühlte sie sich besser, leichter, nicht mehr so allein.

»Niemals. Aktuell kann ich nur hoffen, dass Lucifer mir irgendwann mal verzeiht, dass ich dich in unser Leben gelassen habe. Unter gar keinen Umständen werde ich deinen Namen in seiner Nähe auch nur erwähnen.«

Die Gefallene verstand, was Lilith meinte. Immerhin war sie schuld, dass

Lucifer seiner ältesten Freundin nun nicht mehr vertrauen konnte, doch das musste ihr in diesem Moment egal sein.

»Lilith, bitte, ich habe keine andere Wahl. Oder kennst du einen Weg in den Himmel?«, fragte sie mit wenig Hoffnung in der Stimme.

»Nein«, zischte Lilith leise.

»Dann habe ich leider keinen Plan B. Bitte, bitte, ich flehe dich an, sprich mit Lucifer, damit ich etwas tun kann.« In diesem Moment war Amicia bereit, auf den Knien zu flehen, wenn es sie nur weiterbringen würde.

»Ich sagte bereits …«, rief Lilith wütend.

»Ist schon gut, Lilith, ich bin bereit mit ihr zu sprechen.« Lucifer trat aus einem der Zimmer in den Flur und Amicias Herz zog sich vor Freude und Angst zusammen.

KAPITEL ZWANZIG – ERZENGEL

In ihrem Kopf herrschte absolute Leere, als sie ihn erblickte. Obwohl ihr letztes Treffen erst wenige Tage her war, hatte sich etwas an ihm verändert, sodass sie ihn kaum noch wiedererkannte. Es dauerte einen Moment, bis sie es verstand, dieser Funke in seinen Augen, der ihr immer entgegengeblitzt hatte, war verschwunden.

Stattdessen schlug ihr nun Eiseskälte entgegen. Kein Hass, keine Ablehnung, keine Verachtung, nur Kälte, so, als wäre da nichts anderes mehr und niemals etwas gewesen.

»Was hast du angestellt, Amicia?«, brummte dieser tonlos und schritt langsam auf sie zu. »Es war deinen Verrat also nicht wert.«

Immer noch konnte sie keinen klaren Gedanken fassen, sie war viel zu durcheinander und aufgewühlt. Irgendwie hatte sie gehofft, dass die Worte einfach aus ihrem Mund strömen würden, dass sie einfach sagen konnte, was sie meinte, ohne auch nur einen Moment zu zögern. Doch leider war dem nicht so.

»Sprich oder verschwinde wieder«, forderte Lucifer sie auf und diesmal war mehr als nur Kälte zu erkennen. Dieser kaum spürbare und doch ganz sicher anwesende Funke schaffte es, sie aus ihrer Starre zu lösen.

»Stimmt es denn, dass der Morgenstern in der Lage ist, Gott zu verletzen, vielleicht sogar zu töten?«, wisperte sie atemlos.

»Bis du ihn mir gestohlen hast, hatte ich nicht einmal gewusst, dass dieser dumme Splitter irgendeine Macht hat«, knurrte Lucifer, wandte sich um und verschwand in einem der Zimmer. Da niemand sonst sich rührte, nahm Amicia an, dass sie ihm folgen sollte. Erschrocken zuckte sie zusammen, als Lilith hinter ihr die Tür mit einem lauten Knall schloss.

Unsicher blickte die Gefallene sich in dem kleinen Salon um und versuchte ihre Gedanken zu sortieren. Auch auf die Entfernung konnte sie immer noch Lucifers Präsenz fühlen, die sanft wie Federn über ihre Haut strich und sie durcheinanderbrachte.

»Erzähl mir alles«, verlangte dieser. Die Hände hinter dem Rücken verschränkt stand er am Fenster und blickte hinaus. Sogar jetzt war er immer noch beunruhigend und einschüchternd, doch davon durfte sie sich nicht ablenken lassen.

So schnell und emotionslos wie möglich fasste Amicia zusammen, was geschehen war. Alles! Von ihrem ersten Treffen mit Faniell bis zu ihrem kurzen Gespräch mit Michaela. Mehrmals musste Amicia den Kopf über ihre eigene Dummheit schütteln. Wie hatte sie die ganzen Lügen nicht sehen können? War sie wirklich so dumm?

Auch der Höllenfürst schien zu begreifen, auf welche Dummheiten sie hereingefallen war. »Ich hatte dich für deutlich klüger gehalten.«

»Ich mich eigentlich auch«, gestand sie leise.

»Wieso um alles in der Welt sollte ich den Himmel angreifen und unseren Vater töten?« Mit geschlossenen Augen schüttelte er den Kopf. »Kennst du mich nicht besser?«

»Ja, jetzt schon«, schluchzte sie unterdrückt auf. »Aber davor warst du einfach ein anderer, der Höllenfürst, der Verführer, der …«

»Nach allem, was wir durchgemacht haben. Wir haben dich in unsere tiefsten Geheimnisse eingeweiht, dich in der Hölle willkommen geheißen. Lilith hat dir vertraut. *Ich* habe dir vertraut. Und nicht ein einziges Mal kam dir die Idee zu fragen, ob in den nächsten drei Monaten ein Angriff auf den Himmel ansteht?« Mit jedem Wort war er lauter geworden, doch die letzte Frage war nur ein düsteres Flüstern.

»Wieso hättest du mir die Wahrheit sagen sollen?« Ein besseres Argument fiel ihr einfach nicht ein.

»Wieso hätte ich dich anlügen sollen?«, schoss er zurück. »Nicht ein einziges Mal habe ich dir gegenüber gelogen oder etwas zurückgehalten. Die ganze Zeit habe ich mit offenen Karten gespielt.«

»Du hast mir misstraut«, erinnerte sie ihn mit schwacher Stimme.

»Das habe ich. Aber nicht, weil ich dachte, dass du mit ein paar abtrünnigen Engel zusammenarbeitest, sondern weil du es sechshundertfünfzig Jahre allein auf dieser Welt ausgehalten hast. In all der Zeit habe ich nichts von dir gewusst, dabei spüre ich jeden anderen Gefallenen, sobald er hier auf der Erde ankommt.«

Für einen Moment wandte Amicia den Kopf ab und blickte aus dem Fenster. Sie ertrug den Anblick seiner angespannten Muskeln einfach nicht mehr. »Ich wollte doch nur wieder nach Hause kommen, zu einem Ort, an den ich gehöre.«

Leise schnaubte Lucifer, sagte jedoch nichts weiter.

»Hättest du nicht dasselbe getan?«, fragte sie leise. »Einen Weg nach Hause zu finden, zurück an den Ort, an dem man geboren wurde?« Aus ihrer Jackentasche holte sie die Feder, die sie bisher nicht aus der Hand gelegt hatte.

»Nein, auch wenn ich noch Erinnerungen an den Himmel habe, will ich dort niemals wieder hin. Vielleicht bin ich dort geboren worden, aber es war auch der Ort, der mich verstoßen hat. Ich habe keine falsche romantisierte Vorstellung, denn ich erinnere mich immer noch an die Wahrheit, so, wie du es auch tun solltest.«

Sie schluckte schwer. »Sonst gibt es keinen Ort, an den ich gehöre.«

»Wir beide wissen, dass das nicht stimmt. Du hast niemals nach einem neuen Zuhause gesucht, sondern dem kaputten hinterhergeweint.« Blitzschnell wirbelte er herum, aus seinen Augen schoss dasselbe Feuer, welches sie gewohnt war. »Dir hat nur der Mut gefehlt, etwas Neues zu probieren. Deshalb haben diese Engel dich ausgewählt. Nicht wegen deiner Loyalität, sondern wegen deiner Blindheit.«

Tief schnitten seine Worte in ihr Fleisch, rissen die Wunden auf, die nur knapp verheilt waren. Es war kein schönes Gefühl, seine eigenen Dummheiten so vor Augen geführt zu bekommen, doch diesmal musste Amicia sich dem stellen.

»Du hast recht. Aber leider habe ich nicht die Macht, die Vergangenheit zu ändern, also muss ich etwas tun, um die Zukunft zu beschützen.«

Einige Herzschläge lang blickte Lucifer sie einfach nur ausdruckslos an, dann brach ein dunkles Lachen aus ihm heraus. »Auch nach all dem bist du immer noch mehr Engel, als ich es jemals war. Oder vielleicht auch nicht.«

Seine Worte ergaben keinen Sinn für sie, doch das war gerade egal. »Wirst du mir helfen?«

»Wieso sollte ich? Wenn der Himmel vor die Hunde geht, wird mich das nicht wirklich betreffen.«

»Weil ich dich darum bitte«, murmelte sie leise und mit gesenktem Blick.

Erneut schwieg er, dann nickte Lucifer langsam. »Danach will ich dich nicht mehr sehen.«

Amicia schluckte den Schmerz herunter, der wie ein Blitz durch ihren Körper schoss. »Versprochen.«

Wortlos schritt er an ihr vorbei und verließ den Salon. So schnell sie konnte, folgte die Gefallene ihm, den Kopf immer noch zu Boden gerichtet. Im Flur warteten Lilith und Jakob, beide mit einer Mischung aus Sorge und Wut im Gesicht.

»Wir gehen«, informierte der Höllenfürst die Wartenden kurz und ging, ohne auch nur einen Moment zu zögern, zur Tür.

Unsicher blieb Amicia stehen und blickte zwischen den beiden anderen hin und her. Erneut würde sie gehen, aber diesmal hatte sie die Chance, sich richtig zu verabschieden. »Danke für einfach alles.«

Schnaubend wandte Lilith sich ab und ging zu Lucifer, der ungeduldig neben der Tür wartete. Doch Jakob kam zu ihr und zog sie in eine kurze Umarmung. Fest kniff Amicia die Augen zusammen und versuchte ihr Bestes, um die Tränen zurückzuhalten.

Bevor sie noch völlig zusammenbrach, löste Amicia sich von dem Menschen und eilte, so schnell sie konnte, zur Tür. Lucifer war bereits nach draußen gegangen, wo auf einmal ein Wagen aufgetaucht war.

Die erste Frau blickte sie nicht an, stattdessen hielt sie ihren ausdruckslosen Blick auf die andere Straßenseite gerichtet. »Pass gut auf dich auf«, wisperte sie so leise, dass Amicia es beinahe nicht gehört hätte, dann schloss Lilith die Tür.

Mit einem unguten Gefühl im Magen nahm die Gefallene neben Lucifer im Wagen Platz, die ganze Fahrt über sprach keiner von beiden ein Wort, aber mit jeder Ampel, an der sie hielten, wurde Amicia nervöser. Immer wieder blickte sie in den Himmel, so, als könnte sie dort erkennen, was in der Goldenen Stadt vor sich ging.

In irgendeinem Vorort kam der Wagen wieder zum Stehen. Amicia hatte nicht auf den Weg geachtet und hatte so auch keine Ahnung, wo genau sie sich befanden. Immer noch sprach der Höllenfürst kein Wort mit ihr, stattdessen schritt er zu einem alten, halb verfallenen Haus in ihrer Nähe.

Amicia war sich sicher, dass er die Hölle auch ohne eines dieser Portale betreten konnte, doch um sie mitzunehmen, musste er diesen Umweg einschlagen. Noch bevor sie diesen Gedanken beendet hatte, war das Portal bereits offen und Lucifer trat hindurch.

Schweigend folgte sie ihm. Immer noch klopfte ihr Herz viel zu schnell, aber seine harschen Worte hielten sie davon ab, auch nur ein einziges Wort zu sagen.

***

Die Hölle empfing sie mit einem scharfen, warmen Wind, der an ihren Haaren riss. Auf der Erde hätte sie das Wetter als wolkig und sehr düster für den Tag beschrieben, doch hier gab es weder einen Himmel noch Wolken, aber eine seltsame Dunkelheit lag über allem.

Es wunderte Amicia nicht wirklich, dass Hotch dort bereits auf sie wartete. Der Dämon schenkte ihr keinen zweiten Blick, sie musste sich damit abfinden, dass sie für alle Bewohner der Hölle unsichtbar geworden war.

»Bist du bereit?«, riss Lucifer sie aus ihren düsteren Gedanken. Um die Hüften trug er das Schwert, mit welchem er schon die beiden Verräter geköpft hatte, dazu hatte er noch einigen Klingen aus Höllenstahl dabei.

Knapp nickte sie, immer noch kam kein Wort über ihre Lippen. Auch er rührte sich nicht, stattdessen starrte der Höllenfürst sie einfach nur an. Unruhig trat sie von einem Fuß auf den anderen.

»Bist du bewaffnet?«, fragte er dann endlich, als sie es kaum noch aushielt.

Kurz deutete sie auf ihre beiden Klingen, die sie wie immer am Oberschenkel trug. Sie war sich nicht sicher, worauf er eigentlich hinauswollte.

Lucifer machte eine knappe Handbewegung zu Hotch, der mit saurer Miene auf Amicia zutrat und ihr die beiden Klingen aus Höllenstahl reichte, die sie nach ihrem Verrat hier unten hatte liegen lassen. Erneut zersprang ihr das Herz in der Brust vor Scham, vor Schmerz und vor etwas anderem, was sie einfach nicht benennen konnte.

Nachdem sie die Waffen entgegengenommen hatte, führte der Höllenfürst sie ein Stück von den anderen Portalen weg und einmal um die Mauer herum, in denen sich diese befanden. Vor ihnen öffnete sich eine brache Landschaft. Ein einziger Torbogen stand dort.

Dies war also die Verbindung zwischen der Hölle und dem Himmel. Ein alter, bröckeliger Torbogen, der sich weit abseits von allem befand. Wie oft war dieser in den letzten Jahrtausenden benutzt worden? Wurde er überhaupt jemals benutzt?

Als Lucifer auf das Portal zuschritt, aktivierte es sich von allein. Ein goldener Schein fiel auf das Gestein um sie herum und eine sanfte, warme Brise strich über Amicias Haut.

Für einen Moment stoppte sie in der Bewegung und blickte auf das Portal. Eine ganze Schar der verwirrendsten Gefühle raste durch ihren Körper und raubte ihr den Atem. Eine tiefe Angst, eine kribbelige Vorfreude, eine bleierne Ungewissheit und ganz tief unten die grausame Erinnerung an das letzte Mal, als sie dort gewesen war.

Doch sie konnte nicht zögern, sich nicht umdrehen und einfach wieder gehen. Was auch immer hinter diesem Portal auf sie wartete, es war ihr eigenes Werk, Zeugnis ihres Versagens und sie war bereit, sich dem zu stellen.

Lucifer war der Erste, der hindurchtrat. Sofort wurde seine Gestalt von dem Schein verschluckt und sie stand für einen Moment allein da. Dann schaffte Amicia es endlich, einen Fuß vor den anderen zu setzen.

Warmes Sonnenlicht strich über ihre Haut, ein kurzer Ruck ging durch ihren Körper, so, als würde sie vom Boden abheben. Dann war es vorbei und sie fand sich im Himmel wieder.

Sie erkannte die Stelle nicht, an der sie rausgekommen waren, wohl jedoch ihre Umgebung. Die gepflasterten Straßen waren von hellen Sandsteinhäusern gesäumt, überall blühten weiße Blumen, die einen süßlichen Duft verströmten. Warmes Sonnenlicht erhellte jeden noch so kleinen Winkel.

Unterdrückt stöhnte Lucifer. »Ich hatte ganz vergessen, wie schrecklich grell hier oben alles ist. Kein Wunder, dass man da irgendwann blind wird.«

Sie ignorierte seinen Kommentar und blickte sich genauer um. Eigentlich sollte es in den Straßen vor Engeln nur so wimmeln, die ihren Aufgaben nachgingen, doch niemand war zu sehen. Lediglich einige einsame Federn schwebten durch die klare Luft.

»Das sind zu viele«, flüsterte Amicia ängstlich. Je länger sie hinschaute, desto mehr winzige, kaum sichtbare Federn konnte sie entdecken. Der Boden war inzwischen komplett bedeckt. »Wieso ist hier niemand?«

Anstatt zu antworten, zog Lucifer das Schwert und hielt es kampfbereit in der Hand. Sofort tat Amicia es ihm nach, ihr wachsamer Blick wanderte durch die verwaisten Straßen.

»Wir kommen zu spät«, flüsterte Amicia voller Schuld. Zu lange hatte sie gezögert und nun waren ihre Brüder und Schwestern getötet worden.

»Sieh nicht alles immer so schwarz«, grollte der Höllenfürst. »Der Himmel ist immer noch voller Engel, sie haben nur keine körperliche Gestalt mehr.«

»Du kannst sie in der Schwebe spüren?«

»Vor langer Zeit war ich einmal ein Erzengel, das darfst du nicht vergessen. Einige Talente aus dieser Zeit besitze ich immer noch, so kann ich auch die Verletzten wahrnehmen.« Mit festen Schritten eilte er voran, eine der Straßen entlang, die sie zum Mittelpunkt der Goldenen Stadt bringen würde.

»Was ist hier passiert?«, fragte sie weiter, während sie neben ihm her joggte und versuchte auf jede noch so kleine Bewegung zu achten.

Mehrmals zuckte sie zusammen, als sie im Augenwinkel einer Bewegung gewahr wurde, doch es war nur eine weitere Feder, die im Wind schwebte. Ihre Schritte und ihr leiser Atem waren die einzigen Geräusche in der riesigen Stadt.

»Glaubst du, ihr Weg führte sie zu den Seelen?« Amicia konnte sich einfach nicht zurückhalten. Tief verborgen in der Stadt lag das Paradies, der Ort, an dem die Seelen die Unendlichkeit verbrachten. Die Angst zerrte an ihren Nerven und sie hatte das Gefühl zu platzen, wenn sie nicht sprach und die unnatürliche Stille füllte.

»Wer auch immer dahintersteckt, interessiert sich nicht für die Seelen, immerhin können diese ihnen nicht weiterhelfen. Nein, nachdem sie anscheinend alle Engel aus dem Weg geräumt haben, werden sie sich nun um die nächste Verteidigungsstufe unseres Vaters kümmern.«

»Die Erzengel. Aber das ist unmöglich, niemand kann euch besiegen.« An diesen Gedanken klammerte Amicia sich, in der blinden Hoffnung, dass doch noch nicht alles zu spät war.

»Außer man besitzt eine uralte geheime Waffe, die anscheinend auch Gott vernichten kann«, knurrte Lucifer und beschleunigte seine Schritte nur noch mehr.

Leise keuchend rannten sie durch die Straßen, immer geradeaus, immer weiter, doch ihr Ziel kam einfach nicht in Sicht. Normalerweise war man hier nicht zu Fuß unterwegs, geflsogen waren die Strecken viel kürzer.

Endlich lichteten sich die Häuser und gaben die Sicht auf einen großen Platz frei. Vor ihnen erhob sich das Götterhaus, das Zentrum der Goldenen Stadt, der Ort, an dem die Erzengel wohnten und sich der Durchgang zu den Seelen befand.

Erschrocken schrie Amicia auf, als sie auf das Meer aus Federn blickte, welches sich über den Platz ergoss. Hektisch wich sie nach hinten zurück, als sie merkte, dass sie auf einigen stand. Doch ganz egal, wohin sie sich auch wandte, überall lagen Federn. Erinnerungen an die Engel, die vielleicht tot waren.

»Du musst ruhig werden.« Sanft fasste Lucifer sie an den Schultern und drehte sie zu sich um. »Tief durchatmen, Geliebte, du darfst jetzt nicht in Panik verfallen.«

Viel zu schnell atmend blickte sie zu ihm hoch und versuchte sich ganz auf seine Stimme zu konzentrieren. Ein warmes Kribbeln breitete sich in ihr aus, als er ihren Kosenamen aussprach. Durch seine Berührungen floss eine unendliche Ruhe durch ihren Körper und schaffte es, ihren Herzschlag wenigstens etwas zu verlangsamen.

»Ich spüre sie, sie alle sind noch hier.« Lucifers Hände wanderten von ihren Schultern zu ihrem Gesicht. Liebevoll strich er mit den Daumen über ihren Wangenknochen. »Noch ist nichts verloren, wir können sie immer noch besiegen.«

Seine Worte durchdrangen das Rauschen, welches in ihrem Kopf vorherrschte. Langsam und tief atmete sie durch und nickte dann. »Du hast recht. Wie gehen wir weiter vor?«

Sein Blick wanderte zurück zum Götterhaus, das völlig friedlich dalag. »Es gibt nur einen Ort, an dem sie sein können.«

»Was ist mit den Erzengeln?«, fragte sie, während sie vorsichtig auf das Haus zugingen.

»Ich habe da so einen Verdacht. Ein normaler Engel kann einen von uns nicht töten, also werden sie wohl weggesperrt sein«, knurrte er.

Mit einem unruhigen Gefühl blickte Amicia die hohe Holztür hinauf, die den Eingang zum Haus bildete. An diesen Anblick konnte sie sich noch erinnern, es war damals ihr letzter gewesen. Auch die Räume dahinter lagen still und verlassen da, hier gab es deutlich weniger Federn. Sicher waren die meisten Engel auf den Platz geeilt, um das Haus und seine Bewohner zu beschützen.

In der großen Eingangshalle blieben sie stehen. Mehrere Gänge, Türen und Treppen gingen von hier ab und führten in die verschiedenen Stockwerke und Räume. Von den hohen Wänden hallte ihr Atem unnatürlich laut wider.

Der Höllenfürst zögerte nicht eine Sekunde lang, mit sicherem Schritt eilte er durch die Halle und auf eine unscheinbare Holztür ganz hinten im Raum zu. Sie besaß keinen Knauf oder ein Schlüsselloch, trotzdem schwang sie lautlos auf, als Lucifer davorstand. Eine Treppe führte nach unten und verschwand schon bald in der Dunkelheit.

»Wohin führt sie?«, hauchte Amicia ängstlich.

»In die Eingeweide des Hauses. Dort unten gibt es so einige Geheimnisse, von denen die meisten Engel nichts wissen.«

Ihr Magen ballte sich zusammen, als sie ihm die Treppe hinunter in die Schwärze folgte. Tiefer, immer tiefer stiegen sie nach unten, bis Amicia das Gefühl hatte, bald wieder auf der Erde aufzukommen. Sie traute sich jedoch nicht, etwas zu fragen, zu groß war die Angst, dass ihre Stimme Unerwartetes in der Dunkelheit erwecken konnte.

Erleichtert atmete sie durch, als vor ihnen Licht zu erkennen war. Die Treppe führte in einen echten Kerker mit mehreren Zellen, der hier unten versteckt war.

»Lange her, dass ich hier gefangen war«, murmelte Lucifer leise.

Sie schlichen an vielen leeren Zellen vorbei. Wofür waren sie alle? Soweit sie wusste, wurde kein Engel eingesperrt, sie alle fielen.

»Was war das hier einmal?«, wisperte sie leise und beeilte sich, mit dem Höllenfürsten Schritt zu halten.

»Bevor man Engel auf die Erde fallen lassen konnte, musste man sie woanders festhalten«, erklärte er knapp. »Hunderte haben hier ihre Zeit verbracht, bis man wusste, wohin sie kamen.«

Trocken schluckte Amicia. Sie konnte sich kaum vorstellen, wie schrecklich es sein musste, hier unten in diesem Dämmerlicht gefangen zu sein. So nah dran an seinem alten Leben und doch dazu verdammt, nichts weiter zu besitzen als die Wände aus Stein und das leise Klagen der Mitgefangenen.

Immer weiter schritten sie durch die Katakomben, ein paar Mal gabelte sich der Weg und führte in weitere Tiefen. Amicia wunderte sich, wie groß die Katakomben waren und ob es hier noch einige vergessene Engel gab, die nicht einmal wussten, wie viel Zeit vergangen war.

Ein seltsames Murmeln zerriss auf einmal die Stille. Hektisch blickte Amicia sich um und suchte nach der Quelle, doch um sie herum gab es nur leere Zellen. Erneut drang das Gemurmel an ihr Ohr, doch sie konnte keine genauen Worte ausmachen.

»Hier ist jemand«, wisperte sie mehr zu sich selbst und trat noch einen Schritt näher an Lucifer heran.

»Genau nach denen suchen wir ja«, brummte er und beschleunigte seine Schritte.

An der nächsten Gabelung bogen sie nach rechts ab und folgten den immer lauter werdenden Geräuschen. Langsam konnte Amicia mehr ausmachen, es waren verschiedene männliche Stimmen und eine weibliche.

Endlich erreichten sie die Stelle, an denen die Engel gefangen gehalten wurden. Aus den Zellen fielen lange Schatten in den Gang, die unnatürlich verzerrt wirkten.

»Na, sieh sich das einer an.« Ein breites Grinsen erhellte Lucifers Gesicht. »Wenn ich gewusst hätte, dass dieser Anblick auf mich wartet, hätte ich mein Handy mitgenommen.«

»Du!«, grollte Michaela, die sich in der ersten Zelle befand. Mit vor Wut verzerrtem Gesicht rannte sie zu den Gitterstäben. »Wer hat dich hier reingelassen?«

»Ich habe mich selbst reingelassen, Schwesterchen. Ebenfalls eine Freude, dich zu sehen«, grollte dieser zurück.

»Luc, Gott sei Dank«, erklang eine andere Stimme eine Zelle weiter. Raphaels Miene zeigte deutliche Erleichterung. »Holst du uns hier raus?«

»Wir brauchen seine Hilfe nicht.« Anscheinend hatte Michaela sich wieder im Griff, denn ihre Stimme wurde erneut ausdruckslos. »Das hier geht ihn rein gar nichts an, es ist eine Angelegenheit des Himmels.«

»Wir können später wieder auf zwei Seiten stehen und uns sinnlos verachten, jetzt müssen wir erst einmal hier raus!«, mischte sich eine dritte Stimme ein. Schnell fuhr Amicia herum, ein weiterer Engel lehnte erstaunlich entspannt an den Gittern, das leichte Licht betonte seine ebenmäßigen Züge und die langen blonden Haare.

»Uriel, schön dich mal wieder zu sehen.« So etwas wie Wiedersehensfreude zeigte sich in Lucifers Gesicht.

»Gut, dass du gekommen bist, Bruder«, gab dieser zurück.

»Das habt ihr Amicia zu verdanken.« Mit dem Kopf nickte der Höllenfürst in ihre Richtung und sie wich sofort einen Schritt zurück.

Sofort richteten sich alle Blicke auf sie und die Gefallene wäre am liebsten im Boden versunken. Während Michaela schnaubend die Augen verdrehte, beäugten die anderen drei Engel sie, als wäre sie ein Tier im Zoo.

»Das ist also die berühmte Amiciell.« Der vierte Erzengel kniete auf dem Boden, den Rücken an die Wand gelehnt. Sogar in der Dunkelheit schimmerte seine Haut golden, ein starker Kontrast zu seinen pechschwarzen Haaren. Das war dann wohl Gabriel.

»Können wir uns später damit beschäftigen?«, grollte Michaela. »Jetzt müssen wir erst einmal die Verräter aufhalten, bevor noch Schlimmeres passiert.«

Sosehr sie es auch wollte, konnte Amicia sich ihren Kommentar doch nicht verkneifen. »Also geht hier durchaus etwas vor?«

»Erst mal muss uns hier einer rausholen.« Laut klopfte Uriel mit den Fingern an das massive Schloss, welches die Zelle versperrte und bei seinen Berührungen Funken sprühte. »Engel können sie nicht zerstören.«

»Dann ist es wohl an mir.« Lucifer zog eine besonders lange Klinge hervor. »Tretet zurück, das sollte gleich geschafft sein.« Mit Schwung holte er aus und zertrümmerte das Schloss mit einem Schlag. Funken flogen durch die Luft und erhellten für einen Moment die Katakomben mit reinem Tageslicht.

Nach und nach zerbrach der Höllenfürst so die Schlösser, bis alle Erzengel frei waren. Unsicher drückte Amicia sich an eine Wand nicht weit entfernt, unter gesenkten Wimpern beobachtete sie die fünf. Sie fühlte sich wie eine Außenseiterin, die von etwas sehr Geheimem und fast Intimem Zeuge wurde.

»Was genau ist hier vorgefallen?«, fragte der Höllenfürst ernst. Jegliche Belustigung war aus seinem Gesicht verschwunden, stattdessen war er ganz der Krieger und Herrscher, der in ihm ruhte.

»Sie kamen wie aus dem Nichts, etwa sechs Dutzend abtrünnige Engel. Von jetzt auf gleich haben sie angefangen, alle abzuschlachten, die ihnen vor die Schwerter kamen«, erklärte Gabriel tonlos. »Man war ihnen nicht gewachsen. Innerhalb einer Stunde haben sie jeden dahingerafft, der sich ihnen in den Weg gestellt hat.«

»Aber wie konnten sie *euch* überwältigen?« Lucifers Blick wanderte suchend durch den Gang, bis er auf Amicia hängen blieb. Mit dem Kopf machte er eine knappe Bewegung und winkte sie zu sich heran.

Zögerlich folgte Amicia seiner Anweisung, aber er hatte recht. Immerhin war er nur auf ihren Wunsch hier, also sollte sie auch alles mitbekommen, was geschehen war.

»Wir wollten kämpfen, aber einer von ihnen hatte diesen Splitter, der uns einfach lähmte.« Raphael schüttelte sich. »So etwas habe ich noch nie erlebt. Kein Muskel wollte mehr reagieren, mein Körper gehörte nicht länger mir.«

»Der Morgenstern«, wisperte Amicia. »Das kann er also.«

»Und sicher noch mehr.« Michaela schüttelte den Kopf. »Dann haben sie uns hier reingesteckt und sind verschwunden. Keine Ahnung, wie viel Zeit seitdem vergangen ist.«

»Gestern warst du noch bei mir«, sagte Amicia leise. Sie kam sich so unendlich fehl am Platz vor, in dieser engen Runde aus Erzengeln.

»Also sind es schon fast vierundzwanzig Stunden.« Ratlos schüttelte Uriel den Kopf. »Wer kann schon sagen, was sie in dieser Zeit alles angestellt haben.«

»Wenn wir noch lange hier herumstehen, dann finden wir es wohl niemals heraus«, knurrte Lucifer.

»Da hast du recht. Danke, dass du uns rausgeholt hast, Lucifer, aber wir brauchen dich nicht mehr. Verschwinde zurück in deinen kleinen Palast und lass das die echten Engel regeln.« Michaela drängte sich an ihm vorbei und knallte dabei ihre Schulter gegen seine Brust. Blitzschnell packte er sie am Arm und hielt sie fest.

Interessiert hob Amicia die Augenbraue. Auf den ersten Blick konnte man nicht sagen, dass die beiden verwandt waren, geschweige denn Zwillinge. In jedem Punkt waren die beiden der reine Gegensatz – vom Körperbau über die Haarfarbe bis zur Körperhaltung. Doch waren sie sich sehr ähnlich. Vor allem da ihre Körpersprache klar zeigte, wie nah sie sich standen.

Lucifer hielt sie nicht länger fest, sondern legte seine Hände beschützend auf Michaelas Schultern. »Diese Verräter haben euch alle ausgeschaltet und sie können es locker wieder tun. Nimm meine Hilfe an, Michaela, bevor es dich den Kopf oder schlimmer noch die Flügel kostet.«

Einige Augenblicke schaute sie nur zu ihm auf, dann nickte sie zackig. »Dieses eine Mal und sobald alles geregelt ist, verschwindest du.«

»Hier hält mich nichts«, grollte der Höllenfürst und trat einen Schritt von seiner Schwester weg. »Geh vor, das hier ist dein Reich.«

»Wir müssen unsere Waffen finden, danach können wir zum Angriff übergehen«, wies sie die anderen an und eilte davon.

Als Amicia ihnen folgen wollte, stellte Lucifer sich ihr in den Weg. Einen Moment blickte er sie einfach nur an, dann streckte er die Hand aus und strich ihr hauchzart über die Wange. »Pass auf dich auf!«

»Du auch«, antwortete sie mit zittriger Stimme, dann löste sie sich schnell wieder von ihm. Viel zu stark pochte das Herz in ihrer Brust, erneut strömte dieses Verlangen durch ihren Körper. Doch daran konnte sie gerade nicht denken, daran durfte sie niemals wieder denken.

Erneut eilten sie durch die dunklen Katakomben bis zu einer ganz anderen schier endlosen Treppe, die sie aus der Dunkelheit ins Tageslicht führte.

Erleichtert atmete Amicia durch, die engen Wände dort unten hatten ihr das Gefühl gegeben, für immer eingeschlossen zu sein.

Zufrieden schnallte Michaela sich ihr Schwert um die Hüfte. »Uriel, Raphael, ihr beide schaut nach den Seelen, ob sie dort auch etwas angerichtet haben. Alle anderen, ihr kommt mit mir. Ich kann mir schon fast denken, wohin sie gegangen sind.«

»Noch sind wir nicht zu spät«, flüsterte Amicia immer wieder wie ein Mantra, als sie dem Erzengel hinterher durch die verlassenen Flure eilte. Denn wenn sie zu spät gewesen wären, dann würden sie sicher schon nicht mehr hier stehen. Trotzdem geriet sie mit jedem Schritt mehr in Panik.

Im Laufschritt eilten sie mehrere Stockwerke nach oben und dann einen langen Gang entlang. Je weiter sie kamen, desto stärker konnte sie die Energie wahrnehmen. Da war das bekannte Kribbeln des Morgensterns und noch etwas anderes, viel, viel Mächtigeres, durch das sich ihr die Nackenhaare aufstellten.

»Wohin gehen wir?«, musste sie einfach fragen, als sie durch eine weitere riesige Tür eilten, die mit Gold beschlagen war.

»Zu dem Ort, an dem alles begann«, erklärte Gabriel ruhig. »Dort, wo unser aller Vater sich aufhält.«

Amicia stolperte beinahe über ihre eigenen Füße. Es dauerte einen Moment, bis sie endgültig begriff, dass sie auf dem direkten Weg zu Gott selbst waren.

Hinter ihnen waren Schritte zu hören. Flüchtig warf sie einen Blick über die Schulter. Die beiden anderen Engel schlossen zu ihnen auf. Dass sie nun wieder hier waren, hieß wohl, dass es den Seelen gut ging.

Ängstlich wandte Amicia sich wieder nach vorn und konzentrierte sich ganz auf die Aufgabe, die nun vor ihr lag. Was auch immer dort auf sie wartete, es konnte nicht gut sein. Sie hatte keine Ahnung, was es war, aber der Tod war sicher darunter.

Die anderen verlangsamten ihre Schritte, als sie durch eine weitere Tür traten. Der Raum dahinter war deutlich größer, ähnelte mehr einer Halle. Eine lange Marmortreppe führte zu einer einfachen weißen Wand, es dauerte einen Moment, bis Amicia den schmalen Riss genau durch die Mitte bemerkte. Das war keine Wand, es war eine Tür.

Auf der Treppe war eine kleine Armee aus Engeln versammelt. Sie alle sahen aus, als hätten sie einen langen Kampf hinter sich, doch in ihren Gesichtern spiegelte sich der Triumph wider.

Einige von ihnen kannte Amicia von früher, andere Gesichter waren ihr völlig unbekannt. Doch eine Gestalt ragte über alle hinaus: Faniell! Er stand ganz oben auf der Treppe, den Morgenstern erhoben. Er bemerkte nicht einmal, dass die sechs eingetreten waren und Stellung bezogen.

»Legt die Waffen nieder und ergebt euch«, hallte Michaelas Stimme unheilvoll durch die Halle. Das Schwert vor sich erhoben deutete sie direkt auf Faniell.

Dieser drehte sich völlig entspannt um, ein selbstgefälliges Lächeln auf den Lippen. »Sieh an, wir haben Zuschauer. Die Erzengel persönlich werden Teil der großen Veränderung sein.« Sein Lächeln wurde verachtend, als er Amicia und Lucifer bemerkte. »Leider haben sie etwas Ungeziefer mit angeschleppt, doch das kann man schnell vernichten.«

Einige seiner Gefolgsleute sahen dies als eine klare Anweisung und stürzten sich auf den Höllenfürsten und die Gefallene.

Diesmal zögerte Amicia keine Sekunde, sie zog ihre Höllenklingen hervor und stieß sie einem der Angreifer direkt in die Brust. Für einen Moment starrte dieser sie entsetzt an, dann verschwand er ins Nichts.

»Stopp«, rief Faniell seine Truppen zurück, als er bemerkte, welche Waffen sie bei sich hatten. »Dieser Kampf wird wohl noch etwas warten müssen. Bis dahin seid ihr unsere schweigenden Gäste.«

Voller Entsetzen beobachtete Amicia, wie die Erzengel und Lucifer auf einmal ihre Waffen senkten und stocksteif dastanden. Kein Muskel regte sich mehr in ihren Körpern, während Faniells durchgeknalltes Lachen von den Wänden hallte.

KAPITEL EINUNDZWANZIG – MORGENSTERN

Eine bleierne Stille legte sich über die Halle. Faniells Lächeln ähnelte nun mehr einer verzerrten Fratze, der Wahnsinn schoss Blitzen gleich aus seinen Augen. Amicia zweifelte immer mehr an sich selbst: Wie hatte sie ihm nur jemals vertrauen können?

Alle Aufmerksamkeit wandte sich wieder der Wand zu, keiner der Engel achtete mehr auf die Erzengel, die wie schöne Statuen dastanden und nichts weiter tun konnten, als geschockt zu schauen.

In diesem Moment hob Faniell den Morgenstern und deutete damit auf die Tür vor sich. Die Gefallene konnte nicht sagen, was genau er dort eigentlich tat, aber sie spürte die Macht, die in Wellen durch den Raum schoss. Es dauerte einen langen Moment, bis sie endlich erkannte, dass sich der winzige Spalt in der Wand ein wenig vergrößert hatte.

Durch diese winzige Öffnung drang ein so helles Licht, dass sie es nicht anschauen konnte. Gleichzeitig strich eine warme, sanfte Brise über ihre Haut, die das Chaos in ihrem Inneren wenigstens ein bisschen beruhigte.

Einige der Abtrünnigen wandten den Kopf ab und verzogen das Gesicht, so, als würde das Licht ihnen Schmerzen bereiten. Sie begannen leise untereinander zu flüstern, während Faniell weiterhin versuchte die Wand zu öffnen.

Unsicher blickte Amicia sich um. Niemand von ihnen achtete auf sie, selbst als sie ungehindert einen Schritt nach hinten machte. Seltsamerweise hatte der Morgenstern keinen Einfluss auf sie, obwohl sie seine Macht durchaus spüren konnte.

So leise wie möglich schlich sie näher an Lucifer heran, der immer noch mit der Waffe in der Hand dastand. Der Morgenstern hatte ihn so stark unter Kontrolle, dass er nicht einmal die Augen bewegen konnte. Trotzdem sprühten die Emotionen wie Funken aus ihnen heraus – Wut, Verzweiflung, Mordlust, Überraschung und Sorge.

Möglichst bewegungslos stellte Amicia sich genau neben ihn, hoffentlich hatte keiner der anderen Engel bemerkt, dass sie sich bewegt hatte. Viel zu schnell klopfte das Herz in ihrer Brust, nicht einmal die sanfte Brise konnte sie jetzt noch beruhigen.

»Er wartet dahinter, nicht wahr?«, flüsterte sie tonlos, ihr Blick klebte auf dem Spalt, der erneut etwas größer geworden war. Natürlich konnte Lucifer ihr nicht antworten, aber sie meinte, in seinen Augen die Antwort zu erkennen.

Die Gedanken rasten durch ihren Kopf, als sie verzweifelt versuchte alles zu verstehen und sich einen Plan zu überlegen. Der Morgenstern konnte die Erzengel, die mächtigsten Wesen direkt nach dem Herrn, außer Kraft setzen. Wer wusste schon, was dieser dumme Splitter mit Gott anstellen konnte.

Eigentlich wusste Amicia bereits, was sie tun musste. Es gab nur eine Möglichkeit das aufzuhalten, was auch immer geschehen mochte. Vorsichtig und leise löste sie das himmlische Schwert aus Lucifers Fingern. Schwer und mächtig lag es in ihrer Hand, der Knauf strahlte immer noch seine Körperwärme aus.

Sie war nicht bereit zu töten. So nötig es vielleicht war, sie war nicht bereit, ihre ehemaligen Brüder und Schwestern abzuschlachten. Aber sie war bereit, den Anführer dieser Gruppe auszuschalten, wenn dies nötig war.

Mit einem ganz klaren Ziel vor Augen umklammerte Amicia den Knauf des Schwertes fester. Sie spürte Lucifers Blick auf sich, doch so wenig er sprechen konnte, so wenig konnte er sie aufhalten. Vielleicht zum letzten Mal hob Amicia die Hand und strich behutsam über seine Wange.

Es gab nur eine Chance, ihren Plan durchzuziehen. Eine ganze Armee stand zwischen ihr und dem Morgenstern. Noch war das Glück auf ihrer Seite, keiner von ihnen konnte die Augen öffnen, zu sehr blendete sie das göttliche Licht. Doch konnte Amicia nicht sagen, wie lange dies so bleiben würde.

Also musste sie es die Treppe nach oben schaffen und Faniell irgendwie den Morgenstern abnehmen. Kurz huschte ihr Blick zu Michaela, die voller Wut zur Wand hochblickte. Jahrelang hatte die Gefallene unter dem Erzengel trainiert und gekämpft, jetzt war es an ihr zu zeigen, was sie dort alles gelernt hatte.

Noch länger konnte sie es nicht mehr herauszögern. Sosehr die Angst sie auch lähmte, trieb die Erkenntnis, dass nur sie dies wagen konnte, Amicias Schritte doch an. Das Schwert fest in beiden Händen haltend rannte sie los, die Treppe hoch. Auf dem Weg schlug sie nach so vielen Abtrünnigen, wie ihr vor die Klinge kamen.

Die Reaktionen der anderen Engel kamen etwas verspätet. Der erste hatte gar keine Chance mehr zu schreien, da hatte sie ihm schon die Klinge in den Leib getrieben. Der zweite brachte noch ein unterdrücktes Japsen zustanden, bis das Leben aus seinem Körper wich.

Den Blick fest auf den Spalt in der Wand gerichtet eilte Amicia weiter. Sie schaute den angreifenden Engeln, die selbst völlig blind um sich schlugen, nicht einmal in die Augen. Ein scharfer Schmerz fuhr durch ihren Körper, als einer von ihnen sie am Arm erwischte, doch davon ließ sie sich nicht abhalten.

Nur noch wenige Stufen trennten sie von ihrem Ziel. Inzwischen war blankes Chaos in der Halle ausgebrochen, und doch ließ Faniell sich nicht von ihr ablenken. Immer noch hielt er den Morgenstern in der rechten Hand, genau auf den Spalt gerichtet, der inzwischen fast zehn Zentimeter groß war. Schon bald konnte man hindurchsehen oder sogar hineinfassen.

Mit einem unterdrückten Stöhnen wich sie der Waffe eines der Engel aus, der heftig nach ihr schlug. So schnell, wie sie konnte, drehte Amicia sich zur Seite und wehrte den blind stolpernden Engel ab.

Inzwischen hatten die meisten von ihnen kapiert, wie genau Amicias Plan aussah, und sie waren bereit, alles zu tun, um die Gefallene daran zu hindern. Es konnte nicht länger warten, sie musste es jetzt tun.

Ein letztes Mal holte sie mit dem Schwert Schwung, leise sirrend sauste die Klinge nach unten und schnitt ohne Probleme durch Fleisch und Knochen. Voller Schmerz schrie Faniell auf, als seine abgetrennte Hand zusammen mit dem Morgenstern zu Boden fiel.

Während der Verräter seinen blutigen Stumpf umklammerte, hechtete Amicia nach vorn und schnappte sich den Splitter. Warm und sicher lag dieser in ihrer Hand, als sie schnell Abstand zwischen sich und den anderen Engel brachte.

»Du!«, brüllte dieser unter Schmerzen und wirbelte zu ihr herum. Entsetzt taumelte Amicia noch einen Schritt zurück. Anstatt seiner ausdrucksvollen Augen blickten ihr leere Hüllen entgegen, blutige Tränen liefen seine Wangen hinunter. »Wie kann das sein?«

Bevor sie auch nur einen Muskel rühren konnte, brach erneut Chaos am Ende der Treppe aus. Jetzt, da Faniell nicht länger die Kontrolle über den Morgenstern hatte, war der Bann, unter dem die Erzengel gestanden hatten, gelöst. Sofort gingen diese an die Arbeit und metzelten sich ihren Weg zur Wand frei.

Faniell bemerkte davon nichts. Vor Wut schäumend stürzte er sich auf Amicia, trotz seiner Blindheit schlug er nach ihr und schaffte es sogar, ihren Arm zu fassen zu bekommen. Schwer atmend hielt sie den Morgenstern hinter ihren Rücken und versuchte sich aus seiner Umklammerung zu lösen.

»Du dummes kleines Biest«, zischte Faniell halb wahnsinnig. »Ich hätte dich auslöschen sollen, nachdem du mir den Morgenstern gebracht hattest.«

»Tja, dumm gelaufen«, giftete sie zurück und schaffte es endlich, sich von ihm zu befreien. Im Augenwinkel bemerkte sie Lucifer, der mit gezückter Waffe hinter Faniell auftauchte, bereit, dessen Existenz für immer zu beenden.

»Stopp«, rief Amicia atemlos und hob den Morgenstern. Alles um sie herum erstarrte mitten in der Bewegung, die Abtrünnigen genauso wie die Erzengel. Aus Lucifers Augen stoben wütende Funken, die Klinge hatte er bereits für den Todesstoß erhoben.

Unsicher blickte Amicia zwischen dem allmächtigen Gegenstand in ihrer Hand und den sie umzingelnden Wesen hin und her. Sie wollte nicht noch mehr Blutvergießen, nicht noch mehr ausgelöschte Existenzen. Das musste aufhören.

Die sanfte Brise aus dem Spalt wurde für einen Moment stärker, so, als würde sie auf Amicias Gedanken reagieren. Verwirrt zog sie die Augenbrauen zusammen. Noch lag diese unglaubliche Macht in ihren Händen, sie musste sie nur richtig einsetzen.

Es war ein unwirkliches Gefühl, sich zwischen den erstarrten Engeln frei bewegen zu können. Etwas zögerlich trat Amicia als Erstes zu Lucifer, behutsam löste sie die Klinge aus seinen Fingern und ließ sie zurück in die Scheide an seiner Seite gleiten.

Danach wanderte sie zu jedem Einzelnen der Abtrünnigen und sammelte sorgsam alle Waffen ein. Einen Moment überlegte sie, auch die Erzengel zu entwaffnen, doch das war sicher keine gute Idee, falls sie ein Schwert oder einen Dolch übersehen hatte.

Nachdem der Frieden zwischen den Parteien gesichert war, wandte Amicia sich dem Spalt zu. Immer noch strömte das angenehme Licht heraus, zusammen mit der warmen Brise und einem Geruch, den sie nicht genau deuten konnte, der aber ein wohliges Gefühl in ihr auslöste.

Doch sosehr sie dieser auch lockte – der Drang, den Spalt ganz zu öffnen und einfach hindurchzutreten, war riesig –, Amicia musste ihn schließen. Wer oder was auch immer sich dahinter verbarg, es musste geschützt werden.

Wie Faniell zuvor hob sie den Morgenstern und richtete ihn direkt darauf. Langsam, aber stetig, schloss sich der Spalt wieder, bis nur noch eine einfache weiße Wand zu sehen war. Alle Kraft schien aus Amicias Muskeln zu entweichen und sie sackte in sich zusammen, als es endlich geschafft war. Sobald sie den Splitter senkte, löste sich der Zauber und alle konnten sich wieder bewegen.

Für einen Moment herrschte noch Totenstille, dann brach das Chaos erneut aus. Laute Stimmen schwirrten um ihren Kopf, Flügel schlugen und Schritte waren zu hören, doch die Gefallene war einfach nicht in der Lage, den Kopf zu heben. Alles um sie herum nahm sie nur entfernt wahr, so, als wäre sie ganz weit weg.

»Geliebte.« Jemand ging neben ihr auf die Knie und legte ihr die Hand auf die Wange. »Hörst du mich?«

Es dauerte einen langen, schmerzhaften Moment, bis sie endlich wieder die volle Kontrolle über ihren Körper hatte und den Kopf zur Seite drehen konnte. Lucifer war direkt neben ihr, große Sorge stand in sein Gesicht geschrieben.

Sie öffnete den Mund, doch kein Laut entwich ihren Lippen. Sosehr sie sich auch bemühte, sie schaffte es einfach nicht, auch nur ein Wort zu sagen.

»Der Morgenstern entzieht ihr Energie, weil er völlig ausgebrannt ist«, murmelte eine weitere Stimme. Michaela ging auf ihrer anderen Seite auf die Knie und löste den Splitter aus Amicias klammen Fingern. »Gleich geht es ihr wieder gut.«

Tatsächlich fühlte sie sich sofort besser, nachdem sie die glatte Oberfläche nicht länger auf ihrer Haut spürte. Mehrmals blinzelte sie langsam, während das Blut laut durch ihre Adern rauschte und sie die Kontrolle über ihren Körper zurückgewann.

Wortlos streckte sie die Hände aus und legte sie um Lucifers Gesicht. In diesem Moment war es ihr völlig egal, von wie vielen Freunden und Feinden sie umgeben war, es zählte nur, dass alle noch am Leben waren. »Das war knapp.«

»Knapp?« Entsetzt schüttelte Lucifer den Kopf. »Eher absolut lebensmüde. Was hast du dir nur dabei gedacht? Du hättest sterben können!«

Seine Wut vertrieb noch die letzte Erschöpfung aus ihren Knochen und sie schaffte es, wieder auf die Beine zu kommen. »Bin ich aber nicht. Alle sind noch am Leben und niemandem ist etwas geschehen, das ist es, was ich wollte. Der Morgenstern ist sicher und der Himmel auch.«

Erst in diesem Moment realisierte sie, dass es wirklich geschafft war. Das Unrecht, welches sie begangen hatte, war gesühnt. Sie hatte erfolgreich abgewendet, was auch immer hätte geschehen können.

Vor Erleichterung schossen ihr Tränen in die Augen, die ungehindert über ihre Wangen liefen. Erneut wandte sie sich Lucifer zu, nur zu gern wollte sie ihre Freude mit ihm teilen, doch leider blickte er ihr mit verschlossener Miene entgegen.

Der Schmerz seiner Ablehnung dämpfte ihre Freude etwas, doch damit würde sie schon irgendwann klarkommen. Immerhin hatte dieser Triumph nichts an ihrem Verrat geändert. Sie wandte sich von ihm ab und konzentrierte sich stattdessen ganz auf das, was im Saal vor sich ging.

Den Erzengeln war es gelungen, alle Abtrünnigen zu fesseln, und nun standen sie in einer Ecke zusammengepfercht und warteten auf ihr Urteil. Amicias Blick wanderte zu dem Morgenstern, der sicher in Michaelas Hand lag. Wie einfach dieser Kampf doch gewesen war, dank dieser göttlichen Unterstützung.

»Was wird nun mit ihnen geschehen?«, fragte sie Gabriel, der zufällig in diesem Moment neben ihr stand.

»Das muss noch entschieden werden. Jetzt wandern sie erst einmal in die Katakomben, da sind auf jeden Fall genug Zellen frei. Was auch immer danach mit ihnen geschieht, sie haben es verdient.«

Dem konnte die Gefallene allerdings nicht widersprechen. Trotzdem wandte sie den Blick ab, als ihre ehemaligen Brüder und Schwestern aus dem Saal geführt wurden. Einige von ihnen schrien absurde Verwünschungen, aber die meisten hatten sich bereits mit ihrem Schicksal abgefunden.

Der Einzige, der nicht abgeführt wurde, war Faniell. Immer noch grinste er wie ein Geistesgestörter, während er mit seinen leeren Augen in ihre Richtung schaute. Leise tropfte das Blut aus dem Stumpf seines Armes. Was mit seiner verlorenen Hand geschehen war, konnte Amicia nicht sagen.

Sie wollte nicht länger in seiner Nähe sein. Etwas in seiner Miene machte ihr immer noch Angst, so, als wäre es noch nicht vorbei, so, als würde da noch mehr kommen.

»Lasst uns von hier verschwinden«, brummte Michaela, nachdem alle Engel abgeführt worden waren. Ohne auf die anderen zu achten, stolzierte sie davon. Die drei übrigen Erzengel machten sich daran, die Abtrünnigen hinauszubegleiten. Uriel packte Faniell.

Langsam folgte Amicia ihnen, wobei sie immer wieder über die Schulter zu der nun wieder ganz unscheinbaren Wand blickte. Zusammen mit dem Licht waren auch das wohlige Gefühl und die Sicherheit verschwunden. Schon jetzt sehnte sie sich danach.

In ihrem Rücken konnte sie eine ganz andere Energie spüren, die wie sanfte Flammen über ihren Körper leckte. Während alle anderen schon gegangen waren, wartete Lucifer schweigend auf sie.

»Ist er das wirklich?«, flüsterte sie tonlos.

Schon dieses leise Geräusch schien die filigrane Stille zu zerstören.

»Wer weiß das schon. Hinter dieser Wand ist unsere Welt zu Ende, so viel ist sicher. Aber ob es unser Vater, etwas anderes Göttliches oder sogar der Vater unseres Vaters ist, wird niemals jemand sagen können. Komm jetzt, Geliebte, wir sollten nicht zu lange hier sein.«

Nur zögerlich folgte sie ihm. Das Hochgefühl war völlig abgeklungen und durch sehr viele Fragen ersetzt worden. Doch konnte sie sich nicht darauf verlassen, auch Antworten zu bekommen.

Erst als Lucifer seine Schritte verlangsamte, bemerkte sie, wo sie sich befanden. An der Treppe, die zurück in die Katakomben führte. Von den Abtrünnigen war nichts mehr zu sehen, aber Michaela und Raphael standen noch da und befragten einen grinsenden Faniell.

»Habt ihr noch nichts aus ihm herausbekommen?«, knurrte Lucifer und gesellte sich zu den anderen.

»Er ist wohl zu sehr mit Lächeln beschäftigt«, brummte Raphael und rieb sich den Nacken. »Am Ende ist es ja auch egal. Wir haben sie aufgehalten.«

Eigentlich sollte sie den Mund halten, aber Amicia konnte sich einfach nicht zurückhalten. »Woher weißt du von dem Morgenstern?«, fragte sie Faniell direkt.

»Wieso ist ausgerechnet die Gefallene die Einzige, die hier kluge Fragen stellt?«, brummte dieser zur Antwort. »Zu schade, dass du bald wieder in dein trauriges einsames Leben zurückkehren wirst, Amiciell. Wärst du hier oben gewesen, dann wäre das alles nicht geschehen.«

Seine Worte schmerzten mehr, als sie zugeben wollte. Denn der Funke Wahrheit, der darin lag, war nicht zu leugnen. »Das beantwortet meine Frage nicht.«

»Alte Geheimnisse können nicht für immer verborgen werden«, zischte er kryptisch. »Es war nur eine Frage der Zeit, bis jemand die Macht erkannte, die verborgen war, und sie auch für das Richtige nutzen würde.«

»Und was soll das sein?« Amicia trat noch einen Schritt nach vorn und blickte auf die schwarzen Löcher in seinem Gesicht.

»Wir Engel wurden geschaffen, um das Gute in diese Welt zu bringen und es zu beschützen. Das ist die einzige und wichtigste Aufgabe. Und doch gibt es Böses in dieser Welt. Die Menschen wenden sich den Dämonen und ihrem abtrünnigen Herrscher zu, eine Tatsache, die verhindert werden muss. Wir wollten die Goldene Stadt und unseren großen Gott wieder zu der alten Macht verhelfen, die ihm einmal gehört hatte.«

Er redete sich immer mehr in Rage, bis er schrie und anfing, um sich zu schlagen. »All die dummen Menschen, die sich von uns abgewandt haben, sollten dafür büßen, genauso wie die Dämonen – unsere Feinde. Wir würden wieder in altem Glanz erstrahlen, so, wie es gedacht war, bevor Gott uns verlassen hat.«

»Das reicht jetzt!« Mit einem gekonnten Schlag gegen die Schläfe setzte Lucifer den Engel außer Gefecht. »So viel Dummheit kann ich mir nicht am Stück geben.«

Wenig beeindruckt hob Raphael die Augenbraue. »Du bringst es wie immer auf den Punkt, Lucifer.« Dann packte er den Abtrünnigen unter dem Arm und schleppte ihn die Treppe hinunter.

Kurz darauf tauchten Uriel und Gabriel wieder auf. »Habt ihr etwas erfahren?«, fragte Letzterer.

Michaela schnaubte abfällig. »Ein Haufen Verrückter hat die Botschaft unseres Herrn falsch gedeutet und wollte die ursprüngliche Ordnung wiederherstellen, auf Kosten unschuldiger Leben.«

»Okay«, brummte Uriel gedehnt. »Das kann ja heiter werden.«

»Schickt sie bloß nicht zu mir herunter«, schaltete sich jetzt auch Lucifer ein. »Ich habe schon genug Wahnsinnige, um dich ich mich sorgen muss.«

»Was weiter mit den Engeln geschieht, geht dich nichts an, Lucifer. Danke für deine Hilfe, aber du kannst jetzt wieder in deine Schwefelgrube zurückkehren«, grollte Michaela angriffslustig.

»Oh, und wie es mich etwas angeht. Ihr habt eure Engel nicht unter Kontrolle und ich darf es dann ausbaden. Mal ganz abgesehen davon, dass ihr mich als Wachhund ausnutzt, ohne es mir zu sagen.«

Vor Wut lief Michaelas Gesicht rot an. Sie hob den Finger und deutete damit auf ihren Bruder.

»Wir sollten von hier verschwinden.« Gabriel trat auf Amicia zu und versperrte ihr so die Sicht auf die beiden Streithähne. »Wenn die einmal loslegen, dann hören sie so schnell nicht mehr auf.«

»Das sollte sich auch mal jemand ansehen.« Behutsam fasste Uriel ihren Arm und betrachtete die breite Schnittwunde, die inzwischen aufgehört hatte zu bluten.

Amicia wehrte sich ein wenig, als die beiden Erzengel sie wegführten. Immer wieder blickte sie über ihre Schulter, die beiden Erzengel hatten sogar angefangen zu schreien. Es war ein durchaus seltsamer Anblick, diese beiden mächtigen Wesen so zu sehen, in diesem Moment wirkten sie sehr menschlich.

»Die beiden sind wie Feuer und Benzin«, lachte Gabriel. »Sobald man sie aufeinander loslässt, geht alles in Flammen auf. Einmal haben sie sich stundenlang angeschrien und dann wochenlang nicht miteinander gesprochen.«

»Worum ging es denn da?« Neugierig blickte Amicia zwischen den beiden hin und her.

Uriel senkte den Blick und Gabriel räusperte sich unangenehm berührt. »Das ist schon sehr lange her und spielt jetzt keine Rolle mehr.«

Ein ungutes Gefühl nistete sich in Amicias Brust ein. »Wohin gehen wir?«

»Nur an einen ruhigen Ort, an dem wir uns um deine Wunden kümmern können und dann besprechen, wie es weitergeht. In den letzten paar Stunden ist sehr viel passiert und wir haben nun einiges zu bedenken.«

Unsicher schluckte die Gefallene.

»Nur keine Sorge.« Freundlich lächelte Gabriel sie an. »Du bist unsere Heldin, ohne deinen Einsatz stünden wir jetzt vielleicht nicht hier. Dir wird nichts geschehen.«

So ganz konnte sie seinen Worten keinen Glauben schenken. Immerhin war sie auch der Grund, dass es überhaupt so weit gekommen war. Doch dazu wollte sie nichts weiter sagen, stattdessen schlang sie die Arme um ihren Oberkörper.

Die beiden Erzengel führten sie in ein kleines Versammlungszimmer, in dessen Mitte ein großer Tisch stand. Kraftlos ließ Amicia sich auf einen Stuhl fallen und beobachtete, was die anderen beiden taten. Gabriel nahm ihr gegenüber Platz, während Uriel sanft nach ihrem Arm fasste.

Ein leichtes Prickeln breitete sich in ihrem Arm aus, als sich die Wunden langsam anfingen zu schließen. Staunend beobachtete Amicia, wie ihre Haut heilte und außer des Blutes nichts mehr von der Verletzung zu sehen war.

Kurz nachdem Uriel mit ihr fertig war, flog die Tür auf und Raphael kam herein, die beiden Streithähne direkt hinter sich, jedoch schwiegen sie sich nun an. Nachdem sich alle einen Platz gesucht hatten, sagte für einen Moment niemand etwas.

Unsicher blickte Amicia zur Seite, wo der Höllenfürst Platz genommen hatte. Unter dem Tisch berührten sich beinahe ihre Beine, sie konnte seine Körperwärme auf ihrer kalten Haut spüren.

Das Schweigen zog sich hin, da anscheinend niemand den ersten Schritt machen wollte. Länger hielt die Gefallene es einfach nicht mehr aus. »Wie wird es nun weitergehen?«

Beinahe hatte sie erwartet, dass Michaela nur wieder betonen würde, dass es sie nichts anginge und sie verschwinden sollte, doch der Erzengel blieb still. Stattdessen setzte Raphael zu einer Antwort an.

»Die Abtrünnigen werden ihrer gerechten Strafe zugeführt, doch wie diese aussieht, muss noch beschlossen werden. So lange bleiben sie sicher verwahrt in den Katakomben.«

»Wie lange wird es dauern, bis die anderen Engel zurückkehren?« Besorgt blickte sie aus dem Fenster, wo immer noch einzelne kleine Federn durch die Luft tanzten. Noch einmal würde sie den Anblick der verwaisten Stadt nicht ertragen.

»Sie werden alle wieder Gestalt annehmen und nur das zählt. Eines muss man diesen Verrückten ja lassen, sie haben ihren Aufstand ohne große Verluste durchgeführt«, brummte Gabriel, der ihrem Blick gefolgt war.

Dann blieb ihr nichts anderes übrig als zu hoffen. Trotzdem spürte Amicia immer noch einen Druck auf der Brust, so, als wäre der Kampf noch nicht zu Ende.

»Wandert der Morgenstern wieder zu mir oder behaltet ihr ihn diesmal?«, grollte Lucifer in die Runde. Rhythmisch klopfte er mit dem Finger auf den Tisch, während er seine Geschwister genau taxierte. »Falls es das einfacher für euch macht, ich kann ihn auch wieder stehlen, nachdem ihr ihn einfach offen herumliegen gelassen habt.«

»Sei kein Idiot, Lucifer. Niemand hat dich gezwungen den Morgenstern mitzunehmen, das hast du ganz allein gemacht. Vater hatte das so eingerichtet«, mischte sich nun auch Uriel ein.

»Ja, dafür ist er bekannt, uns alle gegeneinander auszuspielen, ohne dass es auch nur einer mitbekommt.« Wütend schüttelte Lucifer den Kopf. »Dann nehme ich dieses dumme Ding halt wieder mit, in der Hölle kann es wenigstens keinen Schaden anrichten.«

»Solange es nicht in die falschen Hände gerät«, wisperte Michaela und reichte ihm den Morgenstern.

Der kleine Seitenhieb tat mehr weh, als er eigentlich sollte. »Ich habe mich bereits dafür entschuldigt, außerdem hatte Faniell ein offizielles von dir unterschriebenes Dokument, da hätte jeder Engel ihm geglaubt.«

Wortlos verdrehte Michaela die Augen und verschränkte die Arme vor der Brust.

»Niemand macht dir einen Vorwurf, Amicia, es ist ganz sicher nicht deine Schuld.« Freundschaftlich tätschelte Raphael ihr die Hand. »Du hast nur getan, was von dir erwartet wurde, und dein Schicksal erfüllt.«

»Wovon redest du da?« Blitzartig beugte Lucifer sich vor und schlug die Hand seines Bruders weg. »Welches Schicksal? Wusstet ihr, dass das alles geschehen würde?«

Ertappt räusperte Raphael sich und wandte den Blick ab. Amicia konnte nicht anders, ihr stand der Mund offen, als sie jedem Einzelnen in die Augen schaute. »Ihr wusstet es?« Das bedrückte Schweigen war Antwort genug.

»Gehört mein Fall etwa auch dazu?«

Mehr Schweigen.

»Ihr habt mich einfach so geopfert?«

»Natürlich nicht.« Mit der Faust schlug Michaela auf den Tisch und sprang dann auf. »Wie kannst du so etwas nur von mir denken? Immerhin habe ich dich aufwachsen sehen, du hast unter mir gelernt. Als ich erfahren habe, was für dich vorgesehen war, habe ich alles getan, um es aufzuhalten. Zweihundert Jahre habe ich darum gekämpft, dein Schicksal doch noch zu ändern, aber leider hat Vater es sich nicht anders überlegt.«

Ausdruckslos blickte Amicia auf die Tischplatte vor sich. Mit den Augen fuhr sie die sanften Maserungen nach, während sie versuchte das eben Gehörte zu verarbeiten. »Es war gar nicht meine Schuld?«

»Nein, wir haben dich ausgetrickst. Dein Fall musste echt aussehen, so waren die Anweisungen. Aus irgendeinem Grund musstest du den Himmel verlassen, um dann irgendwann auf Lucifer zu treffen«, beendete Michaela ihre erschreckende Erzählung.

Ruckartig fuhr Amicias Kopf hoch und sie blickte zu Lucifer, der genauso überrascht aussah, wie sie sich fühlte. Unter dem Tisch bekam sie seine Hand zu fassen und drückte sie fest. Nicht nur sie war betrogen und ausgenutzt worden.

»Was hat das Ganze bitte mit mir zu tun?«, fragte der Höllenfürst mit erstaunlich ruhiger Stimme.

»Nun, den wichtigen Part hat man uns leider niemals mitgeteilt. Wie die Menschen so schön sagen: Die Wege des Herrn sind unergründlich«, erklärte Gabriel etwas zu fröhlich.

»Oder wie wir gern mal sagen: Ab und an ist er echt ein mieser Kerl«, setzte Uriel hinzu.

Immer noch konnte sie kaum begreifen, was sie gerade erfahren hatte. Ihre ganze Existenz hindurch war sie hintergangen worden, benutzt für irgendeinen göttlichen Plan.

»Weshalb auch immer du fallen solltest, es ist nun geschafft«, sprach Michaela weiter. »Deine Wege haben sich mit Lucifers gekreuzt und zusammen habt ihr beide den Himmel gerettet. Besser hätte es doch nicht laufen können?«

Amicia spürte den Blick des Höllenfürsten auf sich, doch sie konnte ihn einfach nicht erwidern. In ihrem Kopf lief jede Begegnung, die sie jemals mit Lucifer gehabt hatte, ab. All die verwirrenden Gefühle, all die Küsse, all die geheimen Berührungen, die sie immer noch auf ihrer Haut spüren konnte.

War all das wirklich echt gewesen oder etwas ganz anderes?

Auch wenn sie ihn niemals wiedersehen würde, wollte sie doch, dass es echt gewesen war. Hektisch schüttelte sie den Kopf. Es war unwichtig, wie es zu diesen Begegnungen gekommen war, für sie war alles wahrhaftig gewesen.

»Nachdem nun alles hinter uns liegt, können wir dich wieder im Himmel begrüßen und dir deine Flügel wiedergeben. Natürlich nur, wenn du das willst.« Einladend streckte Michaela ihr die Hand entgegen, doch Amicia konnte keinen Muskel rühren.

Stattdessen blickte sie zu Lucifer, so, als hätte er eine Antwort auf die Möglichkeit, endlich wieder nach Hause zu dürfen.

KAPITEL ZWEIUNDZWANZIG – ZUHAUSE

Michaelas Angebot hallte immer noch im Raum wider. Alle Blicke waren erwartungsvoll auf Amicia gerichtet, so, als müsste sie sofort eine Antwort geben. Doch das konnte sie nicht. Nicht in diesem Moment, nicht unter diesen Umständen.

Hektisch sprang sie auf und stolperte beinahe über die Beine ihres Stuhls. Ohne auf die besorgten Rufe zu achten, eilte sie aus dem Raum und den langen Flur entlang. Erst als reine, klare Stille sie umgab, blieb sie stehen.

Verzweifelt raufte Amicia sich die Haare. Wieso zögerte sie auf einmal? Das war es, was sie immer gewollt hatte. Ihr Fall war ein Unfall gewesen – nein, der Wunsch Gottes – und jetzt hatte sie endlich getan, wozu sie auserkoren worden war. Wieso also konnte sie nicht hierher zurückkehren und die vielen unglücklichen Jahre auf der Erde vergessen?

Der Grund dafür kam just in diesem Moment um die Ecke und trat mit verschlossener Miene auf sie zu, die Hände in den Hosentaschen vergraben. Schweigend blickte er sie an, was sie als Einladung verstand, um zu sprechen.

»Was soll ich ihr antworten? Wie kann ich ihr überhaupt noch in die Augen schauen, sie haben mich betrogen, ausgenutzt und hintergangen? Und jetzt soll einfach alles vergessen sein?« Ihre Stimme erstarb und sie schüttelte den Kopf.

»Nimm dir das nicht zu sehr zu Herzen«, murmelte er sanft und trat direkt vor sie hin. »Unser Vater spielt dieses Spiel sehr gern, du bist bei Weitem nicht die Einzige, die ihm zum Opfer gefallen ist.«

»Das mit dem Morgenstern und dir war auch nicht sonderlich nett.«

»Das ist nur die Spitze des Eisberges.« Sanft nahm er sie am Arm und führte sie zu einer Marmorbank, die in einiger Entfernung an der Wand stand. »Was ich dir jetzt erzähle, ist das größte Geheimnis des Himmels und ich vertraue darauf, dass du mich diesmal nicht verraten wirst.«

Wortlos nickte sie. Das aufgeregte Klopfen in ihrer Brust musste sie erst mal ignorieren, denn sie durfte in seine Worte nicht zu viel hineininterpretieren.

»Du warst nicht der erste Engel, dessen Fall inszeniert wurde. Nur habe ich mich freiwillig dazu entschieden, aus dem Himmel auszuscheiden. Die Hölle geriet etwas aus den Fugen, die Dämonen brauchten jemanden, der sie in Schach hielt. Also wurde beschlossen, dass einer von uns Erzengeln diese Aufgabe übernehmen würde. Nach sehr vielen Streitereien und schlimmen Worten ist die Wahl auf mich gefallen.« Trocken lachte er über sein eigenes Wortspiel.

»Warst du einverstanden mit dieser Entscheidung?«, murmelte sie leise.

»Nicht wirklich, am Ende war klar, dass es entweder Michaela oder ich werden würde. Aber ich konnte nicht zulassen, dass meine Schwester hier oben ihre Stellung verlor. Also habe ich mich geopfert, was sie mir allerdings sehr übel genommen hat. Danach war sie nicht sonderlich nett zu mir und mir wurden alle weiteren Besuche hier im Himmel untersagt. Ich sollte ›in dem Bett schlafen, welches ich mir gemacht hatte‹.«

»Das tut mir leid, Lucifer.«

»Das muss es wirklich nicht. Inzwischen habe ich mich damit abgefunden, dass es so am besten ist. Das, was ich heute erfahren habe, bestätigt mich noch einmal darin. Ich gehöre einfach nicht hierher.«

Der Drang, die Arme um seinen Hals zu schlingen und sich an ihn zu schmiegen, brachte Amicia beinahe um. Doch sosehr sie es sich auch ersehnte, diese Art ihres Zusammenseins war vorbei.

»Aber du schon.« Er wandte ihr den Kopf zu und blickte ihr direkt in die Augen. »Du warst bereit, meinen Zorn und meine Rache und deinen möglichen Tod in Kauf zu nehmen, um alles hier zu retten. Sogar jetzt bist du nicht wirklich wütend auf die Engel, sondern verwirrt.«

Verzweifelt rieb Amicia sich übers Gesicht. Seine Worte ergaben durchaus Sinn, doch leider fühlte sie sich dadurch auch nicht besser. »Aber wie kann ich ihnen vertrauen, dass sie es mir nicht eines Tages noch einmal antun?«

»Meine Geschwister haben so einige Fehler, von unserem Vater mal ganz abgesehen, aber glaube mir, sie handeln niemals aus Bösartigkeit. Wenn Michaela einen Befehl zweihundert Jahre ignoriert hat, dann muss ihr wirklich etwas an dir liegen.«

»Aber wieso kann ich dann nicht einfach Ja sagen?« Seufzend fuhr sie sich durch die Haare.

»Du hast hinter den Vorhang geblickt und jetzt weißt du mehr, als du jemals wolltest. Mit eben diesem Wissen musst du nun leben, ob du das willst oder nicht. Aber das hier ist, wie du immer so schön sagst, dein Zuhause, zu dem du immer zurückwolltest.«

»Du hast recht …«

»Aber?«

»Aber was, wenn meine Aufgabe noch nicht erledigt ist? Wenn du und ich aufeinandertreffen sollten, wie können wir uns dann sicher sein?« Sie kam sich so dumm und schäbig vor, dass sie nach diesem Strohhalm griff.

»Welche Gefahren kann es denn jetzt noch geben? Nicht nur, dass du den Himmel gerettet hast, sondern du hast auch eine Revolution in der Hölle verhindert. Deine Aufgabe ist mehr als erledigt, Geliebte. Jetzt ruh dich auf deinen Lorbeeren aus.«

»Was wirst du nun tun?«, schindete sie noch etwas mehr Zeit.

»Zurück an meine Aufgabe gehen, immerhin muss ich zwei neue Generäle bestimmen und dann die Ordnung in der Hölle wiederherstellen. Damit habe ich sicher ein paar Jahrzehnte zu tun.«

»Dann trennen sich hier unsere Wege also wieder?« Der Gedanke war wie ein Schlag direkt in den Magen.

»So, wie es bestimmt ist, ja. Der Fürst der Hölle und ein rehabilitierter Engel können nun einmal nicht mehr als alte Bekannte sein.« Mit diesen Worten erhob er sich. »Pass gut auf dich auf, Geliebte, und vergiss nicht alles, was du auf der Erde gelernt hast.«

So konnte, so durfte ihr Abschied einfach nicht ablaufen. Dies konnten nicht seine letzten Worte an sie sein.

»Warte!«

Schnell sprang sie ebenfalls auf und holte die Feder aus ihrer Jackentasche, in der sie immer noch sicher verborgen war. »Die willst du sicher wiederhaben.«

»Behalte sie. Dieser kleine Besuch hier oben hat mich daran erinnert, wieso ich nicht mehr mit meinen Geschwistern rede oder zu Besuch komme.«

Langsam senkte sie die Hand wieder.

»Sie soll dich an mich erinnern.« Lucifer legte seine Hände um ihre. »Auch wenn ich immer noch wütend bin, habe ich dir deinen Verrat verziehen. Du warst bereit alles zu riskieren, um zu bekommen, was dir rechtmäßig zusteht, das respektiere ich. Nur hätte ich mir gewünscht, dass es nicht so echt zwischen uns gewesen wäre.«

Worte gab es in diesem Moment nicht mehr. Mit wild pochendem Herzen stellte sie sich auf die Zehenspitzen und zog Lucifer zu einem letzten Kuss zu sich heran. Sie versuchte alles in diese Berührung zu legen, jedes noch ungesagte Wort, jedes Gefühl, welches sie bisher nicht zugelassen hatte.

Lucifer schlang die Arme um ihre Hüfte und zog sie an seine harte Brust. Ein letztes Mal genoss sie das Feuer, welches über ihre Haut leckte und sie völlig in Brand setzte.

Langsam lösten sie sich voneinander, doch sie konnte einfach nicht zurücktreten. Ihr fehlte die Kraft, sich aus seiner Umarmung zu lösen. Bis in alle Ewigkeit wollte sie hier bei ihm stehen bleiben, umgeben von der himmlischen Stille und einem Frieden, wie sie ihn noch nie erlebt hatte.

Jedoch hatte sie ihre Wahl bereits getroffen, genauso wie Lucifer.

Dies war der schlimmste Abschied, den sie jemals erlebt hatte. Mit einem Ruck trat sie zurück und löste sich endgültig von ihm. »Leb wohl.«

»Leb wohl, Geliebte.«

Heiße Tränen brannten in ihren Augen, als sie sich umdrehte und den langen Gang entlangschritt. Die ganze Zeit lauschte sie, ob er sich hinter ihr bewegte, doch als sie einen Blick über ihre Schulter warf, war der Höllenfürst bereits verschwunden.

Die vier Erzengel warteten immer noch bewegungslos auf sie. Irgendwie hatte Amicia es geschafft, sich so weit wieder zu sammeln, dass sie tatsächlich ein Lächeln zustande brachte. »Ich will wieder nach Hause kommen.«

***

Sechs Wochen später war im Himmel beinahe wieder so etwas wie Normalität eingekehrt. Die meisten der Engel waren aus der Schwebe zurückgekommen und langsam ging alles wieder seinen gewohnten Gang.

Niemand fragte, wieso Amicia auf einmal wieder Teil des Himmels war, aber sie konnte die Blicke auf sich spüren. Im Endeffekt war es ihr auch völlig egal, sollten sie alle doch denken, was sie wollten.

Sowie der Alltag wieder in den Himmel eingekehrt war, hatte auch Amicia sich eine neue Aufgabe suchen müssen. Doch leider war bisher noch keine für sie gefunden worden, stattdessen verbrachte sie ihre Tage damit, durch die Gegend zu streifen und ihren Gedanken nachzuhängen.

Die Freude, endlich wieder hier zu sein, war recht schnell abgeklungen, als die Realität in ihren Verstand gesickert war. Denn leider herrschte im Himmel absolute Langeweile.

Jeder Engel hatte seine ganz klare Aufgabe und er tat nichts anderes, als ebendieser nachzugehen. Tagaus, tagein. Als sie erneut einen festen Körper bekommen hatten, waren sie wieder an ihre Tätigkeiten gegangen, ohne auch nur nachzufragen, was geschehen war.

Im Himmel gab es kein Chaos, keine Veränderung, keine neuen Eindrücke, nur denselben Alltag, der gleichbleibend wie die Wellen an einem Strand dahinrollte. Und in all dieser Ordnung hatte Amicia keinen Platz.

Obwohl sie immer noch ein Kriegerengel war, hatte Michaela sie noch nicht wieder in die Truppen berufen. Das konnte zum einen daran liegen, dass ihre Flugkünste nicht mehr dieselben wie früher waren und zum anderen daran, dass sie wieder einmal ein Außenseiter war.

Seufzend ließ Amicia sich auf eine Bank fallen und blickte die Straßen rauf und runter. Es war gerade erst Mittag und sie war schon einmal durch die ganze Stadt gewandert. Es gab nichts Neues zu sehen, nur immer dasselbe.

Davon konnte man glatt Kopfschmerzen bekommen, wenn ihr himmlischer Körper dies zulassen würde. Manchmal vermisste Amicia den Hunger oder das Bedürfnis nach Schlaf, weil sie dann einfach etwas anderes fühlen würde.

Gleichzeitig graute es ihr vor ihren Träumen, denn sie wusste ganz genau, wer ihr dort begegnen würde. Manchmal reichte es schon, dass sie die Augen schloss und sofort erinnerte sie sich an diesen letzten bittersüßen Kuss, der sie wohl bis in alle Ewigkeit verfolgen würde.

Ein junger Engel trat neben sie und räusperte sich leise. »Michaela erwartet dich.«

Schon halb laufend rief Amicia ihm einen Dank zu und eilte durch die Straßen. Vielleicht war der Erzengel zur Vernunft gekommen und sie würde endlich wieder Teil des himmlischen Heeres werden.

Doch in Michaelas Arbeitszimmer wartete eine Person auf sie, mit der Amicia nun so gar nicht gerechnet hatte. Lilith wirkte in dieser Umgebung wie ein Pfau unter weißen Tauben. Mit ihrem üblichen königlichen Ausdruck im Gesicht taxierte sie Michaela, die ihr gegenübersaß. Als Amicia eintrat, erhob sich der Erzengel sofort. »Setz dich, bitte!«

Unsicher blickte der Engel zwischen den beiden hin und her. »Was geht hier vor?«

»Nun, Lilith hat mich auf etwas sehr Ungünstiges aufmerksam gemacht«, murmelte Michaela zwischen zusammengebissenen Zähnen. »Anscheinend bist du immer noch bei ihr angestellt.« Mit saurer Miene schob sie Amicia einen Ordner zu.

Verwirrt nahm diese ihn entgegen und schlug ihn auf. »Arbeitsvertrag«, stand da in fetten Buchstaben.

»Ja, Engelchen, ein Vertrag, den du dir vorher mal hättest durchlesen sollen«, sprach Lilith zum ersten Mal. »Jeder meiner Verträge ist ein kleines Kunstwerk, darauf ausgelegt, dass er mir die meisten Vorteile einbringt.

Wenn du nun einen Blick auf Seite achtzehn werfen würdest, dort stehen die Bedingungen für deine Kündigung.«

Schnell überflog Amicia diesen Absatz. »Da steht nur, dass ich kein Recht auf Kündigung habe.«

»Exakt. Unser Arbeitsverhältnis kann ausschließlich von mir beendet werden und falls du dich erinnerst, habe ich das nicht getan. Also schwing deinen Hintern wieder auf die Erde hinunter, du hast schon genug deiner Urlaubstage verloren.«

Entsetzt blickte Amicia auf den Vertrag vor sich. »Ist das dein Ernst?«

»Und wie es das ist. Du hast das unterschrieben und nun schuldest du mir 150 Jahre Dienst. Also pack deine Sachen.«

Leise räusperte Michaela sich. »Wie auch die Dämonen legen wir sehr viel Wert auf Verträge. Dieser ist bindend und du schuldest Lilith deine Arbeit. Deshalb wirst du auf die Erde zurückkehren und die Zeit abarbeiten.«

»Du willst mich wieder fallen lassen?«, kreischte Amicia und pfefferte die Blätter auf den Tisch.

»Natürlich nicht.« Abwehrend hob der Erzengel die Hände. »Du bleibst weiterhin ein Engel … selbstverständlich. Lilith wäre damit zufrieden, wenn du deine verbliebene Arbeitszeit in Teilzeit abarbeiten würdest. Dreihundert Jahre.«

Nur sehr langsam konnte Amicia sich wieder beruhigen. Das alles kam einfach aus dem Nichts, vor allem, da sie sich einfach nicht erklären konnte, wie die erste Frau in den Himmel gelangen konnte. »Na gut, wenn du das sagst.«

»Perfekt.« Zufrieden klatschte Lilith in die Hände und erhob sich. Ihr dunkelrotes Kleid passte so gar nicht zu der cremefarbenen Einrichtung in dem himmlischen Zimmer. »Dann lass uns mal aufbrechen, ich habe in den nächsten paar Monaten unendlich viel zu tun und brauche dafür meine Leibwächterin.«

Schnell kam Amicia ihrer unausgesprochenen Aufforderung nach und erhob sich ebenfalls. Die ganze Situation kam ihr unwirklich vor, wie ein geheimer Traum, der endlich in Erfüllung ging.

»In einer Woche meldest du dich wieder hier oben, dann habe ich auch wieder einen Platz für dich im Heer«, verkündete Michaela noch zum Abschied. »Oh, eine Sache noch. Da du nun schon mal hier bist, Lilith, wärst du so nett und würdest Lucifer den Morgenstern zurückbringen? Bei seinem plötzlichen Aufbruch hat er ihn hier vergessen.«

Mit pikierter Miene nahm die erste Frau den Splitter entgegen und ließ ihn in ihre Tasche gleiten. »Wenn sonst nichts mehr ansteht, würde ich jetzt wirklich gern gehen.« Ohne auf eine Antwort zu warten, stolzierte sie davon.

Ein letztes Mal blickte Amicia zu dem Erzengel, der ihr ein ehrliches und freundliches Lächeln schenkte. Mit einem seltsam leichten Gefühl in der Brust trat auch sie nach draußen, wo Lilith mit verkniffenem Gesicht neben der Tür wartete.

»Lass uns endlich von hier verschwinden. Viel zu hell hier oben, da bekommt man ja Kopfschmerzen.« Mit einem theatralischen Seufzer setzte sie eine große Sonnenbrille auf und ging los.

»Wie bist du überhaupt hierher gelangt?« Amicia hatte Probleme, mit ihrer Chefin Schritt zu halten. Die Massen der Engel teilten sich vor Lilith, alle Augen waren aufgeregt auf sie gerichtet.

»Inzwischen solltest du mich doch recht gut kennen, ich bekomme immer meinen Willen. Da finde ich auch ohne große Probleme in den Himmel. Auch wenn ich ganz sicher nicht wiederkommen will.«

Endlich bekam Amicia sie am Arm zu fassen und beide Frauen blieben stehen. »Wieso tust du das alles? Ist dir dieser Vertrag wirklich so viel wert?«

Leise seufzte Lilith und schob die Sonnenbrille auf ihre Nasenspitze. »Der ist mir völlig egal, ganz im Gegensatz zu dir. Sosehr du es dir auch einredest, du gehörst hier einfach nicht hin. Ich konnte nicht mit dem Gedanken leben, dich hier verrotten und wieder zu einem dümmlichen Schaf werden zu lassen.« Abschätzig betrachtete sie eine kleine Gruppe Engel, die mit gesenktem Kopf an ihnen vorbeieilten.

»Aber das hier ist mein Zuhause, meine Familie, der Ort, an dem ich geboren wurde«, gab Amicia wenig überzeugend zurück.

»Ich bin im Paradies geboren und das war nun wirklich nicht mein Zuhause. Denn ich habe mir mein eigenes geschaffen und du solltest das auch tun.«

Stürmisch schmiss Amicia sich der ersten Frau um den Hals und drückte sie fest an sich. »Danke, dass du gekommen bist.«

Für eine Sekunde erwiderte diese die Umarmung, dann löste sie sich schnell wieder. »Apropos Paradies, gibt es das eigentlich immer noch?«

»Natürlich, wenn du schon mal hier bist, kann ich dich gern hinbringen.«

»Besser nicht. Am Ende treffe ich noch auf meinen Ex und seine Neue. Das wollen wir alle ganz sicher nicht, denn es könnte blutig enden.« Mit einem bösen Lächeln schob sie die Sonnenbrille wieder hoch und setzte ihren Weg fort.

***

Amicia verließ den Himmel auf demselben Weg, auf dem sie ihn auch betreten hatte – durch ein verstecktes Portal am äußersten Ende der Stadt. Eine Anspannung, die sie bisher nicht einmal gespürt hatte, fiel von ihren Schultern ab, als sie in die deutlich dunklere Hölle eintrat.

Erleichtert seufzte Lilith auf. »Das ist so viel besser. Wie haltet ihr es da oben nur aus? Da wird man doch auf Dauer blind, oder ist das so eine seltsame und sehr unpassende Metapher für das Gute?«

Schnaubend schüttelte Amicia den Kopf. »Wofür brauchst du mich denn jetzt eigentlich?«

»Erst einmal ziehst du dich um«, wies Lilith sie an. Angeekelt betrachtete sie Amicias weiße Tunika und passende Hose. »In den Klamotten kann ich dich einfach nicht ernst nehmen!«

In einem ruhigen Raum im Palast tauschte sie die Sachen gegen ein Outfit, das Lilith ihr bereitgelegt hatte. Es fühlte sich unglaublich gut an, wieder normale Kleidung zu tragen. »Also, was steht jetzt an?«

»Als Erstes wirst du einen kleinen Botengang für mich erledigen«, erklärte Lilith geschäftig. »So ein dummer Engel hat mir da etwas anvertraut, von dem ich meine Finger lassen will.«

»Ich soll den Morgenstern zurück zu Lucifer bringen?«, wiederholte Amicia etwas skeptisch. »Ausgerechnet ich?«

»Sei nicht so pikiert, Engelchen. Das ist nun einmal Teil deiner Aufgabenbeschreibung. Also meckere nicht rum, sondern erledige das.« Aus ihrer Tasche holte sie den Splitter, der in ein blütenweißes Tuch gehüllt war.

Etwas widerstrebend nahm Amicia ihn entgegen. Sie war furchtbar nervös bei dem Gedanken, wieder auf Lucifer zu treffen. Auch wenn nur wenige Wochen vergangen waren, kam es ihr vor wie ein ganzes Leben. Und wieso sollte er überhaupt noch mit ihr sprechen?

Trotzdem machte sie sich durch eines der Portale auf den Weg zurück nach Rom. Den Wagen, der bereits auf sie wartete, ignorierte Amicia. Einer der Vorteile ihrer wiederhergestellten Flügel war es eindeutig, dass sie sich nun wieder frei auf der Welt bewegen konnte.

Die Sonne senkte sich bereits hinter den Horizont, als sie über die Dächer der Stadt direkt zu Lucifers Wohnung flog. Es war ein berauschendes Gefühl, den Wind wieder in ihren Haaren zu spüren und die Welt unter sich zu sehen. Für einen Moment löste sie den Zauber, der sie verschleierte, um ihren eigenen Schatten auf den Dächern erkennen zu können, dann setzte sie zum Landeanflug auf die Wohnung an.

Die Türen zum großen Balkon standen offen, leise Stimmen und der Krach eines Fernsehers drangen nach draußen. Es kam Amicia unhöflich vor, einfach so hineinzuplatzen, also musste sie Lucifer herauslocken.

Genau in diesem Moment sagte er etwas, seine Stimme hätte sie auch unter Hunderten wiedererkannt. Eine Gänsehaut breitete sich auf ihrem Körper aus und ihr Herz klopfte nicht wegen des anstrengenden Flugs schneller.

So vorsichtig wie möglich ließ sie den Morgenstern fallen, eine allmächtige Waffe würde bei so was schon nicht kaputtgehen. Das Geräusch war lauter als erwartet und hatte den gewünschten Effekt, es lockte Lucifer aus der Wohnung.

Von ihrem Versteck auf dem Dach aus konnte sie nur seinen Rücken erkennen. Die Sehnsucht wurde in diesem Moment so stark, dass sie ihr kleines Spielchen beinahe beendet und sich ihm einfach gezeigt hätte.

Leise fluchend ging er in die Knie und hob den Morgenstern auf. Langsam schlug er das Tuch zur Seite und enthüllte den Splitter, der im sanften Abendlicht golden schimmerte.

Aus ihrer Jackentasche holte Amicia die winzigen Federn hervor, die sie eben noch geopfert hatte. Leise beugte sie sich vor und ließ diese auf den Höllenfürsten hinuntersegeln. Sofort versteiften sich seine Schultern und Lucifer drehte sich um sich selbst.

»Jetzt komm schon raus!«, rief er wenig begeistert und sofort bereute Amicia ihre kleine Dummheit.

In Erwartung von etwas Schlimmem sprang sie vom Dach und landete leise hinter ihm. Als Lucifer sich umdrehte, zeigte sich ehrliche Überraschung in seinem Gesicht. »Amicia, was machst du denn hier?«

»Mit mir hast du wohl nicht gerechnet«, murmelte sie leise.

Er wiegte den Morgenstern in der Hand. »Benutzt meine Schwester dich jetzt etwa als Botin?«

»Nein, Lilith schickt mich.« Immer noch schaffte sie es kaum, ihm in die Augen zu schauen. »Teil meiner Jobbeschreibung. Wusstest du, dass ich einen Vertrag unterschrieben habe, denn nur sie wieder lösen kann? Für dreihundert Jahre.«

»Wer, glaubst du, hat ihr das beigebracht?« Ein schmales Lächeln zeichnete sich auf seinen Lippen ab. »Deshalb bist du also wieder hier? Weil du deinen Vertrag noch erfüllen musst.«

»Da wird sehr viel Wert drauf gelegt. Anscheinend arbeite ich jetzt halbtags für die Hölle, während ich nebenbei noch im himmlischen Heer aushelfe.« Als sie es zum ersten Mal laut aussprach, konnte sie ihr Lachen nicht mehr zurückhalten.

Irgendwann ebbte ihr Lachanfall wieder ab und sie hatte sich soweit im Griff, um sprechen zu können. »Es tut mir leid, aber das klingt wie ein schlechter Scherz.«

»Es ist nur die Frage, auf wessen Kosten?« Lucifer drehte eine ihrer Federn in seinen Fingern und betrachtete sie von allen Seiten. »Wie ist es, wieder zu fliegen?«

»Unbeschreiblich, besser noch als in meinen kühnsten Träumen«, hauchte sie atemlos.

»Kann ich sie sehen?«

Mit einem leisen Rascheln öffnete sie die Flügel hinter sich, lange Schatten wurden auf den Boden vor ihr geworfen. Mit ehrfürchtiger Miene trat Lucifer näher an sie heran und strich mit den Fingerspitzen über die weichen Federn. Sofort lief ein Schauder über ihren Körper.

»Sie sind wunderschön«, hauchte der Höllenfürst und blickte ihr dabei tief in die Augen.

»Ein ganz schöner Unterschied zu früher«, murmelte sie leise. Vor ihrem Fall waren ihre Flügel von einem klaren kalten Weiß gewesen, genauso wie die aller anderen. Doch jetzt wurde jede einzelne Feder nach unten hin immer dunkler, bis sie ganz schwarz waren. Aber es kam ihr seltsam passend vor.

»Du bist halt nicht mehr dieselbe.« Das Gefühl des Verlustes erfüllte sie, als er seine Hand zurückzog.

»Da hast du allerdings recht.« Leise seufzte sie. »Jetzt war ich genau da, wo ich immer hatte sein wollen, und war trotzdem nicht glücklich.« Schweigend betrachtete er sie. »Vielleicht hattest du recht und mit der Zeit verschwimmen die wahren Erinnerungen an den Himmel«, fuhr sie unbeirrt fort. »Dies war einmal der schönste Ort für mich und nun ist mir einfach nur noch langweilig und ich komme mir so fehl am Platz vor.«

Bedächtig nickte er. »Sechshundertfünfzig Jahre können einen sehr verändern.«

»Nicht meine Zeit bei den Menschen hat mich verändert, sondern du.« Die Wahrheit kam über ihre Lippen, bevor sie es verhindern konnte.

»Ist das so?« Etwas überrascht hob er eine Augenbraue.

»Ja. Vor dir habe ich die Welt schwarz und weiß gesehen, so, wie es mir beigebracht worden war. Doch jetzt muss ich mich der Wahrheit stellen, dass alles eher grau ist. Sehr viele verschiedene Schattierungen davon. Dazu kommen die ganzen Dinge, die mir verschwiegen wurden. Aber du hast mich niemals angelogen.«

»Auch wenn man es kaum glauben mag, ich lüge niemals. Mit der Wahrheit kann man mitunter mehr Schaden anrichten, als man glaubt.«

Einen Moment lang wusste sie nicht, was sie darauf sagen sollte. Ihr Blick wanderte über den Balkon zu der Stadt, über die sich ein pinker Himmel spannte. »Ich bin auf jeden Fall froh, dass ich noch mehr Zeit hier unten verbringen darf.«

»Lilith wird schon etwas finden, womit sie dich beschäftigen kann«, kommentierte er leise.

»Ich habe mich noch gar nicht bei dir bedankt, dass du damals mit mir gekommen bist. Ohne deine Großmut wäre ich jetzt nicht mehr«, wisperte sie.

»Das war keine Großmut, ich habe nur die Chance gesehen, meine Geschwister in einer prekären Lage zu erwischen. Außerdem hätte ich nicht mit dem Gedanken leben können, dass dir etwas geschieht.«

Amicia stützte sich mit den Unterarmen auf der Balkonumrandung ab. »Die Menschen sprechen oft von Liebe, aber bisher habe ich dieses Wort nicht ganz verstanden. In den letzten Monaten haben ich sie endlich einmal selbst erlebt. Liebe für Lilith und Jakob, die mich aufgenommen haben. Liebe für Michaela und die anderen Engel. Liebe für die Menschen, die einfach ihr Leben. Und Liebe für dich. Weil du das erste Wesen bist, bei dem ich mich zu Hause fühle.«

»Ein starkes Wort, welches du da benutzt«, murmelte er leise.

»Ich stehe dazu.« Ein erleichterter Seufzer entfuhr ihr. »Das hatte ich dir schon in der Nacht sagen wollen, in der ich abgehauen bin. Unbeschreiblicherweise habe ich mich in dich verliebt.«

Sie erwartete keine Antwort von ihm und war mehr als nur bereit, einfach wieder zu gehen. Die Worte, die ihr so lange auf der Seele gebrannt hatten, waren endlich gesprochen worden und sie war befreit. Nicht von ihren Gefühlen, aber von der Verdrängung.

»Es ist lange her, dass ich etwas oder jemanden geliebt habe«, sprach er auf einmal, als sie bereit war zu gehen. »Liebe macht einen schwach, angreifbar. Jemanden zu lieben ist in meiner Position das Dümmste, was man tun kann. Aber du bist meine Schwäche, Geliebte, ob ich mir das nun eingestehe oder nicht.«

Einige Herzschläge lang konnte sie nichts anderes tun, als ihn anzublicken. Dann verschwamm ihre Sicht, als ihr die Tränen in die Augen schossen. »Wer hat schon mit diesem Ende gerechnet?«

Kurz wanderte sein Blick gen Himmel, dann trat er auf sie zu und schlang die Arme um ihre Hüften. »Doch was bringt uns die Liebe, wenn wir im wahrsten Sinne des Wortes in zwei Welten leben? Der Höllenfürst und ein rehabilitierter Engel, das wird nicht einfach werden.«

»Einfach war bisher nichts, aber wir haben es trotzdem geschafft. Außerdem haben wir dreihundert Jahre Zeit, um alles herauszufinden. Und wer kann schon sagen, was dann sein wird?« In diesem Moment hätte Amicia es mit dem himmlischen Heer und der ganzen verdammten Dämonenarmee aufgenommen, nur um weiter bei ihm bleiben zu können.

»Dreihundert Jahre klingt nach einem sehr guten Anfang«, brummte er mit einem zufriedenen Lächeln.

Mit einem Ruck zog er sie noch näher zu sich heran und küsste sie mit solcher Inbrunst und Liebe, dass ihr ganz schwindelig wurde vor Glück.

Eine sanfte Brise erfasste die kleinen Federn auf dem Balkon und trug sie über die Stadt hinaus, in der Amicia ihr Zuhause und ihre Liebe gefunden hatte.

ENDE

DANKSAGUNG

Es ist immer wieder ein seltsames Gefühl, »Ende« unter ein Manuskript zu setzen. Da ist man gerade so gut drin in der Geschichte und auf einmal ist es vorbei.

An dieser Stelle möchte ich all den wundervollen Menschen danken, die mich auf meinem Weg begleitet haben und immer an meiner Seite waren.

Erst mal meiner Lektorin Kerstin, die genauso für Amicia und Lucifer gefiebert hat wie ich und mir damit erneut einen großen Traum erfüllt hat. Und natürlich auch ein dickes Dankeschön an das ganze tolle Team von IMPRESS.

Unendlichen Dank an meine drei Testleser Justine Pust, Vivien Verley und Saskia Stanner, die mir so viele tolle, hilfreiche und lustige Kommentare dagelassen haben. Ohne euch wäre es nicht halb so gut geworden.

Danke an July Winter und Samantha Blake, die den ganzen Weg über an meiner Seite waren und sich mein Geheule, dumme und gute Ideen und alles Sonstige angehört haben.

Danke an Anni Laine, Jenna Liermann und Isabel Walery, die mich immer wieder aufgemuntert haben und mir in den Hintern getreten haben immer weiterzumachen.

Danke an die wundervolle Christin, die mich bei jedem Projekt unterstützt und mich immer wieder zum Lachen bringt.

Ein riesiger Dank an meine Covergöttin Emily Bähr, die immer die besten Ideen hat und etwas mit meinen bescheuerten Zeichnungen anfangen kann.

Danke an meinen Michael, der sich immer alles anhört, was ich zu sagen habe, obwohl er es manchmal nicht versteht, aber immer auf dem neuesten

Stand bleiben will. Und danke, dass du mein spätabendliches viel zu lautes Tippen erträgst.

Danke an meine Familie, die mich so gut unterstützt, wie sie kann.

Und natürlich danke an meine tollen Leser, die mit mir zusammen gefiebert, geweint und gelacht haben. Hoffentlich lesen wir uns schon sehr bald wieder.

DIE MACHT DER GEFÜHLE
TAUCH EIN IN ROMANTISCH-FANTASTISCHE GESCHICHTEN.
IM
PRE
SS
#IMPRESSBOOKS
ALLES VON IMPRESS HIER:
IMPRESSBOOKS.DE

HIMMLISCHE ENGELSROMANTIK

Jennifer Wolf
DIE ENGEL-REIHE 1: BERÜHRT VON HIMMLISCHEN SCHWINGEN
ISBN 978-3-551-30201-4
Softcover
Auch als E-Book erhältlich

Polly ist geschockt, als sie an ihrem ersten Collegetag von dunklen Kreaturen angegriffen und quer über den Campus gejagt wird. Ein geheimnisvoller junger Mann kommt ihr zu Hilfe. Von ihm geht eine Magie aus, der sich Polly nicht entziehen kann. Bis Yashiel ihr seine wahre Gestalt zeigt und der Himmel selbst um ihre Hilfe bittet …

Leni Wambach
ENGELSSCHATTEN 1: GEJAGTE DES HIMMELS
ISBN 978-3-551-30196-3
Softcover
Auch als E-Book erhältlich

Das himmlische Dasein als Engel könnte für die temperamentvolle Außenseiterin Maggie nicht unerträglicher sein. Doch niemals hätte sie damit gerechnet, dass sie für ihre Aufmüpfigkeit die schlimmste Bestrafung für einen Engel erwartet: Sie soll fallen! Maggie flieht und landet ausgerechnet in den Armen eines teuflisch charismatischen Dämons …

WWW.IMPRESSBOOKS.DE

Impress
Die Macht der Gefühle

Impress
Ein Imprint der CARLSEN Verlag GmbH
November 2020

Lektorat: Julia Feldbaum
Umschlagbild: shutterstock.com / © tomertu / © Viorel Sima / © Siwakorn1933 / © LuFeeTheBear / freepik.com / © kbza
Umschlaggestaltung: formlabor, Emily Baehr
Satz und Umsetzung: readbox publishing, Dortmund
Druck und Bindung: CPI Books GmbH, Birkach
ISBN 978-3-551-30318-9
Printed in Germany
www.carlsen.de/impress

Alle Bücher im Internet: www.carlsen.de